MARTWY WRÓG

Charlaine Harris

MARTWY WRÓG

Przełożyła Ewa Wojtczak

Wydawnictwo MAG
Warszawa 2012

Tytuł oryginału:
Dead Reckoning

Redakcja:
Joanna Figlewska

Korekta:
Urszula Okrzeja

Ilustracja na okładce:
Wojciech Zwoliński

Opracowanie graficzne okładki:
Piotr Chyliński

Projekt typograficzny, skład i łamanie:
Tomek Laisar Fruń

ISBN 978-83-7480-273-4

Wydanie I

Wydawca:
Wydawnictwo MAG
ul. Krypska 21 m. 63, 04-082 Warszawa
tel./fax 22 813 47 43
e-mail: kurz@mag.com.pl
www.mag.com.pl

Wyłączny dystrybutor:
Firma Księgarska Olesiejuk
Spółka z ograniczoną odpowiedzialnością S.K.A.
ul. Poznańska 91, 05-850 Ożarów Maz.
tel. 22 721 30 00
www.olesiejuk.pl

Druk i oprawa:
drukarnia@dd-w.pl

Uznałam, że powinnam zadedykować tę książkę
pamięci mojej matki.
Może matka uznałaby za dziwne,
że dedykuję akurat jej powieść z gatunku urban fantasy.
Ale była moją największą fanką i naj-
wierniejszą czytelniczką.
Tak wiele jej cech mogłam podziwiać...
Codziennie za nią tęsknię.

PODZIĘKOWANIA

Obawiam się, że kogoś pominę, ponieważ w trakcie pracy miałam to szczęście, że otrzymałam pomoc od wielu wspaniałych osób. Pozwólcie, że podziękuję mojej asystentce i najlepszej przyjaciółce, Pauli Woldan, przede wszystkim za zapewnienie mi spokoju umysłu (dzięki temu mogę pracować, nie martwiąc się o nic). Dziękuję też przyjaciółkom i czytelniczkom, Toni L.P. Kelner i Danie Cameron, które pomagają mi się skoncentrować na ważnych aspektach pracy, Victorii Koski, która próbuje utrzymać w garści ogromny świat Sookie, a także mojemu agentowi, Joshua Bilmesowi, i redaktorce, Ginjer Buchanan, którzy pracują ciężko, by moja pisarska kariera wciąż się rozwijała. Do tego tomu udzielała mi cudownych rad Ellen Dugan, pisarka, matka i czarownica.

ROZDZIAŁ PIERWSZY

Drzwi poddasza były zamknięte na cztery spusty aż do śmierci mojej babci. Następnego dnia po tamtym okropnym zdarzeniu odszukałam klucz i weszłam na górę. Chciałam poszukać sukni ślubnej, przyszedł mi bowiem do głowy zwariowany pomysł, że babcia powinna zostać w niej pochowana. Zrobiłam wówczas jeden krok do środka, a potem odwróciłam się i uciekłam, pozostawiając za sobą otwarte drzwi.

Teraz, dwa lata później, pchnęłam te drzwi ponownie. Gdy się otwierały, ich zawiasy zaskrzypiały złowieszczo niczym o północy w Halloween, a przecież był słoneczny środowy poranek pod koniec maja. Kiedy przestąpiłam próg, szerokie deski podłogowe zaskrzypiały pod moimi stopami w proteście. Wszędzie wokół siebie widziałam mroczne kształty, otoczył mnie również bardzo słaby, zatęchły zapach – poczułam woń starych, dawno zapomnianych przedmiotów.

Po dodaniu do pierwotnego domu Stackhouse'ów dziesięciolecia temu drugiego piętra, podzielono je na sypialnie, później jednak – ponieważ w rodzinie rodziło się coraz mniej dzieci – część przestrzeni, może jedną trzecią, zajęła

„powierzchnia magazynowa". Odkąd ja i Jason zamieszkaliśmy z dziadkami po śmierci naszych rodziców, drzwi na poddasze pozostawały zamknięte na klucz – babcia po prostu nie miała ochoty sprzątać po nas, gdybyśmy postanowili, że poddasze jest świetnym miejscem na zabawę.

Teraz dom należał do mnie, a ów klucz wisiał właśnie na wstążce, którą zawiesiłam sobie na szyi. Obecnie jest tylko troje potomków rodziny Stackhouse'ów: Jason, ja oraz syn naszej zmarłej kuzynki Hadley, mały chłopiec imieniem Hunter.

Zamachałam ręką wokół siebie w wypełnionym licznymi cieniami półmroku, a gdy znalazłam wiszący łańcuszek, chwyciłam go, pociągnęłam i wtedy żarówka na suficie natychmiast oświetliła dziesiątki niepotrzebnych mojej rodzinie przedmiotów.

Kuzyn Claude i stryjeczny dziadek Dermot weszli za mną. Dermot tak głośno wypuścił powietrze z płuc, że zabrzmiało to prawie jak parsknięcie. Claude skrzywił się ponuro. Byłam pewna, że żałuje teraz swojej propozycji pomocy mi w wysprzątaniu poddasza. A jednak nie zamierzałam odpuścić mojemu kuzynowi, szczególnie że nie miał pracować sam, lecz z drugim krzepkim osobnikiem. Na razie Dermot szedł tam, gdzie szedł Claude, więc miałam, że tak powiem, dwóch za cenę jednego; chociaż nie byłam w stanie przewidzieć, jak długo się taka sytuacja utrzyma. Rano zdałam sobie sprawę, że wkrótce na dworze zrobi się zbyt gorąco, by spędzać czas na piętrze. W „swojej" sypialni Amelia zamontowała kiedyś okno, dzięki czemu nawet w upały w pokojach mieszkalnych na górze dało się jakoś wytrzymać, nikt jednak nie marnował pieniędzy na okna na poddaszu.

– Od czego zaczniemy? – spytał Dermot.

Był blondynem, w przeciwieństwie do Claude'a, który miał ciemne włosy; we dwóch prezentowali się jednak wspaniale, niczym dwie niepodobne do siebie statuetki. Spytałam kiedyś Claude'a, ile ma lat, i wtedy odkryłam, że kuzyn chyba tego nie wie. Wróżki i inne duszki nie śledzą przebiegu czasu w taki sposób jak my, ludzie, wiedziałam jednak, że Claude jest ode mnie starszy przynajmniej o stulecie. Zresztą, w porównaniu z Dermotem był dzieciakiem; stryjeczny dziadek twierdził, że jest ode mnie starszy o dobre siedemset lat. Żaden z nich jednak nie miał ani jednej zmarszczki, siwizny czy obwisłej skóry.

Ponieważ obaj byli w o wiele większym stopniu wróżkami niż ja – ja jestem wróżką jedynie w jednej ósmej – we troje wydawaliśmy się osobami mniej więcej w podobnym wieku, czyli na oko pod trzydziestkę. To jednak zmieni się w ciągu najbliższych lat. Niedługo będę wyglądać starzej niż starszy z moich starożytnych krewnych. Chociaż Dermot z wyglądu bardzo przypomina mojego brata Jasona, akurat wczoraj uprzytomniłam sobie, że Jason ma kurze łapki w kącikach oczu. U Dermota natomiast nie mogłam dostrzec żadnych oznak starzenia.

Otrząsnęłam się z zadumy i wróciłam do teraźniejszości.

– Proponuję, żebyśmy znieśli te wszystkie rzeczy na dół, do salonu – powiedziałam. – Tam jest znacznie jaśniej, łatwiej więc będzie ustalić, co warto zatrzymać, a co nadaje się wyłącznie do wyrzucenia. Potem, gdy wyniesiemy wszystko z poddasza, posprzątam tutaj, a wy pojedziecie do pracy.

Claude był właścicielem klubu ze striptizem w Monroe i jeździł tam niemal codziennie, a Dermot chodził i jeździł tam, gdzie Claude. Zawsze...

– Mamy trzy godziny – ocenił kuzyn.

– Bierzmy się zatem do roboty – stwierdziłam. Bezwiednie się uśmiechnęłam, szeroko i radośnie. Ta mina jest jak moje koło ratunkowe.

Jakąś godzinę później przyszło mi coś do głowy, było już jednak za późno na przerwanie prac. (Nie powiem, obserwacja Claude'a i Dermota bez koszul znacznie uprzyjemniała mi pracę). Moja rodzina mieszkała w tym budynku, od kiedy w gminie Renard pojawili się Stackhouse'owie. A było to dobrze ponad sto pięćdziesiąt lat temu. No i zawsze mieliśmy w zwyczaju oszczędzanie i przechowywanie przedmiotów.

Salon zaczął się szybko zapełniać. Znalazły się tutaj pudła z książkami, kufry pełne ubrań, meble, wazony. Rodzina Stackhouse'ów nigdy nie była bogata i, jak widać, zawsze uważaliśmy, że – jeśli tylko przetrzymamy to dostatecznie długo – możemy zrobić użytek ze wszystkiego, nieważne jak by to było sponiewierane czy zdekompletowane. Po kilku minutach manewrowania nieprawdopodobnie ciężkim biurkiem z drewna na wąskich schodach nawet dwaj wróże musieli zrobić sobie przerwę. Usadowiliśmy się więc we troje na frontowym ganku. Mężczyźni oparli się o balustradę, ja ciężko opadłam na huśtawkę.

– Moglibyśmy to wszystko po prostu zwalić na kupę na podwórzu i spalić – zasugerował Claude.

Nie żartował. Poczucie humoru mojego kuzyna w najlepszych momentach można nazwać dziwacznym, a przez resztę czasu „niemal nieistniejącym".

– Nie! – Usiłowałam nie mówić szczególnie poirytowanym tonem, choć Claude naprawdę mnie zdenerwował. – Wiem, że te przedmioty nie są zbyt wartościowe, jeśli jednak inni Stackhouse'owie sądzili, że należy je przechować tam, na górze, jestem im winna przynajmniej tę uprzejmość, że je przejrzę.

– Najdroższa wnuczko mojego brata – odezwał się Dermot – obawiam się, że Claude ma, niestety, rację. Mówiąc, że ten złom nie jest „zbyt wartościowy", jesteś po prostu przesadnie uprzejma.

Kiedy się słyszało, jak Dermot przemawia, wiadomo było, że jego podobieństwo do Jasona jest absolutnie powierzchowne.

Popatrzyłam na obu wróżów spode łba.

– Oczywiście, dla was dwóch większość tych rzeczy to chłam, ale dla ludzi niektóre mogą mieć niejaką wartość – odparłam. – Może zadzwonię do grupy teatralnej Shreveport i spytam, czy nie chcą jakichś ubrań albo mebli.

Claude wzruszył ramionami.

– Może części się w ten sposób pozbędziesz – zauważył. – Ale większość tych materiałów nie nadaje się nawet na szmaty.

Kiedy w salonie zrobiło się pełno, wynieśliśmy niektóre pudła na ganek. Teraz młodszy z wróżów dotknął jedno z nich palcem u nogi. Z opisu na etykietce wiedziałam, że karton zawiera firanki i zasłonki, mogłam się jednak jedynie domyślać, jak wyglądały pierwotnie.

– Masz rację – przyznałam.

Odepchnęłam się stopami, niezbyt energicznie, i huśtałam się przez minutę. Dermot wszedł do domu i wrócił ze szklanką herbaty brzoskwiniowej, do której wrzucił wiele kostek lodu. Wręczył mi ją bez słowa. Podziękowałam, a później patrzyłam posępnie na wszystkie te stare rzeczy, które ktoś kiedyś cenił.

– No dobra, rozpalmy ognisko – zaproponowałam, wybierając zdroworozsądkowe rozwiązanie. – Zaniesiemy to wszystko tam, gdzie zwykle palę liście?

Dermot i Claude obrzucili mnie piorunującymi spojrzeniami.

– Okej, okej – mruknęłam. Gdy ostatnim razem żwirowano mój podjazd, nie zapomnieliśmy również o parkingu przed budynkiem, który był ogrodzony ozdobnymi deskami ogrodowymi. – Nie miewam zbyt wielu gości.

Gdy Dermot i Claude wszystko przenieśli i poszli wziąć prysznic, a później ubrać się i przygotować do pracy w klubie, na moim parkingu puszył się pokaźny kopiec bezużytecznych rzeczy, które czekały na podpalenie. Żony mężczyzn z rodziny Stackhouse'ów zgromadziły nadzwyczajne ilości prześcieradeł, kołder i narzut, a większość z nich była obecnie w tej samej „postrzępionej" formie co firany i zasłony. Z najgłębszym żalem odkryłam, że większość spośród przechowywanych książek śmierdzi stęchlizną i jest ponadgryzana przez myszy. Westchnęłam i dodałam je do stosu, chociaż sama myśl o paleniu książek przyprawiła mnie o mdłości. Niemniej jednak połamane meble, popsute parasole, poplamione podkładki pod nakrycia, stara skórzana walizka z dużymi dziurami... Naprawdę nikt już nigdy nie będzie potrzebował tych przedmiotów.

Fotografie, które znaleźliśmy – umieszczone w albumach, oprawione w ramki lub rzucone gdzieś luźno – umieściliśmy w pudle w salonie. Dokumenty i inne papiery poukładałam w kolejnym kartonie. W ręce wpadły mi również stare lalki. Z programów telewizyjnych wiedziałam, że są osoby, które kolekcjonują takie lalki, więc pomyślałam, że i te mogą być coś warte. Na poddaszu leżały także stare pistolety oraz szabla. Hmm, gdzie są zbieracze staroci z programu „Antiques Roadshow", kiedy człowiek ich potrzebuje?

Później, tego wieczoru w „Merlotcie", opowiedziałam mojemu szefowi Samowi, jak spędziłam dzień. Sam, mężczyzna nieduży, lecz muskularny i naprawdę bardzo silny, odkurzał właśnie butelki za barem. Tego wieczoru nie mieliśmy zbyt dużo pracy w lokalu. Szczerze mówiąc, w ostatnich kilku tygodniach interes nie kręcił się zbyt dobrze. Nie wiedziałam, czy zastój spowodowało zamknięcie przetwórni drobiu, czy może raczej fakt, że niektórym osobom nie spodobało się odkrycie, że Merlotte jest zmiennokształtnym. (Istoty dwoistej natury postanowiły w pewnym momencie powtórzyć uwieńczone powodzeniem ujawnienie się, na które zdecydowały się wcześniej wampiry, tyle że, niestety, w przypadku zmiennokształtnych proces nie przebiegł tak dobrze). W dodatku, niedaleko – a dokładnie, jakieś szesnaście kilometrów dalej, jeśli pojedziemy autostradą międzystanową – powstał nowy bar, lokal o nazwie „Vic's Redneck Roadhouse". Słyszałam, że bar zapewnia różnego rodzaju atrakcje dla klienteli – odbywają się w nim wszystkie rodzaje konkursów na miss mokrego podkoszulka, turnieje typu „piwny ping-pong", najrozmaitsze akcje promocyjne... i podobne bzdury.

Popularne głupoty! Nonsensy, które jednak przyciągają dziesiątki gości!

Niezależnie od powodów, Sam i ja mieliśmy tego wieczoru sporo czasu, mogliśmy więc do woli rozmawiać o poddaszach i antykach.

– W Shreveport jest taki sklep „Splendide" – poinformował mnie szef. – Oboje właściciele są rzeczoznawcami. Mogłabyś do nich zadzwonić.

– Skąd o tym wiesz?

Hmm, no cóż, tak, może nie było to szczególnie taktowne pytanie z mojej strony.

– Widzisz, wiem jeszcze kilka innych rzeczy oprócz tych związanych z prowadzeniem baru – odburknął Sam, patrząc na mnie z ukosa.

W tym momencie musiałam przerwać rozmowę i na jednym ze stolików w moim rewirze wymienić dzban z piwem.

– Oczywiście, że znasz się na wielu sprawach – odparłam po powrocie. – Po prostu nie miałam pojęcia, że interesujesz się również antykami.

– Nie ja się nimi interesuję, lecz Jannalynn. „Splendide" to jej ulubiony sklep.

Pośpiesznie zamrugałam, próbując nie wyglądać na tak bardzo zakłopotaną, jak się poczułam. Jannalynn Hopper, która spotyka się z Samem już od kilku tygodni, jest istotą tak okrutną, że stado Długi Ząb mianowało ją swoim ochroniarzem, chociaż ma zaledwie dwadzieścia jeden lat, a wygląda ledwie na licealistkę. Trudno mi było ją sobie wyobrazić, jak odnawia starą ramę od obrazu lub planuje wstawić antyczny kredens czy komodę do swojego domu w Shreveport.

(Uzmysłowiłam sobie, że nie wiem, gdzie Jannalynn właściwie mieszka. Czy faktycznie posiada dom?).

– Na pewno bym się tego nie domyśliła – odparowałam, zmuszając się do uśmiechu.

Uważałam bowiem, że Jannalynn nie jest dla Sama dostatecznie dobra jako życiowa partnerka.

Zatrzymałam oczywiście tę ostatnią myśl dla siebie. Jak to mawiają: „Przyjrzyj się sobie, nim zaczniesz krytykować innych", prawda? Co do mnie, spotykam się przecież z wampirem, który ma na sumieniu bez wątpienia znacznie więcej istnień niż Jannalynn, choćby dlatego, że jest od niej o ponad tysiąc lat starszy. W jednej z tych okropnych chwil, które czasem zdarzają się każdemu, uświadomiłam sobie, że każdy, z kim się kiedyś spotykałam – chociaż, zgoda, lista jest bardzo krótka – był zabójcą.

Zresztą, tak jak ja.

Musiałam się szybko otrząsnąć z tych ponurych myśli, w przeciwnym razie przez cały wieczór byłabym w melancholijnym nastroju.

– Masz dokładny adres i numer telefonu do tego sklepu?

Miałam nadzieję, że handlarze antykami zgodzą się przyjechać do Bon Temps. Gdybym chciała przetransportować do Shreveport wszystko, co znajdowało się wcześniej na poddaszu, musiałabym przecież wynająć ciężarówkę firmy przeprowadzkowej U-Haul.

– Tak, mam w biurze – odparł Sam. – Rozmawiałem z Brendą, współwłaścicielką sklepu o prezencie dla Jannalynn, czymś specjalnym na zbliżające się urodziny. Brenda... to znaczy Brenda Hesterman... dzwoniła dziś rano i powiedziała, że ma kilka rzeczy, które mógłbym obejrzeć.

– Możemy pojechać tam jutro i spotkać się z nią – zasugerowałam. – Stosy przedmiotów piętrzą się u mnie w salonie, a niektóre po prostu leżą na frontowym ganku. Wiesz, że dobra pogoda nie potrwa wiecznie.

– A Jason nie chce żadnej z tych rzeczy? – spytał Sam nieśmiało. – Tylko tak mówię, bo to pamiątki rodzinne.

– Jakiś miesiąc temu dostał ode mnie stolik na nóżce. Ale cóż, przypuszczam, że powinnam go spytać. – Zadumałam się nad tym problemem. Budynek i jego zawartość były moje, ponieważ babcia zostawiła mi je w spadku. Hmm... No cóż, wszystko po kolei. – Spytajmy najpierw panią Hesterman, czy w ogóle przyjedzie obejrzeć te klamoty. Jeśli znajdą się wśród nich takie, które będą cokolwiek warte, wówczas postanowię, co dalej.

– W porządku – podsumował Merlotte. – Brzmi dobrze. Pasuje ci jutro o dziesiątej?

Ponieważ pracowałam dziś do późna, dziesiąta rano wydała mi się porą trochę zbyt wczesną, żebym wstała, ubrała się i przygotowała do wyjścia, niemniej jednak od razu się zgodziłam.

– Możesz mi przy okazji powiedzieć – w głosie Sama usłyszałam ton zadowolenia – co sądzisz o podarkach, które Brenda mi pokaże. Dobrze będzie znać kobiecą opinię.

Przeczesał palcami włosy, które wyglądały koszmarnie. Kilka tygodni temu Sam przyciął je naprawdę krótko, ale teraz odrastały, każdy w inną stronę. Merlotte ma włosy w ładnym kolorze, w odcieniu rudawego blond, lecz jako że z natury mu się kręcą, teraz nie sposób ich było porządnie ułożyć. Zapanowałam nad pragnieniem chwycenia szczotki i uczesania ich. Kelnerka nie powinna w taki sposób zajmować się głową swojego szefa.

Do lokalu weszli Kennedy Keyes i Danny Prideaux, którzy dorywczo pracowali dla Sama jako rezerwowa barmanka (ona) i wykidajło (on). Usiedli na dwóch pustych stołkach barowych. Kennedy jest piękna. Parę lat temu została pierwszą wicemiss Luizjany i ciągle jeszcze wygląda jak królowa piękności. Kasztanowe włosy ma lśniące i gęste, a ich końce nigdy się nie rozdwajają. Jej makijaż jest staranny. Regularnie chodzi na manikiur i pedikiur. A ciuchu w Wal-Marcie nie kupiłaby, nawet gdyby zależało od tego jej życie.

Kilka lat temu jej przyszłość, która powinna oznaczać ślub w country clubie w sąsiedniej gminie i dużą spuściznę po ojcu, stanęła pod znakiem zapytania, gdyż Kennedy trafiła do więzienia i musiała odsiedzieć wyrok za zabójstwo.

Uważałam, że jej chłopak sobie na to zasłużył, i tak jak ja myślały również wszystkie inne osoby, które widziały policyjne zdjęcia opuchniętej, posiniaczonej twarzy Kennedy. Ponieważ jednak, kiedy zadzwoniła pod 911, przyznała się, że zastrzeliła tego mężczyznę, a jego rodzina miała spore wpływy, dziewczyna nie zdołała uniknąć kary. Na szczęście, dostała lekki wyrok i zwolniono ją szybciej za dobre zachowanie, szczególnie że podczas odsiadki uczyła inne więźniarki odpowiedniej postawy, ładnego poruszania się i dbania o siebie. Ostatecznie, jakoś przetrwała ten czas. Kiedy wyszła, wynajęła małe mieszkanko w Bon Temps, tu bowiem mieszkała jej ciocia, Marcia Albanese. Sam zaoferował jej pracę niemal natychmiast, gdy ją spotkał, a Kennedy z miejsca zaakceptowała jego propozycję.

– Hej, stary – odezwał się Danny do Sama. – Przyrządzisz nam po mojito?

Merlotte wyjął z lodówki miętę i zabrał się za przygotowanie koktajli. Kiedy kończył przyrządzać drinki, wręczyłam mu pokrojone w plasterki limonki.

– Jak się dziś miewacie? – spytałam. – Kennedy, wyglądasz ślicznie.

– W końcu udało mi się zrzucić ponad cztery kilo! – oznajmiła, a gdy Sam postawił przed nią szklankę, uniosła ją w stronę Danny'ego, wznosząc toast. – Za moją dawną figurę! Jestem na dobrej drodze i niedługo ją odzyskam!

Danny potrząsnął głową.

– Hej! Nie musisz nic robić, i tak wyglądasz pięknie – powiedział.

Musiałam się odwrócić, bałam się bowiem, że mi się wyrwie: „Ojojoj". Danny jest twardym facetem, który nie mógłby chyba dorastać w bardziej odmiennym środowisku niż Kennedy – jedynym doświadczeniem, jakie ich łączyło, była odsiadka – ale, o rany, naprawdę do niej wzdychał. Biło od niego uczucie, które niemal owiewało mnie swoim gorącem. Tak, nie trzeba było telepaty, by dostrzec oddanie tego mężczyzny.

Nie zaciągnęliśmy jeszcze zasłon na oknie od frontu. Zauważyłam, że na dworze zapadł zmrok, więc ruszyłam w tamtą stronę. Chociaż patrzyłam z oświetlonego baru na ciemny parking, dostrzegłam blask na zewnątrz i coś się chyba tam przemieszczało... Tak, i poruszało się bardzo szybko. Zmierzając ku lokalowi. Miałam ułamek sekundy, toteż pomyślałam: „Dziwne", a potem dostrzegłam migotanie płomienia.

– Padnij! – krzyknęłam, ale najprawdopodobniej nawet nie zdążyłam wypowiedzieć obu sylab, gdy szyba w oknie pękła z trzaskiem, a do środka wpadła butelka z ognistym ogonem i wylądowała na stoliku, przy którym nikt nie siedział, rozbijając serwetnik i rozrzucając na boki solniczkę i pieprzniczkę.

Płonące serwetki wzniosły się z miejsca wybuchu, a później podryfowały powoli w dół, opadając na podłogę – na krzesła i na ludzi. Stolik niemal w jednej chwili stanął w ogniu.

Danny poruszał się szybciej niż jakikolwiek człowiek, którego ruch kiedykolwiek obserwowałam. Mężczyzna zagarnął Kennedy ze stołka, przesadził ją przez bar i delikatnie opuścił za ladę. Przez moment panował tam zator, gdyż Sam, który poruszał się jeszcze szybciej, zerwał ze ściany gaśnicę przeciwpożarową i usiłował przeskoczyć bar w drugą stronę, a potem zacząć gasić pożar.

Poczułam na udach gorąco i zerknęłam w dół, a wówczas odkryłam, że od jednej z serwetek zapalił się mój fartuszek. Wstydzę się przyznać, jak głośno wtedy krzyknęłam. Sam odwrócił się wokół własnej osi i opryskał mnie proszkiem z gaśnicy, po czym wrócił do płomieni. Goście baru krzyczeli, odskakiwali od ognia, wbiegali w korytarz, który prowadził obok łazienek i biura Sama na tylny parking. Jedna z naszych najczęstszych klientek, Jane Bodehouse, miała intensywnie krwawiącą ranę na głowie, którą stale oklepywała sobie dłonią. Jane siedziała wcześniej przy oknie, a nie – jak zwykle dotąd – przy barze, więc pomyślałam, że zapewne posypały się na nią kaawałki rozbitej szyby. Kobieta słaniała się i pewnie by upadła, gdybym nie złapała jej za ramię.

– Proszę wyjść tamtędy! – zawołałam jej w ucho i pchnęłam nieszczęsną we właściwym kierunku.

Sam opryskiwał miejsca z najwyższym płomieniem, celując w podstawę w odpowiedni sposób, a jednak unoszące się w powietrze serwetki powodowały wiele małych pożarów. Wzięłam z baru dzban z wodą i dzbanek z herbatą, po czym chodziłam i metodycznie tropiłam płomienie na podłodze. Dzbany były pełne, gdy je brałam, i zdołałam co nieco ugasić.

Jedna z zasłon na oknie płonęła, toteż zrobiłam trzy kroki ku niej, ostrożnie wycelowałam i chlusnęłam pozostałą herbatą. Ogień, niestety, nie zgasł. Złapałam ze stolika szklankę z wodą i podeszłam do płomienia znacznie bliżej, niż chciałam. Cofając się, przez cały czas lałam płyn na parującą zasłonę. Poczułam za sobą dziwne drganie ciepła i coś zapachniało obrzydliwie – moje plecy zaatakowała potężna fala chemikaliów. Odwróciłam się, chcąc spróbować ustalić, co się dzieje, a wtedy zobaczyłam Sama kręcącego się z gaśnicą w dłoniach.

Odkryłam, że patrzę w okienko łączące salę barową z kuchnią. Kucharz Antoine wyłączał wszystkie urządzenia. Bystry facet. W oddali słyszałam odgłosy pracującej motopompy strażackiej, ale byłam zbyt zajęta szukaniem żółtych błysków, by odczuć wyraźną ulgę. Oczyma, z których nieprzerwanie płynęły łzy spowodowane dymem i płonącymi substancjami chemicznymi, strzelałam wokół jakbym grała nimi we flippery, wciąż bowiem starałam się dostrzec płomienie. Kaszlałam też jak szalona. Sam pobiegł wcześniej do biura po drugą gaśnicę i właśnie wrócił, trzymając ją w gotowości. Rozglądaliśmy się i kołysaliśmy na nogach, przygotowani rzucić się do akcji natychmiast, gdy zobaczymy kolejne ogniki.

Żadne z nas nie dostrzegało niczego innego.

Merlotte nakierował gaśnicę na butelkę, która wywołała pożar, spryskał ją pianą, a potem odłożył gaśnicę. Pochylił się, położył sobie ręce na udach i zrobił nierówny wdech. Od razu dostał ataku kaszlu. Później zapatrzył się na butelkę.

– Nie dotykaj jej – poleciłam szybko, więc Sam zatrzymał rękę w połowie drogi.

– Oczywiście, że nie – zgodził się ze mną, a potem się wyprostował. – Widziałaś, kto ją rzucił?

– Nie – odpowiedziałam. Tylko my dwoje pozostaliśmy w barze. Słyszałam, że motopompa zbliża się coraz bardziej, wiedziałam więc, że możemy porozmawiać najwyżej minutę. – To mogli być ci sami ludzie, którzy demonstrowali na parkingu przed barem. Chociaż nie wiem, czy członkowie tamtego Kościoła podkładają bomby.

Tuż po Wielkim Objawieniu okazało się, że nie wszystkie osoby w okolicy ucieszyła nowina, że wśród nas żyją takie istoty jak wilkołaki i inni zmiennokształtni, a Kościół Tabernakulum Świętego Słowa w Clarice od czasu do czasu wysyłał do nas swoich członków, którzy manifestowali pod „Merlotte'em".

– Sookie – jęknął mój szef. – Przykro mi z powodu twoich włosów.

– A co z nimi nie tak? – spytałam, podnosząc rękę do głowy.

Od razu doznałam szoku.

Przeżywałam ciężkie chwile, zmuszając dłoń do ruchu.

– Koniec twojej kitki się przypalił – odparł Sam.

Zupełnie niespodziewanie usiadł. Wyglądało mi to na dobry pomysł.

– Więc to one tak strasznie śmierdzą – mruknęłam, a później opadłam na podłogę obok Merlotte'a.

Opieraliśmy się plecami o bar, ponieważ stołki leżały w różnych miejscach, poprzewracane przez klientów podczas panicznej ucieczki tylnymi drzwiami. Miałam spalone włosy. Na tę myśl poczułam, że łzy płyną mi po policzkach. Wiedziałam, że reaguję głupio, nic jednak nie mogłam na to poradzić.

Sam wziął moją rękę i uścisnął ją; siedzieliśmy tak, aż do środka wbiegli strażacy. Mimo że bar „U Merlotte'a" znajduje się poza granicami miasta, przysłano nam etatowych strażaków miejskich, a nie ochotników.

– Nie sądzę, żebyście musieli tu użyć węża! – zawołał Sam. – Zdaje mi się, że nic już się nie pali.

Bardzo chciał uniknąć jeszcze większych szkód w barze.

– A wy dwoje? Potrzebujecie pierwszej pomocy? – spytał Truman La Salle, komendant straży pożarnej, lecz jakoś tak bezwiednie, gdyż wcale na nas nie patrzył i z uwagą rozglądał się po lokalu.

– Mnie nic nie jest – odrzekłam, zerknąwszy na Sama. – Ale widziałam, że Jane ma na głowie przecięcie od szkła. A ty, Sam?

– Chyba trochę sobie poparzyłem prawą rękę – odparł mój szef i ściągnął wargi, jak gdyby dopiero teraz poczuł ból.

Puścił moją dłoń, potarł lewą ręką prawą i tym razem wyraźnie się skrzywił.

– Musisz to opatrzyć – doradziłam mu. – Oparzenia cholernie bolą.

– Tak, domyślam się – mruknął i zacisnął powieki.

– No dobra! – krzyknął Truman.

W tym momencie do baru wszedł Bud Dearborn. Szeryfa wyciągnięto prawdopodobnie z łóżka, ponieważ spoglądał wokół mętnym wzrokiem i był bez kapelusza, który zazwyczaj stanowił nieodłączną część jego garderoby. Szeryf Dearborn ma obecnie prawdopodobnie pod sześćdziesiątkę i dziś jego wiek było widać w każdym calu. Z twarzy zawsze przypominał mi mopsa lub pekińczyka. Teraz wyglądał jak siwy mops. Przez kilka minut kręcił się po lokalu, uważając, gdzie stawia stopy, i prawie obwąchując zgliszcza. W końcu zaspokoił ciekawość i podszedł do mnie.

– Co tu robiłaś? – spytał.

– Ktoś rzucił w okno bombę zapalającą – wyjaśniłam. – Nie miałam z tym nic wspólnego.

Byłam najwyraźniej zbyt zaszokowana, gdyż zapomniałam nawet o gniewie.

– Sam, czy oni celowali w ciebie? – spytał szeryf i odszedł, nie czekając na odpowiedź.

Mój szef wstał powoli, odwrócił się i wyciągnął do mnie lewą rękę. Chwyciłam ją, a on pociągnął mnie w górę. Ponieważ Merlotte jest znacznie silniejszy niż na to wygląda, w trymiga stałam na nogach.

Na kilka minut czas jakby się zatrzymał. Pomyślałam, że naprawdę jestem w lekkim szoku.

Kiedy szeryf Dearborn zakończył wizję lokalną, wrócił do mnie i do Sama.

A wówczas pojawił się również drugi szeryf.

Eric Northman, mój chłopak i wampirzy szeryf Piątej Strefy, która obejmuje Bon Temps, wszedł właśnie drzwiami tak szybko, że kiedy Bud i Truman zdali sobie sprawę z jego obecności w barze, podskoczyli do nas i wydało mi się, że Bud zamierza wyjąć broń. Eric pośpiesznie chwycił mnie za ramiona, pochylił się i spojrzał mi w twarz.

– Jesteś ranna? – zapytał.

Odniosłam wrażenie, że jego troska zwalnia mnie z konieczności udawania osoby dzielnej, która bez trudu radzi sobie z każdym kryzysem. Poczułam, że po policzku spływa mi łza. Tylko jedna.

– Fartuszek mi się zapalił, myślę jednak, że nie poparzyłam sobie nóg – jęknęłam, ogromnie się starając mówić spokojnie. – Straciłam tylko trochę włosów. Więc, ogólnie rzecz biorąc, chyba mi się udało. Budzie, Trumanie, nie mogę sobie przypomnieć, czy poznaliście mojego chłopaka, Erica Northmana ze Shreveport.

W tym jednym zdaniu zawarłam wiele wątpliwości.

– Skąd pan wiedział, że ktoś tu ma kłopoty, panie Northman? – spytał Truman.

– Sookie zadzwoniła do mnie z komórki – odparował Eric.

Oczywiście skłamał, ale doskonale to rozumiałam – ja również tak naprawdę nie chciałam tłumaczyć się z naszej więzi krwi komendantowi straży pożarnej i szeryfowi Budowi, a Eric, jeśli nie musi, nigdy dobrowolnie nie udziela istotom ludzkim żadnych informacji.

Jedną z najcudowniejszych i równocześnie najbardziej przerażających cech miłości Erica do mnie jest fakt, że mój wampir nie dba o nikogo innego poza mną. Zignorował więc teraz zniszczony bar, oparzenia Sama, policję i nadal badających stan budynku strażaków (którzy zerkali na Northmana kątem oka).

Eric obrócił mnie plecami do siebie i oceniał moje włosy.

– Zamierzam teraz obejrzeć twoje nogi – obwieścił po chwili milczenia. – Potem poszukamy lekarza i fryzjera.

Jego głos był całkowicie chłodny, a ton pewny, ja jednak wiedziałam, że Eric w środku wręcz płonie gniewem. Jego gwałtowne emocje przetaczały się przez łączącą nas więź, podobnie zresztą jak odczuwane przeze mnie wcześniej strach i szok, które go powiadomiły o grożącym mi niebezpieczeństwie.

– Kochanie, są ważniejsze sprawy, o których musimy pomyśleć – zauważyłam, zmuszając się do uśmiechu i opanowania. Bezwiednie wyobraziłam sobie hamujący z piskiem opon przed barem różowy ambulans, z którego wyskakuje oddział ratunkowy złożony z fryzjerów, dzierżących w dłoniach zestawy nożyczek, grzebieni i produktów do stylizacji włosów. – Zadbanie o nadpalone włosy może poczekać do jutra. Ważniejsze jest ustalenie, kto to zrobił i dlaczego.

Eric obrzucił Sama przepełnionym wściekłością wzrokiem, jak gdyby to mój szef był osobiście odpowiedzialny za atak na „Merlotte'a".

– Tak, jego lokal jest znacznie ważniejszy niż twoje bezpieczeństwo i dobre samopoczucie – odciął się.

Sam popatrzył na niego zdziwiony tą naganą i na jego twarzy pojawiła się złość.

– Gdyby Sam nie zareagował tak szybko, ruszając po gaśnicę przeciwpożarową, wszyscy bylibyśmy w znacznie gorszym stanie – oznajmiłam, wciąż siląc się na spokój i uśmiech. – Wierz mi, zarówno bar, jak i przebywający w nim ludzie naprawdę mogli wyglądać znacznie gorzej.

Kończyła mi się cierpliwość i obawiałam, że za chwilę porzucę ten sztuczny spokój, z czego Eric naturalnie natychmiast zdał sobie sprawę.

– Odwiozę cię do domu – stwierdził.

– Nie, dopóki z nią nie pomówię – wtrącił się Bud, wykazując się znaczną odwagą w tym względzie.

W niektórych osobach Eric budzi przecież strach, nawet gdy jest w dobrym nastroju, a cóż dopiero kiedy wysunie kły, tak jak teraz. Dodam, że wszystkie wampiry reagują w ten sposób, ilekroć ogarną je silne emocje.

– Kochanie... – nalegałam, z wysiłkiem panując nad sobą. Objęłam Erica w pasie i spróbowałam ponownie wypowiedzieć spokojnie całe zdanie: – Kochanie, Bud i Truman nadzorują tę sytuację i mają zasady, których musimy przestrzegać. Nic mi nie będzie, nie martw się. – Drżałam, co oczywiście Eric bez trudu wyczuwał.

– Przestraszyłaś się.

Wiedziałam, że jest wściekły, ponieważ przytrafiło mi się coś takiego, a on nie był w stanie temu przeszkodzić. Stłumiłam westchnienie. Nie chciałam się zajmować uczuciami Erica. Uczestniczyłam przecież w przykrym zdarzeniu i miałam prawo się załamać nerwowo. Kiedy wampiry uznają kogoś za swoją własność, bywają naprawdę zaborcze, z drugiej strony jednak bardzo przecież pragną wmieszać się w populację ludzi i nie przyciągać bez powodu ich uwagi. A Northman już zareagował przesadnie.

Był wściekły, to prawda, zazwyczaj jednak postępował pragmatycznie. Wiedział, że nie zostałam poważnie ranna. Spojrzałam na niego, zaintrygowana. Mój duży wiking od tygodnia czy dwóch nie był sobą. Czułam, że trapi go coś jeszcze poza śmiercią stwórcy, nie miałam jednak dość odwagi, by wypytać go, co się dzieje. Zresztą, już wcześniej postanowiłam, że dam sobie spokój z próżnymi rozważaniami. Chciałam po prostu cieszyć się spokojem, który mieliśmy od kilku tygodni.

I może był to z mojej strony błąd. Erica gnębiła jakaś naprawdę poważna sprawa i ta dzisiejsza wściekłość stanowiła jedynie efekt uboczny ogólnego rozdrażnienia.

– Jak dotarłeś tutaj tak szybko? – naciskał Bud na Erica.

– Przyleciałem – rzucił Northman od niechcenia, a szeryf i komendant Truman popatrzyli po sobie, wybałuszając oczy.

Eric posiada tę zdolność od (mniej więcej) tysiąca lat, więc zlekceważył ich zdumienie. Ciągle koncentrował się wyłącznie na mojej osobie, a kły nadal miał wysunięte.

Ci dwaj mężczyźni po prostu nie mogli wiedzieć, że przez Erica przetoczyła się fala mojego panicznego strachu już w chwili, w której zobaczyłam postać biegnącą z butelką. Dlatego po incydencie wcale nie musiałam do niego dzwonić.

– Im szybciej omówimy wszystkie fakty – powiedziałam, obnażając zęby i posyłając Ericowi straszny uśmiech – tym szybciej będziemy mogli stąd odjechać.

W ten sposób usiłowałam bez zbędnych subtelności przesłać mu wiadomość. A on w końcu uspokoił się trochę i zrozumiał, o co mi chodzi.

– Oczywiście, najdroższa – odrzekł. – Masz absolutną rację.

Mimo to, ujął moją rękę i ścisnął zbyt mocno. Na dodatek oczy lśniły mu tak intensywnie, że wyglądały jak małe niebieskie latarenki.

Bud i Truman wyglądali na uspokojonych. Napięcie w powietrzu opadło o dobre kilka stopni. Bo przecież wampiry oznaczają zdarzenia dramatyczne.

Podczas gdy Samowi opatrywano rękę, a Truman robił zdjęcia resztek wrzuconej butelki, Bud spytał mnie, co widziałam.

– Dostrzegłam na parkingu kogoś, kto biegł w stronę budynku, a potem przez okno wpadła butelka – wyjaśniłam. – Nie wiem, kto ją rzucił. Szyba pękła, a ogień zaczął się rozprzestrzeniać od zapalonych serwetek. Później nie zauważyłam już niczego, bo skupiłam się na ludziach, którzy próbowali uciekać. A Sam starał się ugasić pożar.

Bud zadał mi to samo pytanie jeszcze kilka razy, za każdym nieco inaczej ujmując problem.

Niestety, nie byłam w stanie bardziej pomóc.

– Dlaczego twoim zdaniem ktoś zrobił coś takiego „Merlotte'owi"... Samowi? – spytał szeryf.

– Zupełnie tego nie rozumiem – odpowiedziałam. – Wie pan, szeryfie, że kilka tygodni temu na parkingu przed lokalem demonstrowali przedstawiciele tamtego Kościoła. Od tamtej pory wrócili jedynie raz. Nie mogę sobie wyobrazić, że któryś z nich mógł zrobić ten... Eee, czy to był... eee... koktajl Mołotowa?

– Skąd o nich wiesz, Sookie?

– No cóż, po pierwsze, czytam książki. Po drugie, Terry nie opowiada zbyt dużo o wojnie, ale co jakiś czas wspomina o różnych rodzajach broni.

Terry Bellefleur, kuzyn detektywa Andy'ego Bellefleura, jest weteranem wojny wietnamskiej, za udział w której otrzymał medale, lecz po której pozostały mu urazy psychiczne. Terry sprzątał lokal, kiedy wszyscy wyszli, a czasem przychodził też zastąpić Sama za barem. Nieraz po prostu stał i patrzył na wchodzących i wychodzących ludzi. Nie prowadził zbyt bogatego życia towarzyskiego.

W końcu Bud oznajmił, że nie ma do mnie więcej pytań, a wtedy ja i Eric poszliśmy do mojego samochodu. Wampir wziął z mojej drżącej ręki kluczyki, wsiadłam więc i zajęłam siedzenie pasażera. Eric miał rację. Nie powinnam prowadzić, póki nie otrząsnę się z szoku.

Wcześniej, kiedy rozmawiałam z szeryfem Dearbornem, Northman gawędził z kimś przez komórkę, dlatego nie zaskoczył mnie widok zaparkowanego przed moim domem pojazdu. Auto należało do Pam, która przywiozła pasażera.

Eric objechał dom i dotarł na tyły, tam gdzie zawsze parkuję. Wygramoliłam się z samochodu i pośpiesznie przebiegłam przez pomieszczenia, chcąc jak najszybciej otworzyć gościom drzwi frontowe, które były zamknięte na klucz. Eric szedł za mną powoli. W trakcie krótkiej jazdy z baru nie zamieniliśmy ani słowa. Mój wampir był czymś zaabsorbowany i ciągle nie miał humoru. Ja nadal byłam wstrząśnięta z powodu incydentu w „Merlotcie". Teraz, kiedy wyszłam na ganek i zawołałam: „Wejdźcie!", poczułam się trochę bardziej sobą.

Pam i jej pasażer wysiedli. Był to młody człowiek, na oko dwudziestojednolatek, tak szczupły, że można by go nazwać wychudzonym. Włosy miał pofarbowane na niebiesko i ścięte w niesamowicie geometryczny sposób, jak gdyby ktoś nałożył mu na głowę pudełko, później je przekrzywił na bok, a następnie przyciął włosy wzdłuż krawędzi; to, co wystawało, zostało zgolone.

Nie powiem, mężczyzna przyciągał wzrok.

Na widok mojej miny Pam tylko się uśmiechnęła, więc szybko zmieniłam wyraz twarzy na bardziej serdeczny. Pam była wampirzycą już za panowania brytyjskiej królowej Wiktorii, a jest prawą ręką Erica, odkąd wezwał ją do siebie, nakazując jej porzucić podróże po Ameryce Północnej. Eric jest bowiem stwórcą Pam.

– Witaj – odezwałam się do młodego mężczyzny, gdy przekroczył próg mojego domu.

Był niezwykle zdenerwowany. Spoglądał to na mnie, to gdzieś w bok, to na Erica, aż w końcu ocenił pomieszczenie. Dostrzegłam u niego pogardę, gdy patrzył na zagracony salon, który nawet wysprzątany nie prezentował się przecież zbyt nowocześnie czy jak z żurnalu.

Pam pacnęła go w tył głowy.

– Mów, kiedy ktoś się do ciebie zwraca, Immanuelu! – warknęła.

Stała nieznacznie za mężczyzną, toteż nie mógł widzieć, że mówiąc to, mrugnęła do mnie.

– Dzień dobry, proszę pani – zagaił zatem i zrobił krok przed siebie.

Zauważyłam, że mimowolnie pociągnął nosem i skrzywił się.

– Śmierdzisz, Sookie – stwierdziła Pam.

– Był pożar – wytłumaczyłam się.

– Możesz opowiedzieć mi o tym za chwilę – ucięła, unosząc jasne brwi. – Sookie, ten człowiek to Immanuel Earnest – podjęła. – Pracuje jako fryzjer w „Mocnej śmierci" w Shreveport. Jest bratem mojej kochanki, Miriam.

W tych trzech zdaniach zawarła naprawdę sporo informacji. Usiłowałam przyswoić je sobie wszystkie.

Eric przypatrywał się fryzurze Immanuela z fascynacją i wstrętem równocześnie.

– I jego przywiozłaś, żeby poradził sobie z włosami Sookie? – spytał swoją zastępczynię. Zacisnął wargi. Dzięki łączącej nas dwoje więzi wyczuwałam emanujący od niego sceptycyzm.

– Miriam twierdzi, że jest najlepszy – odparowała Pam, wzruszając ramionami. – Mnie nikt nie obcinał włosów od stu pięćdziesięciu lat. Skąd mam się na tym znać?

– Popatrz na niego!

Zaczęłam się trochę martwić. Nawet zważywszy okoliczności, musiałam przyznać, że Eric jest w paskudnym nastroju.

– Podobają mi się jego tatuaże – wtrąciłam się. – Kolory są naprawdę ładne.

Ekscentryczna fryzura najwyraźniej nie wystarczała Immanuelowi, gdyż w dodatku jego ciało pokrywały bardzo wyszukane tatuaże. Nie żadne napisy w stylu „MAMA" czy „BETTY SUE" ani nagie kobiety; były to raczej kunsztowne, kolorowe projekty, które zdobiły jego ręce od przegubów dłoni po barki. Wyglądałby na ubranego, nawet gdyby był nagi. Pod jednym z chudych ramion trzymał płaską skórzaną walizeczkę.

– Więc zamierzasz podciąć nadpalone części? – spytałam pogodnym tonem.

– Nadpalone końce twoich włosów – potwierdził ostrożnie. (Nie jestem pewna, czy potrzebowałam tego konkretnego potwierdzenia). Fryzjer zerknął na mnie, potem ponownie spuścił wzrok i zagapił się na podłogę. – Masz wysoki stołek?

– Tak, w kuchni – odparłam.

Kiedy po pożarze odremontowałam kuchnię, z przyzwyczajenia kupiłam wysoki stołek, taki sam jak ten, na którym babcia sadowiła się, ilekroć rozmawiała z kimś przez stary telefon. Nowy aparat jest bezprzewodowy i nie musiałam zostawać w kuchni, kiedy go używałam, ale lada kuchenna po prostu nie wyglądała dobrze bez stołka.

Troje moich gości powlokło się za mną do kuchni. Wysunęłam stołek na środek pomieszczenia. W kuchni było dość miejsca dla nas wszystkich, toteż Pam i Eric usiedli przy przeciwległym końcu stołu. Eric patrzył na Immanuela spode łba i jakoś tak złowieszczo, a Pam tylko czekała, delektując się naszymi emocjami.

Wdrapałam się na stołek i zmusiłam do wyprostowania pleców. Nogi mnie bolały, w oczach czułam piasek, w gardle drapanie. A jednak nakazałam sobie uśmiech, którym obrzuciłam fryzjera. Immanuel wciąż wydawał się strasznie nerwowy. Gdy ktoś ma w dłoniach ostre nożyczki, wolisz, żeby nie był zdenerwowany.

Immanuel zdjął gumkę recepturkę z mojego końskiego ogona. Przez długą chwilę panowało milczenie, podczas gdy mężczyzna szacował szkody. Nie myślał zbyt optymistycznie. Opuściła mnie pewność siebie.

– Jest bardzo źle? – jęknęłam, starając się zapanować nad drżeniem.

Teraz, kiedy byłam już bezpieczna, w domu, nie musiałam niczego udawać.

– Będę musiał ściąć około siedmiu, ośmiu centymetrów – odparł cicho, tonem lekarza, który powiadamia rozmówcę, że jego krewny jest nieuleczalnie chory.

Ku własnemu wstydowi zareagowałam w taki sposób, jakby przekazał mi właśnie taką tragiczną nowinę. Łzy stanęły mi w oczach, wargi zadrgały.

„To śmieszne!" – powiedziałam sobie.

Zerknęłam w lewo i patrzyłam, jak Immanuel stawia skórzaną walizeczkę na kuchennym stole. Rozpiął zamek i wyjął z niej grzebień. Widziałam w niej również szereg nożyczek w specjalnych etui i elektryczną maszynkę do strzyżenia ze schludnie zwiniętym przewodem. Przenośny stylista, nie ma co.

Pam pisała SMS-a z nieprawdopodobną szybkością. Uśmiechała się przy tym, jakby jej wiadomość była dość, hmm, zabawna. Eric gapił się na mnie, a przez głowę przelatywały mu dziesiątki mrocznych myśli. Nie potrafiłam wprawdzie ich odczytać, byłam jednak pewna, że mój wampir jest smutny, a może wręcz nieszczęśliwy.

Westchnęłam i znów zapatrzyłam się przed siebie. Kochałam Erica, teraz jednak wolałabym, żeby zapanował nad melancholią. Poczułam palce Immanuela na moich włosach, kiedy zaczął mnie czesać. Czułam się dziwnie, gdy dotarł do końca długości i szarpnął, a później usłyszałam osobliwy dźwięk i uświadomiłam sobie, że nadpalona część spadła na podłogę.

– Końcówki są uszkodzone i nie sposób ich uleczyć – mruknął fryzjer. – Przytnę je, potem umyjemy włosy, a później znowu będę ciął.

– Musisz rzucić tę pracę – obwieścił nieoczekiwanie Eric, a Immanuel zatrzymał grzebień w połowie drogi... do czasu, aż zrozumiał, że wampir mówi do mnie.

Miałam ochotę cisnąć w niego czymś ciężkim i chciałam, żeby to coś trafiło go prosto w uparty, choć ładny łeb.

– Porozmawiamy później – odburknęłam, nie patrząc na ukochanego.

– Co się zdarzy następnym razem? Zbyt łatwo cię zranić! – kontynuował niezrażony.

– Porozmawiamy później! – powtórzyłam.

Kątem oka zobaczyłam, że Pam odwraca wzrok, tak żeby Eric nie zobaczył jej uśmieszku.

– Czy ona nie potrzebuje czegoś? – warknął Eric na fryzjera. – Czegoś do okrycia ubrania?

– Ericu – powiedziałam – ponieważ cała cuchnę, a ubranie mam brudne od sadzy i oblepione świństwem z gaśnicy, nie sądzę, żeby zaszkodziły mu kawałeczki nadpalonych włosów.

Northman nie prychnął, choć był tego bliski. Chyba jednak odkrył, że jest upierdliwy, bo zapanował nad sobą i nie dodał nic więcej.

Poczułam ogromną ulgę.

Immanuel, którego ręce okazały się zadziwiająco silne jak na kogoś, kto został uwięziony w kuchni z dwoma wampirami (w tym jednym wyjątkowo drażliwym i niezwykle łatwo wpadającym w irytację) oraz osmaloną kelnerką, czesał moje włosy tak długo, aż maksymalnie je wygładził. Następnie wziął w dłoń nożyczki. Czułam, że całkowicie się skupia na czekającym go zadaniu. Był wręcz mistrzem koncentracji, co bez trudu odkryłam, ponieważ jego umysł był dla mnie niemal przezroczysty i czytałam w nim niczym w otwartej księdze.

W sumie cała operacja nie trwała długo. Spalone końce po prostu nagle opadły na podłogę jak smutne płatki śniegu.

– Musisz teraz pójść pod prysznic, a potem wrócić z czystymi, wilgotnymi włosami – polecił Immanuel. – Wówczas wyrównam fryzurę. Gdzie masz szczotkę do zamiatania i szufelkę?

Powiedziałam mu, gdzie je znajdzie, po czym weszłam do sypialni i udałam się do mojej prywatnej łazienki. Zastanawiałam się, czy Eric do mnie dołączy, gdyż z doświadczenia wiedziałam, że lubi zabawy pod moim prysznicem. Dziś jednak wolałam, żeby został w kuchni.

Zdjęłam śmierdzące ubranie i odkręciłam gorącą wodę – tak gorącą, jak tylko mogłam znieść. Wspaniale było wejść do wanny i poddać się temu ciepłu, które mnie omywało. Kiedy gorąca woda dotknęła moich nóg, parzyła. Przez kilka sekund wcale nie czułam się ani wdzięczna, ani szczęśliwa. Przez kilka sekund jedynie przypominałam sobie, jak bardzo jeszcze niedawno byłam przerażona. A później, gdy opanowałam lęk, uprzytomniłam sobie coś ważnego.

Postać, którą widziałam, jak biegła w stronę baru z koktajlem Mołotowa w ręku... Nie mogłam mieć pewności, lecz podejrzewałam, że nie była istotą ludzką.

ROZDZIAŁ DRUGI

Wepchnęłam brudne, cuchnące części garderoby do kosza na brudną bieliznę w łazience. Będę musiała je namoczyć w odplamiaczu, zanim w ogóle spróbuję je wyprać, ale oczywiście nie mogłam po prostu ich wyrzucić, póki nie będą czyste, gdyż dopiero wówczas będzie można ocenić szkody. Co do przyszłości czarnych spodni nie byłam jednak nastawiona zbyt optymistycznie. Wcześniej nie zauważyłam, że są trochę przypalone, dopiero teraz, gdy widziałam, że skórę obolałych ud mam mocno zaróżowioną. A wtedy przypomniałam sobie, jak płonął mój fartuszek.

Kiedy obejrzałam dokładnie nogi, zrozumiałam, że całe zdarzenie mogło się skończyć dla mnie dużo gorzej. Iskry spadły na fartuch, nie na spodnie, a Sam bardzo szybko zjawił się z gaśnicą. Teraz doceniłam to, że sprawdzał ich stan co roku, że jeździł je napełniać do remizy strażackiej, że montował czujniki dymu. Wyobrażałam sobie przez moment, co by się mogło stać, gdyby nie Merlotte.

„Oddychaj głęboko", poleciłam sobie, kiedy oklepywałam ręcznikiem nogi, by je wysuszyć. „Oddychaj głęboko. Pomyśl, jak dobrze się czujesz, gdy jesteś czysta".

Czułam się cudownie, bo zmyłam z siebie swąd, bo użyłam szamponu do włosów i wraz z nim spłukałam cały smród.

Nie mogłam przestać się martwić o to, co zobaczyłam, kiedy patrzyłam przez okno baru: niska postać biegła ku budynkowi, trzymając coś w jednym ręku. Nie byłam wówczas w stanie powiedzieć, czy biegnąca osoba jest mężczyzną, czy kobietą, ale nie miałam wątpliwości co do jednego: że była istotą nadnaturalną; i podejrzewałam, że natury dwoistej. To podejrzenie nasiliło się jeszcze bardziej, kiedy zastanowiłam się dodatkowo nad szybkością, zwinnością i wytrzymałością biegnącego (lub biegnącej) oraz nad celnością jego (lub jej) rzutu – butelka trafiła w okno z większą, siłą niż byłaby możliwa do uzyskania przez ciskającego nią człowieka, i z prędkością wystarczającą do roztrzaskania szyby.

Nie mogłam oczywiście mieć stuprocentowej pewności. Ale wampira raczej bym wykluczyła – nieumarli nie lubią ognia i wolą nie mieć z nim do czynienia. Wampirze ciało jest z jakichś względów wybitnie łatwopalne. Wampir, który zdecydowałby się użyć jako broni koktajlu Mołotowa, musiałby być bardzo pewny siebie lub bardzo nierozważny.

Już z samego tego powodu byłam skłonna postawić duże pieniądze na to, że osobnik z butelką był natury dwoistej – zmiennokształtnym lub kimś w tym rodzaju. Istnieją oczywiście również inne typy stworzeń nadnaturalnych, takie jak elfy, wróżki czy gobliny, i wszystkie one potrafią się przemieszczać znacznie szybciej niż my, ludzie. Ogromnie żałowałam, że cały incydent przebiegł tak prędko, toteż nawet nie mogłam spróbować zerknąć w umysł zamachowca. Gdyby mi się udało, zyskałabym dużą wiedzę, ponieważ umysły wampirów są dla mnie puste, postrzegam je dosłownie jako dziurę w eterze, a wróżkom z kolei nie potrafię czytać w myślach, chociaż ich mózgi rejestruję inaczej. Myśli niektórych istot dwoistej natury umiem czytać całkiem przyzwoicie, w przypadku innych – niezbyt dokładnie, lecz zawsze ich umysły widzę jako ciepłe i funkcjonujące.

Zazwyczaj nie jestem osobą niezdecydowaną. Ale teraz, kiedy się wycierałam i czesałam wilgotne włosy (dziwnie się czułam, gdy grzebień kończył drogę w dół o wiele szybciej), martwiłam się, czy powinnam podzielić się swoimi podejrzeniami z Erikiem. Kiedy wampir kogoś kocha – lub nawet gdy tylko uważa tego kogoś za swoją własność – jego pojęcie ochrony tej osoby może być dość drastyczne i radykalne. Eric uwielbia wszelkie bitwy i potyczki; w życiu często musiał starać się zrównoważyć polityczny sens jakiegoś posunięcia z własnym instynktem, który kazał mu skoczyć do boju z obnażonym mieczem. Chociaż nie sądziłam, by zaatakował społeczność istot dwoistej natury, to, gdy widziałam, w jakim jest nastroju, uważałam, że mądrzej będzie zatrzymać swoje podejrzenia dla siebie – do czasu, aż zyskam takie czy inne dowody.

Włożyłam spodnie od piżamy i podkoszulek z logo drużyny Bon Temps Lady Falcons. Popatrzyłam tęsknie na łóżko, po czym opuściłam sypialnię, by stawić czoło osobliwemu tłumkowi gości w kuchni. Eric i Pam pili butelkowaną krew syntetyczną, którą wzięli sobie z lodówki, a Immanuel sączył colę. Ogarnęły mnie wyrzuty sumienia, że nie pomyślałam o zaproponowaniu czegoś do picia, w tym momencie jednak Pam przyciągnęła mój wzrok i obrzuciła mnie poważnym spojrzeniem, dzięki któremu wiedziałam, że to ona zadbała o wszystko. Skinęłam do niej głową z wdzięcznością.

– Jestem gotowa – oznajmiłam Immanuelowi.

Szczupły mężczyzna wstał z krzesła i pokazał mi gestem, że mam usiąść na stołku.

Tym razem mój nowy fryzjer rozłożył mi na ramionach cienką plastikową pelerynkę i związał mi ją na karku. Przeczesał moje włosy, przypatrując się im z uwagą. Próbowałam uśmiechnąć się do Erica, chcąc pokazać, że nie jest tak źle, ale tak naprawdę nie miałam do tego serca. Pam nachmurzyła się, patrząc na wyświetlacz swojej komórki. Zirytował ją SMS, który przyszedł.

Najwyraźniej Immanuel spędził wcześniej trochę czasu również nad jej fryzurą. Jasnozłotą grzywę złożoną z prostych ładnych włosów zdobiła teraz błękitna opaska. Moja przyjaciółka wampirzyca nie mogła chyba wyglądać bardziej jak Alicja z *Alicji w Krainie Czarów*, chociaż nie miała dziś na sobie błękitnej sukienki z rozszerzaną spódnicą ani białego bezrękawnika, nosiła za to jasnoniebieską suknię futerał, na oko z lat sześćdziesiątych, i czółenka na ponad siedmiocentymetrowych obcasach. No i perły.

– Co się dzieje, Pam? – spytałam, po prostu dlatego, że zaczynało mnie przytłaczać panujące w kuchni milczenie. – Ktoś ci przysłał przykrego SMS-a?

– Nic się nie dzieje – odwarknęła, a ja usiłowałam się nie wzdrygnąć. – Kompletnie nic. Victor wciąż pozostaje naszym przywódcą. Nasza pozycja nie poprawiła się ani o jotę. Na nasze prośby nie otrzymujemy odpowiedzi. Gdzie jest Felipe?! Tak bardzo go potrzebujemy.

Eric przeszył ją wzrokiem pełnym furii.

Ho, ho, ho, pomyślałam. Kłopoty w raju.

Nigdy przedtem nie widziałam, żeby kłócili się na poważnie.

Pam była jedynym „dzieckiem" Erica, które kiedykolwiek poznałam. Po spędzeniu pierwszych kilku lat jako wampirzyca w jego towarzystwie, odeszła, ruszając swoją drogą. Radziła sobie nieźle, lecz – jak mi wyznała – nie na tyle, żeby odmówić powrotu do Erica, gdy jej stwórca ją do siebie wezwał. Miała mu pomagać w działalności w Piątej Strefie, kiedy poprzednia królowa przydzieliła mu stanowisko szeryfa.

Nerwowa atmosfera nie najlepiej działała na Immanuela, który to się skupiał na pracy, to ją przerywał, a pracą tą było przecież podcinanie moich włosów.

– Spokojnie, oboje – upomniałam ostro wampiry.

– A o co chodzi z tym całym gównem, które leży na twoim podjeździe? – spytała Pam z wyraźnym brytyjskim akcentem. – Że nie wspomnę o twoim salonie i ganku. Organizujesz garażową wyprzedaż rzeczy używanych?

Było widać, jaka Pam jest dumna, że potrafiła użyć właściwego określenia w pełnym jego kształcie.

– Prawie skończyłem – wtrącił się Immanuel, choć jego nożyczki nadal trzaskały w szaleńczym tempie.

– Pam, wszystko to wynieśliśmy z mojego poddasza – odpowiedziałam, ciesząc się, że rozmawiamy na temat tak przyziemny i (miałam na to szczerą nadzieję) działający na wszystkich uspokajająco. – Claude i Dermot pomagają mi je wysprzątać. Zamierzałam wraz z Samem pojechać na spotkanie z handlarzami antyków w Shreveport jutro rano... No cóż, taki mieliśmy zamiar. Teraz nie jestem pewna, czy Sam da radę pojechać.

– Ty, popatrz! – mruknęła Pam do Erica. – Ona mieszka z innymi facetami. I na zakupy też jeździ z innymi. Co z ciebie za mąż?

W tym momencie Northman rzucił się przez stolik ku Pam, wyciągając rękę ku jej szyi.

A w następnej sekundzie ci dwoje toczyli się po podłodze i jedno na poważnie próbowało zrobić drugiemu krzywdę. Nie wiedziałam, czy Pam może w ogóle wykonać ruchy, którymi naprawdę skrzywdziłaby Erica, ponieważ była jego dzieckiem; bez wątpienia jednak energicznie się broniła. A granica pomiędzy obroną a atakiem jest cienka.

Nie byłam w stanie zejść ze stołka na tyle szybko, żeby zapobiec zniszczeniom i stratom spowodowanym ich walką. Wydawało się bowiem nieuniknione, że za chwilę wpadną na mój stołek i go przewrócą. I tak się, niestety, stało – stołek się przewrócił, a ja dołączyłam do wampirów na podłodze, przy okazji uderzając ramieniem o blat. Immanuel bardzo inteligentnie odskoczył do tyłu i nie upuścił przy tym nożyczek, co stanowiło prawdziwe błogosławieństwo dla nas wszystkich. Jeden z wampirów mógłby je na przykład złapać i użyć jako broni, lub lśniące ostre nożyczki mogłyby się przypadkowo wbić w jaką część mojego ciała.

Immanuel chwycił mnie za ramię z zaskakującą siłą i szarpnął w górę, a gdy stanęłam na nogach, pociągnął mnie ku drzwiom. Uciekliśmy z kuchni do salonu. Tam stanęliśmy, dysząc w środku zagraconego pomieszczenia, i zerkaliśmy na korytarz, na wypadek gdyby walczący udali się za nami.

Słyszałam trzaski i huki, a także jakiś ciągły hałas, który w końcu zidentyfikowałam jako warczenie.

– Brzmi to tak, jak gdyby naskoczyły na siebie dwa pitbulle – zauważył fryzjer.

Podchodził do całej sprawy z zadziwiającym spokojem. Co do mnie, cieszyłam się, że w takiej sytuacji towarzyszy mi człowiek.

– Nie wiem, co im się stało – stwierdziłam. – Nigdy nie widziałam, żeby zachowywali się w ten sposób.

– Pam jest sfrustrowana – wyjaśnił z poufałością, która mnie zaskoczyła. – Chciałaby powołać do życia własne nieumarłe dziecko, ale istnieje jakiś wampirzy powód, dla którego nie może tego zrobić.

Ze zdumienia na chwilę aż mnie zamurowało, czego nijak nie potrafiłam ukryć.

– A ty wiesz to wszystko... bo? Skąd? Wybacz, jeśli brzmi to nieuprzejmie, ale znam Pam i Erica od jakiegoś czasu, a ciebie nigdy przedtem nie widziałam.

– Pam spotyka się z moją siostrą. – Dzięki Bogu, Immanuel wcale nie wydawał się obrażony moją szczerością. – Z moją siostrą Miriam. Nasza mama jest religijna – ciągnął. – I trochę szaleje. Sytuacja wygląda tak, że moja siostra jest bardzo chora i jej stan szybko się pogarsza, a Pam naprawdę pragnie ją przemienić, zanim dojdzie do najgorszego. Jeżeli Pam się nie pośpieszy, z Mir już na zawsze zostanie skóra i kości.

Nie bardzo wiedziałam, co odpowiedzieć.

– A na co choruje? – spytałam.

– Ma białaczkę – odrzekł Immanuel.

Chociaż starał się utrzymać niedbałą minę, wiedziałam, że skrywa pod nią ból, a także strach i prawdziwe zmartwienie.

– Czyli stąd Pam zna ciebie.

– Tak. Ale ma rację, wiesz? Jestem najlepszym stylistą fryzur w całym Shreveport.

– Wierzę ci – odparłam. – I przykro mi z powodu twojej siostry. Pewnie nie podano ci przyczyn, dla których Pam nie udało się przemienić Miriam w wampirzycę?

– Nie, ale nie sądzę, żeby przeszkodę stanowił Eric.

– Prawdopodobnie nie. – Z kuchni dotarły do nas wrzask i łoskot. – Zastanawiam się, czy powinnam interweniować.

– Na twoim miejscu zostawiłbym ich samym sobie.

– Mam nadzieję, że planują później doprowadzić do porządku moją kuchnię – mruknęłam, starając się ze wszystkich sił mówić raczej z gniewem niż z przerażeniem.

– Wiesz, że Eric mógłby jej rozkazać, żeby się uspokoiła, a ona musiałaby go posłuchać – rzucił Immanuel.

Miał rację. Pam – jako dziecko Northmana – musiałaby wykonać bezpośrednio wypowiedziane polecenie. A jednak z jakiegoś powodu Eric nie wymawiał magicznego słowa. Tymczasem w mojej kuchni odbywały się iście dantejskie sceny, które lada chwila mogły ją zmieść z powierzchni ziemi. Kiedy sobie uświadomiłam, że Eric w każdej chwili może zatrzymać całe zajście, straciłam nad sobą panowanie.

Chociaż Immanuel bezskutecznie próbował chwycić mnie za ramię, poszłam, głośno tupiąc bosymi stopami, do łazienki w korytarzu, wzięłam dzbanek, którego Claude używał, kiedy czyścił wannę, napełniłam go chłodną wodą i zabrałam ze sobą do kuchni. (Chodziłam trochę chwiejnie z powodu upadku ze stołka, zdołałam tam jednak jakoś dotrzeć). Eric leżał na Pam i nie zamierzał odpuścić. Twarz miał pokrwawioną. Wampirzyca trzymała ręce na jego barkach, starając się nie dopuścić go do siebie bliżej. Może bała się, że ją ugryzie.

Ustawiłam się w najodpowiedniejszym miejscu i szacowałam potencjalną trajektorię. Kiedy byłam pewna, że trafię, wylałam dzban zimnej wody na walczące wampiry.

Tym razem gasiłam innego rodzaju pożar.

Kiedy oblałam twarz Pam chłodną wodą, wampirzyca zapiszczała jak czajnik na gazie, skropiony Eric z kolei powiedział w nieznanym mi języku coś, co brzmiało paskudnie. Przez ułamek sekundy myślałam, że solidarnie we dwoje rzucą się na mnie. Stojąc na sztywnych nogach, z pustym dzbanem w ręku, wbiłam w nich na moment wzrok. Potem odwróciłam się na pięcie i wyszłam.

Immanuel wydawał się zaskoczony, gdy zobaczył, że wracam cała i zdrowa. Potrząsnął głową. Najwyraźniej nie wiedział: podziwiać mnie czy uznać za idiotkę?

– Jesteś szalona, kobieto – rzucił – ale przynajmniej, dzięki mnie, twoje włosy wyglądają dobrze. Powinnaś przyjść do salonu na pasemka. Dam ci upust, chociaż ceny mam wyższe niż ktokolwiek inny w Shreveport. – Dodał to rzeczowym, obojętnym tonem.

– Och. Dzięki. Przemyślę twoją propozycję.

Wyczerpana długim dniem i wybuchem gniewu – gniew i strach zawsze wyczerpują – usadowiłam się w pustym narożniku kanapy i pomachałam Immanuelowi, dając mu znak, żeby usiadł w dużym rozkładanym fotelu, jedynym w całym pokoju dodatkowym siedzisku, które nie było pokryte śmieciami z poddasza.

Milczeliśmy, nasłuchując, czy walka w kuchni nie rozgorzeje na nowo. Na szczęście, panowała tam cisza, co sprawiło mi ulgę.

– Odjechałbym – powiedział Immanuel po kilku sekundach – ale przywiozła mnie tu Pam. – Zrobił przepraszającą minę.

– Żaden problem – odparłam, tłumiąc ziewnięcie. – Przykro mi tylko, że nie mogę wejść do kuchni. Gdyby ci dwoje stamtąd wyszli, mogłabym zaproponować ci jeszcze coś do picia albo jedzenia.

Potrząsnął głową.

– Dziękuję, napiłem się już coli. Nie jadam zbyt dużo. Co oni tam robią twoim zdaniem? Pieprzą się?

Miałam nadzieję, że nie wyglądam na tak wstrząśniętą, jak się poczułam. To była prawda, że Pam i Eric byli kiedyś kochankami, tuż po tym, jak Northman zmienił ją w wampirzycę. Sama Pam opowiadała mi kiedyś, jak bardzo się cieszyła tą fazą ich związku, jednak jeśli chodzi o chwilę obecną, już dziesięciolecia temu odkryła, że woli kobiety. Właśnie tak się przedstawiały sprawy. Poza tym, Eric był teraz moim mężem, w jakiś niewiążący wampirzy sposób, ale byłam raczej pewna, że nawet małżeństwo wampirzo-ludzkie wyklucza uprawianie seksu z innym partnerem w kuchni żony...

Z drugiej strony...

– Pam zwykle preferuje kobiety – wytknęłam mu, siląc się na ton, który miał brzmieć pewniej, niż faktycznie się czułam. Kiedy pomyślałam, że Eric mógłby uprawiać seks z kimś innym, miałam ochotę wyrwać mu te wszystkie piękne jasne włosy. Z korzeniami. Garściami.

– Pam jest raczej wszechseksualna... czy też panseksualna – pouczył mnie Immanuel. – Moja siostra i Pam brały sobie czasami do łóżka również mężczyznę.

– Aha, okej – bąknęłam i podniosłam rękę w geście, który mówił: „Stop". Niektórych faktów nie chciałam znać ani sobie wyobrażać.

– Jesteś dość pruderyjna jak na kogoś związanego z wampirem – zauważył fryzjer.

– Cóż, tak, zgadza się, jestem dość pruderyjna.

Nigdy wcześniej nie użyłabym w stosunku do siebie takiego epitetu, jednak w porównaniu z Immanuelem – i Pam – bez wątpienia byłam zasadnicza.

Wolałabym wszakże zastanowić się nad tą kwestią, kiedy będę miała większe poczucie prywatności.

W końcu Pam i Eric weszli do salonu, a wtedy ja i fryzjer, nie wiedząc, czego możemy się spodziewać, pochyliliśmy się, gotowi zerwać się z naszych siedzisk. Chociaż dwa wampiry zachowywały kamienny wyraz twarzy, ich sposób zachowania i język ciała sugerowały, że oboje wstydzą się utraty kontroli, na którą sobie pozwolili.

Już się zaczęli regenerować, co obserwowałam z niejaką zazdrością. Eric miał rozczochrane włosy i oddarty jeden rękaw koszuli. Pam miała podartą suknię i niosła w ręku buty, ponieważ złamał jej się obcas.

Northman otworzył usta, zamierzając coś powiedzieć, ale postanowiłam go uprzedzić.

– Nie wiem, o co wam poszło – oznajmiłam – i jestem zbyt zmęczona, żeby mnie to obchodziło. Macie naprawić wszystko, co zniszczyliście, ale teraz żądam, abyście opuścili mój dom, i to zaraz. Jeśli będę musiała, uchylę moje zaproszenie dla was.

W oczach Erica dostrzegłam bunt. Byłam pewna, że planował spędzić u mnie noc. Dziś jednak to się nie zdarzy, na pewno nie!

Widziałam niedawno błysk reflektorów na podjeździe, toteż byłam przekonana, że nadjeżdżają Claude i Dermot. Nie mogłam mieć w jednym domu w tym samym czasie wróżek i wampirów. Przedstawiciele obu tych gatunków istot byli zarówno silni, jak i okrutni, lecz wampiry uważały wróżki za stworzenia niezwykle atrakcyjne i ciągnęło je do nich jak kota do kocimiętki. Nie miałam ochoty na kolejne starcie.

– Wychodzicie frontowymi drzwiami, ale to już – nakazałam, ponieważ moi goście nie ruszali się z miejsc. – A kysz! Immanuelu, dzięki za strzyżenie. Ericu, doceniam to, że pomyślałeś o sprowadzeniu fryzjera, który ogarnie straty na mojej głowie. – (Może wypowiedziałam to zdanie z mocną nutą sarkazmu). – Byłoby jednak miło, gdybyś przed zdemolowaniem mojej kuchni lepiej się zastanowił.

Bez zbędnych ceregieli Pam skinęła na Immanuela i we dwoje poszli w stronę drzwi. Fryzjer wyglądał na leciutko ubawionego. Wampirzyca, gdy mnie mijała, posłała mi długie spojrzenie. Wiedziałam, że miało być znaczące, ale, zabijcie mnie, nijak nie potrafiłam się domyślić, co próbowała mi nim przekazać.

– Trzymałbym cię, aż zaśniesz, i potem też – jęknął Eric. – Przykro mi, że zostałaś ranna. – Wydawał się dziwnie skonsternowany.

Innym razem przyjęłabym te słabe przeprosiny, lecz nie dzisiejszej nocy.

– Ericu, musisz pojechać teraz do domu. Porozmawiamy, kiedy będziesz w stanie nad sobą panować.

To byłoby ostre upomnienie dla każdego wampira i zauważyłam, że mięśnie grzbietu Northmana zesztywniały. Przez moment sądziłam, że rzuci się na mnie i stanę się kolejną ofiarą jego złego humoru, ostatecznie jednak Eric grzecznie wyszedł frontowymi drzwiami.

– Porozmawiamy wkrótce, żono – oświadczył, gdy znalazł się na ganku.

Wzruszyłam ramionami. Było mi to obojętnie. Czułam się zbyt zmęczona, za bardzo skołowana i rozdrażniona, nie siliłam się więc nawet na uprzejmą minę zakochanej kobiety.

Sądzę, że Eric wsiadł do samochodu z Pam i fryzjerem, po czym wszyscy razem pojechali z powrotem do Shreveport. Możliwe, że był zbyt sponiewierany, żeby latać. Ale o co, do diabła, właściwie chodziło Pam i Ericowi?

Starałam się sobie wmówić, że nie jest to mój problem, niestety, miałam złe przeczucia, że jednak naprawdę, naprawdę jest... mój.

Chwilę później tylnymi drzwiami wkroczyli Claude i Dermot, ostentacyjnie wąchając powietrze w domu.

– Zapach dymu i wampirów – ocenił kuzyn i przewrócił oczyma. – A twoja kuchnia wygląda, jakby grasował w niej szukający miodu niedźwiedź.

– Nie wiem, jak to znosisz – dodał Dermot. – Oni pachną gorzko i słodko równocześnie. Nie wiem, czy lubię ten aromat, czy go nienawidzę. – Podniósł rękę do nosa teatralnym gestem. – Czy wyczuwam również woń spalonych włosów?

– Cicho, obaj – mruknęłam ze znużeniem w głosie. Przekazałam im maksymalnie skróconą wersję zdarzeń, na którą składało się wrzucenie bomby zapalającej do „Merlotte'a" i walka w kuchni. – Więc po prostu mnie uściskajcie i pozwólcie, że udam się na spoczynek bez wysłuchiwania komentarzy na temat wampirów – poprosiłam.

– Chcesz, żebyśmy spali z tobą w łóżku, bratanico? – spytał Dermot w kwiecistym stylu charakterystycznym dla starych wróżek, tych, które nie spędzały zbyt dużo czasu z ludźmi.

Na każdą wróżkę bliskość innej działa zarówno kojąco, jak i uspokajająco. Nawet mnie, chociaż w moich żyłach płynie jedynie drobny procent krwi wróżek, obecność Claude'a i Dermota poprawiała samopoczucie. Nie miałam o tym pojęcia, gdy po raz pierwszy spotkałam Claude'a i jego siostrę Claudine, ale im dłużej znałam wróżki i im częściej mnie dotykały, tym lepiej reagowałam na ich bliskość. Kiedy mój pradziadek Niall mnie obejmował, czułam czystą miłość. Nie było wtedy ważne, co Niall zrobił ani jak problematyczne decyzje podjął, ja czułam wyłącznie miłość, ilekroć znalazłam się blisko niego. Teraz na chwilę ponownie ogarnął mnie żal, pomyślałam bowiem, że może już nigdy więcej nie zobaczę pradziadka, nie byłam jednak w stanie poddać się temu uczuciu, gdyż z powodu ogromnego zmęczenia nie miałam siły na żadne emocje.

– Dzięki, Dermocie, ale myślę, że wolałabym być sama dziś w nocy. Śpijcie dobrze.

– Ty także, Sookie – odpowiedział mi Claude.

Najwyraźniej grzeczność Dermota udzieliła się mojemu zazwyczaj zrzędliwemu kuzynowi.

Obudził mnie rano odgłos stukania do drzwi. Wstałam i, rozczochrana i zapuchnięta, powlokłam się przez salon. Zerknęłam przez wizjer. Sam.

Otworzyłam drzwi i ziewnęłam mu w twarz.

– Co mogę dla ciebie zrobić? Wejdź, Sam.

Zerknął na zatłoczony salon i zauważyłam, że zmusza się do uśmiechu.

– Nie jedziemy do Shreveport? – spytał.

– O mój Boże! – Nagle poczułam się bardziej rozbudzona. – Gdy zasypiałam wczoraj, przemknęło mi przez głowę, że ze względu na pożar w barze pewnie nie będziesz w stanie jechać tam dzisiaj. Jesteś w stanie? Chcesz jechać?

– Tak. Szef służby przeciwpożarowej rozmawiał z przedstawicielami mojego towarzystwa ubezpieczeniowego i tamci zaczęli już działać. Są na etapie roboty papierkowej. Tymczasem wraz z Dannym wyciągnęliśmy spalony stół i krzesła, Terry zajął się podłogą, a Antoine sprawdził, czy w kuchni coś się nie uszkodziło. Sprawdziłem też, czy wszystkie nasze gaśnice przeciwpożarowe są gotowe do użytku. – Na długi moment jego uśmiech osłabł. – O ile zjawią się w ogóle jacyś klienci, których będę mógł obsłużyć.

Jeśli ludzie pomyślą, że mogą u mnie zginąć w pożarze, prawdopodobnie nie zechcą przychodzić do „Merlotte'a".

Właściwie nie mogłam winić klientów, że martwią się o swoje życie. Naprawdę nie potrzebowaliśmy wypadku z ubiegłej nocy. Sam i tak miał kłopoty, a takie incydenty mogłyby przyśpieszyć upadek jego lokalu.

– Więc policja musi schwytać tego, kto to zrobił – oznajmiłam, próbując mówić z przekonaniem. – Wtedy ludzie dowiedzą się, że mogą bezpiecznie wrócić, a my znowu będziemy zajęci.

W tym momencie po schodach zszedł Claude. Minę miał kwaśną.

– Hałasujecie tu, na dole, strasznie – mruknął, kiedy mijał nas w drodze do łazienki w korytarzu.

Nawet gdy snuł się przygarbiony i w zmiętych dżinsach, szedł z gracją, która przyciągała uwagę do jego urody. Sam bezwiednie westchnął i lekko potrząsnął głową, wpatrując się we wróża, który przemieszczał się korytarzem takim krokiem, jakby miał łożyska kulkowe w stawach biodrowych.

– Hej – powiedziałam, gdy usłyszałam, że drzwi łazienki zatrzaskują się za Claude'em. – Sam! On chyba na ciebie nie działa, co?

– Niektórzy faceci... – zaczął Sam, zmieszał się, a później zamilkł. – Ech, zapomnijmy o tym – dodał po chwili.

Co do mnie, naturalnie nie mogłam, ot tak, o tym temacie zapomnieć, ponieważ wiedziałam wprost z myśli Sama, że jest... no może nie zawistny, lecz z pewnością nieco zazdrosny o fizyczny wygląd mojego kuzyna. Żałował, że nie prezentuje się tak dobrze, chociaż – podobnie jak wszyscy inni – doskonale znał okropny charakterek Claude'a.

Od lat czytam w myślach mężczyznom i wiem, że są bardziej podobni do kobiet, niż można by przypuszczać – naprawdę, o ile nie rozmawiamy o ciężarówkach. Chciałam powiedzieć mojemu szefowi, że moim zdaniem jest całkiem przystojny, że kobiety w barze marzą o spędzeniu z nim nocy częściej, niż mógłby podejrzewać, w końcu jednak zatrzymałam te uwagi dla siebie. Miałam świadomość, że Samowi należy się trochę prywatności w postaci własnych myśli. Z powodu jego zmiennokształtnej natury rzeczywiście większość myśli pozostawała w jego głowie... lecz nie wszystkie. Potrafiłam wyłapać pojedyncze, te bardziej niezwykłe, wyczuć ogólny nastrój mojego szefa, rzadziej jednak coś bardziej konkretnego.

– No to ja zaparzę kawę – zadeklarowałam się i ruszyłam od kuchni, a Sam niemal deptał mi po piętach.

Kiedy jednak weszłam tam, stanęłam jak wryta. Wcześniej kompletnie zapomniałam o walce, która odbyła się w tym pomieszczeniu wczoraj wieczorem.

– Co tu się stało? – spytał Sam. – Claude to zrobił?

Rozglądał się wokół z przerażeniem.

– Nie, to Eric i Pam – odparłam. – Och, zombie.

Sam popatrzył na mnie dziwnie, a ja się roześmiałam i zaczęłam podnosić leżące przedmioty. Bezwiednie skróciłam jedno z ulubionych przekleństw Pam, ponieważ w rzeczywistości nie byłam przecież zdumiona ani przerażona.

Nie mogłam się powstrzymać przed refleksją, że byłoby naprawdę miło, gdyby Claude i Dermot doprowadzili do porządku kuchnię, zanim zeszłej nocy położyli się spać. Och, to mógł być taki wspaniały upominek z ich strony.

Z drugiej zaś strony... to przecież nie jest ich kuchnia.

Postawiłam na nogi przewrócone krzesło, a Merlotte ustawił stół równo, tak jak stał wcześniej. Wzięłam szczotkę i szufelkę, a później zmiotłam sól, pieprz i cukier, które chrzęściły mi pod stopami. Postanowiłam sobie zapamiętać, że muszę pojechać do Wal-Martu i kupić nowy toster, no chyba że Eric przyśle mi dziś jakiś. Serwetnik także był rozbity, a przecież ocalał podczas pożaru, który miał miejsce półtora roku temu. Westchnęłam raz i drugi.

– Przynajmniej stół jest cały – bąknęłam.

– I tylko jedna noga jednego krzesła się złamała – dorzucił Sam. – Eric zamierza naprawić lub odkupić zniszczone przedmioty?

– Mam nadzieję, że tak – odparłam, akurat gdy odkryłam, że ekspres do kawy pozostał nietknięty, podobnie jak kubki, które wisiały na stojaku obok.

Och, nie, jeden z kubków był pęknięty. No cóż, zostało pięć całych. Wystarczy.

Zaparzyłam kawę. Podczas gdy Sam wyniósł na zewnątrz worek ze śmieciami, poszłam do sypialni, chcąc się przygotować do wyjazdu. Prysznic wzięłam poprzedniego wieczoru, więc musiałam jedynie uczesać włosy, umyć zęby i włożyć dżinsy oraz podkoszulek (wybrałam ten z krótkim rękawem i napisem „Walcz jak dziewczyna"). Nie wygłupiałam się z makijażem. Sam widział mnie we wszystkich stadiach dnia i nocy.

– Jak włosy? – spytał, kiedy wynurzyłam się ze swojego pokoju.

W kuchni był również Dermot. Najwidoczniej wyskoczył szybko do miasta, ponieważ obaj z Samem jedli świeże pączki. Oceniając po odgłosach płynącej wody, Claude brał prysznic.

Popatrzyłam tęsknie na pudełko z ciastkarni, ale zbyt dobrze zdawałam sobie sprawę, że moje dżinsy i tak są zbyt opięte. Gdy sypałam do miseczki dietetyczne płatki zbożowe, do których dodałam odrobinę słodzika, a następnie wszystko zalałam mlekiem o dwuprocentowej zawartości tłuszczu, czułam się jak prawdziwa męczennica. Ponieważ odniosłam wrażenie, że Sam zamierza to skomentować, zerknęłam na niego, mrużąc oczy. Wyszczerzył zęby w uśmiechu, żując pączka z galaretką.

– Dermocie, jedziemy za kilka minut do Shreveport. Jeśli chciałbyś skorzystać z mojej łazienki...

Zaoferowałam mu to, ponieważ Claude strasznie długo potrafił okupować tę w korytarzu. Wypłukałam miseczkę w zlewie.

– Dziękuję ci, bratanico – odparł poważnie, całując mnie w rękę. – A twoje włosy ciągle prezentują się przepięknie, chociaż są teraz krótsze. Myślę, że Eric dobrze postąpił, przyprowadzając ubiegłej nocy osobę, która je podcięła.

Kiedy wsiadaliśmy do pikapa Merlotte'a, Sam potrząsnął głową.

– Sookie, ten facet traktuje cię jak królową.

– Którego faceta masz na myśli? Erica czy Dermota?

– Nie Erica – odparował. Robił co mógł, by jego mina pozostała obojętna. – Dermota.

– Tak. Jaka szkoda, że to mój krewny! Zresztą, i tak jest zbyt podobny do Jasona.

– To nie jest przeszkoda dla wróżki – zauważył Sam poważnym tonem.

– Chyba żartujesz. – Sądząc po minie szefa, wcale nie żartował. Poczułam, że muszę go przekonać. – Słuchaj, Sam, Dermot ani razu ani przez chwilę nie popatrzył na mnie jak na kobietę, a Claude jest gejem. Jesteśmy bliską rodziną.

Pamiętałam, że przecież spaliśmy we troje w jednym łóżku i nigdy nie doświadczałam niczego poza pociechą, jaką dawała mi ich obecność, chociaż za pierwszym razem czułam się, co oczywiste, trochę niesamowicie. Wtedy byłam pewna, że chodzi o typowo ludzkie zahamowania albo kompleksy. Teraz, z powodu słów Sama, zaczęłam rozmyślać jak szalona, zastanawiając się, czy aby nie wychwytywałam mimowolnie jakichś wibracji. Przecież Claude biegał po moim domu nagi i przyznał się, że uprawiał kiedyś seks z kobietą. (Szczerze mówiąc, wyobraziłam sobie, że był to trójkąt z udziałem innego mężczyzny).

– Powtarzam ci, że dziwne rzeczy dzieją się w rodzinach wróżek.

Popatrzył na mnie.

– Nie chcę ci się wydać nieuprzejmą, ale skąd możesz wiedzieć?

Jeśli spędził dużo czasu w towarzystwie wróżek, zatrzymał ten fakt w najskrytszej tajemnicy.

– Czytałem o nich po moim spotkaniu z twoim pradziadkiem.

– Czytałeś o nich? Gdzie?

Byłoby wspaniale dowiedzieć się więcej o odrobinie mojego dziedzictwa. Dermot i Claude, zdecydowawszy się zamieszkać z dala od rodziny poza krainą wróżek (chociaż nie byłam pewna, jak świadome były wybory, których dokonali), bardzo oględnie wypowiadali się na temat przekonań i zwyczajów wróżek. Poza rzadkimi obraźliwymi komentarzami dotyczącymi troli i chochlików, wcale nie rozmawiali o duszkach... przynajmniej w mojej obecności.

– Ach... zmiennokształtni mają bibliotekę. Dokumentujemy naszą historię i wszystko to, co wiemy o innych istotach nadnaturalnych. Rejestrowanie przeszłości pomogło nam przetrwać. Na każdym kontynencie zawsze były miejsca, gdzie można było poczytać i dowiedzieć się czegoś o innych rasach. Teraz wszystkie dane zostały skomputeryzowane. Przysięgałem, że nikomu nie pokażę encyklopedii. Gdybym mógł, pozwoliłbym ci przeczytać całą.

– Więc nie powinnam czytać tych informacji, ale bez problemu możesz mi o wszystkim opowiadać?

Nie próbowałam być złośliwa; ta kwestia naprawdę mnie ciekawiła.

– No... w pewnych granicach. – Sam się zaczerwienił.

Nie chciałam na niego naciskać. Zrozumiałam, że i tak już nagiął dla mnie te granice.

Na resztę podróży każde z nas zatonęło we własnych myślach. Podczas gdy Eric pozostawał martwy dla świata w ciągu dnia, czułam się sama w swojej skórze i zazwyczaj cieszyłam się tym uczuciem. Nie chodzi o to, żebym z powodu więzi z Erikiem czuła się opętana czy coś w tym rodzaju. Nie, to było bardziej tak, jak gdyby nocami życie Northmana toczyło się równolegle z moim (tak to odczuwałam) – wiedziałam, że mój wampir pracuje lub sprzecza się z kimś, wiedziałam, czy jest zadowolony, czy może raczej zaabsorbowany wykonywanym zajęciem. To była raczej mała strużka świadomości niż księga wypełniona wiedzą.

– Więc... ten zamachowiec wczoraj – powiedział nagle Sam.

– Tak – zgodziłam się. – Myślę, że to była chyba istota dwoistej natury. Prawda?

Merlotte skinął głową, nie patrząc na mnie.

– Nie była to zbrodnia z nienawiści – ciągnęłam, usiłując brzmieć wyłącznie rzeczowo.

– Nie została popełniona z powodu nienawiści jakiegoś człowieka – poprawił mnie. – Jestem jednak pewny, że chodzi o rodzaj nienawiści.

– Związek z interesami?

– Nie potrafię wymyśleć żadnego powodu związanego z interesami – odrzekł. – Jestem ubezpieczony, a jeśli bar spłonie, wypłatę mogę otrzymać jedynie ja. Ma się rozumieć, w ten sposób ktoś wykopałby mnie z interesu na jakiś czas, a inne bary w okolicy na pewno skorzystałyby na tej sytuacji, ale nie potrafię uznać tego za motyw. Za jakiś logiczny, ważny motyw. „Merlotte" zawsze był lokalem raczej... hmm... rodzinnym, nie mordownią czy speluną, taką na przykład jak „Vic's Redneck Roadhouse" – zakończył z lekką goryczą.

To była prawda.

– Może ktoś cię nie lubi, Sam – stwierdziłam, chociaż bardziej szorstko, niż sobie zamierzyłam. – To znaczy – dorzuciłam szybko – może ktoś chce cię skrzywdzić poprzez zniszczenie twojego baru. Nie ciebie jako zmiennokształtnego, lecz ciebie jako osobę.

– Nie przypominam sobie takich niechęci osobistych – odparł autentycznie zdumiony.

– Ach... Może Jannalynn ma mściwego byłego chłopaka? Kogoś takiego?

Merlotte'a zaskoczyła ta myśl.

– Naprawdę nie kojarzę nikogo, kto miałby mi za złe, że się z nią spotykam – mruknął. – A Jannalynn zawsze przecież mówi, co myśli, nie ma z tym problemów. Wiesz, że gdyby nie chciała, nie byłbym w stanie zmusić jej do umawiania się ze mną.

Namęczyłam się, lecz na szczęście zdołałam pohamować parsknięcie.

– Wiesz, tylko próbuję rozważyć wszystkie możliwości – bąknęłam przepraszającym tonem.

– W porządku – uciął Sam, po czym wzruszył ramionami. – Podsumowując, nie potrafię sobie przypomnieć, kiedy kogoś naprawdę wkurzyłem.

Ja również nie pamiętałam takiego przypadku, a znam Sama od lat.

Dość prędko znaleźliśmy się pod antykwariatem, który mieścił się w dawnym sklepie z farbami przy spadzistej ulicy w starej dzielnicy handlowej w Shreveport.

Duże okna od frontu lśniły czystością, a przedmioty w nich wystawione prezentowały się pięknie. Największym z nich był drewniany kredens w typie, który moja babcia nazywała „myśliwskim". Był to mebel ciężki i bogato zdobiony, a sięgał mi niemal do piersi. W drugim oknie zauważyłam kolekcję żardinier czy też waz, nie wiedziałam właściwie, jak je nazwać. Ta w środku, prawdopodobnie najcenniejsza, była w kolorze morskim i rzeźbiona w cherubinki. Osobiście uważałam, że jest szkaradna, niewątpliwie jednak miała styl.

Sam i ja, zanim weszliśmy do sklepu, przez chwilę patrzyliśmy na wystawę. Kiedy pchnęliśmy drzwi i ruszyliśmy do środka, rozległ się dzwonek – prawdziwy, nie elektroniczny. Kobieta siedząca na stołku za kontuarem po prawej stronie uniosła głowę, a później poprawiła okulary.

– Miło pana znowu widzieć, panie Merlotte – zagaiła, błyskając idealnie wyważonym uśmiechem, który nazwałabym „Przypominam sobie pana i cieszę się, że pan wrócił, chociaż nie jestem panem zainteresowana jako mężczyzną". Musiałam przyznać, że doskonale odgrywała swoją rolę.

– Dziękuję, pani Hesterman – odrzekł Sam. – To jest moja przyjaciółka, Sookie Stackhouse.

– Witam w „Splendide" – powiedziała pani Hesterman. – Proszę, mów do mnie Brenda. Czym mogę państwu dzisiaj służyć?

– Mamy dwie sprawy – stwierdził Sam. – Ja chciałbym obejrzeć przedmioty, o których mówiła mi pani przez telefon...

– A ja właśnie wysprzątałam poddasze mojego domu i znalazłam rzeczy, na które być może zechce pani rzucić okiem – dodałam. – Muszę się pozbyć niektórych drobiazgów, które zniosłam stamtąd na dół. Nie chcę wnosić z powrotem tego wszystkiego... – Uśmiechnęłam się, chcąc okazać uprzejmość.

– A od dawna posiada pani dom rodzinny? – spytała Brenda, zachęcając mnie do opowieści, z której będzie mogła wywnioskować, jakiego rodzaju przedmioty zdołała zgromadzić moja rodzina.

– Mieszkamy w tym samym budynku od około stu siedemdziesięciu lat – odparłam, a wtedy kobieta się rozpromieniła. – Chociaż to raczej stary wiejski dom, a nie rezydencja. Może jednak będą tam rzeczy, które panią zainteresują.

– Z ogromną chęcią przyjadę je obejrzeć – oświadczyła, chociaż z tą „ogromną chęcią" chyba trochę przesadziła. – Ustalimy dokładny termin natychmiast, gdy pomogę Samowi wybrać prezent dla Jannalynn. Ona jest taka nowoczesna, kto by pomyślał, że zainteresują ją antyki? I taka słodziutka z niej dziewczyna!

Musiałam się bardzo postarać, żeby nie rozdziawić ust. Czy znałyśmy tę samą Jannalynn Hopper?

Merlotte szturchnął mnie w żebra, kiedy Brenda odwróciła się i odeszła po kółko z małymi kluczami. Mój szef zrobił znaczącą minę, a ja przybrałam niewinny wyraz twarzy i zatrzepotałam rzęsami. Sam odwrócił wzrok, wcześniej jednak dostrzegłam u niego niechętny uśmieszek.

– Sam – odezwała się Brenda – wybrałam kilka rzeczy, które moim zdaniem mogą się spodobać Jannalynn.

Pobrzękując kluczami, poprowadziła nas do oszklonej szafki, której półki zastawiono licznymi małymi przedmiotami, bardzo ładnymi. Większości z nich nie rozpoznawałam. Pochyliłam się i przyglądałam z uwagą przez szybę.

– A co to jest? – Wycelowałam w jakieś na oko śmiercionośne ostre obiekty z bogato zdobionymi główkami. Zastanawiałam się, czy można nimi zabić wampira.

– Szpilki do damskich kapeluszy oraz szpilki do szalików i krawatów.

Widziałam tam także kolczyki, pierścionki i broszki, plus puzderka emaliowane, pudełka ozdobione paciorkami oraz malowane. Wszystkie te niewielkie pojemniki starannie rozmieszczono. Czy to były tabakierki? Odczytałam cenę na etykietce dyskretnie wystającej spod owalnego pudełka ze srebra i szylkretu, a później musiałam mocno zacisnąć usta, w przeciwnym razie nie powstrzymałabym się przed gwałtownym sapnięciem.

Podczas gdy ja ciągle się zastanawiałam nad przeznaczeniem tych przedmiotów, Brenda i Sam porównywali zalety perłowych kolczyków w stylu art deco z niewielkim wiktoriańskim ozdobnym pojemniczkiem na pukiel włosów, wykonanym z prasowanego szkła i zwieńczonym emaliowanym wieczkiem z mosiądzu. Cokolwiek, do diabła, to było!

– A jak ty myślisz, Sookie? – spytał Sam, wodząc wzrokiem od jednego eksponatu do drugiego.

Obejrzałam kolczyki w stylu art deco – perłowe kuleczki zwisające z oprawki z różowego złota. Pojemnik na włosy również był ładny, chociaż nie mogłam sobie wyobrazić, do czego miałby niby służyć i co zrobi z nim Jannalynn. Czy ktoś jeszcze trzyma gdzieś czyjeś włosy?

– Kolczyki będzie nosiła, żeby się nimi pochwalić – podsumowałam. – Trudniej jest chełpić się pojemniczkiem na pukiel włosów.

Brenda posłała mi zawoalowane spojrzenie i zrozumiałam z jej myśli, że ta opinia naznaczyła mnie piętnem drobnomieszczaństwa i ignoranctwa. No cóż, niech tak będzie.

– Pojemnik na włosy jest starszy – ocenił Sam, wciąż się wahając.

– Ale mniej osobisty. Jeżeli ktoś nie jest wiktorianką.

Sam zaczął z kolei porównywać dwa mniejsze przedmioty, odnosząc się do walorów liczącej sobie siedemdziesiąt lat odznaki policyjnej z New Bedford, toteż postanowiłam pochodzić po sklepie i obejrzeć meble. Odkryłam, że nie mogłabym być rzeczoznawcą antyków. Ot, jeszcze jedna skaza czy brak. A może nie umiałam ocenić oglądanych mebli, ponieważ na co dzień otaczały mnie właśnie antyki? Nic w moim domu nie było nowe z wyjątkiem wyposażenia kuchni, a stało się tak jedynie dlatego, że wszystko co stare zostało zniszczone w pożarze. Gdyby płomienie nie strawiły wiekowej lodówki babci, nadal bym jej używała. (Tamta lodówka była zresztą jedynym starociem, za którym na pewno nie tęskniłam).

Wysunęłam długą, wąską szufladę okazu, który określono na metce jako „kufer na mapy". W szufladzie został kawałeczek papieru.

– Spójrzmy tylko – odezwała się za mną Brenda Hesterman. – Dałabym głowę, że gruntownie ją wyczyściłam. Niech to będzie dla pani lekcja, panno Stackhouse. Zanim obejrzymy przedmioty, które chce pani sprzedać, proszę się upewnić, że wyjęła pani z nich wszystkie papiery i inne rzeczy. Z pewnością nie chce nam pani sprzedać czegoś, z czym nie zamierza się rozstawać.

Odwróciłam się i zobaczyłam, że Sam trzyma w rękach owiniętą paczuszkę. Kiedy ja zatraciłam się w badaniu eksponatów sklepowych, on zdołał dokonać zakupu (nabył, ku mojej uldze, kolczyki, a pojemnik na pukiel włosów trafił z powrotem na swoje miejsce w gablotce).

– Pokocha te kolczyki. Są piękne – oznajmiłam szczerze, a myśli Merlotte'a na sekundę zrobiły się prawie... purpurowe.

Dziwne, że widziałam kolory. Czy był to jeszcze skutek narkotyku szamana, który przyjęłam na zebraniu wilkołaków? Miałam nadzieję, do diabła, że nie.

– Na pewno przejrzę wszystko bardzo skrupulatnie, Brendo – powiedziałam do współwłaścicielki sklepu z antykami.

Umówiłyśmy się na pojutrze. Kobieta zapewniła mnie, że zdoła znaleźć mój stojący w odosobnieniu dom za pomocą GPS-u, ja zaś przestrzegłam ją przed wiodącym do budynku przez las długim podjazdem, który wcześniej wprowadził wielu gości w konsternację, ponieważ obawiali się, że się zgubili.

– Nie wiem, czy przyjadę osobiście, może zjawi się mój wspólnik, Donald – zauważyła Brenda. – A może oboje.

– Zapraszam was oboje – odparłam. – Jeśli będziecie musieli odwołać lub zmienić termin, proszę mnie powiadomić.

***

– Naprawdę sądzisz, że jej się spodobają? – spytał Sam, kiedy wsiedliśmy do pikapa i zapięliśmy pasy.

Zmieniliśmy temat z powrotem na preferencje Jannalynn.

– Pewnie – stwierdziłam zaskoczona. – Dlaczego nie miałyby jej się spodobać?

– Nie mogę się oprzeć wrażeniu, że nie rozumiem Jannalynn – rzucił Sam. – Chcesz się zatrzymać i zjeść coś w „Ruby Tuesday's" na Youree?

– Pewnie – powtórzyłam. – Sam, dlaczego tak myślisz w związku z Jannalynn?

– Ona mnie lubi – wyjaśnił. – Rozumiesz, wiem, że mnie lubi, widzę to. Ale zawsze myśli o stadzie.

– Sądzisz, że może bardziej się skupia na Alcidzie niż na tobie?

Pozwoliłam sobie na takie pytanie, gdyż tę myśl wyczytałam w głowie Merlotte'a. A jednak prawdopodobnie przesadziłam, pytając tak otwarcie. Sam się zarumienił.

– Tak, może – przyznał jednak.

– Ona jest wspaniałą obrończynią stada i naprawdę z entuzjazmem zareagowała, kiedy otrzymała to stanowisko – tłumaczyłam.

Zastanowiłam się, czy wypowiedziałam te słowa wystarczająco bezstronnie.

– Rzeczywiście – zgodził się.

– Zauważyłam, że lubisz silne kobiety.

Uśmiechnął się.

– Rzeczywiście, lubię silne kobiety. Zresztą, żadnych się nie boję. Zwyczajne ze mną nie wytrzymują.

Odwzajemniłam jego uśmiech tym samym.

– Zgadza się. Nie wiem, co powiedzieć o Jannalynn, Sam. Byłaby idiotką, gdyby cię nie doceniła. Kawaler bez zobowiązań, niezależny finansowo i przystojny? I nawet nie dłubiesz w zębach przy stole! Jak można ciebie nie kochać? – Zrobiłam głęboki wdech, ponieważ zamierzałam zmienić temat, a nie chciałam mojego szefa obrazić. – Słuchaj, Sam, a wracając do tej strony internetowej z waszą... encyklopedią. Jak sądzisz? Mógłbyś się z niej dowiedzieć, dlaczego czuję się bardziej wróżką, gdy spędzam czas z krewnymi... z Claude'em i Dermotem? Chciałam spytać... no wiesz, chyba tak naprawdę nie zmieniłam się bardziej we wróżkę, prawda?

– Poczytam i zobaczymy, co zdołam tam odkryć – obiecał po chwili zadumy. – Ale może wypytajmy po prostu twoich dwóch lokatorów. Powinni jakoś wydusić z siebie informacje, które pomogą ci lepiej zrozumieć tę sprawę. Albo mogę je z nich wycisnąć.

Mówił poważnie!

– Powiedzą mi – zapewniłam go z przekonaniem, którego wcale nie czułam.

– Gdzie teraz są? – spytał.

– Do tej pory dotarli już pewnie do klubu – odparłam, gdy sprawdziłam godzinę. – Przed otwarciem klubu przygotowują wszystko.

– W takim razie pojedziemy tam – uciął dyskusję Sam. – Kennedy otworzyła za mnie dziś „Merlotte'a", a ty pracujesz dopiero wieczorem, zgadza się?

– Zgadza – przyznałam, odrzucając plany, które poczyniłam na popołudnie, lecz które nie były szczególnie ważne ani pilne.

Gdybyśmy zjedli lunch w „Ruby Tuesday's", nie zdołalibyśmy dotrzeć do Monroe przed wpół do drugiej po południu, ale w domu powinnam zjawić się na tyle wcześnie, że spokojnie zdążę się przebrać do pracy. Kiedy w lokalu złożyłam zamówienie, poszłam do toalety, a gdy tam byłam, zadzwoniła moja komórka. W trakcie pobytu w łazience nie odbieram telefonu. Bo wiecie, ja na przykład nie miałabym ochoty podczas rozmowy z kimś słyszeć, że spuszcza on wodę w ubikacji. Ponieważ w restauracji panował hałas, postanowiłam oddzwonić sprzed lokalu, więc po opuszczeniu toalety, dałam znak Samowi i wyszłam na zewnątrz. Numer rozmówcy wydawał mi się dość znajomy.

– Hej, Sookie – odezwał się w słuchawce Remy Savoy. – Jak się miewasz?

– Dobrze, dziękuję. A co u mojego ulubionego malucha?

Remy był kiedyś mężem mojej kuzynki Hadley. Mieli synka, Huntera, który jesienią zacznie uczęszczać do zerówki. Po Katrinie Remy i Hunter przeprowadzili się do małego miasteczka Red Ditch, gdzie mężczyzna otrzymał pracę w składzie drzewnym, dzięki czemu mógł zadbać o wszelkie potrzeby syna.

– Wszystko świetnie. Bardzo się staram przestrzegać zasad, o których mi wspomniałaś... Wiesz, tak się zastanawiam, czy mogę cię prosić o przysługę?

– O co dokładnie? – spytałam.

– Zacząłem się spotykać z pewną tutejszą damą imieniem Erin. Chcieliśmy w ten weekend wziąć udział w turnieju połowu okoni niedaleko Baton Rouge. Pomyśleliśmy... ach... mieliśmy nadzieję, że może... że mogłabyś wziąć do siebie Huntera? Zanudzi się, jeśli dłużej niż godzinę będę łowił ryby.

Hmm... Muszę przyznać, że Remy dość szybko się pocieszył. Jeszcze nie tak dawno chodził z Kristen, a teraz zastąpiła ją już inna dziewczyna. Ale w jakimś sensie potrafiłam to zrozumieć. Remy jest całkiem przystojny, w dodatku jest wykwalifikowanym stolarzem i ma tylko jedno dziecko. Poza tym, mama Huntera nie żyła, więc Remy nie musiał się z nikim dzielić opieką nad dzieckiem; żadnych problemów w tym względzie. Zupełnie przyzwoity kandydat na męża dla dziewczyny z miasteczka Red Ditch.

– Remy, jestem teraz poza domem – wyjaśniłam. – Mogę do ciebie oddzwonić za jakiś czas? Muszę sprawdzić, na jaką zmianę pracuję.

– Wspaniale, Sookie, wielkie dzięki. Porozmawiamy zatem później.

Wróciłam do środka i odkryłam, że kelner właśnie podaje jedzenie.

– Dzwonił ojciec Huntera – oznajmiłam mojemu szefowi po odejściu kelnera. – Remy ma nową przyjaciółkę i chciałby wiedzieć, czy mogę wziąć do siebie w weekend Huntera.

Odniosłam wrażenie, że zdaniem Sama Remy usiłuje mnie wykorzystać, Merlotte uważał jednak, że nie może mi o tym powiedzieć wprost.

– Jeśli dobrze pamiętam harmonogram, pracujesz w sobotni wieczór – wytknął mi.

I właśnie w sobotnie wieczory dostaję największe napiwki.

Pokiwałam głową w zadumie, zarówno do mojego szefa, jak i do siebie. Podczas gdy jedliśmy, rozmawialiśmy o negocjacjach, które Terry prowadził z jakimś hodowcą psów rasy catahoula leopard dog z Ruston. Suczka Terry'ego, Annie, w trakcie ostatniej rui uciekła z zagrody. Tym razem więc Bellefleur postanowił zaplanować jej ciążę, a teraz negocjacje były już niemal na ukończeniu. Ten temat sprawił, że przyszła mi do głowy pewna kwestia, tyle że nie bardzo wiedziałam, jak sformułować pytanie i zadać je Samowi. Jednakże ciekawość okazała się silniejsza niż moje opory.

– Przypominasz sobie kota Boba? – spytałam.

– Jasne, że tak. To ten facet, którego Amelia przypadkowo zmieniła w kota. Pamiętam, że jej przyjaciółka Octavia przywróciła mu ludzką postać.

– Tak. No cóż, rzecz w tym, że w okresie, kiedy Bob był kotem, był czarno-biały. Naprawdę ładny kotek... No i później Amelia znalazła w lesie samiczkę z przychówkiem, a niektóre spośród kociąt okazały się czarno-białe, więc Amelia... tak, wiem, że to niesamowite... W każdym razie Amelia wkurzyła się na Boba, ponieważ uznała, że on... no wiesz... że został tatą. Że tak powiem...

– Chcesz więc spytać, czy to dla nas... normalne? – Popatrzył na mnie z obrzydzeniem. – Nie, Sookie! Ani nie możemy tego robić, ani nie chcemy. Żadna istota natury dwoistej! Zresztą, nawet gdyby doszło do kontaktów seksualnych, nie ma mowy o ciąży. Uważam, że Amelia oskarżyła Boba bezpodstawnie i niesłusznie. Z drugiej strony – zadumał się – Bob nie jest... nie był... tak naprawdę natury dwoistej. Został przecież przeobrażony za sprawą magii. – Wzruszył ramionami. Wyglądał na bardzo skonfundowanego.

– Przepraszam cię – jęknęłam. Zawstydziłam się. – To było strasznie wścibskie z mojej strony.

– To naturalne, że się nad tym zastanawiasz, jak przypuszczam. Wierz mi jednak, kiedy ja jestem w innej postaci, nie płodzę... szczeniaczków.

Teraz byłam po prostu potwornie zażenowana.

– Proszę, przyjmij moje przeprosiny – naciskałam.

Sam odprężył się, widząc, jak strasznie nieswojo się czuję. Poklepał mnie po ramieniu.

– Nie przejmuj się.

Potem spytał mnie, jakie mam plany co do poddasza, teraz, kiedy je opróżniłam. Przez jakiś czas gawędziliśmy o błahostkach, aż oboje całkowicie się uspokoiliśmy i znów byliśmy dobrymi przyjaciółmi.

Oddzwoniłam do Remy'ego, kiedy jechaliśmy autostradą międzystanową.

– Remy, wybacz, ale ten weekend mi nie pasuje. – Wyjaśniłam, że muszę w sobotę pracować.

– Nie martw się – odparł Remy. Zareagował bardzo spokojnie, słysząc odmowę. – Po prostu rzuciłem myśl. Ale słuchaj, jest jeszcze jedna sprawa. Och, nienawidzę prosić o kolejną przysługę. Widzisz, Huntera zaproszono na obejrzenie siedziby zerówki w przyszłym tygodniu. Co roku szkoły urządzają takie spotkania, podczas których dzieci mogą poznać miejsce, w którym będą przebywały od jesieni. Maluchy oglądają sale lekcyjne, poznają nauczycieli, zwiedzają salę obiadową i toalety. Hunter spytał mnie, czy mogłabyś pojechać tam z nami.

Rozdziawiłam usta. Cieszyłam się, że Remy nie może mnie w tej chwili zobaczyć.

– Zapewne przed południem, w ciągu dnia – upewniłam się. – Którego dnia tygodnia?

– W przyszły wtorek o czternastej.

Mogłabym pojechać, o ile nie będę pracowała na zmianę popołudniową.

– Muszę jeszcze raz sprawdzić mój grafik, ale myślę, że dam radę to załatwić – odrzekłam. – Zadzwonię do ciebie wieczorem.

Zamknęłam telefon i opowiedziałam Samowi o drugiej prośbie Remy'ego.

– Wydaje mi się, że postanowił cię zapytać o tę ważniejszą rzecz jako drugą, dzięki czemu zmniejszało się prawdopodobieństwo, że znów mu odmówisz – stwierdził mój szef.

Roześmiałam się.

– Nie wpadłam na to, póki mi tego nie zasugerowałeś. Jestem chyba zbyt prostolinijna, bo nie umiem myśleć w sposób tak wyrachowany. Teraz jednak, jak się zastanowić, wydaje mi się, że to jest... niewykluczone. – Wzruszyłam ramionami. – Ale właściwie nie mam nic przeciwko temu. Chcę, żeby Hunter był szczęśliwy. Spędziłam z nim już trochę czasu, chociaż nie tyle, ile powinnam.

Huntera i mnie łączyła pewna niewidoczna dla innych cecha; oboje byliśmy telepatami. Nalegałam, żeby sprawa ta pozostała naszą tajemnicą, gdyż bałam się, że jeśli rozpowiemy o zdolnościach Huntera, mój mały kuzynek może się znaleźć w niebezpieczeństwie. Mnie, bez wątpienia, ten dar nijak nie ułatwił życia.

– Więc dlaczego się martwisz? Pytam, bo przecież widzę, że jesteś zmartwiona.

– Widzisz... to po prostu będzie wyglądało zabawnie. Ludzie z Red Ditch pomyślą, że spotykam się z Remym.

Że jestem kimś w rodzaju... zastępczej mamy Huntera. A jego ojciec dopiero co mi powiedział, że widuje się z pewną kobietą imieniem Erin. Tej Erin może się nie spodobać to, że...

Umilkłam. Ta wizyta wydawała mi się, łagodnie rzecz ujmując, złym pomysłem. Skoro jednak mogę w ten sposób uszczęśliwić Huntera, przypuszczam, że powinnam się zgodzić.

– Masz uczucie, że dajesz się w coś wciągnąć? – Uśmiech Sama wyglądał na cierpki.

To był najwyraźniej nasz dzień na rozmowy o sprawach krępujących.

– Tak – przyznałam. – Właśnie tak. Kiedy wchodziłam w życie Huntera, ani przez chwilę nie wyobrażałam sobie, że on się w jakiś sposób ode mnie uzależni. Nie wiedziałam tego, bo nigdy nie przebywałam zbyt dużo z dziećmi. Remy ma w Red Ditch stryjeczną babcię i stryjecznego dziadka. Oto dlaczego przeprowadził się tam po Katrinie. Ci ludzie posiadają pusty budynek z mieszkaniami do wynajęcia. Niestety, są za starzy, żeby chcieli zajmować się chłopcem w wieku Huntera dłużej niż godzinę czy dwie, a jedyny kuzyn Remy'ego jest zbyt zajęty, by stanowił dużą pomoc.

– Hunter to dobry dzieciak?

– Tak, myślę, że tak. – Uśmiechnęłam się. – Wiesz, co jest niesamowite? Kiedy mały był u mnie przez kilka dni, świetnie dogadywali się z Claude'em. Byłam bardzo zaskoczona.

Sam bacznie mi się przypatrzył.

– Ale wolałabyś nie zostawiać Huntera z Claude'em na kilka godzin, prawda?

– Nieee – odparłam po chwili zadumy.

Merlotte kiwnął głową, jak gdybym potwierdziła problem, nad którym sam się głowił.

– Bo przecież jest wróżem? – Zdecydowanie zabrzmiało to jak pytanie, nie jak stwierdzenie faktu.

A jednak to zdanie wypowiedziane na głos zabrzmiało bardzo nieprzyjemnie. Niestety, było zgodne z prawdą.

– Tak, ponieważ Claude jest wróżem. Ale nie chodzi o to, że jest innej... rasy niż my. – Bardzo starałam się znaleźć słowa na wyrażenie tego, co chciałam powiedzieć. – Wróżki kochają dzieci. A jednak nie mają do nich takiego samego podejścia jak większość istot ludzkich. Wróżki zrobią to, co w ich opinii uszczęśliwi dziecko lub przyniesie mu korzyść, i nie będą przy tym dbały o chrześcijańskie zasady, które liczą się dla ludzi.

O rany, gdy to powiedziałam, poczułam się głupio i prowincjonalnie, a jednak musiałam się przyznać, że są to moje rzeczywiste odczucia. Natychmiast miałam ochotę zacząć się tłumaczyć: „Nie chodzi o to, że uważam siebie za wspaniałą chrześcijankę, o nie, jestem od tego daleka. No i niechrześcijanie nie są wszak wcale złymi ludźmi... Nie myślę też, że Claude mógłby skrzywdzić Huntera". I tak dalej, i tym podobne. Tyle że znaliśmy się z Samem bardzo długo, więc byłam pewna, że i bez moich wyjaśnień dobrze mnie zrozumie.

– Cieszę się, że jesteśmy po tej samej stronie – podsumował Merlotte i tym mnie uspokoił.

Niestety, nie do końca poprawił mi humor. Nie było mi przyjemnie. Może byliśmy po tej samej stronie, lecz nie byłam z tego powodu specjalnie zadowolona.

Wiosna przechodziła powoli w lato i dzień był piękny. Spróbowałam się cieszyć naszą jazdą na wschód, do Monroe, ale nieszczególnie mi się udało.

Mój kuzyn Claude posiada „Hooligans", klub ze striptizem, który znajduje się przed Monroe, w bok od autostrady międzystanowej. W pięć wieczorów i nocy na tydzień klub oferuje typowe dla tego typu lokali rozrywki. W poniedziałki jest zamknięty. Natomiast w czwartki odbywa się noc „Tylko dla pań" i wtedy Claude osobiście daje popis striptizu. Oczywiście, nie on jeden tam wtedy występuje. Zatrudnia na te noce również przynajmniej trzech innych męskich striptizerów, którzy występują na zmianę, a czasem pojawia się ktoś spoza miasta z pokazem gościnnym. Tak, kuzyn mnie zapewnił, że jest wielu męskich striptizerów.

– Przyjechałaś tu kiedyś, żeby obejrzeć jego występ? – spytał Sam, kiedy zatrzymaliśmy przed tylnymi drzwiami klubu.

Nie był pierwszą osobą, która mnie o to spytała. Zaczynałam sądzić, że jest coś ze mną nie w porządku, skoro nigdy nie odczułam potrzeby popędzenia do Monroe na występy facetów zrzucających na scenie ciuchy.

– Nie, chociaż widziałam już Claude'a nagiego. Ale nigdy nie przyjechałam tutaj obejrzeć, jak się rozbiera... zawodowo. Słyszałam, że jest w tym dobry.

– Widziałaś go nagiego? W twoim domu?

– Skromność nie należy do priorytetów Claude'a – odparłam.

Merlotte wyglądał zarówno na niezadowolonego, jak i na wstrząśniętego tym faktem. Mimo że sam mnie wcześniej ostrzegł, iż duszki, ogólnie rzecz biorąc, nie uważają erotycznych kontaktów z członkami rodziny za zakazane.

– A Dermot? – spytał.

– Dermot? O nie, nie sadzę, żeby występował jako striptizer – odparłam zmieszana.

– To znaczy, że nie chodzi goły po domu, prawda?

– Nie – przytaknęłam. – To chyba pasuje wyłącznie do Claude'a. Czułabym się naprawdę paskudnie, gdyby Dermot miał taki zwyczaj, bo przecież mój stryjeczny dziadek jest z wyglądu tak bardzo podobny do Jasona.

– To jest po prostu nie w porządku – mruknął Sam. – Claude musi trzymać spodnie na tyłku.

– Radzę sobie z tym – zapewniłam go tonem, który sugerował, że nie jest to sytuacja, którą powinien się przejmować.

Był zwykły dzień pracy, więc lokalu nie otwierano aż do godziny szesnastej. Nigdy przedtem nie zaszłam do „Hooligans", ale na moje oko klub wyglądał tak jak wszystkie inne tego typu przybytki. Budynek stał na sporych rozmiarów parkingu, obito go jaskrawoniebieskimi deskami, nazwę obwieszczał krzykliwy znak w odblaskowym odcieniu różu. Lokale, w których podaje się alkohol, lub kluby nocne, zawsze prezentują się nieco smutno w ciągu dnia, nieprawdaż? Patrzyłam na „Hooligans" i kojarzył mi się jedynie ze sklepem monopolowym.

Claude powiedział mi kiedyś, co mam robić, jeśli postanowię go odwiedzić w pracy. Sekretnym sygnałem było zastukanie cztery razy w równych odstępach. Gdy to zrobiłam, czekałam, rozglądając się po terenie. Słońce lało się promieniami na parking i w powietrzu czuło się po prostu, że niedługo nadejdą upały. Sam przestąpił niespokojnie z nogi na nogę. Na szczęście, po kilku sekundach drzwi się otworzyły.

Uśmiechnęłam się, odruchowo powiedziałam „Witaj", a później przestąpiłam próg i chciałam wejść do korytarza. To był szok, zdać sobie sprawę, że odźwierny nie jest istotą ludzką. Zastygłam.

Do tej pory zakładałam, że Claude i Dermot są jedynymi wróżkami, jakie żyją w Ameryce obecnie, czyli odkąd mój pradziadek zabrał wszystkie do ich własnego wymiaru, świata, czy jakkolwiek „to" nazywali, a następnie zamknął drzwi. Z drugiej strony, wiedziałam, że Niall i Claude kontaktują się z nim jakoś, przynajmniej od czasu do czasu, ponieważ Niall przesłał mi przez Claude'a list. A jednak z rozmysłem powstrzymywałam się przed zadaniem wielu pytań. Moje doświadczenia ze spokrewnionymi ze mną wróżkami, a właściwie ze wszystkimi przedstawicielami świata duszków, były zarówno cudowne, jak i okropne... aż w pewnym momencie stały się naprawdę koszmarne.

Portier był dokładnie tak samo zaskoczony moim widokiem, jak ja, gdy zobaczyłam jego. Nie był wróżem, ale jakiegoś rodzaju duszkiem na pewno. Spotkałam wcześniej kilka wróżek, które opiłowały sobie zęby, żeby uzyskać wygląd, z jakim ten osobnik po prostu się urodził: jego zęby miały ponad dwa centymetry długości, były szpiczaste, nieznacznie zagięte do środka. Uszy stworzenia nie były natomiast ostro zakończone, lecz nie sądziłam, żeby zostały poddane zabiegowi chirurgicznemu, w wyniku którego stały się bardziej płaskie i bardziej zaokrąglone niż ludzkie. Efekt obcości łagodziły gęste, delikatne włosy w intensywnym kasztanowym odcieniu, które – długie na około siedmiu, ośmiu centymetrów – leżały gładko na czaszce, okalając całą głowę, skutkiem czego mniej przypominały fryzurę, a bardziej zwierzęcą sierść.

– Czym jesteś? – spytaliśmy jednocześnie oboje.

Byłoby to zabawne... może w innym wszechświecie.

– Co się dzieje? – rzucił stojący za mną Sam, a ja aż podskoczyłam.

Weszłam głębiej do klubu, Merlotte nie odstępował mnie nawet o krok, a wówczas ze szczękiem zamknęły się za nami ciężkie, metalowe drzwi. Po oślepiającym świetle słonecznym długie świetlówki, które jarzyły się w korytarzu, wyglądały podwójnie ponuro.

– Jestem Sookie – odezwałam się, chcąc przerwać krępujące milczenie.

– Czym jesteś? – powtórzyła istota.

Tkwiliśmy wciąż w wąskim korytarzu, a ja czułam się niezręcznie.

Z jednego z pomieszczeń wychynęła głowa Dermota.

– Hej, Sookie – zagaił. – Widzę, że poznałaś Bellenosa. – Wyszedł do korytarza i ocenił moją minę. – Nigdy przedtem nie widzieliście elfa?

– Ja, niestety, nie, ale dzięki, że pytasz – zahuczał Sam.

Ponieważ Merlotte wiedział o niebo więcej ode mnie o świecie istot nadnaturalnych, zrozumiałam, że elfy są zapewne niezwykle rzadkie.

Miałam wiele pytań związanych z obecnością Bellenosa, lecz nie byłam pewna, czy mam prawo je zadać, szczególnie w obliczu mojego niedawnego *faux pas* wobec Sama.

– Wybacz mi, Bellenosie. Rzeczywiście spotkałam kiedyś półelfa, który miał takie zęby jak ty. Przeważnie jednak miałam do czynienia z wróżkami, które opiłowywały sobie zęby, dzięki czemu wyglądały tak jak twoje. Bardzo się cieszę, że mogę cię poznać – dodałam. – To jest mój przyjaciel Sam.

Merlotte i Bellenos uścisnęli sobie ręce. Byli mniej więcej tego samego wzrostu i podobnej budowy, ale zauważyłam, że skośne oczy elfa są ciemnobrązowe i pasują odcieniem do piegów pokrywających jego mlecznobiałą skórę; oczy te były dziwnie szeroko rozstawione, a może Bellenos miał na wysokości kości policzkowych twarz szerszą niż większość osób? Uśmiechnął się do Sama, a ja przy okazji ponownie dostrzegłam przelotnie jego zęby. Zadrżałam i odwróciłam wzrok.

W otwartych drzwiach mignęła mi duża garderoba. Przez pomieszczenie ciągnął się długi kontuar – biegł wzdłuż jednej ściany, którą zdobiło jasno oświetlone lustro. Zarzucono go kosmetykami, pędzlami do makijażu, suszarkami, lokówkami i prostownicami do włosów, częściami kostiumów, maszynkami do golenia, kilkoma czasopismami, perukami, telefonami komórkowymi... Było to różnorodne rumowisko, składające się z przedmiotów należących do ludzi, których praca opiera się na odpowiedniej prezencji. Kilka wysokich stołków rozstawiono chaotycznie po całym pokoju, a wszędzie stały torby i buty.

– Wejdźcie do biura! – zawołał z dalszej części korytarza Dermot.

Przeszliśmy do niego i wkroczyliśmy do małego pomieszczenia. W pewnym stopniu ku swojemu rozczarowaniu odkryłam, że egzotyczny, wspaniały Claude posiada zupełnie prozaiczny gabinet – ciasny, zaśmiecony i pozbawiony okna. Miał za to sekretarkę, kobietę ubraną w kostiumik z JCPenney. Chyba nie mogłaby wyglądać bardziej niestosownie w klubie ze striptizem.

– Nello Jean, to jest nasza droga kuzynka Sookie – odezwał się Dermot, który najwyraźniej pełnił dzisiaj funkcję mistrza ceremonii.

Nella Jean była ciemnowłosa i krągła, a jej oczy w kolorze gorzkiej czekolady kojarzyły się z oczyma Bellenosa, chociaż zęby miała uspokajająco normalne. Mała klitka, w której kobieta pracowała, mieściła się tuż obok biura Claude'a; faktycznie, na potrzeby tego pomieszczenia prawdopodobnie zaadaptowano składzik. Nella Jean obrzuciła mnie i Sama lekceważącymi spojrzeniami, po czym wydała się bardziej niż gotowa odejść do swojej klitki. Oddaliła się zatem, zamykając za sobą drzwi biura stanowczo, jak gdyby wiedziała na pewno, że zamierzamy zrobić coś podejrzanego, i nie chciała mieć z nami nic wspólnego.

Z kolei Bellenos zamknął za nami drzwi biura Claude'a i w ten sposób w pięcioro znaleźliśmy się w pokoju, w którym byłoby tłoczno nawet we dwoje. Słyszałam muzykę dochodzącą z właściwej części klubu (a może raczej niewłaściwej) i zastanawiałam się, co się tam dzieje. Czy striptizerzy trenują przed występami? I co robili z Bellenosem?

– Skąd ta niespodziewana wizyta? – spytał Claude. – I nie sądźcie, że nie cieszy mnie wasz widok.

Wcale nie był zachwycony, że mnie widzi, chociaż zapraszał mnie nieraz, mówiąc, żebym wpadła do „Hooligans". Z jego nadąsanej miny wywnioskowałam, że nigdy nie wierzył w moje odwiedziny, no chyba że przyjechałabym zobaczyć jego striptiz na scenie.

Oczywiście, pomyślałam złośliwie. Claude jest stuprocentowo przekonany, że wszyscy na świecie chcą zobaczyć, jak zrzuca ciuszki.

Po prostu nie lubił gości czy nie chciał, żebym dowiedziała się o czymś, co dzieje się w klubie?

– Musisz nam powiedzieć, dlaczego Sookie coraz bardziej czuje się wróżką – wtrącił nieoczekiwanie Sam.

Trzy istoty równocześnie się odwróciły i spojrzały na niego.

– Dlaczego musimy jej to wyjaśnić? – spytał Claude. – I czemu interesujesz się sprawami naszej rodziny?

– Ponieważ Sookie chce znać powody, a jest moją przyjaciółką – wyrecytował Merlotte. Twarz miał srogą, głos bardzo zdecydowany. – Powinniście ją oświecić co do jej mieszanej krwi, zamiast mieszkać u niej w domu i tylko ją naciągać.

Nie wiedziałam, gdzie spojrzeć. Wcześniej nie miałam pojęcia, że Sam jest taki przeciwny temu, by członkowie mojej rodziny – kuzyn i stryjeczny dziadek – mieszkali w moim domu, i naprawdę nie potrzebował mi przekazywać swojej opinii. A Claude i Dermot wcale mnie nie naciągali; kupowali przecież artykuły spożywcze i sprzątali po sobie bardzo starannie. Czasami. To prawda, że rachunek za wodę mocno wzrósł (nawet powiedziałam coś na ten temat Claude'owi), ale za nic innego nie musiałam dopłacać.

– W rzeczywistości – kontynuował Sam, podczas gdy tamci w milczeniu wciąż patrzyli na niego z furią – zatrzymaliście się u niej właśnie po to, żeby stała się bardziej wróżką, prawda? Chcieliście tego dopilnować, tak? Chcecie wzmocnić tę jej część. Nie wiem, jak to robicie, ale wiem, że tak jest. Moje pytanie brzmi: robicie to po prostu dlatego, że poszukujecie bliskości, czy może macie wobec Sookie jakiś plan? Jakiś rodzaj tajnego spisku wróżek?

Ostatnie słowa zabrzmiały bardziej jak złowieszcze dudnienie niż jak wypowiedziane normalnym głosem Sama.

– Claude jest moim kuzynem, a Dermot moim stryjecznym dziadkiem – rzuciłam odruchowo. – Nie starają się...

W tym momencie straciłam koncept, więc ucichłam i ponuro milczałam. Jeśli nauczyłam się czegoś w ciągu ubiegłych kilku lat, to tego, żeby nie robić głupich założeń. Pomysł, że rodzina mnie nie skrzywdzi, jest głupim przypuszczeniem wyższego rzędu.

– Chodźcie obejrzeć resztę klubu – zaproponował nagle Claude.

Zanim zdążyliśmy się zastanowić nad jego propozycją, kuzyn wypchnął nas z biura i skierował korytarzem. W końcu otworzył drzwi do klubu, a Sam i ja weszliśmy do środka.

Domyślam się, że wszystkie kluby i tego typu nocne lokale wyglądają mniej więcej tak samo – stoły i krzesła, jakaś próba wystroju czy dekoracji, konkretnie wyposażony bar, scena z rurami dla striptizerów oraz sprzęt muzyczny. Pod tym względem klub „Hooligans" nie różnił się od innych.

Tyle że... Wszystkie stworzenia, które odwróciły się w stronę drzwi, kiedy weszliśmy... Wszystkie one były jakiegoś rodzaju duszkami. Przyszło mi to do głowy, gdy wodziłam wzrokiem od twarzy do twarzy. Nieważne, jak ludzko wyglądały (a większość z nich wyglądała bardzo „ludzko"), każde z nich miało w żyłach mniejszy lub większy procent krwi takiego czy innego duszka. Piękna kobieta z płomiennie rudymi włosami była częściowo elfem; musiała sobie spiłować zęby. A z kolei wysoki, szczupły mężczyzna był istotą, jakiej nigdy przedtem nie spotkałam.

– Witaj, siostro – powiedziało niskie... stworzenie o jasnych włosach. Nie mogłam nawet być pewna jego płci. – Przyszłaś przyłączyć się do nas tutaj?

Zmusiłam się do odpowiedzi.

– Nie zamierzałam – bąknęłam. Zrobiłam krok w tył, wycofując się z powrotem na korytarz, i patrzyłam, jak zamykają się za mną drzwi. Chwyciłam Claude'a za ramię. – Co się tutaj dzieje, do diabła ciężkiego? – Kiedy nie odpowiedział, odwróciłam się do stryjecznego dziadka. – Dermocie?

– Sookie, nasza najdroższa – zaczął Dermot po chwili milczenia. – Dziś wieczorem, gdy wrócimy do domu, opowiemy ci wszystko, co musisz wiedzieć.

– A on? – rzuciłam, kiwając głową w stronę Bellenosa.

– Jego z nami nie będzie – odrzekł Claude. – Bellenos sypia tutaj, pełniąc rolę naszego nocnego stróża.

Nocnego stróża, pomyślałam, potrzebujemy tylko wówczas, jeśli obawiamy się ataku.

Czyli... Więcej kłopotów.

Ledwie byłam w stanie znieść taką perspektywę.

ROZDZIAŁ TRZECI

No dobrze, byłam w przeszłości głupia. Nie głupia bez przerwy, ale zdarzało mi się to od czasu do czasu. Popełniałam błędy, na pewno tak.

A jednak w trakcie jazdy powrotnej do Bon Temps, podczas gdy mój najlepszy przyjaciel siedział za kierownicą i nie przerywał milczenia, którego potrzebowałam, rozmyślałam intensywnie. Poczułam, że łzy pociekły mi z oczu. Odwróciłam głowę i pośpiesznie wytarłam je z twarzy wyjętą z torebki chusteczką, nie chcąc, żeby Sam mi współczuł.

– Byłam głupia – powiadomiłam go, kiedy już nad sobą zapanowałam.

Och, naprawdę wyglądał na przestraszonego, musiałam mu to przyznać.

– O czym właściwie myślisz? – spytał.

– Sam, sądzisz, że ludzie naprawdę się zmieniają?

Potrzebował chwili na zebranie myśli.

– Trudne pytanie, Sookie. Nie sposób odpowiedzieć na nie jednoznacznie. Sądzę, że ludzie mogą się zmienić do pewnego stopnia, pewnie, że tak. Nałogowcy potrafią wykazać się siłą woli, dostateczną, by przestać używać tego, od czego są uzależnieni. Ludzie mogą pójść na terapię, gdzie się dowiedzą, jak się powinni zachowywać i jak nie tracić kontroli. Ale to jest kwestia zewnętrzna... powierzchowna. Wyuczone techniki, które nakłada się na... naturalny porządek rzeczy, to znaczy, jeśli mamy do czynienia z nałogowcem. Czy to, co mówię, ma dla ciebie jakiś sens?

Skinęłam głową.

– Tak więc, na ogół – podjął – moim zdaniem, nie, ludzie tak naprawdę się nie zmieniają, ale mogą się nauczyć postępować inaczej. Chciałbym wierzyć, że jest inaczej, jeśli zatem masz argumenty, którymi mnie przekonasz, że nie mam racji, chętnie je usłyszę.

Skręciliśmy na mój podjazd i zaczęliśmy się przebijać przez las.

– Dzieci zmieniają się, kiedy dorastają, i dostosowują się do wymogów społeczeństwa, a także z powodu osobistych okoliczności – odparłam. – Czasami w dobrym sensie, czasami w złym. Myślę też, że jeśli kogoś kochasz, starasz się stłumić w sobie przyzwyczajenia, które nie podobają się tej drugiej osobie, prawda? Ale tak, Sam, masz rację, te nawyki czy skłonności wciąż w człowieku pozostają. To również jest przypadek, w którym nakazujemy sobie wyuczoną, sztuczną reakcję zamiast naturalnej.

Popatrzył na mnie ze zmartwioną miną. Właśnie zatrzymaliśmy się za domem.

– Sookie, co jest nie w porządku?

Potrząsnęłam głową.

– Jestem taką straszną idiotką – obwieściłam. Nie potrafiłam mu spojrzeć prosto w oczy. Wygramoliłam się z pikapa. – Bierzesz cały dzień wolny czy zobaczę cię później w barze?

– Wziąłem cały dzień wolny. Słuchaj, potrzebujesz mnie? Mam tu z tobą pobyć albo zostać w pobliżu? Nie jestem pewien, czym się niepokoisz, ale możemy o tym porozmawiać. Nie mam też pojęcia, co się odbywa w klubie „Hooligans", ale póki wróżki chcą nam wyjaśnić... No, tak czy owak, jestem tu, jeżeli mnie potrzebujesz.

Jego oferta była absolutnie szczera, równocześnie jednak wiedziałam, że Sam pragnie wrócić do domu, zadzwonić do Jannalynn i zaplanować wieczór, podczas którego będzie mógł jej wręczyć wybrany i kupiony dla niej prezent. Prezent, dla którego tak bardzo się wysilił.

– Nie, nie, nic mi nie jest – zapewniłam go uspokajającym tonem i uśmiechnęłam się. – Zanim pojadę do pracy, mam do zrobienia milion rzeczy i wiele do przemyślenia.

Łagodnie rzecz ujmując.

– Sookie, dziękuję, że pojechałaś ze mną do Shreveport – podsumował. – Przypuszczam jednak, że może nie powinienem nakłaniać twoich krewniaków, żeby z tobą porozmawiali. Jeśli nie wrócą dzisiejszej nocy do domu, koniecznie mnie powiadom.

Pomachałam mu na pożegnanie. Sam zaczął wycofywać wóz, a później skierował się podjazdem z powrotem ku Hummingbird Road, zamierzając zapewne wrócić do usytuowanej za barem dużej przyczepy, w której mieszkał. Mój szef niemal nigdy całkowicie nie opuszcza swego miejsca pracy – ale z drugiej strony ma naprawdę blisko z domu do „Merlotte'a".

Otwierając kluczem tylne drzwi, już snułam plany.

Postanowiłam, że wskoczę pod prysznic – nie, lepiej wezmę kąpiel. Naprawdę rozkosznie jest być samemu w domu, bez Claude'a i Dermota. Dręczyło mnie mnóstwo nowych podejrzeń i ogarniało swojskie uczucie smutku. Zastanowiłam się, czyby nie zatelefonować do Amelii, mojej przyjaciółki-czarownicy, która jakiś czas temu wróciła do Nowego Orleanu, gdzie zamierzała odbudować zniszczony dom i wrócić do dawnej pracy. Chciałam ją poprosić o rady co do szeregu spraw. W końcu jednak nie podniosłam słuchawki. Musiałabym tak dużo tłumaczyć. Ta perspektywa wydała mi się męcząca, a bez wyjaśnień nie dałoby się zacząć właściwej rozmowy. Doszłam do wniosku, że może lepiej napisać e-mail. Mogłam w nim spisać wszystko, co uznam za stosowne.

Napełniłam wannę olejkami do kąpieli i ostrożnie weszłam do gorącej wody, szczerząc zęby, kiedy siadałam. Przód jednego uda ciągle trochę piekł. Ogoliłam nogi i przedramiona. Dbałość o siebie zawsze poprawia samopoczucie. Gdy wyszłam z wody, dzięki olejkom ciało miałam śliskie jak zapaśnik. Pomalowałam paznokcie u nóg i uczesałam włosy, po raz kolejny niesamowicie zaskoczona, jak bardzo krótkie mi się wydają. Pocieszyłam się jednak, że nadal sięgają mi za łopatki.

Czyściutka i przygotowana, włożyłam strój roboczy z „Merlotte'a", z przykrością zakrywając pomalowane paznokcie u nóg skarpetkami i tenisówkami. Usiłowałam nie myśleć o niczym konkretnym i wychodziło mi to całkiem dobrze.

Zostało mi jakieś trzydzieści minut wolnego czasu, więc włączyłam telewizor i nacisnęłam przycisk na nagrywarce, chcąc odtworzyć wczorajszy teleturniej „Jeopardy!". Zaczęliśmy codziennie włączać telewizor nad barem w „Merlotcie", ponieważ gościom baru sprawiało przyjemność zgadywanie odpowiedzi. Jane Bodehouse, najwierniejsza z naszych stałych pijaczek, okazała się ekspertem w dziedzinie starych filmów, a Terry Bellefleur znał chyba wszystkie ciekawostki związane z dziedzinami sportowymi, które lubił. Ja potrafiłam odpowiedzieć na większość pytań dotyczących pisarzy, ponieważ dużo czytam, a Sam zazwyczaj udzielał poprawnej odpowiedzi, gdy padały pytania na temat amerykańskiej historii po roku tysiąc dziewięćsetnym. Nie zawsze pracowałam w barze, kiedy włączono teleturniej, więc zaczęłam codziennie nagrywać. Lubiłam radosny świat „Jeopardy!". Lubiłam dostawać podwójne punkty, co udało mi się właśnie dzisiaj. Kiedy program się skończył, nadeszła pora jechać.

Cieszyłam się, że jadę do pracy na wieczorną zmianę, a na dworze wciąż jest dość jasno. Włączyłam radio i śpiewałam *Crazy* wraz z duetem Gnarls Barkley. Potrafiłam rozpoznać wykonawców.

Minął mnie Jason, który jechał w przeciwnym kierunku, może do domu Michele. Nadal spotykał się z tą samą dziewczyną, Michele Schubert. Ponieważ mój brat nareszcie dorastał, może ich związek przerodzi się w coś trwałego... o ile ona będzie chciała. Jej najsilniejszą stroną był fakt, że nie reagowała zbyt mocno na (podobno) potężny seksapil Jasona. Jeśli marzyła o nim i była zazdrosna o jego uwagę, doskonale to ukrywała. Autentycznie ją za to podziwiałam. Pomachałam teraz bratu, a on uśmiechnął się w odpowiedzi. Wyglądał na spokojnego, szczęśliwego człowieka, który nie ma żadnych problemów. W głębi serca mu zazdrościłam. Podejście Jasona do życia miało naprawdę dużo plusów.

„U Merlotte'a" znowu nie było zbyt wielu klientów. Nie zdziwiłam się – wrzucony przez okno koktajl Mołotowa nie jest najlepszą reklamą. A co będzie, jeśli bar Sama nie przetrwa? Co się stanie, jeżeli „Vic's Redneck Roadhouse" wciąż będzie podkradał nam gości? Ludzie lubią lokal „U Merlotte'a", ponieważ jest w nim stosunkowo cicho, panuje swobodna atmosfera relaksu, jedzenie jest dobre (nawet jeśli menu może się wydawać dość ubogie), a drinki nalewane są hojną ręką. Sam zawsze był facetem popularnym – do czasu aż zmiennokształtni i łaki postanowili się ujawnić. Niestety, ludzie, którzy wcześniej jakoś, choć ostrożnie, zaakceptowali istnienie wampirów, w przypadku istot natury dwoistej często mieli inne zdanie; można by rzec, że ich zdaniem zmiennokształtni stali się kroplą, która przepełniła miarę.

Weszłam do magazynu po czysty fartuszek, a później do biura Sama, gdzie zamierzałam schować torebkę do głębokiej szuflady w jego biurku. Na pewno byłoby przyjemnie mieć własną szafkę. Mogłabym w niej trzymać torebkę i zapasowy strój na te noce, kiedy dojdzie do jakiegoś niemiłego zdarzenia, na przykład obleję się piwem lub pobrudzę ubranie musztardą.

Przejmowałam zmianę od Holly, która w październiku wychodzi za mąż za najlepszego przyjaciela Jasona, Hoyta. Dla Holly będzie to drugi ślub, dla Hoyta pierwszy. Postanowili zawrzeć „prawdziwy" związek w kościele, a po ślubie planowali przyjęcie w sali parafialnej. Wiedziałam o tym wszystkim więcej, niż chciałam. Chociaż ceremonia ślubna miała się odbyć dopiero za kilka miesięcy, Holly już zaczęła popadać w obsesję na temat szczegółów. Jako że za pierwszym razem składała przysięgę jedynie przed sędzią pokoju, była to (teoretycznie) jej ostatnia szansa na urzeczywistnienie marzenia. Potrafiłam sobie wyobrazić opinię mojej babci na temat białej sukni ślubnej Holly, ponieważ Holly miała synka w wieku szkolnym, ale, hej, panna młoda powinna być szczęśliwa i już. Kiedyś biel symbolizowała nieskalane dziewictwo wychodzącej za mąż dziewczyny. Teraz kolor ten oznacza po prostu, że panna młoda kupiła sobie kosztowną suknię, która po wielkim dniu nie przyda się do niczego więcej i jedynie zawiśnie w szafie.

Pomachałam Holly, domagając się jej uwagi. Gawędziła akurat z nowym pastorem Kościoła Calvary Baptist, bratem Carsonem. Przychodził co jakiś czas, nigdy jednak nie zamawiał alkoholu. Holly zakończyła pogaduszki, podeszła i opowiedziała mi, co się dzieje przy stołach w naszym rewirze, a nie działo się zbyt dużo. Zadrżałam, patrząc na przypalony ślad na podłodze na środku baru. No cóż, jeden stolik mniej do obsłużenia.

– Słuchaj, Sookie – powiedziała Holly, zatrzymawszy się po drodze do biura, gdzie przechowywałyśmy torebki. – Będziesz na ślubie, prawda?

– Jasne, że tak, nie przegapiłabym tego za żadne skarby.

– Miałabyś coś przeciwko, gdybym cię poprosiła o podanie ponczu?

To był zaszczyt, może nie tak wielki jak funkcja druhny, ale ciągle jednak znaczny honor. Nigdy bym się nie spodziewała po Holly takiej propozycji.

– Bardzo chętnie – odparłam zatem i uśmiechnęłam się. – Omówimy tę sprawę dokładniej, gdy zostanie mniej czasu.

Wyglądała na zadowoloną.

– Dobrze. No cóż, miejmy nadzieję, że ten lokal będzie nadal działał we wrześniu, to w końcu nasze miejsce pracy.

– Och, wiesz, że wszystko będzie dobrze – odparłam, ale byłam daleka od pewności, że tak się rzeczywiście stanie.

***

Gdy wróciłam do domu z „Merlotte'a", jeszcze przez pół godziny się nie kładłam, czekając na Dermota i Claude'a, ale oni, niestety, się nie zjawili, a ja nie miałam ochoty do nich dzwonić. Ich obiecana rozmowa ze mną, rozmowa, która miała uzupełnić moje braki w informacjach o wróżkowym dziedzictwie, nie odbędzie się zatem dzisiejszej nocy. Chociaż bardzo chciałam usłyszeć odpowiedzi na niektóre pytania, odkryłam, że równie mocno się cieszę, że kuzyn i stryjeczny dziadek nie wrócili. Mijający dzień i tak obfitował w za dużo zdarzeń. W łóżku wmawiałam sobie, że mnie wkurzyli, i próbowałam nasłuchiwać, czy nie nadjeżdżają, ale wytrzymałam nie dłużej niż pięć minut, a potem zasnęłam.

Kiedy wstałam następnego ranka nieco po godzinie dziewiątej, nie dostrzegłam żadnego ze zwykłych znaków, które by wskazywały na obecność w domu moich lokatorów. Łazienka w korytarzu prezentowała się dokładnie tak samo jak ubiegłego dnia wieczorem, obok kuchennego zlewu nie stały naczynia, nikt nie zostawił włączonych świateł. Wyszłam na ogrodzony tylny ganek. Nie, żadnego samochodu.

Może byli zbyt zmęczeni, żeby jechać do Bon Temps, albo obu... się poszczęściło. Kiedy Claude przyjechał i zamieszkał ze mną, powiedział mi, że jeśli kogoś poderwie, spędzi noc w swoim domu w Monroe ze „szczęściarzem". Uznałam, że Dermot postąpiłby tak samo – chociaż teraz, po zastanowieniu, pomyślałam, że chyba nigdy nie widziałam Dermota w towarzystwie, ani z mężczyzną, ani z kobietą. Zakładałam, że stryjeczny dziadek wybrałby kobiety (a nie mężczyzn), po prostu dlatego, że wyglądał tak jak Jason, który gustował wyłącznie w przedstawicielkach płci przeciwnej. Przypuszczenia, założenia, phi. Durne.

Przygotowałam sobie jajka, tost i owoce, a w trakcie jedzenia poczytałam trochę biblioteczny egzemplarz jednej z powieści Nory Roberts. Czułam się sobą znacznie bardziej niż w ostatnich tygodniach. Z wyjątkiem wizyty w klubie „Hooligans", spędziłam wczoraj sympatyczny dzień, faceci nie kręcili się po kuchni, nikt nie narzekał, że brakuje pełnoziarnistego chleba lub gorącej wody (Claude), nikt nie wygłaszał kwiecistych komplementów, chociaż w danej chwili chciałam jedynie poczytać (Dermot). Przyjemnie jest odkryć, że wciąż potrafię się delektować samotnością.

Śpiewając pod nosem, wzięłam prysznic i umalowałam się... a wówczas nadeszła pora pojechać ponownie do baru, dziś bowiem pracowałam na wczesną zmianę. Zajrzałam do salonu; zmęczył mnie już jego wygląd przywodzący na myśl sklep ze starzyzną. Przypomniałam sobie, że jutro mają się zjawić antykwariusze.

W „Merlotcie" panował trochę większy tłok niż zeszłej nocy, co jeszcze bardziej poprawiło mi humor. Nieco się zdumiałam, widząc za barem Kennedy. Wydawała się taka elegancka, wręcz doskonała, jak przystało na dawną królową piękności, chociaż miała na sobie jedynie obcisłe dżinsy i podkoszulek w białe i szare pasy. Obie byłyśmy dziś bardzo zadbanymi kobietkami.

– Gdzie jest Sam? – spytałam. – Sądziłam, że będzie w pracy.

– Zadzwonił do mnie dziś rano i powiedział, że jest ciągle jeszcze w Shreveport – wyjaśniła, posyłając mi spojrzenie z ukosa. – Zgaduję, że urodziny Jannalynn bardzo się udały. Ucieszyłam się, że zadzwonił tak wcześnie, bo potrzebuję naprawdę sporo czasu, zanim wstanę, przygotuję się i przywlokę tutaj swój tyłek.

– Jak się miewają twoja mama i tato? – spytałam, zmieniając temat. – Odwiedzili cię ostatnio?

Kennedy uśmiechnęła się z goryczą.

– Och, oni nic się nie zmieniają, Sookie. Nadal żałują, że nie jestem Małą Miss, królową piękności i pamiętają o szkółce niedzielnej, ale nie mogę się na nich skarżyć, bo kiedy wyszłam z więzienia, przysłali mi czek na pokaźną kwotę. Mam szczęście, że są. – Jej ręce znieruchomiały w środku szklanki, którą wycierała. – Zastanawiałam się... – zaczęła, po czym przerwała. Czekałam. Wiedziałam, co powie. – Zastanawiałam się, czy przypadkiem tej butelki nie wrzucił do baru jakiś członek rodziny Caseya – wyznała bardzo cicho. – Kiedy strzeliłam do Caseya, po prostu usiłowałam ocalić życie. Nie myślałam o jego rodzinie ani o własnej. Ani o niczym innym poza przetrwaniem.

Kennedy nigdy wcześniej nie mówiła na ten temat, co mogłam absolutnie zrozumieć.

– Kto by myślał w takiej sytuacji o czymś innym niż własne przetrwanie, Kennedy? – spytałam spokojnie, a jednak z dużym naciskiem. Chciałam, żeby uznała moją wypowiedź za całkowicie szczerą. – Żadna dziewczyna przy zdrowych zmysłach nie postąpiłaby inaczej. Nie sądzę, żeby Bóg chciał zezwolić twojemu facetowi na zakatowanie ciebie. – Chociaż nie byłam wcale pewna, czego chce Bóg. Prawdopodobnie miałam na myśli, że moim zdaniem byłoby z jej strony cholernie głupie dać się po prostu zabić.

– Nie traktowałabym tej sprawy tak lekko, gdyby nie to, że zgłosiły się inne kobiety – tłumaczyła się Kennedy. – Przypuszczam, że jego rodzina o tym wiedziała, to znaczy o tym, że był z niego damski bokser... Ale i tak zastanawiam się często, czy ci ludzie ciągle mnie obwiniają. Może gdyby wiedzieli, że jestem w barze... może postanowiliby zabić mnie tutaj.

– Czy w jego rodzinie są istoty natury dwoistej? – spytałam.

Dziewczyna wyglądała na prawdziwie wstrząśniętą moim pytaniem.

– O mój Boże, nie, nie! Wszyscy są baptystami!

Próbowałam się nie uśmiechać, ale nie potrafiłam się powstrzymać.

Sekundę później Kennedy sama zaczęła się śmiać.

– Mówiąc poważnie – podjęła – nie sądzę. A co? Myślisz, że ten, kto rzucił bombę, był wilkołakiem?

– Tak. Albo innego rodzaju stworzeniem dwoistej natury. Tak, sądzę, że to był zmiennokształtny, ale nie rozpowiadaj o tym na razie. Sam ma już wystarczająco dużo problemów bez moich podejrzeń.

Barmanka kiwnęła głową, w tym momencie jednak zawołał mnie jakiś klient, który poprosił o butelkę gorącego sosu, a ja miałam kolejną kwestię do przemyślenia.

Kelnerka, która miała mnie zmienić, zadzwoniła i powiedziała, że, jadąc tu, złapała gumę, więc musiałam zostać w „Merlotcie" dwie dodatkowe godziny. Kennedy, która miała pracować aż do zamknięcia, nieźle dała mi w kość, sugerując, że jestem niezastąpiona, aż pacnęłam ją ręcznikiem. Kiedy wszedł Danny, wyraźnie się ożywiła. Bez wątpienia wstąpił do domu po pracy, wziął prysznic i ponownie się ogolił, a teraz wspiął się na stołek barowy i zapatrzył na dziewczynę z miną człowieka, którego świat stał się nagle absolutnie idealny. Niemniej jednak, gdy się odezwał...

– Daj mi piwo i bądź szybka, kobieto – powiedział.

– Chcesz, żebym ci wylała to piwo na głowę, Danny?

– Nie robi mi różnicy sposób, w jaki je dostanę – odparł i oboje wyszczerzyli zęby w uśmiechach.

Tuż po zmroku zawibrowała moja komórka, którą trzymałam w kieszeni fartuszka. Najszybciej jak mogłam, weszłam do biura Sama. Dostałam SMS-a od Erica. Wiadomość brzmiała: „Zobaczymy się później". I tyle. A jednak to wystarczyło: przez resztę wieczoru uśmiechałam się szeroko, a kiedy dojechałam do domu i zobaczyłam mojego wampira siedzącego na frontowym ganku, poczułam się bardzo szczęśliwa – nie było już ważne to, że zniszczył mi kuchnię. Eric trzymał nowy toster w pudełku obwiązanym czerwoną kokardą.

– Czemu zawdzięczam ten zaszczyt? – spytałam cierpko.

Nie zamierzałam go powiadamiać, że czekałam na jego wizytę. Choć dzięki łączącej nas więzi prawdopodobnie i tak o tym wiedział.

– Nie zabawiliśmy się ostatnio – zauważył.

Wręczył mi toster.

– Pomiędzy chwilą, kiedy gasiłam pożar, a twoją napaścią na Pam? Tak, powiedziałabym, że nie można lepiej tego określić. Dzięki za nowy toster, chociaż ja nie nazwałabym tego zabawą... Co ci właściwie chodzi po głowie?

– Później oczywiście będę miał na myśli spektakularny seks – odrzekł, wstając i zbliżając się do mnie. – Rozważałem pewną pozycję, której jeszcze nie wypróbowaliśmy.

Moje ciało nie jest tak elastyczne jak ciało Erica, toteż, gdy ostatnim razem testowaliśmy pewną naprawdę śmiałą pozycję, biodro bolało mnie przed następne trzy dni. Ale miałam ochotę poeksperymentować.

– A co chciałbyś robić przed spektakularnym seksem? – spytałam.

– Musimy odwiedzić pewien nowy klub taneczny – wyjaśnił, lecz wychwyciłam w jego głosie nutę zmartwienia. – Tak go chyba nazywają, usiłując ściągnąć młodych ludzi, którzy ładnie się prezentują. Tak jak ty.

– Gdzie jest ten klub?

Ponieważ byłam na nogach od wielu godzin, ten plan nie wydał mi się zbyt kuszący. Z drugiej strony, od dawna nie bawiliśmy się jako para – szczególnie w miejscu publicznym.

– Pomiędzy twoim domem i Shreveport – odparł Eric, po czym się zawahał. – Victor dopiero co go otworzył.

– Och. Czy to będzie mądre posunięcie z naszej strony, jeśli tam wejdziemy? – spytałam przerażona.

W chwili obecnej propozycja Northmana miała dla mnie dosłownie zero uroku.

Victor i Eric toczyli milczącą walkę. Victor Madden był luizjańskim pełnomocnikiem Felipe'a, króla Nevady, Arkansas i naszego stanu. Felipe rezydował w Las Vegas, toteż zastanawialiśmy się (Eric, Pam i ja), czy nie rzucił przypadkiem Victorowi tego dużego ochłapu po prostu po to, żeby odsunąć ambitnego wampira od najbogatszych terenów króla. W głębi duszy szczerze życzyłam Victorowi ostatecznej śmierci. Wysłał przecież kiedyś dwoje spośród swoich najbardziej zaufanych sługusów, Brunona i Corinnę, z rozkazem zabicia Pam i mnie, tylko dlatego, że w ten sposób osłabiłby Erica, którego Felipe zachował przy życiu, uznawszy go za najbardziej efektywnego szeryfa w Luizjanie.

Pam i ja odwróciłyśmy, że tak powiem, sytuację na naszą korzyść. A dokładniej mówiąc, Bruno i Corinna stanowili obecnie jedynie stosiki pyłu leżące obok autostrady międzystanowej i nikt nie byłby w stanie nam udowodnić, że to nasza sprawka.

Victor oznajmił, że oferuje wysoką nagrodę dla osoby, która potrafi mu przekazać jakiekolwiek informacje na temat miejsca pobytu jego ulubieńców, nikt się jednak nie zgłosił. Tylko Pam, ja i Eric wiedzieliśmy, co się zdarzyło. Madden raczej nie mógł wprost nas o nic oskarżyć, gdyż tym samym przyznałby się, że wysłał swoich ludzi, żeby nas zabili. Była to swego rodzaju sytuacja bez wyjścia.

Wiedziałam jednak, że następnym razem Victor może wysłać kogoś ostrożniejszego i bardziej roztropnego. Bruno i Corinna byli za bardzo w sobie zadufani.

– Jazda do tego klubu nie jest posunięciem inteligentnym – zgodził się ze mną Eric – ale, niestety, nie mamy wyboru. Victor polecił mi się tam zjawić. Z żoną. Jeżeli cię nie przyprowadzę, uzna, że się go obawiam.

Zadumałam się na chwilę podczas przeszukiwania szafy. Usiłowałam przypomnieć sobie strój, który posiadam i który wyglądałby dobrze w modnej dyskotece czy tego typu lokalu. Northman leżał w tym czasie na moim łóżku z rękoma za głową.

– Jest coś w moim samochodzie, o czym zapomniałem – oznajmił nieoczekiwanie i wybiegł z pokoju tak szybko, że widziałam tylko zamazaną plamę.

Wrócił po kilku sekundach. Niósł wieszak z ubraniem okrytym przezroczystym plastikowym workiem.

– Co to? – spytałam. – Nie mam dziś urodzin.

– Czy wampir nie może dać kochance prezentu?

Nie mogłam się powstrzymać i uśmiechnęłam się.

– No cóż – odrzekłam – jasne, że może.

Uwielbiam dostawać prezenty. Toster nie był tak naprawdę upominkiem, raczej zadośćuczynieniem. Strojem Eric mnie zaskoczył. Ostrożnie zdjęłam plastikowy worek. Ubranie na wieszaku okazało się suknią. Prawdopodobnie...

– To jest... cały strój? – spytałam, podnosząc prezent.

Sukienka miała czarny dekolt w kształcie litery „U" – dekolt przepastny, zarówno z przodu, jak i z tyłu – a reszta była brązowa, błyszcząca i plisowana. Przypominała wiele zszytych ze sobą szerokich brązowych wstążek. No cóż, niezbyt wiele potrzeba było tych wstążek. Sprzedawczyni pozostawiła metkę z ceną. Starałam się nie patrzeć, ale mi się nie udało, a gdy przeczytałam, poczułam, że opada mi szczęka. Za tę kwotę mogłabym sobie kupić sześć albo i dziesięć sukienek w Wal-Marcie albo ze trzy w sklepie „Dillard's".

– Będziesz wyglądała cudownie – zapewnił mnie Eric. Obnażył kły w uśmiechu. – Wszyscy będą mi ciebie zazdrościli.

Która dziewczyna nie czułaby się świetnie, słysząc takie słowa?

Gdy wynurzyłam się z łazienki, odkryłam, że wrócił mój nowy kumpel Immanuel. Zdążył już sobie stworzyć stanowisko fryzjersko-kosmetyczne na mojej toaletce. Ogarnęło mnie bardzo dziwne wrażenie, gdy uświadomiłam sobie, że w mojej sypialni jest inny mężczyzna. Immanuel miał dziś znacznie lepszy nastrój. Nawet jego osobliwa fryzura wyglądała jakoś radośniej. Podczas gdy Eric patrzył na nas z tak bliska, jakby podejrzewał, że Immanuel jest zabójcą, chudy fryzjer chuchał na mnie i dmuchał, kręcił mi włosy i malował twarz. Odkąd Tara i ja byłyśmy małymi dziewczynkami, nie spędziłam czasu przed lustrem tak przyjemnie. Kiedy mężczyzna skończył, byłam... śliczna i pewna siebie. Błyszczałam.

– Dziękuję ci – powiedziałam, zadając sobie pytanie, gdzie się podziała prawdziwa Sookie.

– Proszę bardzo – odrzekł poważnie. – Masz wspaniałą cerę. Lubię z tobą pracować.

Nikt nigdy nie powiedział mi czegoś takiego i nie miałam pojęcia, jak zareagować.

– Proszę zostawić mi swoją wizytówkę – rzuciłam automatycznie.

Fryzjer wyjął wizytówkę i oparł ją o porcelanową figurkę, którą kochała moja babcia. Myśl o babci trochę mnie zasmuciła. Od jej śmierci przeszłam naprawdę długą drogę.

– Jak się czuje twoja siostra? – spytałam, ponieważ myślałam teraz o rzeczach smutnych.

– Miała dziś dobry dzień – odparł Immanuel. – Dziękuję, że pytasz.

Chociaż, mówiąc to, nie spojrzał na Erica, zobaczyłam, że mój wampir w tym czasie odwraca wzrok i zaciska zęby. Był poirytowany.

Fryzjer zapakował wszystkich swoje rzeczy i przybory, a później odszedł. Znalazłam biustonosz bez ramiączek i figi tanga, których nienawidzę – lecz kto chciałby, żeby pod taką sukienką odznaczały mu się majtki – i zaczęłam się przebierać. Na szczęście, posiadam ładne czarne czółenka na obcasie. Wiedziałam, że sandałki z paseczków pasowałyby do sukienki bardziej, ale wypadało włożyć szpileczki.

Gdy się ubierałam, Eric chłonął mnie spojrzeniem.

– Taka gładka – stwierdził, przesuwając dłonią w górę po mojej nodze.

– Hej, rób to ciągle, a wcale nie dotrzemy do klubu. I wszystkie te przygotowania pójdą na marne.

Nazwijcie mnie żałosną, ale faktycznie zapragnęłam, żeby ktoś inny poza Erikiem zobaczył ostateczny efekt w postaci nowej sukienki, nowej fryzury i świetnego makijażu.

– Niezupełnie na marne – odparował wampir, niemniej jednak również się przebrał w przyniesiony strój.

Zaplotłam mu włosy w warkocz, żeby wyglądały elegancko, a koniec związałam czarną wstążką. Teraz Eric przypominał pirata, który wybiera się na podbój miasta.

Powinniśmy być radośni i podnieceni z powodu randki, ciesząc się na wspólne tańce w klubie. Nie wiedziałam, co dokładnie Eric myśli, ale kiedy szliśmy do jego samochodu, na pewno nie był szczęśliwy z powodu tego, co robiliśmy i dokąd jechaliśmy.

Zatem było nas w tym dwoje.

Postanowiłam trochę rozluźnić atmosferę, więc zagaiłam lekką pogawędkę.

– Jak sobie radzą nowe wampiry? – spytałam.

– Przychodzą, kiedy trzeba, i pracują w barze – stwierdził bez entuzjazmu.

Trzy wampiry, które zjawiły się po Katrinie na terytorium Erica, prosiły go o zgodę na pozostanie w Piątej Strefie, chociaż wolały zamieszkać w Minden, a nie w samym Shreveport.

– Co jest z nimi nie w porządku? – naciskałam. – Nie mówisz ze zbyt dużym przejęciem w głosie o tych, którzy zasilili twoje szeregi.

Wsunęłam się na siedzenie pasażera, a Eric obszedł samochód.

– Palomino nie radzi sobie zbyt dobrze – przyznał w końcu niechętnie, kiedy zajął miejsce za kierownicą. – Rubio z kolei jest głupi, a Parker słaby.

Nie znałam tych trojga dostatecznie dobrze, by na ten temat dyskutować.

Palomino była atrakcyjną młodą wampirzycą o dziwacznym odcieniu cery – jej skóra była w naturalny sposób opalona, chociaż włosy kobieta miała bardzo jasne. Rubio Hermosa wydawał się przystojny, choć – musiałam się zgodzić z Erikiem – był raczej tępy i nigdy nie miał zbyt dużo do powiedzenia. Parker prezentował się tak samo frajersko jak przed śmiercią i, mimo że usprawnił system komputerowy w „Fangtasii", wyglądał na kogoś, kto boi się własnego cienia.

– Chcesz porozmawiać ze mną o twojej kłótni z Pam? – spytałam, kiedy zapięłam pasy.

Zamiast corvette, Eric przyjechał dziś należącym do „Fangtasii" lincolnem town car, limuzyną. Auto to jest niesamowicie wprost wygodne, a biorąc pod uwagę sposób, w jaki Eric prowadzi corvette, zawsze się cieszyłam, ilekroć wybierał na nasz wieczór poza domem lincolna.

– Nie – uciął.

Natychmiast pogrążył się w zadumie. Był wyraźnie strapiony.

Czekałam, aż coś doda.

Czekałam długo.

– No dobra – mruknęłam, usiłując odzyskać przyjemność, jaką czułam z powodu randki ze wspaniałym facetem. – Oki-doki. Rób, jak chcesz. Obawiam się jednak, że jeśli będę się martwiła o ciebie i Pam, seks będzie o kilka stopni mniej spektakularny.

Za ten lekki żarcik otrzymałam od mojego Erica posępne spojrzenie.

– Wiem, że Pam chce powołać do życia kolejnego wampira – ciągnęłam. – I wiem, że ma na to mało czasu.

– Immanuel nie powinien tyle gadać – warknął Northman.

– Miło było spotkać kogoś, kto naprawdę chciał się podzielić ze mną bezpośrednią informacją dotyczącą osób, na których mi zależy.

Jak bardzo wprost miałam mówić?!

– Sookie – obwieścił Eric – Victor powiedział, że nie wolno mi udzielić Pam zezwolenia na dziecko.

Kłapnął zębami, a mnie ten odgłos skojarzył się z pułapką, w którą wpadł lis.

Och.

– Domyślam się, że to królowie mają władzę nad reprodukcją – zauważyłam oględnie.

– Tak. Władzę absolutną. Rozumiesz jednak, że Pam wierci mi dziurę w brzuchu, podobnie Victor.

– Victor nie jest przecież królem, prawda? Może gdybyś poszedł prosto do Felipe'a...?

– Za każdym razem, gdy pomijam Victora, Madden znajduje sposób, by mnie ukarać.

Nie było sensu rozmawiać na ten temat. Dwie osoby naciskały na Erica z różnych stron, tak to wyglądało.

A więc po drodze do klubu Victora, który – jak powiadomił mnie Eric – nazywa się „Pocałunek wampira", rozmawialiśmy o jutrzejszej wizycie antykwariuszy w moim domu. Było wiele spraw, które chciałam przedyskutować, lecz z uwagi na niezwykle trudne położenie Northmana nie chciałam go wciągać w moje problemy. Poza tym, wciąż miałam wrażenie, że nie wiem wszystkiego o jego sytuacji.

– Ericu – odezwałam się więc nagle, zdając sobie sprawę, że używam zbyt opryskliwego tonu i mówię ze zbyt dużym przejęciem. – Nie opowiadasz mi wszystkiego o swoich interesach, mam rację?

– Masz – zgodził się bez chwili wahania. – Ale robię tak z bardzo wielu powodów, Sookie. Najważniejszy z nich jest taki, że mogłabyś się tylko zamartwiać, a w dodatku groziłoby ci niebezpieczeństwo. Wiedza nie zawsze daje siłę.

Zacisnęłam usta i nie spojrzałam na niego. Zachowywałam się dziecinnie, wiem o tym, lecz nie do końca mu wierzyłam.

– Istnieje także inna kwestia – dodał Eric po chwili milczenia. – Po prostu nie jestem przyzwyczajony do dzielenia się codziennymi troskami z istotą ludzką i trudno mi się tego nauczyć po tysiącu lat.

Jasne! I żaden z tych sekretów nie miał związku z moją przyszłością. Świetnie.

Eric najwyraźniej zinterpretował moje kamienne opanowanie jako niechętną akceptację i uznał, że chwila napięcia panująca między nami minęła.

– Ale ty, kochanko, mówisz mi wszystko, czyż nie? – spytał przekornie.

Obrzuciłam go piorunującym spojrzeniem i nic nie powiedziałam.

Nie tego Eric się spodziewał.

– Nie mówisz mi wszystkiego? – spytał, a ja nie byłam w stanie wskazać wszystkich emocji, które pobrzmiewały w jego głosie. Rozczarowanie, niepokój, odrobina gniewu... i może również nieznaczne pobudzenie. To były tylko cztery słowa, ale przysięgam wam, że te wszystkie uczucia w nich były. – To dość nieprzewidziany zwrot akcji – sarknął. – A jednak twierdzimy, że się kochamy.

– Tak twierdzimy – zgodziłam się. – Ja ciebie naprawdę kocham, ale zaczynam rozumieć, że miłość nie oznacza dzielenia się wszystkim, tak jak sądziłam do tej pory.

Nie znalazł na to riposty.

W drodze do klubu tanecznego minęliśmy „Vic's Redneck Roadhouse" i nawet z autostrady międzystanowej widziałam, że parking jest zatłoczony pojazdami.

– Niech to szlag – wymamrotałam. – Zabiorą „Merlotte'owi" wszystkich klientów. Co mają, czego my nie mamy?

– Oferują rozrywki. Ciekawość związaną z nowym miejscem. Kelnerki w wyciętych szortach i bluzkach z odkrytymi plecami – tłumaczył Eric.

– Och, przestań – poprosiłam zniesmaczona. – Przez te kłopoty, odkąd ludzie dowiedzieli się, że Sam jest zmiennokształtnym i tak dalej... nie wiem, jak długo jeszcze utrzyma się bar „U Merlotte'a".

Przez więź popłynęła ku mnie fala przyjemności, którą odczuwał wampir.

– Och, wtedy nie będziesz tam pracować – stwierdził z fałszywą sympatią. – Mogłabyś zacząć pracować dla mnie w „Fangtasii".

– Nie, dzięki – odparłam natychmiast. – Nie chciałabym patrzeć, jak miłośniczki kłów przychodzą noc po nocy i zawsze chcą tego, czego nie powinny chcieć. To jest po prostu smutne i niewłaściwe.

Eric przypatrzył mi się z uwagą, niezbyt zadowolony z mojej pośpiesznej odpowiedzi.

– Sookie, w ten sposób zarabiam na życie. Zarabiam na perwersyjnych marzeniach i fantazjach istot ludzkich. Większość z tych osób to turyści, którzy odwiedzają „Fangtasię" raz lub dwa razy, a potem wracają do Minden czy Emerson i opowiadają sąsiadom, jak niekonwencjonalnie postępowali. Albo są to żołnierze z bazy lotnictwa, którzy lubią pokazać, jak bardzo są twardzi, bo wpadli na kilka drinków do wampirzego baru.

– Ja to rozumiem – zapewniłam go. – I wiem, że jeśli miłośnicy kłów nie przyjdą do „Fangtasii", pójdą gdzie indziej, gdzie będą mogli spędzić czas z wampirami. Rozumiem. Ale nie sądzę, żebym miała ochotę znosić tę atmosferę codziennie... noc po nocy.

Byłam dumna z siebie za „atmosferę", w której pracuję.

– Co w takim razie zrobisz? Jeśli „Merlotte" zostanie zamknięty?

To było dobre pytanie i wiedziałam, że prędzej czy później będę musiała się nad nim poważnie zastanowić.

– Postaram się zdobyć kolejną pracę kelnerki, może w „Crawdad Diner". Napiwki nie są tam tak dobre jak w pubach, ale z drugiej strony, mniej przykrości i zdenerwowania. Albo spróbowałabym skończyć jakiś kurs internetowy, może nawet uzyskać stopień naukowy. Byłoby miło mieć lepsze wykształcenie.

Przez moment panowała cisza.

– Nie wspomniałaś o kontakcie z pradziadkiem – wytknął mi Northman. – Przecież Niall mógłby zapewnić ci wszystko i niczego by ci nie zabrakło.

– Nie jestem pewna, czy mogę... – stwierdziłam zaskoczona. – To znaczy... czy jestem w stanie się z nim skontaktować. Przypuszczam, że Claude wie, jak to zrobić. Właściwie jestem pewna, że wie. Tyle że Niall dał dość jasno do zrozumienia, że w jego opinii pozostawanie w kontakcie nie jest dobrym pomysłem. – Zadumałam się, po czym spytałam: – Ericu, myślisz, że Claude ma jakieś ukryte powody, dla których ze mną zamieszkał?

– Oczywiście, że ma. Dermot również – oświadczył z przekonaniem wampir. – Zastanawiam się tylko, czy rzeczywiście musisz o to pytać.

Nie po raz pierwszy poczułam, jak niewiele rozumiem. Kiepsko sobie radziłam z własnym życiem. Zwalczyłam napływ żalu i goryczy, i zdecydowałam, że nie będę się nad sobą rozczulać, zamiast tego zmusiłam się do przeanalizowania słów Erica. Naturalnie, podejrzewałam Claude'a o niecne zamiary i właśnie dlatego spytałam Sama, czy ludzie potrafią się naprawdę zmienić. Mój kuzyn zawsze był straszliwym egoistą, mistrzem obojętności wobec problemów innych osób. Dlaczego miałby się nagle zmienić? Och, pewnie, tęsknił za towarzystwem wróżek, szczególnie teraz, kiedy nie żyły już jego siostry. Ale czemu miałby przyjechać i zamieszkać z osobą, w której żyłach płynie tak mało krwi wróżek jak w moich (szczególnie jeśli ta osoba, czyli ja, była pośrednio odpowiedzialna za śmierć Claudine), o ile nie miał czegoś na myśli?

Motywacja Dermota była dla mnie równie mało zrozumiała. Łatwo można by przyjąć, że stryjeczny dziadek ma taki charakter jak Jason, ponieważ są tak bardzo podobni, dowiedziałam się już jednak wcześniej (w wyniku gorzkich doświadczeń), co się dzieje, gdy zaczynam snuć bezsensowne przypuszczenia. Dermot długo był zaczarowany, pozostając pod magicznym urokiem, który uczynił go na jakiś czas szaleńcem, ale mimo otumanienia mgłą magii usiłował postąpić w sposób właściwy. Przynajmniej tak mi powiedział, a miałam pewne dowody, że nie skłamał.

Ciągle rozmyślałam nad własną łatwowiernością, kiedy zjechaliśmy z autostrady i znaleźliśmy się pośrodku pustki. Dostrzegłam jednak blask świateł padających z „Pocałunku wampira", które były naszym celem.

– Nie boisz się, że ludzie jadący do Shreveport, chcąc odwiedzić „Fangtasię", zboczą z trasy, kiedy zobaczą „Pocałunek wampira"? – spytałam.

– Tak.

Cóż, zadałam głupie pytanie, więc mogłam Ericowi wybaczyć, że potraktował mnie szorstko. Prawdopodobnie rozmyślał nad potencjalnym kryzysem finansowym od dnia, w którym Victor kupił ten budynek. A jednak nie zamierzałam bardziej mu folgować. Byliśmy przecież parą i powinien albo całkowicie dzielić ze mną swoje życie, albo pozwolić, żebym zajmowała się swoimi sprawami. Nie jest łatwo być w związku z Northmanem. Popatrzyłam teraz na niego i uprzytomniłam sobie, jak durne moje stwierdzenie wydałoby się jednej z miłośniczek kłów, które przychodziły do „Fangtasii". Eric był rzeczywiście jednym z najprzystojniejszych mężczyzn, jakich kiedykolwiek widziałam. Poza tym był silny, inteligentny i fantastycznie sprawował się w łóżku.

Teraz jednak pomiędzy tym silnym, inteligentnym, pełnym wigoru mężczyzną a mną panowało lodowate milczenie i trwało do czasu, aż zaparkowaliśmy. Na parkingu trudno było znaleźć miejsce, co jeszcze bardziej wkurzyło Erica. Nie sposób było tego nie zauważyć.

Ponieważ mojego wampira tutaj wezwano, byłoby uprzejmie zarezerwować mu miejsce parkingowe przy drzwiach wejściowych... lub pozwolić wejść tylnymi. Patrząc na ten strasznie zatłoczony parking, można było też wyciągnąć pewne wnioski.

Hmm...

Starałam się na jakiś czas odsunąć własne zmartwienia. W tej chwili musiałam się skoncentrować na kłopotach, które nam groziły. Victor nie lubił Erica ani mu nie ufał, i to uczucie było wzajemne. Odkąd Victor został zarządcą Luizjany, pozycja Northmana jako jedynego „reliktu" z epoki Sophie-Anne stawała się coraz bardziej niepewna. Byłam raczej przekonana, że żyłabym sobie spokojnie, gdyby tylko Eric nie wrobił mnie w wampirzy ślub, który z nim wzięłam.

Eric, zaciskając usta tak mocno, że wyglądały jak cienka kreska, wysiadł i obszedł lincolna, po czym otworzył drzwiczki z mojej strony. Wiedziałam, że posłużył się tym manewrem, by badawczo rozejrzeć się po parkingu, szukając potencjalnych zagrożeń. Stanął w taki sposób, że jego ciało znalazło się pomiędzy mną i klubem, a kiedy wysuwałam nogi z limuzyny, zadał mi pytanie:

– Kto jest na parkingu, kochanko?

Wysiadałam zatem powoli i ostrożnie, zamknąwszy oczy, by lepiej się skoncentrować. Przykryłam ręką jego dłoń, którą położył na drzwiach samochodu, a później –

w tę ciepłą noc, podczas gdy lekki wiatr łagodnie mierzwił moje włosy – użyłam swego dodatkowego zmysłu.

– Jakaś para uprawia seks w samochodzie, który stoi dwa rzędy od nas – wyszeptałam. – Mężczyzna wymiotuje za czarnym pikapem po drugiej stronie parkingu. Dwie pary właśnie wjeżdżają cadillakiem escalade. Jeden wampir stoi przy drzwiach do klubu, inny zbliża się szybko.

Kiedy wampiry są w pełnej gotowości, nie sposób się pomylić. Eric wysunął kły, napiął wszystkie mięśnie, po czym się odwrócił.

– Panie – odezwała się Pam.

Wyszła z cienia dużego luksusowego samochodu terenowego. Northman odprężył się, ja zresztą również, stopniowo. Sprawa, która skłoniła tych dwoje do walki w moim domu, na dzisiejszy wieczór niewątpliwie została zapomniana.

– Przyjechałam wcześniej, tak jak mi poleciłeś – wymamrotała wampirzyca.

W nocnym wietrze jej głos wydawał się twardszy. Twarz Pam wyglądała dziwnie mrocznie.

– Pam, wejdź w światło – poprosiłam.

Zrobiła to, chociaż, zna się rozumieć, nie musiała usłuchać.

Ciemne miejsca pod jej białą skórą były rezultatem bijatyki. Wampiry właściwie nie miewają takich siniaków jak my, ludzie, a poza tym wszystkie obrażenia goją się u nich szybko – chociaż jeśli zostają uderzone mocno, przez jakiś czas widać ślady.

– Co ci się przydarzyło? – spytał Eric.

Mówił głosem absolutnie pozbawionym emocji, wręcz pustym, co – doskonale o tym wiedziałam – nie oznaczało niczego dobrego.

– Powiedziałam strażnikom przy drzwiach, że muszę wejść i upewnić się, czy Victor w ogóle wie o twoim przybyciu. Była to oczywiście z mojej strony wymówka, ponieważ chciałam się upewnić, czy w środku będzie bezpiecznie.

– A oni ci przeszkodzili.

– Tak.

Zerwał się lekki wiatr i wirował nad zatłoczonym parkingiem. Poryw szarpnął moimi włosami i po chwili wszystkie miałam na twarzy. Włosy Erica pozostały nieruchome, związane na wysokości karku, Pam natomiast chwyciła swoje i odgarnęła. Eric od miesięcy życzył śmierci Victorowi, a ja, wstyd się przyznać, pragnęłam tego samego. Nie chodziło tylko o to, że przez więź czułam zmartwienie i gniew mojego wampira, nie, sama także rozumiałam, o ileż lepsze mielibyśmy życie, gdyby Madden umarł.

Bardzo się zmieniłam przez ostatnie lata. W takich chwilach jak ta bywałam smutna, a równocześnie odczuwałam ulgę, że potrafię myśleć o śmierci Victora nie tylko bez skrupułów, lecz wręcz z bezwzględną żarliwością i entuzjazmem. Moja determinacja, by przeżyć i zachować przy życiu osoby, które kocham, była silniejsza niż religia, która zawsze wydawała mi się tak cenna i ważna.

– Musimy wejść, w przeciwnym razie wyślą tu kogoś po nas – oznajmił w końcu Eric, więc ruszyliśmy w milczeniu do głównych drzwi.

W tej chwili potrzebowaliśmy jeszcze jakiegoś wyrazistego muzycznego motywu przewodniego – jakiejś złowieszczej, odlotowej piosenki z głośną i liczną sekcją perkusyjną, piosenki, która opowie o tym, jak „zaproszone wampiry i ich kumpelka, istota ludzka, pakują się w zasadzkę". Muzyka jednak nie raczyła się dopasować do naszego małego dramatu: *Hips Don't Lie* Shakiry na pewno trudno nazwać muzyką hardcorową.

Minęliśmy brodatego człowieka, który polewał z węża żwir przy drzwiach frontowych. Wciąż byłam w stanie dostrzec na ziemi ciemne plamy krwi.

Pam prychnęła.

– Nie moje – mruknęła.

Wampirzyca na służbie przy drzwiach wejściowych okazała się mocnej budowy brunetką noszącą nabijaną ćwiekami skórzaną obrożę i skórzany obcisły top bez ramiączek oraz spódniczkę *tutu* (przysięgam na Boga!) i buty motocyklisty. Jedynie spódniczka z falbankami wydawała się nie na miejscu.

– Szeryfie Ericu – zagaiła wampirzyca z wyraźnym obcym akcentem. – Jestem Ana Lyudmila. Witam cię w „Pocałunku wampira".

Nawet nie zerknęła na Pam, że nie wspomnę o mojej własnej skromnej osobie. Bez wątpienia mogłam się spodziewać, że mnie zignoruje, lecz zlekceważenie Pam stanowiło prawdziwą zniewagę, szczególnie jeśli moja przyjaciółka miała już wcześniej utarczkę z tutejszym personelem. Pomyślałam, że ochroniarka swoim zachowaniem prawdopodobnie pragnie rozwścieczyć Pam. Jeśli zastępczyni Erica dostanie szału, nowe wampiry będą miały idealny i zgodny z prawem powód, aby ją zabić. A, mówiąc obrazowo, cel widniejący na plecach Northmana, przybrałby ogromne rozmiary.

Rzecz jasna, mnie nikt nie brał pod uwagę, ponieważ wampiry nie potrafią sobie wyobrazić, że jakikolwiek człowiek zdoła się przeciwstawić sile i szybkości nieumarłych. A ponieważ nie jestem supermenką, być może miały rację. Nie byłam pewna, ile wampirów wie, że w rzeczywistości nie jestem wyłącznie istotą ludzką i czy w ogóle obchodziłoby je, gdyby odkryły, że w moich żyłach płynie po części krew wróżek. Co prawda, nigdy nie zaprezentowałam mocy wróżki. Nie, cała moja władza tkwiła jedynie w otrzymanym darze telepatii i związku z Niallem. Co do tej drugiej kwestii, przypuszczam, że odkąd pradziadek opuścił nasz świat i zamknął się w krainie duszków, moje pokrewieństwo z księciem prawdopodobnie z tej przyczyny straciło na wartości. Z drugiej strony, Niall w każdej chwili może postanowić wrócić do świata ludzi, a ja w dodatku jestem żoną Erica, którą szeryf poślubił zgodnie z wampirzym rytuałem. Jakkolwiek by na to patrzeć, te dwie sprawy przemawiały na moją korzyść. Przynajmniej miałam na to nadzieję. Jestem żoną i znam wróżki. Pora zaznaczyć swój autorytet.

Położyłam dłoń na ramieniu Pam i poklepałam ją, odnosząc wrażenie, że klepię twardą skałę.

Uśmiechnęłam się do Any Lyudmily.

– Cześć – rzuciłam radośnie niczym cheerleaderka, która przyjęła za dużo substancji pobudzających. – Jestem Sookie. Jestem żoną Erica. Domyślam się, że nie miałaś o tym pojęcia, prawda? A to jest Pam, dziecko Erica i jego twarda prawa ręka. Przypuszczam, że o tym również nie wiedziałaś, co?! Bo inaczej, nie witając nas stosownie, zachowałabyś się po prostu niegrzecznie.

Obrzuciłam ją wyjątkowo promiennym uśmiechem. Wampirzyca miała taką minę, jak gdybym zmuszała ją do połknięcia żywej żaby, niemniej jednak wydukała:

– Witajcie, ludzka żono Erica i szanowana wojowniczko Pam. Przepraszam, że nie pozdrowiłam was, jak wypadało.

Pam zagapiła się na tamtą wzrokiem osoby, która zastanawia się, ile czasu zajęłoby wyrwanie jej rzęs jednej po drugiej. Szturchnęłam ramię przyjaciółki pięścią, niezbyt mocno.

– Świetnie, Ano Lyudmilo – odparłam. – Wszystko w porządku.

Pam przeniosła teraz wzrok na mnie, a ja robiłam, co mogłam, żeby się nie wzdrygnąć. Atmosfera wciąż była napięta, szczególnie że Eric doskonale udawał dużą białą skałę. Posłałam mu znaczące spojrzenie.

Byłam przekonana, że to nie Ana Lyudmila pobiła Pam. Po pierwsze, najwyraźniej nie miała dość odwagi. Po drugie, nie dostrzegłam u niej żadnych obrażeń, a nie miałam wątpliwości, że każdy, kto tknął moją wampirzą koleżankę, nosi ślady jej rąk.

– Myślę – odezwał się Eric – że twój pan na nas czeka.

Łagodnie łajał wampirzycę samym tonem. Starał się, by było widać, że doskonale panuje nad sobą i zachowuje zimną krew.

Gdyby Ana Lyudmila potrafiła się zarumienić, sądzę, że właśnie w tym momencie policzki by jej poczerwieniały.

– Tak, oczywiście – odparła. – Luis! Antonio!

Z tłumu natychmiast wyszli dwaj młodzi mężczyźni, obaj ciemnowłosi i muskularni. Nosili skórzane szorty i wysokie buty. Serio! No dobra, najwyraźniej był to image typowy dla pracowników klubu „Pocałunek wampira". Założyłam wcześniej, że Ana Lyudmila sama sobie dobrała styl ubioru, jak widać jednak wszystkie wampiry na służbie musiały przypominać jaskiniowców emanujących seksapilem. W każdym razie przyjęłam, że taki wygląd starają się osiągnąć.

– Chodźcie za nami, proszę – powiedział Luis, wyższy z nich.

On także mówił z obcym akcentem. W sutkach miał kolczyki, czego nigdy przedtem nie widziałam i czemu – naturalnie – chciałbym się przyjrzeć z bliska. Ale w moim przekonaniu nie wypada się gapić na obnażone części ciała, nawet jeśli dana osoba bardzo stara się je wyeksponować. Dla mnie gapienie się jest po prostu w złym guście.

Antonio nie potrafił ukryć faktu, że Pam zrobiła na nim kolosalne wrażenie, wiedziałam jednak, że ta fascynacja nie przeszkodzi mu zabić nas wszystkich, jeśli tylko Victor rozkaże mu to zrobić. Poszliśmy zatem za tymi mężczyznami, którzy skojarzyli mi się z sadomasochistami skrzyżowanymi z Bobbsey Twins. Gdy przechodziliśmy przez zatłoczony parkiet do tańca... Pozwólcie, że powiem wam to jasno: te skórzane szorty niesamowicie wyglądają z tyłu. Ściany klubu zdobiły zdjęcia Elvisa, co również wydało mi się niezwykle ciekawe. Nieczęsto widuje się klub wampirzy, który równocześnie przywodzi na myśl tyle wątków.

Pam również podziwiała wystrój lokalu, lecz bez typowego dla niej szyderczego rozbawienia. Wydawała się zadumana, pewnie miała dużo do przemyślenia.

– Jak się miewają wasi trzej przyjaciele? – spytała w pewnej chwili Antonia. – Ci, którzy nie pozwolili mi wejść do klubu.

Mężczyzna uśmiechnął się jakoś cierpko, a ja odniosłam wrażenie, że pobite przez Pam wampiry nie należą do jego ulubieńców.

– Są na tyłach i pobierają krew od dawców – odrzekł. – Sądzę, że Pearlowi ramię już się zagoiło.

Eric, który szedł przede mną przez hałaśliwą salę, ocenił klub kilkoma niedbałymi spojrzeniami. Było dla niego ważne, żeby sprawiać wrażenie spokojnego i sugerować swoją postawą pewność, że jego szef nie zamierza go skrzywdzić. Wiedziałam o tym dzięki naszej więzi. Ponieważ na mnie nikt nie zwracał uwagi, mogłam sobie patrzeć, gdzie tylko zapragnęłam... chociaż miałam nadzieję, że robię to z odpowiednio niefrasobliwą miną.

W „Pocałunku wampira" przebywało co najmniej dwadzieścia wampirów, więcej niż kiedykolwiek równocześnie znajdowało się w „Fangtasii". Było tu też mnóstwo istot ludzkich. Nie miałam pojęcia, jak duży jest budynek, ale byłam raczej pewna, że jest niemały. Northman wyciągnął rękę za siebie, a ja chwyciłam jego chłodną dłoń w swoją ciepłą. Wtedy pociągnął mnie do przodu, ku sobie, i objął mnie lewym ramieniem. Pam nadal pozostawała z tyłu. Przyszła mi na myśl symulacja wojenna *Defcon*. Znajdowaliśmy się w fazie czwartej, gdy radary powiadamiają o jednostkach wroga w polu widzenia. Alarm pomarańczowy.

Inaczej mówiąc, krok przed bitwą. Mięśnie Erica drgały niczym zerwane struny gitary.

A potem dostrzegłam powód nerwowości mojego wampira.

Victor siedział na tyłach w wydzielonej sali dla ważnych gości. Pod ścianą puszyła się ogromna kwadratowa kanapa obita czerwonym aksamitem, a przed nią znajdowała się zwykła niska ława. Na blacie ławy leżały małe wieczorowe torebki i banknoty dolarowe, stał też szereg na wpół opróżnionych drinków. Victor siedział pośrodku i otaczał ramionami młodego mężczyznę i kobietę, których miał po bokach. Ten widok mógłby służyć za plakat przedstawiający to, czego obawia się wielu konserwatywnych ludzi: zepsutego wampira, który uwodzi młodzież Ameryki, skłaniając jej przedstawicieli do udziału w biseksualnych orgiach i seansach picia krwi. Powiodłam wzrokiem od jednej istoty ludzkiej do drugiej. Jedno z nich była mężczyzną, a drugie kobietą, i byli zadziwiająco do siebie podobni. Zdecydowałam się poczytać im w myślach i prędko odkryłam, że oboje zażywają narkotyki, są pełnoletni, czyli mają ponad dwadzieścia jeden lat i są doświadczeni w sprawach seksu. Zrobiło mi się ich trochę żal, wiedziałam jednak, że nie mogę za nich odpowiadać. Chyba musieli zdawać sobie sprawę z tego, że są dla Victora jedynie rekwizytami. Ale własna pozycja najwyraźniej schlebiała ich próżności.

W pomieszczeniu przebywała jeszcze jedna istota ludzka, młoda kobieta, która siedziała z boku, samotnie. Miała na sobie białą suknię z dość długą rozkloszowaną spódnicą. Zauważyłam, że kobieta wbija wzrok w Pam, patrząc na nią z rozpaczą. Była bez wątpienia przerażona resztą towarzystwa. Sądziłam, że Pam nie jest w stanie jeszcze bardziej się rozgniewać czy zasmucić, lecz chwilę później wampirza przyjaciółka udowodniła mi, jak bardzo się mylę.

– Miriam – szepnęła.

Och, Jezu Chryste i Matko Przenajświętsza! To była kobieta, którą Pam chciała zmienić w wampirzycę, kobieta, która miała zostać jej dzieckiem. Przyjrzałam się Miriam i uznałam, że jest prawdopodobnie najbardziej chorą istotą, jaką kiedykolwiek widziałam poza szpitalem. A jednak jej jasnokasztanowe włosy zostały ułożone w imprezową fryzurę, miała też makijaż, chociaż kosmetyki nie bardzo się trzymały na twarzy tak bladej, że nawet wargi wyglądały na białe.

Na twarzy Erica nie pojawiły się żadne emocje, wyczuwałam jednak, że Northman walczy ze sobą i bardzo się stara zachować kamienne oblicze, nie myśląc o niczym konkretnym.

Trzeba przyznać Victorowi, że potrafi przygotować zaskakującą zasadzkę.

Luis i Antonio, gdy nas doprowadzili, usadowili się w progu sali dla VIP-ów. Nie wiedziałam, czy są tam, żeby utrzymać nas w środku, czy żeby nie wpuścić innych klientów. W sali zauważyłam też wycięte z tektury sylwetki Elvisa w strojach z występów, przynajmniej naturalnej wielkości. Nie zrobiły na mnie wrażenia. Spotkałam przecież oryginał.

Madden pozdrowił nas szerokim uśmiechem, prezentując białe zęby, wspaniałe jak u osób prowadzących teleturnieje.

– Ericu, jak miło cię widzieć w moim nowym przybytku! Podoba ci się wystrój? – Zrobił ręką szeroki ruch, chcąc pokazać cały zatłoczony klub. Chociaż Victor nie jest wysoki, był tu wyraźnie panem we własnym domu i chłonął każdą minutę. Pochylił się teraz i wziął z ławy kieliszek z napojem.

Nawet jego kieliszek wyglądał imponująco – był z przydymionego, ciemnego, prążkowanego szkła. Pasował do „wystroju", z którego Victor był taki dumny. Ja bym nazwała ten wystrój (gdybym kiedyś miała szansę go komuś opisać, co w tym momencie wydawało się dość mało prawdopodobne) stylizowanym na dawne domy publiczne: wiele sekwojowego drewna, tapety z wypukłym wzorem, sporo skóry i czerwony aksamit. Całość prezentowała się przyciężkawo i krzykliwie; to znaczy, dla mnie – ale możliwe, że byłam uprzedzona. Ludziom wirującym na parkiecie chyba się tu podobało, bez względu na wystrój lokalu. Zespół na scenie składał się z wampirów i grał świetnie. Wcześniej grali jakiś najnowszy przebój, potem utwór bardziej bluesowo-rockowy. Jako że członkowie zespołu mogli grać nawet z Robertem Johnsonem i Memphis Minnie, mieli wiele dekad na próby i naukę.

– Zaskoczył mnie – odparował Eric głosem całkowicie pozbawionym wyrazu.

– Och, wybaczcie moje kiepskie maniery! Proszę, siadajcie – kontynuował Victor. – Moimi towarzyszami są... Jak się nazywasz, kochanie? – spytał dziewczynę.

– Jestem Mindy Simpson – odparła z kokieteryjnym uśmiechem. – A to mój mąż, Mark Simpson.

Northman ledwie na nich zerknął. Pam i ja w ogóle nie musiałyśmy reagować, gdyż jak do tej pory nikt jeszcze o nas nie wspomniał.

Madden nie przedstawił bladej młodej kobiety. Najwidoczniej najlepsze zostawiał na koniec.

– Widzę, że przyprowadziłeś ze sobą swoją drogą żonę – podjął, kiedy ja, Eric i Pam usiedliśmy na prawo od niego na kanapie. Była nie tak wygodna, jak miałam na to nadzieję, i zbyt głęboka dla osoby o nogach długości moich.

Naturalnych rozmiarów tekturowy Elvis po mojej prawej stronie nosił słynny biały jednoczęściowy kombinezon. Ekstra.

– Tak, jestem tutaj – odpowiedziałam posępnie.

– I twoja sławna zastępczyni, Pam Ravenscroft – ciągnął Victor, jakby przedstawiał nas, zwracając się do jakiegoś ukrytego mikrofonu.

Ścisnęłam Erica za rękę. Mój wampir nie był w stanie czytać mi w myślach, czego (akurat teraz) żałowałam. Działo się tutaj wiele rzeczy, o których nie wiedzieliśmy. W oczach wampirów jako „ludzka" żona Erica byłam mniej więcej jedynie jego pierwszą i najważniejszą nałożnicą. Tytuł „żony" dawał mi status, prestiż i ochronę, teoretycznie czyniąc mnie nietykalną dla innych nieumarłych i ich służących. Na pewno nie byłam zbyt dumna z pozycji obywatelki drugiej kategorii, lecz kiedy pojęłam powody, dla których Northman podstępem wpakował mnie w ten związek, stopniowo zgodziłam się na ten tytuł. Teraz nadeszła pora udzielić Ericowi w zamian trochę wsparcia.

– Jak dawno temu otworzyłeś „Pocałunek wampira"? – spytałam, uśmiechając się szeroko do obmierzłego Victora.

Mam lata doświadczenia w symulowaniu radości, chociaż nie czuję się wcale szczęśliwa. No i jestem królową pogawędek.

– Nie widziałaś całej mojej akcji promocyjnej? Otworzyliśmy dopiero trzy tygodnie temu, ale jak na razie pomysł okazał się trafiony w dziesiątkę – odparował Madden, ledwo na mnie patrząc.

Nie interesowałam go jako osoba, nie, ani trochę. Nawet w sensie erotycznym. Wierzcie mi, umiem odczytywać sygnały. Natomiast interesował się mną jako stworzeniem, którego śmierć mocno by zraniła Erica. Innymi słowy, moja nieobecność byłaby skuteczniejsza niż moja obecność.

Ponieważ łaskawie zechciał ze mną rozmawiać, uznałam, że mogę skorzystać z sytuacji.

– Spędzasz tutaj dużo czasu? Jestem zaskoczona, że nie potrzebują cię częściej w Nowym Orleanie.

Trzask-prask! Teraz czekałam na jego odpowiedź, spokojnie się uśmiechając.

– Sophie-Anne raczyła stale pozostawać w Nowym Orleanie, gdzie miała swoją siedzibę, ja jednak wolę rządzić, przemieszczając się, takie mam zasady – obwieścił Victor uprzejmie. – Lubię trzymać twardą ręką wszystko, co się dzieje w Luizjanie, szczególnie odkąd się dowiedziałem, że jestem jedynym regentem, który zarządza stanem w imieniu Felipe'a, mojego kochanego króla.

Jego uśmiech stał się jednoznacznie okrutny.

– Winszuję mianowania na stanowisko regenta – powiedział Eric tonem człowieka, który gratuluje zdobycia najbardziej pożądanej posady na świecie.

Strasznie dużo udawania odbywało się dziś w tym budynku. Każde zdanie miało tyle podtekstów, że mało kto mógł je wszystkie zrozumieć.

– Bardzo ci dziękuję – odparł Victor. – Tak, Felipe zawyrokował, że powinienem tytułować się regentem. Jest to bardzo niezwykła sytuacja, żeby król zgromadził tak wiele terytoriów i poświęcał tyle czasu na podejmowanie różnych decyzji. A jednak postanowił zatrzymać wszystkie tytuły dla siebie.

– A będziesz również regentem Arkansas? – spytała Pam.

Słysząc głos ukochanej wampirzycy, Miriam Earnest zaczęła płakać. Płakała tak cicho, jak cicho może płakać kobieta, lecz żaden płacz nie jest przecież zupełnie bezgłośny. Pam nie spojrzała w jej stronę.

– Nie – odburknął Madden, niemal wypluwając to słowo. – Ten zaszczyt otrzymała Czerwona Rita.

Nie miałam pojęcia, kim może być Czerwona Rita, lecz wydawało się, że zarówno Eric, jak i Pam są pod wrażeniem.

– To znakomita wojowniczka – wyjaśnił mi Eric. – I potężna wampirzyca. Król dobrze wybrał, jeśli chce odbudować Arkansas.

Och, wspaniale byłoby tam mieszkać!

Nie mogłam wprawdzie czytać wampirom w myślach, ale w tej chwili wcale nie musiałam. Każdy, kto obserwowałby twarz Victora, zrozumiałby, czego ten wampir chce – pragnął tytułu króla. A jako król rządziłby dwoma nowymi terytoriami Felipe'a. Był zatem rozczarowany, a rozczarowanie przyniosło gniew, który skupiał obecnie na Ericu, największym celu, jaki Madden miał w zasięgu. Prowokowanie Northmana i wtrącanie się w sprawy strefy szeryfa wyraźnie Victorowi nie wystarczało.

I właśnie dlatego Miriam siedziała dziś wieczorem w klubie. Usiłowałam sprawdzić, o czym dziewczyna myśli. Kiedy jednak spróbowałam subtelnie poczytać jej w myślach, napotkałam coś w rodzaju białej mgły. Miriam bez wątpienia otrzymała narkotyki, ale nie miałam pojęcia jakie. Nie potrafiłam też ustalić, czy przyjęła je dobrowolnie, czy też została do tego przymuszona.

– Tak, rzeczywiście – odrzekł Victor, a ja szybko wróciłam do teraźniejszości. Podczas gdy się wyłączyłam i „szperałam" w głowie chorej Miriam, wampiry kontynuowały temat Czerwonej Rity. – Skoro zainstalowała się tak blisko, pomyślałem, że stosownie będzie zabudować tę część Luizjany, która przylega do jej terytorium. Otworzyłem bar dla ludzi i ten klub tutaj. – Victor niemal mruczał z dumy.

– Do ciebie należy „Vic's Redneck Roadhouse" – oznajmiłam tępo.

Jasne, że tak! Od razu powinnam była się tego domyślić. Czy Victor po prostu kumulował powody, dla których powinnam pragnąć jego śmierci?! Cóż, ekonomia oczywiście nie powinna mieć nic wspólnego z kwestią życia i śmierci, a jednak zbyt często te sprawy były ściśle ze sobą połączone.

– Zgadza się – przyznał, szczerząc do mnie zęby. Był równie wesolutki jak facet przebrany za Świętego Mikołaja, który pracuje przed Bożym Narodzeniem w domu towarowym. – Odwiedziłaś ten lokal? – spytał, odstawiwszy kieliszek na ławę.

– Nie, byłam zbyt zajęta.

– Ale słyszałem, że w „Merlotcie" sprawy nie przedstawiają się najlepiej. – Victor przez chwilę przesadnie starał się okazać troskę, ostatecznie jednak zrezygnował. – Jeśli będziesz potrzebowała pracy, Sookie, chętnie wspomnę o tobie mojemu kierownikowi z „Redneck Roadhouse"... No, chyba że wolisz pracować tutaj. Czyż nie byłoby zabawnie?!

Musiałam wziąć głęboki wdech, nie mogłam się powstrzymać.

Na długą chwilę zapanowało milczenie. I przez długą chwilę wszystko ważyło się na szali.

Z zaskakującą łatwością Eric zapanował nad wściekłością, przynajmniej tymczasowo.

– Victorze, Sookie całkiem odpowiada obecne miejsce pracy – powiedział – i jest z niego zadowolona. Jeśli będzie musiała je zmienić, może zamieszkać ze mną i zatrudnić się w „Fangtasii". Moja żona jest nowoczesną amerykańską kobietą, która zdążyła się przyzwyczaić do tego, że sama musi się utrzymywać i zarabiać na życie. – Eric powiedział to wszystko takim tonem, że mogłam odnieść wrażenie, iż jest dumny z mojej niezależności, chociaż wiedziałam, że wcale tak nie jest. Tak naprawdę nie potrafił zrozumieć, dlaczego upieram się przy utrzymaniu pracy. – Skoro już rozmawiamy o moich współpracowniczkach, muszę o czymś wspomnieć. Pam zdradziła mi, że ją ukarałeś. Nie jest przyjęte, żeby karać zastępczynię szeryfa. Jeśli już, zapewne należy pozostawić ten obowiązek jej panu. – W tym momencie Eric pozwolił sobie na ostrzejszą nutę w głosie.

– Nie było cię tutaj – zaprotestował bez zająknienia Victor. – A ona okazała moim odźwiernym wielki brak szacunku, ponieważ upierała się, że musi wejść do środka przed tobą i sprawdzić, czy w klubie jest bezpiecznie. Jak gdyby w naszym klubie mogło cokolwiek zagrażać naszemu najpotężniejszemu szeryfowi.

– Miałeś sprawę, którą chcesz przedyskutować? – spytał Eric, wracając do sedna. – Cudownie jest wiedzieć, co tutaj robisz, ale... – Zamilkł, być może, by nie dodać niezbyt uprzejmie: „Mam lepsze rzeczy do roboty".

– Oczywiście, dzięki za przypomnienie – odparował Madden. Pochylił się i wziął kieliszek na nóżce z zadymionego szarego szkła, do którego kelner dolał aż po brzegi ciemnoczerwonego płynu. – Wybacz, że nie zaproponowałem wam jeszcze drinków. Krew dla was, Ericu, Pam?

Pam, korzystając z tego, że oba wampiry prowadzą rozmowę, patrzyła na Miriam, która wyglądała jak osoba mogąca się przewrócić lada moment... A później mogłaby już nigdy nie wstać. Teraz wampirzyca oderwała wzrok od młodej kobiety i skoncentrowała się na Victorze. Bez słowa potrząsnęła głową.

– Dziękuję ci za twoją ofertę, Victorze – zaczął Eric – ale...

– Wiem, że wzniesiecie ze mną toast i wypijecie za moje zdrowie. Obowiązujące prawo zabrania mi ofiarowania wam krwi Mindy lub Marka, ponieważ żadne z nich nie jest, niestety, zarejestrowanym dawcą, a ja całym sobą jestem za przestrzeganiem prawa. – Uśmiechnął się do małżonków, którzy w odpowiedzi wyszczerzyli zęby. Idioci. – Sookie, czego się napijesz?

Eric i Pam byli zobowiązani przyjąć propozycję w postaci syntetycznej krwi, ja jednak, ponieważ byłam jedyną istotą ludzką wśród gości, mogłam twierdzić, że nie chce mi się pić. Gdyby Madden zaoferował mi posiłek złożony z wiejskiego steku i smażonych zielonych pomidorów, powiedziałabym, że nie jestem głodna.

Luis kiwnął na jednego z kelnerów, który od razu zniknął, a następnie wrócił z Czystą Krwią. Butelki niósł na dużej tacy, wraz z ciemnymi kieliszkami na wysokich nóżkach, podobnymi do tego, z którego pił Victor.

– Jestem pewny, że picie z butelki również wam nie wydaje się zbyt estetyczne – ciągnął Madden. – Mnie obraża, gdy mój gość pije z butelki.

Jak wszyscy służący, osobnik, który przyniósł napoje, był człowiekiem, przystojnym mężczyzną w skórzanej przepasce biodrowej (czyli nawet bardziej kusym odzieniu niż skórzane szorty Luisa!) i wysokich butach. Do przepaski przypięto mu kokardkę z napisem „Colton". Oczy Coltona były zdumiewająco szare. Kiedy stawiał tacę na ławie i zdejmował szkło, nie przestawał dumać o kimś imieniem Chic czy może Chico... A kiedy zauważył, że mu się przyglądam, spojrzał mi prosto w oczy i wyraźnie pomyślał: „Na kieliszkach jest krew wróżek. Nie pozwól z nich pić swoim wampirom".

Gapiłam się na niego przez długą chwilę. Wiedział o moim darze. A teraz ja wiedziałam coś o nim. Słyszał, jakie posiadam zdolności, co zresztą było sprawą powszechnie znaną wśród społeczności istot nadnaturalnych, i wierzył w mój dar.

W tym momencie spuścił wzrok.

Eric otworzył butelkę, a potem podniósł ją, chcąc wlać zawartość do szklanki.

„NIE!" – krzyknęłam do niego w myślach. Tak naprawdę nie umieliśmy się komunikować za pomocą telepatii, ale wysłałam potężną falę sceptycyzmu i uczuć negatywnych, a później modliłam się, żeby Northman ją wychwycił.

– W przeciwieństwie do ciebie nie mam nic przeciwko amerykańskim opakowaniom – oznajmił w tym momencie Eric szybko i bez wahania, a później podniósł butelkę do ust i wypił łyk. Pam poszła za przykładem swojego szeryfa.

Na twarzy Victora pojawiło się rozdrażnienie, nad którym zapanował tak prędko, że gdybym mu się akurat uważnie nie przyglądała, bez wątpienia by mi umknęło. Szarooki służący wycofał się w tym momencie.

– Widziałaś ostatnio swojego pradziadka, Sookie? – spytał Madden tonem osoby, która usiłuje przyłapać kogoś na gorącym uczynku.

Nie było sensu udawać, że nie wiem, o co mu chodzi.

– Nie przez ostatnie kilka tygodni – odparłam ostrożnie.

– A jednak dwie wróżki mieszkają w twoim domu.

Nie była to informacja zastrzeżona ani tajna i podejrzewałam z dużą dozą pewności, że przekazała ją Victorowi nowa wampirzyca Erica, Heidi. Heidi nie miała wyboru, jak wielu nieszczęsnych nieumarłych, którzy posiadają żyjących krewnych, w dodatku krewnych, których wciąż kochają.

– Tak, zatrzymali się u mnie na jakiś czas kuzyn i brat mojego dziadka.

Byłam dumna, że zdołałam wypowiedzieć to zdanie niemal znudzonym tonem.

– Zastanawiałem się, czy byłabyś w stanie przekazać mi jakieś cenne spostrzeżenia na temat stanu polityki wróżek – ciągnął Madden.

Mindy Simpson, zmęczona rozmowami, które jej nie dotyczyły, zrobiła nadąsaną minkę. Nie była zbyt roztropna, na pewno nie.

– Niestety, nie. Trzymam się z daleka od wszelkiej polityki – odparłam.

– Naprawdę? Nawet po twoich mękach?

– Tak, nawet po nich – zapewniłam go beznamiętnie. I... naprawdę, naprawdę nie chciałam gawędzić o tym, jak mnie porwano i okaleczano, phi. Taaa, wspaniały temat na rozmowę podczas przyjęcia, po prostu genialny! – Po prostu nie jestem zwierzęciem politycznym.

– Ale jednak zwierzęciem – dociął mi natychmiast Victor.

Na moment zapanowało lodowate milczenie. Ja już dawno temu zdecydowałam, że jeśli Eric ma umrzeć, próbując zabić tego obleśnego wampira, nie stanie się to dlatego, że ów obleśny mnie obraził.

– Cała ja – zgodziłam się i uśmiechnęłam do niego, odwdzięczając mu się z nawiązką. – Gorącokrwista, oddychająca. Mój organizm nawet potrafi wytwarzać mleko. Cały pakiet ssaka.

Victor zmrużył oczy. Hmm, może posunęłam się nieco za daleko.

– Mamy coś jeszcze do przedyskutowania, regencie? – wtrąciła się Pam, słusznie odgadując, że Eric jest straszliwie rozwścieczony, więc lepiej, żeby się nie odzywał. – Chętnie posiedzę tu z tobą tak długo, jak sobie życzysz, albo dopóki moje słowa będą cię zadowalały, ale pracuję dzisiejszej nocy w „Fangtasii", a mój pan, Eric ma spotkanie, na którym musi się zjawić. Widzę też, że moja przyjaciółka Miriam jest dziś wieczorem w stanie gorszym niż zwykle, toteż chciałabym ją zabrać ze sobą do domu, żeby się przespała i doszła do siebie.

Madden popatrzył na bladą kobietę takim wzrokiem, jak gdyby dopiero teraz ją dostrzegł.

– Och, znasz ją? – spytał nonszalancko. – Tak, chyba ktoś mi o tym wspomniał. Ericu, czy to właśnie tę kobietę Pam chce przemienić w wampirzycę? Strasznie was przepraszam, że musiałem odmówić, ale wedle moich obliczeń ona prawdopodobnie niezbyt długo pożyje.

Pam nie poruszyła się, nawet się nie skrzywiła.

– Możecie iść – oznajmił Victor z przesadną bezceremonialnością, wręcz niegrzecznie. – Skoro powiadomiłem was o mojej regencji, a wy zobaczyliście mój piękny klub. Och, myślę, czyby teraz nie otworzyć salonu tatuażu i może kancelarii prawnej, chociaż mój człowiek, którego zatrudniam do tych spraw, musi jeszcze postudiować prawo współczesne. Wykształcenie prawnicze i dyplom uzyskał w Paryżu jeszcze w dziewiętnastym wieku. – Pobłażliwy uśmiech Victora nagle zniknął z jego twarzy. – Wiesz, Ericu, że jako regent mam prawo zakładać firmy w każdym szeryfostwie? Wszystkie zyski z nowych klubów będą trafiały oczywiście bezpośrednio do mnie. Mam nadzieję, mój drogi, że twoje dochody nie obniżą się jakoś specjalnie z mojego powodu.

– Na pewno nie – zapewnił go Northman. (Nie sądziłam, żeby ta kwestia miała w tej chwili jakieś znaczenie). – Wszystkie moje firmy działają przecież na twoim terytorium, panie.

Pomyślałam, że jego głos jest tak bardzo suchy i pusty, że gdyby był praniem wiszącym na sznurze, gwałtownie trzepotałby teraz na wietrze.

Wstaliśmy wszyscy troje, mniej więcej w tym samym czasie, po czym pochyliliśmy głowy, żegnając się z Maddenem. Victor machnął nam tylko lekceważąco ręką, po czym odwrócił się, zamierzając pocałować Mindy Simpson. Siedzący z drugiej strony wampira Mark przysunął się do niego bliżej i ukrył twarz w jego ramieniu. Pam podeszła do Miriam Earnest, pochyliła się nad dziewczyną, objęła ją i pomogła jej wstać. Wspierana przez wampirzycę młoda kobieta skupiła się na drodze do drzwi. Umysł może miała przyćmiony, lecz w jej oczach dostrzegłam jawny krzyk.

Opuszczaliśmy klub w ponurym milczeniu (przynajmniej jeśli chodzi o nas, muzyka bowiem ani na chwilę nie cichła), eskortowani przez Luisa i Antonia. Bracia ominęli wampirzycę o mocnej budowie, czyli Anę Lyudmilę, a następnie wyszli za nami na parking, co mnie zaskoczyło.

Kiedy minęliśmy pierwszy rząd pojazdów, Eric odwrócił się i popatrzył na braci. Nieprzypadkowo wielki cadillac escalade blokował w tym momencie Anie Lyudmile widok naszej małej grupki.

– Macie mi coś do powiedzenia? – spytał Eric bardzo cicho.

W tej właśnie chwili Miriam, która być może pojęła, że znajduje się już poza barem „Pocałunek wampira", zrobiła gwałtowny wdech i zaczęła płakać, a Pam czule ją przytuliła.

– To nie był nasz pomysł, szeryfie – odparł Antonio, niższy z dwóch wampirów.

Natłuszczone mięśnie brzucha mężczyzny lśniły w światłach parkingu.

– Pozostajemy lojalni wobec Felipe'a, naszego prawdziwego króla – dodał Luis – lecz Victorowi niełatwo się służy. Mieliśmy kiepską noc, kiedy wysłano nas do Luizjany i przydzielono Maddenowi do służby. Odkąd Bruno i Corinna zniknęli, Victor nie znalazł nikogo na ich miejsce. Żadnego silnego porucznika. Stale podróżuje, starając się mieć oko na każdy kąt Luizjany. – Potrząsnął głową. – Jesteśmy strasznie przepracowani. Madden powinien się zainstalować w Nowym Orleanie i odbudować tam strukturę wampirzą. Nie mamy ochoty łazić po jakimś klubie w skórach, które ledwie zakrywają nam tyłki, i przyczyniać się do utraty popularności i dochodów płynących dla ciebie z twojego klubu. Dzielenie na pół dostępnego dochodu to nie jest dobry ekonomicznie pomysł, a koszty początkowe są zbyt duże.

– Jeśli próbujesz namówić mnie do zdrady mojego nowego władcy, wybrałeś sobie niewłaściwego wampira – obwieścił Eric, a ja usiłowałam nad sobą zapanować, ponieważ o mało nie opadła mi szczęka.

Wcześniej pomyślałam, że może mamy Boże Narodzenie w czerwcu, skoro Luis i Antonio ujawniają swoje niezadowolenie, ale reakcja Northmana pokazała mi, że najwyraźniej nie potrafię dostrzec drugiego dna. Cóż, nie byłam tak przebiegła jak wampiry.

– Skórzane szorty są strojem bardzo atrakcyjnym w porównaniu z tymi czarnymi syntetykami, które muszę nosić ja – wtrąciła się Pam.

Podtrzymywała Miriam, lecz nie patrzyła na nią ani nie wspominała o niej, jak gdyby pragnęła, by wszyscy wokół zapomnieli, że dziewczyna tu jest.

Narzekania na strój roboczy były w stylu Pam, chociaż w tym momencie wydały mi się raczej nie na temat. Pam zawsze umiała się koncentrować na najważniejszych kwestiach i czekających ją zadaniach.

Teraz Antonio popatrzył na nią z rozczarowaniem i rozgoryczeniem.

– Powinnaś być naprawdę dzika – mruknął. Zerknął na Erica. – A ty powinieneś być bardzo zuchwały.

Po czym obaj z Luisem odwrócili się na pięcie i poszli z powrotem do klubu.

Wówczas Pam i Eric ruszyli krokiem tak szybkim, jakby otrzymali nieodwołalny termin na opuszczenie terenu klubu.

Pam po prostu podniosła Miriam i wraz z nią pędziła do samochodu Erica. Wampir otworzył tylne drzwi, Pam położyła swoją dziewczynę na tylnym siedzeniu, a następnie wsunęła się za nią do środka. Uznałam, że pewnie tak im się śpieszy z jakiegoś ważnego powodu, więc bez słowa sprzeciwu usiadłam na przednim siedzeniu i w milczeniu zapięłam pas. Spojrzałam za siebie i odkryłam, że Miriam straciła przytomność natychmiast, gdy zdała sobie sprawę, że jest bezpieczna.

Kiedy Eric wyjechał z parkingu, Pam zaczęła chichotać, a jej szeryf uśmiechnął się szeroko. Byłam zbyt przestraszona, toteż nawet nie spytałam, co ich tak bardzo rozbawiło.

– Victor po prostu nie potrafi się pohamować – zauważyła wampirzyca. – Musiał wykorzystać moją biedną Miriam.

– A potem ta bezcenna oferta od bliźniaków w skórach!

– Widziałeś twarz Antonia? – spytała Pam. – Uczciwie przyznam, że nie bawiłam się tak świetnie, odkąd błysnęłam kłami na tamtą starą kobietę, która skarżyła się na kolor, na jaki otynkowałam dom!

– To da im do myślenia – dodał Eric. Spojrzał na mnie i wyszczerzył kły. – To był dobry moment. Nie mogę uwierzyć, że Victor sądził, że się na to nabierzemy.

– A jeśli Antonio i Luis byli szczerzy? – spytałam. – Co, gdyby Victor wyssał Miriam albo sam ją przemienił...?

Obróciłam się na siedzeniu i przyjrzałam się Pam.

Popatrzyła na mnie niemal z litością, być może uznając mnie za osobę beznadziejnie romantyczną.

– Nie mógł – wyjaśniła. – Przebywała z nim w miejscu publicznym, ona ma wielu krewnych... Zresztą, Madden wie, że gdyby to zrobił, zginąłby z mojej ręki.

– Nie, jeśli wcześniej zabiłby ciebie – mruknęłam. Eric i Pam wyraźnie nie podzielali mojego respektu dla zabójczej taktyki Victora. Oboje wydawali mi się niemal szaleńczo pewni siebie. – A dlaczego jesteście tak bardzo przekonani, że Antonio i Luis nie zrobili tego pokazu, bo po prostu chcieli sprawdzić, jak zareagujecie?

– Jeśli mówili poważnie, najprawdopodobniej zagadną nas o to jeszcze raz – stwierdził Eric. – Nie mają innego wyjścia, szczególnie jeśli spróbowali zwrócić się bezpośrednio do Felipe'a i król im odmówił. Podejrzewam, że tak by się to skończyło. Ale, ale... Powiedz mi, kochanko, jaki był problem z napojami?

– Problem był taki, że Victor natarł wnętrza szklanek krwią wróżek – odparłam. – Przekazał mi tę poufną informację człowiek, który nam usługiwał, ten o szarych oczach.

W tym momencie uśmiechy zniknęły z twarzy wampirów – tak nagle, jak wyłączone jakimś przyciskiem. Przez chwilę odczuwałam przykrą satysfakcję.

Czysta krew wróżek wprawia wampiry w stan przyjemnego odurzenia. Nie sposób powiedzieć, jak by się zachowali Pam lub Eric, gdyby wypili z tych szklanek. A przełknęliby płyn najprędzej jak to możliwe, ponieważ zapach krwi wróżek jest dokładnie tak samo urzekający jak smak.

Jednakże, jak na próbę otrucia, posunięcie było zbyt subtelne.

– Nie sądzę, żebyśmy po wypiciu jej postępowali w sposób... niepohamowany – zastanowiła się Pam.

W jej tonie nie było już jednak tej pewności siebie sprzed chwili.

Eric uniósł jasne brwi.

– To był jakiś wymyślny eksperyment – powiedział w zadumie. – Moglibyśmy na przykład zaatakować kogoś w klubie albo rzucić się na Sookie, ponieważ ona ma tę interesującą domieszkę krwi wróżek. Tak czy owak, publicznie zrobilibyśmy z siebie głupców. Możliwe, że by nas aresztowano. Wspaniale, że nas powstrzymałaś, Sookie.

– Czasem jest ze mnie pożytek – oświadczyłam, starając się zapanować nad strachem, który ogarnął mnie na myśl, że Eric i Pam mogliby się na mnie rzucić, traktując mnie jak wróżkę.

– A ty jesteś żoną Erica – zauważyła Pam cicho.

Eric wytrzeszczył na nią oczy we wstecznym lusterku.

Milczenie, które zapadło, nadało powietrzu taką gęstość, że żałowałam, iż nie mam noża, by je przeciąć. Ta tajemnicza kłótnia Pam z Erikiem była zarówno irytująca, jak i frustrująca. A i to było niedopowiedzenie roku.

– Jest coś, co chcecie mi powiedzieć? – spytałam, bojąc się odpowiedzi, którą usłyszę.

Mimo to, wszystko jest lepsze niż niewiedza.

– Eric dostał list... – zaczęła Pam i nim zdołałam odnotować posunięcie Northmana, wampir obrócił się nieoczekiwanie ku tylnemu siedzeniu, zrobił gwałtowny ruch i chwycił swoją zastępczynię za gardło.

Jako że wciąż prowadził, wydarłam się przerażona:

– Oczy przed siebie, Ericu! I nie będziecie się znowu bili – dodałam. – Słuchaj, po prostu jedź i powiedz mi!

Prawą dłonią Eric ciągle trzymał Pam w uścisku, którym niewątpliwie zadusiłby każdą istotę ludzką. Kierował lewą ręką, a teraz powoli zjechał na pobocze drogi i tam się zatrzymał. Nie widziałam przed nami żadnych pojazdów, za nami również nie było żadnych świateł. Nie miałam pojęcia, jak czuję się wobec tej izolacji – dobrze czy źle. Northman spojrzał za siebie, na swoje dziecko, a oczy tak mu błyszczały, że niemal strzelały z nich iskry.

– Pam, nic nie mów – polecił Eric. – To jest rozkaz. Sookie, odpuść sobie.

Mogłam w tym momencie powiedzieć wiele różnych rzeczy. Na przykład: „Nie jestem twoją wasalką ani niczym takim i będę mówić to, co chcę" albo: „Pieprz się, pozwól mi wysiąść", a później zadzwonić do brata i poprosić, żeby po mnie przyjechał.

A jednak siedziałam tylko w milczeniu.

Wstydzę się przyznać, że w tamtej chwili bałam się Erica, zdesperowanego i zdeterminowanego wampira, który napadł na swoją najlepszą przyjaciółkę, ponieważ nie chciał, żebym o czymś... wiedziała. Poprzez więź, którą z nim czułam, otrzymywałam od niego mieszaninę negatywnych emocji: strach, gniew, nieugięte zdecydowanie, frustrację...

– Zabierz mnie do domu – poprosiłam.

– Zabierz mnie do domu... – szepnęła w ślad za mną słabo Miriam niczym straszliwe echo.

Po długiej chwili Eric puścił Pam, która opadła na tylne siedzenie niczym worek z ryżem. Później troskliwie pochyliła się nad Miriam. W lodowatym milczeniu Northman odwiózł mnie do domu. Nie wspomniał po raz kolejny o seksie, który zaplanowaliśmy po tym wieczorze „rozrywki". Co do mnie, w tym momencie wolałabym chyba uprawiać seks z Luisem i Antoniem. Albo z Pam. Pożegnałam się z wampirzycą i jej przyjaciółką, po czym wysiadłam i poszłam w stronę domu, nie oglądając się za siebie.

Przypuszczam, że Eric, Pam i Miriam pojechali razem z powrotem do Shreveport i że w którymś momencie Eric pozwolił Pam znowu mówić, ale tak naprawdę nie wiem.

Umyłam twarz i powiesiłam sukienkę, a później nie mogłam zasnąć. Miałam nadzieję, że następnym razem włożę tę sukienkę w przyjemniejszy wieczór, kiedyś w przyszłości. Wyglądałam w niej zbyt dobrze, by czuć się tak paskudnie. Zastanawiałam się, czy Eric zareagowałby dziś z taką zimną krwią, gdyby to mnie Victor porwał, czymś nafaszerował i posadził na tej kanapie, a cały świat gapiłby się na mnie.

I jeszcze jedna rzecz mnie niepokoiła. Wiecie, o co spytałabym Erica, gdyby nie zachował się jak dyktator. Spytałabym: „Skąd Victor wziął krew wróżek?".

Tak, właśnie o to bym zapytała.

ROZDZIAŁ CZWARTY

Wstałam następnego dnia w, ogólnie rzecz biorąc, ponurym nastroju, ale ożywiłam się, gdy odkryłam, że Claude i Dermot wrócili do domu ubiegłej nocy. Dowody ich bytności były ewidentne. Koszula Claude'a wisiała przerzucona przez oparcie krzesła w kuchni, a buty Dermota stały u podnóża schodów. Poza tym, po tym, jak wypiłam kawę i wzięłam prysznic, a później wyszłam z mojego pokoju w szortach i zielonym podkoszulku z krótkim rękawem, obaj wróże czekali na mnie w salonie.

– Dzień dobry, moi drodzy – zagaiłam. Nawet dla samej siebie nie brzmiałam zbyt wesoło. – Pamiętaliście, że właśnie dziś przyjeżdżają ludzie ze sklepu z antykami? Powinni być tutaj za godzinę, może dwie.

Zebrałam się w sobie na rozmowę, którą musieliśmy odbyć.

– To dobrze, wreszcie ten pokój przestanie wyglądać jak siedziba sklepu ze starzyzną – obwieścił Claude w typowy dla siebie czarujący sposób.

Skinęłam głową. Zatem dzisiaj ponownie mieliśmy Claude'a Wstrętnego (w przeciwieństwie do tego rzadszego, Claude'a Znośnego).

– Obiecaliśmy ci rozmowę – powiedział uroczyście Dermot.

– A potem, tamtej nocy, po prostu nie wróciliście do domu – wytknęłam mu.

Usiadłam wygodnie na starym fotelu bujanym z poddasza. Prawdę mówiąc, w chwili obecnej nie czułam się szczególnie gotowa na tę rozmowę, lecz równocześnie szczerze pragnęłam poznać odpowiedzi na kilka pytań.

– Zdarzyły się pewne rzeczy w klubie – odparł Claude wymijająco.

– Aha. Niech się domyślę... Zniknęła jedna z wróżek?

Słysząc te słowa, natychmiast się skoncentrowali i skupili na mnie uwagę.

– Co? Skąd wiesz? – spytał Dermot, który jako pierwszy odzyskał rezon.

– Victor ją ma – wyjaśniłam. – Albo jego – dorzuciłam.

Opowiedziałam im wypadki z zeszłej nocy.

– Nie wystarczy, że musimy sobie radzić z problemami własnej rasy? – mruknął Claude. – Teraz jeszcze na dodatek wampiry wciągnęły nas w swoje pieprzone walki.

– Nie – odparowałam, czując, że ta dyskusja zaczyna mnie męczyć. – Was jako grupy wampiry wcale nie wciągnęły w swoje sprawy. Nieumarli tylko porwali jednego z was z konkretnego powodu i do konkretnego celu. Inny scenariusz, rozumiecie? Prawdopodobnie porwana wróżka krwawiła, ponieważ tego właśnie wampiry potrzebowały – krwi. Nie twierdzę, że wasz zaginiony towarzysz nie żyje, ale sami wiecie jak łatwo wampiry tracą nad sobą panowanie, kiedy wróżka jest w pobliżu, a zwłaszcza krwawiąca wróżka.

– Ona ma rację – powiedział Dermot do Claude'a. – Cait na pewno już nie żyje. Czy mamy w klubie kogoś z jej rodziny? Jeśli tak, trzeba ich wypytać, czy mieli wizje śmierci.

– To była wróżka płci żeńskiej – poinformował mnie Claude. Jego ładna twarz nie wyrażała w tej chwili niczego. – Taka, której nie powinniśmy utracić. Nie mogliśmy sobie pozwolić na utratę jej... Tak, musimy się dowiedzieć wszystkiego.

Zmieszałam się, ponieważ Claude nie myślał przecież zbyt dobrze o kobietach, to znaczy gdy chodziło o jego życie osobiste. Później jednak przypomniałam sobie, że na świecie żyje podobno coraz mniej wróżek płci żeńskiej. Co do reszty duszków, nie wiem, natomiast wróżki – tak, najwyraźniej ich liczba stale maleje. Nie chodzi o to, że nie martwiłam się o zaginioną Cait (chociaż nie widziałam cienia szansy, że dziewczyna żyje), po prostu teraz pragnęłam porozmawiać na inny, egoistyczny temat i miałam w związku z tym szereg pytań. Nie mogłam pozwolić wróżom, by odwiedli mnie od moich zamiarów. Dlatego natychmiast, gdy Dermot zadzwonił do „Hooligans" i poprosił Bellenosa o zwołanie zebrania w klubie i wypytanie o potencjalnych krewnych Cait, podjęłam wcześniejszy wątek.

– Zanim Bellenos czegoś się dowie, macie trochę wolnego czasu, więc naprawdę proszę, żebyście odpowiedzieli na moje pytania, szczególnie że niedługo zjawią się tutaj antykwariusze.

Dermot i Claude popatrzyli na siebie. Najwidoczniej ustalili, że odpowie mi stryjeczny dziadek, gdyż po chwili to właśnie on zrobił głęboki wdech i przemówił.

– Wiesz, że u was – zaczął – kiedy osoba rasy białej poślubi osobnika czarnoskórego, czasami dzieci, które rodzą się z tego związku, mają znacznie więcej cech przedstawicieli jednej rasy niż drugiej i trudno wcześniej przewidzieć, do kogo bardziej będą podobne. Mało tego, różne dzieci tej samej pary mogą bardzo się różnić między sobą...

– Tak – przerwałam mu. – Słyszałam o tym.

– Kiedy Jason był dzieckiem, twój pradziadek Niall go sprawdził.

Poczułam, że rozdziawiam usta.

– Czekajcie – powiedziałam szybko, a raczej ochryple zakrakałam. – Niall twierdził, że nie mógł nas odwiedzać, ponieważ nie dopuszczał go do nas Fintan, jego syn, który był w połowie człowiekiem. Fintan, który był naszym prawdziwym dziadkiem.

– Właśnie dlatego Fintan strzegł was przed nami, wróżkami – tłumaczył Claude. – Nie chciał, żeby jego ojciec ingerował w wasze życie, tak jak wcześniej wtrącał się w życie swojego syna. Tyle że Niall miał swoje sposoby i mimo ochrony Fintana sprawdził Jasona. Szybko ustalił, że prawnuk nie oddziedziczył naszych cech, czyli niezbędnej iskry. No i wtedy Niall... stracił zainteresowanie.

Czekałam.

I w końcu się doczekałam.

– Oto dlaczego tak wiele lat zabrało mu poznanie ciebie. Początkowo mógł znów zignorować ochronę Fintana i jakoś do ciebie dotrzeć, założył jednak, że okażesz się taka sama jak twój brat... atrakcyjna dla ludzi i istot nadnaturalnych, ale poza tym zwyczajny człowiek.

– Ale potem usłyszał, że jesteś inna – wtrącił Dermot.

– Usłyszał? Jak? Od kogo?

Och, moja babcia byłaby ze mnie dumna.

– Od Erica. Prowadzili razem jakieś interesy i po jednej z transakcji handlowych Niall postanowił poprosić Erica, żeby mu opowiedział, jak wygląda twoje życie. Później Eric od czasu do czasu mówił Niallowi, co u ciebie. Aż kiedyś, w którymś momencie Northman uznał, że potrzebujesz wsparcia pradziadka, poza tym przecież usychasz.

Że co proszę?!

– Tak więc dziadek wysłał Claudine – ciągnął Dermot niezrażony – a potem, gdy siostra Claude'a zaczęła się martwić, że nie jest w stanie o ciebie zadbać, zdecydował, że pozna ciebie osobiście. Eric zorganizował spotkanie. Przypuszczam, że w zamian oczekiwał życzliwości Nialla i może dlatego tak się starał. – Stryjeczny dziadek wzruszył ramionami. – No i chyba się to Ericowi opłaciło. Wampiry są przecież takie przekupne i samolubne...

Przemknęło mi przez głowę stwierdzenie: „Przyganiał kocioł garnkowi".

– Czyli że Niall – podsumowałam – pojawił się w moim życiu i pozwolił mi siebie poznać dzięki pośrednictwu Erica. Tyle że jego postanowienie przyśpieszyło wybuch wojny wróżek, ponieważ wodne duszki nie chciały się dłużej kontaktować z ludźmi, że nie wspomnę o drobnym powodzie... księciu, który był wróżem tylko w jednej ósmej.

Dzięki, moi drodzy, pomyślałam. Strasznie chciałam się dowiedzieć, że cała ta wojna wybuchła z mojej winy.

– Tak – przyznał Claude roztropnie. – To jest całkiem dobre streszczenie. W każdym razie, wojna wybuchła, zginęło wiele istnień i ostatecznie Niall postanowił odciąć świat wróżek od tutejszego. – Westchnął. – Ja zostałem na zewnątrz, podobnie Dermot.

– A nawiasem mówiąc, wcale nie usycham – wytknęłam im dość ostro. – To znaczy... czy wyglądam, jakbym usychała?

Wiedziałam, że lekceważę w ten sposób pełny obraz rzeczywistości, ale mój gniew rósł. A może lepiej powiedzieć, że ogarniała mnie coraz większa złość.

– W twoich żyłach płynie tylko trochę krwi duszków – rzekł Dermot łagodnie, lecz twardo przywołując mnie do rzeczywistości. – Przecież się starzejesz.

Cóż, nie byłam w stanie zaprzeczyć.

– Więc dlaczego czuję się coraz bardziej... jak jedna z was, skoro jest we mnie tak mało z wróżki?

– Suma istoty to coś więcej niż części, które się na nią składają – stwierdził Dermot. – Ja jestem w połowie człowiekiem, a jednak im dłużej przebywam w towarzystwie Claude'a, tym silniejsza jest moja magia. Claude, chociaż jest wróżem czystej krwi, żyje w świecie ludzi od tak dawna, że jego moce zaczęły słabnąć. Teraz natomiast znów staje się silniejszy. Masz tylko odrobinę krwi duszków, lecz im dłużej przebywasz z nami, tym bardziej wydatne staje się u ciebie to dziedzictwo, tym wyraźniejszy jest ten element twojej natury.

– To coś jak napełnianie pompy albo zastrzyk inwestycyjny? – wydukałam niepewnie. – Nie rozumiem.

– To jest jak... Wiesz, jeśli pierzesz czerwone ubranie z białym i czerwone farbuje – obwieścił triumfalnie Dermot, który dokładnie takie pranie zrobił tydzień temu, toteż wszyscy troje mamy teraz same różowe skarpetki zamiast białych.

– Ale to by oznaczało, że Claude staje się mniej... czerwony? Czyli że... jest coraz mniej duszkiem? Wysysamy część jego mocy?

– A nie – odparł Claude bardzo z siebie zadowolony. – Wręcz przeciwnie, jestem bardziej czerwony... bardziej duszkiem niż byłem przedtem.

Dermot pokiwał głową.

– Ja także.

– U siebie naprawdę nie zauważyłam żadnej różnicy – jęknęłam.

– Nie jesteś silniejsza, niż byłaś?

– No cóż... tak. W niektóre dni.

Hmm, ta sytuacja nie przypominała okresów po przyjęciu wampirzej krwi, gdy przez pewien nieokreślony czas człowiek bywa znacznie bardziej wytrzymały i silniejszy, o ile wcześniej nie zwariuje. Co do mnie, powiedziałabym raczej, że obecnie miałam więcej energii. Czułam się, faktycznie... no tak, młodsza. A ponieważ wciąż mam tylko dwadzieścia parę lat, działało mi to wyłącznie na nerwy.

– Chciałabyś znowu zobaczyć Nialla? – spytał niespodziewanie Claude.

– Czasami.

Codziennie!

– Nie jesteś szczęśliwa, kiedy śpimy z tobą w łóżku?

– Tak, jestem. A jednak, z drugiej strony, no wiecie, jednocześnie przyprawia mnie to trochę o gęsią skórkę.

– Ech, ci ludzie – mruknął Claude, patrząc na Dermota z mieszaniną gniewu i protekcjonalności w głosie.

W odpowiedzi Dermot wzruszył ramionami. Ostatecznie był w połowie człowiekiem.

– A mimo to, postanowiliście pozostać tutaj – zauważyłam.

– Każdego dnia zastanawiam się, czy nie popełniłem błędu.

– Dlaczego obaj ciągle tu przebywacie, skoro tak bardzo tęsknicie za Niallem i dawnym życiem w krainie wróżek? I w jaki sposób dostaliście list od mojego pradziadka, ten, który daliście mi miesiąc temu... ten, w którym Niall mi napisał, że użył wszystkich swoich wpływów, aby FBI zostawiło mnie w spokoju? – Popatrzyłam na nich nieufnie. – Czy ten list był falsyfikatem?

– Nie, był autentyczny – zapewnił mnie Dermot. – A jesteśmy tutaj, ponieważ zarówno kochamy naszego księcia, jak i się go boimy.

– Aha, no tak – podsumowałam, gotowa zmienić temat, gdyż nie chciałam się wpakować w dyskusję o ich uczuciach. – Czym jest właściwie ten portal?

– Cienkie miejsce w błonie – odparował Claude.

Popatrzyłam na niego w osłupieniu, więc wyjaśnił:

– Pomiędzy naszym światem, czyli światem istot nadnaturalnych, a twoim istnieje swego rodzaju magiczna błona. W pewnym cieńszym miejscu ta błona jest przepuszczalna i przenikalna. Za nim dostępny jest świat duszków. Tak jak pewne partie twojego świata, które zazwyczaj są dla was niewidoczne.

– Hmm, co takiego?

Claude jawnie wpadł w trans.

– Portale zwykle znajdują się w tej samej okolicy, chociaż mogą się trochę przesuwać. Używamy ich, aby przedostać się z waszego świata do naszego. A w portalu, który znajduje się w twoim lesie, Niall zostawił szczelinę. Nie jest dostatecznie duża, żeby któreś z nas przeszło przez nią na stojąco, ale wystarczy, żeby przemieszczać przedmioty.

Jak otwór w drzwiach wejściowych, przez który listonosz wrzuca listy.

– Widzicie? Czy to było takie trudne? – spytałam. – Możecie odpowiedzieć mi szczerze na jeszcze kilka pytań?

– Na przykład, na jakie?

– Na przykład, dlaczego wszystkie te rozmaite duszki przebywają w „Hooligans", gdzie pracują jako striptizerzy, ochroniarze i... na innych stanowiskach. Nie wszyscy oni są wróżkami. Nawet nie wiem, co z nich za istoty... Dlaczego przebywają z wami?

– Ponieważ nie mieli dokąd pójść – odrzekł Dermot prosto z mostu. – Wszyscy oni nie zostali wpuszczeni do środka. Niektórzy umyślnie, jak Claude, inni nie... jak ja.

– Tak więc Niall odciął dostęp do świata wróżek i zostawił część swoich ludzi poza nim?

– Tak. Próbował wciągnąć do swojego świata i zatrzymać w nim wszystkie te wróżki, które nadal pragnęły zabijać ludzi, ale może z tego powodu działał zbyt pośpiesznie – ocenił Claude.

Zauważyłam, że Dermotowi, którego Niall w tak okrutny sposób zaczarował, nie bardzo podoba się to wyjaśnienie.

– Rozumiem, że Niall miał dobre powody, by odseparować wróżki – powiedziałam powoli. – Mnie oznajmił, że kiedy wróżki i ludzie się mieszają, zawsze pojawiają się kłopoty. Zapewniał, że doświadczenie go tego nauczyło. Chciał, żeby wróżki już nigdy nie krzyżowały się z ludźmi, ponieważ tak wiele tych pierwszych nienawidzi istot, które rodzą się w następstwie... to znaczy, istot półkrwi. – Popatrzyłam przepraszająco na Dermota, który wzruszył ramionami. Był do tego przyzwyczajony. – Czyli że Niall nigdy nie zamierzał zobaczyć się ze mną ponownie. A wy dwaj? Naprawdę nie możecie się doczekać, kiedy tam przejdziecie i... zostaniecie?

Zapadła cisza, którą mogłabym nazwać wymowną. Było jasne, że na to pytanie Dermot i Claude nie zechcą mi odpowiedzieć.

Cóż, przynajmniej nie zamierzali kłamać, dobre i to.

– No to teraz mi wytłumaczcie, dlaczego mieszkacie ze mną i czego ode mnie chcecie – poprosiłam, mając nadzieję, że może chociaż tę kwestię mi wyjaśnią.

– Mieszkamy z tobą, ponieważ uznaliśmy za dobry pomysł przebywanie z członkiem rodziny, którego udało nam się znaleźć – wyrecytował Claude. – Czuliśmy się osłabieni, ponieważ odcięto nas od naszej ojczyzny, a wtedy jeszcze nie mieliśmy pojęcia, że tak wiele duszków pozostawiono tutaj, w twoim świecie. Zdumieliśmy się, kiedy zaczęły przybywać do „Hooligans" różne samotne i zdane na siebie duszki, ściągając do nas z całej Ameryki Północnej, lecz byliśmy też szczęśliwi. Tak jak ci wspomnieliśmy, im nas więcej, tym jesteśmy silniejsi.

– Mówicie mi całą prawdę? – Wstałam i zaczęłam chodzić po pomieszczeniu. – Wszystko to mogliście mi przecież powiedzieć wcześniej, a jednak nie powiedzieliście. Może teraz kłamiecie? – Rozłożyłam ręce dłońmi do góry.

No cóż.

– Co takiego? – Claude wyglądał na znieważonego. Tak, tak, najwyższa pora, żeby kuzyn dostał ode mnie to, na co sobie zasłużył. – Wróżki nie kłamią. Wszyscy o tym wiedzą.

Proste. Jasne. Tak, wszyscy o tym wiedzą, to rzecz powszechnie znana.

– Może nie kłamiecie, lecz nie zawsze mówicie całą prawdę – wytknęłam mu. – Co bez wątpienia łączy was z wampirami. Jest może jeszcze jakiś powód, dla którego chcecie być tutaj? Może pragniecie być w pobliżu portalu, żeby zobaczyć, kto przez niego przejdzie?

Dermot zerwał się na równe nogi.

Teraz wszyscy troje byliśmy rozgniewani i poruszeni. Powietrze niemal namacalnie wypełniały wzajemne oskarżenia.

– Chcę wrócić do świata wróżek, ponieważ chcę ponownie zobaczyć Nialla – powiedział Claude, ważąc słowa. – To mój dziadek. Jestem zmęczony sytuacją, w której tylko sporadycznie otrzymuję wiadomości. Chcę też odwiedzić nasze święte miejsca, gdzie będę mógł być blisko duchów moich sióstr. Pragnę przechodzić do woli pomiędzy światami, bo takie mam prawo. Ten portal jest najbliższy. A ty jesteś naszą najbliższą krewną. Poza tym, jest coś w tym domu. Należymy do tego miejsca... na razie.

Dermot podszedł do okna od frontu i wyjrzał. Poranek był ciepły. Na dworze latały motyle, kwitły kwiaty i inne rośliny, cudownie świeciło słońce. Poczułam falę głębokiej tęsknoty za światem za tym oknem i za sprawami, które rozumiałam. Wolałabym być na zewnątrz niż tutaj, gdzie musiałam kontynuować tę dziwaczną rozmowę z krewniakami, których nie rozumiałam i którym nie ufałam w pełni. Jeśli dobrze odczytywałam język ciała Dermota, stryjeczny dziadek prawdopodobnie podzielał te same mieszane, niewesołe uczucia.

– Pomyślę o tym, co mi powiedziałeś – oznajmiłam Claude'owi. Odniosłam wrażenie, że Dermot się odprężył i mięśnie jego ramion są teraz odrobinę mniej napięte. – Jeszcze jedna myśl zaprząta moją uwagę. Mówiłam wam o bombie zapalającej w barze.

Dermot odwrócił się i oparł o otwarte okno. Chociaż włosy miał dłuższe, niż mój brat, a minę bardziej (wybacz mi, Jasonie) inteligentną, aż się przeraziłam, po raz kolejny uświadamiając sobie, jak bardzo są do siebie podobni. Nie byli identyczni, na pewno nie, ale można by ich ze sobą pomylić, przynajmniej na początku. Tylko że Dermot jest mroczniejszy, niż Jason kiedykolwiek bywał.

Kiedy wspomniałam o bombie, obaj wróże skinęli głowami. Wyglądali na zainteresowanych, lecz niezaangażowanych – do czego byłam przyzwyczajona, gdyż również w tym przypominali wampiry. Jedni i drudzy naprawdę ani trochę nie dbali o to, co się przytrafia nieznanym im ludziom. Gdyby kiedykolwiek czytali poezje Johna Donne'a, nie zgodziliby się z myślą, że żaden człowiek nie jest samotną wyspą. Dla wróżek większość ludzi przebywała na jednej dużej wyspie, która to wyspa dryfowała na morzu zwanym „Mam to kompletnie w nosie".

– Ludzie rozmawiają w barach między sobą, więc jestem pewna, że rozmawiają także w klubach ze striptizem. Proszę, powiadomcie mnie, jeśli usłyszycie coś na ten temat, na przykład, dowiecie się, kto to zrobił. Ta sprawa jest dla mnie ważna. Na pewno docenię, jeśli poprosicie personel w „Hooligans" o przysługę. Niech pracownicy posłuchają rozmów, może ktoś wspomni o bombie.

– Czy w barze u Sama źle się dzieje, Sookie? – spytał Dermot.

– Tak – odparłam, niecałkowicie zaskoczona tym zwrotem w rozmowie. – A jeszcze klientelę odbiera nam nowy bar przy autostradzie. Zresztą nie wiem, czy to nowe lokale, takie jak „Vic's Redneck Roadhouse" i „Pocałunek wampira" odciągają od „Merlotte'a" ludzi, czy też raczej ludzie nie przychodzą, ponieważ Sam jest zmiennokształtnym, ale, tak czy owak, w jego barze nie dzieje się zbyt dobrze.

Próbowałam zdecydować, jak dużo chcę powiedzieć im o Victorze i jego nikczemności, lecz nagle odezwał się Claude.

– Byłabyś bez pracy – powiedział, po czym zamknął usta, jakby to stwierdzenie zapoczątkowało u niego jakiś skomplikowany ciąg myśli.

Wszyscy są ogromnie ciekawi, co będę robiła, jeśli Merlotte zamknie swój bar.

– Sam zostanie bez środków do życia – zwróciłam mu uwagę, kiedy na wpół się odwracałam z zamiarem wejścia do kuchni i nalania sobie kolejnego kubka kawy. – A to jest o wiele ważniejsze od mojej pracy. Ja mogę sobie przecież znaleźć inną posadę... gdzieś.

– Sam może otworzyć bar gdzie indziej – wytknął mi Claude, wzruszając ramionami.

– Musiałby wyjechać z Bon Temps – zauważyłam ostro.

– To by ci nie pasowało, co? – spytał kuzyn.

Wyglądał na zamyślonego, a mnie na widok jego miny zrobiło się jakoś nieswojo.

– Jest moim najlepszym przyjacielem – wyjaśniłam. – Wiesz o tym. – Może po raz pierwszy nazwałam głośno rzecz po imieniu, ale miałam tego świadomość już od jakiegoś czasu. – Och, tak przy okazji, jeśli chcecie wiedzieć, co się przydarzyło Cait, możecie spróbować kontaktu z pewnym mężczyzną... zwykłym człowiekiem o szarych oczach. Pracuje w „Pocałunku wampira". Na uniformie miał napisane imię lub nazwisko: Colton.

Zawahałam się co do imienia. Miałam świadomość, że w niektórych lokalach pracownik po prostu bierze pierwszy lepszy dostępny identyfikator, nie martwiąc się, jaki napis na nim widnieje. Ale przynajmniej był to jakiś początek poszukiwań. Ruszyłam w stronę kuchni.

– Czekaj – syknął Dermot. Wypowiedział to słowo tak ostro, że natychmiast obróciłam głowę i spojrzałam na niego. – Kiedy ci ludzie od antyków przyjeżdżają obejrzeć twoje śmieci?

– Powinni zjawić się tutaj w ciągu dwóch godzin.

– Poddasze jest mniej więcej puste – ciągnął Dermot. – Nie planujesz go posprzątać?

– Właśnie sprzątanie zaplanowałam sobie na dzisiejszy poranek.

– Chcesz, żebyśmy ci pomogli? – zapytał stryjeczny dziadek.

Claude był wyraźnie przerażony. Obrzucił krewniaka pełnym wściekłości spojrzeniem.

Wróciliśmy zatem na bardziej swojski grunt, za co, przede wszystkim, byłam wdzięczna losowi. Dopóki nie będzie mi dane przemyśleć wszystkich nowych, dziś usłyszanych informacji, nie potrafiłam wymyślić żadnych kolejnych właściwych pytań, które chciałabym zadać.

– Dzięki – odparłam. – Rzeczywiście byłoby wspaniale, gdybyście mogli wnieść na górę jeden z tych dużych pojemników na śmieci. Potem, gdy pozamiatam i zbiorę wszystkie drobiazgi, moglibyście zataszczyć go na dół.

Tak, tak, posiadanie krewnych, którzy dysponują nadludzką siłą, może być czasami bardzo przydatne.

Poszłam na tylny ganek po przybory do sprzątania, a kiedy obładowana wlokłam się noga za nogą po schodach w górę, zobaczyłam, że drzwi pokoju Claude'a są zamknięte. Moja poprzednia lokatorka, Amelia, przekształciła kiedyś jedną z sypialni na piętrze w śliczny mały buduar z niedrogą (ale ładną) toaletką, komodą i łóżkiem. Drugiej sypialni Amelia używała jako salonu, toteż postawiła tam wszystkie niezbędne meble, łącznie z dwoma wygodnymi fotelami, telewizorem i dużym biurkiem, które obecnie stało puste. Tamtego dnia, gdy sprzątaliśmy poddasze, spostrzegłam, że Dermot umieścił w dawnym salonie łóżko polowe.

Zanim zdążyłam wysnuć jakieś wnioski, Dermot pojawił się w drzwiach prowadzących na poddasze. Niósł pojemnik na śmieci. Postawił go i rozejrzał się wokół siebie.

– Sądzę, że wyglądało tu lepiej, gdy pomieszczenie wypełniały przedmioty rodzinne – powiedział w zamyśleniu, a ja nie mogłam się z tym nie zgodzić.

We wpadających przez bardzo brudne okna promieniach słońca, poddasze prezentowało się teraz smutno, staro i nędznie.

– Będzie tu przyjemnie, kiedy zostanie posprzątane – oznajmiłam stanowczo i zaczęłam zamiatać, usiłując usunąć wszystkie pajęczyny. Potem zabrałam się za kurz i rumowisko, które zawalało deski podłogowe. Ze zdumieniem zauważyłam, że Dermot wybrał kilka szmat i środek do czyszczenia szkła, po czym wziął się za mycie okien.

Gdy skończył myć okna, przytrzymał mi szufelkę, a wtedy zmiotłam na nią zgromadzone śmieci. Kiedy wykonaliśmy to zadanie, zeszłam na parter i przyniosłam odkurzacz, chcąc usunąć nawet najmniejsze pyłki.

– Te ściany trzeba by pomalować – oświadczył wtedy Dermot.

Przypomniało mi się w tym momencie powiedzenie, że pustynia potrzebuje wody. Tak, może kiedyś ktoś pokrył te ściany farbą, ale tak dawno temu, że złuszczyła się lub starła, a nieokreślony kolor, który pozostał, nosił ślady porysowania i plam, ponieważ wiele przedmiotów się o nie ocierało.

– No cóż, tak. Trzeba przeszlifować i pomalować. Podłogę również.

Postukałam stopą o podłoże. Po dobudowaniu piętra moi przodkowie zaszaleli z wapnem do bielenia.

– Będziesz potrzebowała tylko części tej przestrzeni na przechowywanie – wypalił stryjeczny dziadek ni z tego, ni z owego. – Zakładając oczywiście, że ci antykwariusze kupią co większe przedmioty i resztę będziesz musiała wnosić z powrotem tu, na górę.

– To prawda. – Dermot przypuszczalnie miał na myśli jakiś cel, ale, niestety, nie potrafiłam się go domyślić. – Co chcesz przez to powiedzieć? O co ci właściwie chodzi? – spytałam w końcu otwarcie.

– Gdybyś tylko części przestrzeni używała jako magazynu, mogłabyś tutaj urządzić trzecią sypialnię – odparł. – Widzisz ten obszar?

Wskazywał na miejsce, gdzie pochyły dach utworzył naturalną niszę, głęboką na ponad dwa metry i zajmującą całą szerokość budynku.

– Nie byłoby trudno oddzielić tę przestrzeń i zamontować drzwi – stwierdził stryjeczny dziadek.

Dermot umiał powiesić drzwi?! Zrobiłam chyba strasznie zdumioną minę, ponieważ poczuł się w obowiązku udzielić mi wyjaśnień.

– Oglądałem w telewizorze Amelii program HGTV.

– Ach tak – bąknęłam, chociaż starałam się wymyślić inteligentniejszą odpowiedź. Wciąż miałam mętlik w głowie. – No cóż, moglibyśmy je zainstalować. Nie wydaje mi się jednak, żebym potrzebowała kolejnej sypialni. To znaczy... Kto chciałby tutaj mieszkać?

– Czyli że wcale nie zawsze jest tak, że im więcej macie sypialni, tym lepiej? Prowadzący programy w telewizji tak właśnie twierdzą. Zresztą, ja mógłbym się wprowadzić do takiego pokoju. Claude i ja moglibyśmy używać wspólnie sali telewizyjnej oraz salonu. Natomiast do spania każdy miałby własne pomieszczenie.

Poczułam się upokorzona, ponieważ nigdy wcześniej nie pomyślałam, czy nie powinnam spytać, jak stryjeczny dziadek zapatruje się na konieczność dzielenia sypialni z Claude'em. Teraz okazało się, że najwyraźniej miał coś przeciwko temu. Do tej pory sypiał na łóżku polowym w małym pokoju dziennym... Kiepska ze mnie gospodyni. Przypatrzyłam się wróżowi z jeszcze większą uwagą niż wcześniej. Wydawał się... pełen nadziei. Może mój nowy lokator wykonuje pracę poniżej swoich kwalifikacji? Uprzytomniłam sobie, że nie wiem, czym właściwie Dermot zajmuje się w klubie. Hmm, przyjmowałam za rzecz naturalną, że wychodzi z domu z Claude'em, kiedy kuzyn jedzie do Monroe, nie byłam jednak zbyt zainteresowana, więc nie spytałam, co stryjeczny dziadek będzie robił, gdy tam dotrze. A może z egocentrycznym Claude'em łączyło go tylko to, że obaj są wróżami.

– Jeśli sądzisz, że znajdziesz czas na wykonanie pewnych prac, chętnie kupię materiały – zadeklarowałam się, niezupełnie pewna, skąd wziął mi się ten pomysł. – Faktycznie, jeżeli potrafisz oszlifować, zagruntować i pomalować całe pomieszczenie, a także postawić ściankę działową, na pewno docenię twój wysiłek. Cieszyłabym się, płacąc ci za twoją pracę. Dlaczego nie mielibyśmy pojechać do składu drzewnego w Clarice w mój następny wolny dzień? O ile potrafisz obliczyć, ile potrzebujemy tarcicy i farby.

Twarz Dermota rozjaśniła się niczym choinka w Boże Narodzenie.

– Mogę spróbować, wiem też, jak wypożyczyć szlifierkę – odparł. – Zaufasz mi w tej sprawie?

– Tak – odrzekłam, niepewna, czy naprawdę w to wierzę. Ale przecież... czy poddasze może wyglądać jeszcze gorzej niż teraz? Poczułam, że stryjeczny dziadek zaraził mnie entuzjazmem. – Byłoby cudownie, gdyby to pomieszczenie zostało odnowione. Musisz mi powiedzieć, jaką kwotę uważasz za sprawiedliwą zapłatę.

– Absolutnie nie – odparował. – Udzieliłaś mi gościny w swoim domu i cieszę się twoją obecnością. Ten remont to najmniej, co mogę dla ciebie zrobić.

Skoro Dermot wytoczył takie argumenty, nie byłam w stanie się z nim sprzeczać. Niektórzy potrafią w sposób naprawdę zdecydowany odmawiać przyjęcia podarku, a ja właśnie oceniłam, że mam do czynienia z mniej więcej taką sytuacją.

Ten ranek rzeczywiście obfitował w informacje i niespodzianki. Kiedy myłam ręce i twarz, chcąc się pozbyć kurzu z poddasza, usłyszałam, że podjazdem zbliża się jakiś samochód. Wyjrzałam i dostrzegłam dużą białą furgonetkę, której bok zdobiło wymalowane gotyckimi literami logo „Splendide".

Z pojazdu wyskoczyli Brenda Hesterman i jej wspólnik, który był niewysokim mężczyzną o masywnej posturze. Nosił spodnie khaki, niebieską koszulkę polo i lśniące mokasyny. Szpakowate włosy miał przycięte króciutko.

Wyszłam na ganek od frontu.

– Dzień dobry, Sookie! – zawołała Brenda, jak gdybyśmy były starymi przyjaciółkami. – To jest Donald Callaway, współwłaściciel sklepu.

– Witam, panie Callaway – powiedziałam. – Proszę, wejdźcie. Mogę podać wam coś do picia?

W drodze po schodach oboje pokręcili głowami. Kiedy znaleźli się w środku, rozejrzeli się po zatłoczonym pokoju niemal z zachwytem, którego wróże, kuzyn i stryjeczny dziadek nigdy nie okazali.

– Bardzo mi się podoba ten drewniany sufit – zauważyła Brenda. – A popatrz na te ściany obite deskami!

– Stary dom – odparł Donald Callaway. – Gratuluję, panno Stackhouse, mieszka pani w takim uroczym historycznym budynku.

Usiłowałam nie wyglądać na zdziwioną, chociaż tak się czułam. Nie tak reagowali zwykle goście na mój dom. Większość ludzi raczej mnie... żałowała, ponieważ mieszkam w takim przestarzałym budynku. Podłogi miałam inne niż wiele osób, a okna niestandardowe.

– Dzięki – rzuciłam z powątpiewaniem. – No cóż, tutaj są rzeczy, które znajdowały się na poddaszu. Rozejrzyjcie się, państwo, i zobaczcie, czy coś chcecie nabyć. Jeśli będziecie czegoś potrzebować, po prostu mnie zawołajcie.

Uznałam, że nie ma sensu kręcenie się po salonie, a w dodatku, przyglądanie się pracy ludzi ze sklepu z antykami wydawało mi się nieco wścibskie. Weszłam do swojej sypialni, gdzie chciałam zetrzeć kurz i zrobić porządki, a przy okazji może wysprzątać jedną czy dwie szuflady. Normalnie włączyłabym radio, ale tym razem chciałam nasłuchiwać, na wypadek gdyby wspólnicy pragnęli o coś zapytać. Brenda i Donald od czasu do czasu wymieniali ze sobą po cichu kilka zdań, a ja przyłapałam się na tym, że ciekawi mnie, co zdecydują. Gdy usłyszałam, że Claude schodzi z piętra, stwierdziłam, że może dobrym pomysłem byłoby wyjść i powiedzieć jemu oraz Dermotowi „Do widzenia", zanim odjadą.

Wróże akurat przechodzili przez salon i Brenda gapiła się na tych dwóch pięknych mężczyzn. Zatrzymałam ich na chwilę i przedstawiłam antykwariuszom, ponieważ uznałam, że to będzie uprzejme. Nie byłam ani trochę zaskoczona, gdy odkryłam, że Donald postrzega mnie w innym świetle, odkąd poznał moich „kuzynów".

Szorowałam łazienkę w korytarzu, kiedy usłyszałam, że Callaway mnie woła. Weszłam zatem do salonu.

Mężczyzna badał teraz biurko mojego dziadka. Ten bardzo ciężki i brzydki mebel stał się podczas transportu powodem złorzeczenia wróżów, którzy musieli się nieźle napocić, zanim przenieśli go ze strychu do salonu.

Niewysoki antykwariusz kucał właśnie przed ogromnym biurkiem i wpatrywał się w otwór na kolana.

– Mamy tutaj sekretną przegródkę, panno Stackhouse – poinformował mnie i cofnął się nieco, nie wstając z kucek. – Proszę podejść, pokażę pani.

Przycupnęłam obok niego, czując naturalne w takiej sytuacji podniecenie odkryciem. Sekretny schowek! Skarb piratów! Sztuczka magiczna! Tego typu określenia zawsze przywołują szczęśliwe oczekiwanie typowe dla okresu dzieciństwa.

Z pomocą latarki Donalda zobaczyłam, że w tylnej części biurka, w miejscu, gdzie siedzący trzyma kolana, znajduje się dodatkowa płytka. Były tam maleńkie zawiasy, tak wysoko, że kolana żadnej osoby nie mogły ich nawet musnąć. Pomyślałam, że drzwiczki zapewne otworzą się ku górze.

Pytanie brzmiało: jak je otworzyć?

– Spróbuję scyzorykiem, panno Stackhouse – zaproponował Donald – o ile nie ma pani nic przeciwko temu.

– Zupełnie nic – zapewniłam go.

Wyjął z kieszeni scyzoryk, duży i groźnie wyglądający, a następnie otworzył ostrze i wsunął je delikatnie w spaw. Tak jak się spodziewałam, w środku natrafił na jakiś zatrzask lub zamek. Mężczyzna pchnął lekko ostrze, najpierw z jednego boku, potem z drugiego, ale, niestety, nie uzyskał żadnego efektu.

Zaczął więc oklepywać drewno wokół otworu. Na każdym końcu dostrzegłam drewnianą listwę – w miejscu, gdzie boki i szczyt otworu się spotykały. Donald naciskał i pchał, i akurat, gdy zamierzałam poprosić, by zrezygnował, rozległo się zgrzytliwe kliknięcie i dodatkowa płytka się odsunęła.

– Zechce pani czynić honory – zaproponował Donald. – To pani biurko.

Było to stwierdzenie zarówno sensowne, jak i prawdziwe, toteż kiedy mężczyzna się wycofał, zajęłam jego miejsce. Otworzyłam drzwiczki w górę i przytrzymałam je, podczas gdy Donald przyświecał mi latarką, którą dzierżył mocno, ale ponieważ sama sobie zasłaniałam światło, całkiem dużo czasu zajęło mi wydobycie zawartości.

Kiedy wymacałam zarysy zawiniątka, łagodnie chwyciłam przedmiot i pociągnęłam. I po chwili miałam ten „skarb" przed sobą. Wygramoliłam się z otworu tyłem, kręcąc zadkiem i nie próbując nawet sobie wyobrażać, jak to musi wyglądać z punktu widzenia Donalda. Natychmiast gdy udało mi się odsunąć od biurka, wstałam i podeszłam do okna z zakurzonym pakunkiem, a następnie obejrzałam, co trzymam w ręku.

Był to nieduży woreczek z aksamitu, a jego szczyt zamykały tasiemki do ściągania. Sądzę, że aksamit miał kolor czerwonego wina, to znaczy, kiedyś, dawno temu. W środku znajdowała się niegdyś biała koperta, wielkości mniej więcej piętnastu centymetrów na dwadzieścia. Na kopercie widniały jakieś obrazki, a kiedy ostrożnie ją wygładziłam, zdałam sobie sprawę, że jest to koperta na wykroje sukienek. Natychmiast zalały mnie niepowstrzymane fale wspomnień. Przypomniałam sobie pudełko, w którym znajdowały się wszystkie wzory wycięte z „Vogue'a", „Simplicity" i „Buttericka". Babcia przez wiele lat lubiła szyć – aż do czasu, gdy złamany palec prawej ręki nie zrósł się dobrze, a potem sprawiał jej coraz większy ból, gdy miała do czynienia z cienkimi jak bibułka wykrojami i materiałami. Sądząc po obrazku, ta konkretna koperta zawierała wykrój sukienki z długą, szeroką spódnicą, wąską w talii, a strój przedstawiały trzy wymizerowane modelki, o modnie zgarbionych ramionach, szczupłych twarzach i krótkich włosach. Jedna z modelek nosiła sukienkę do połowy uda, druga suknię ślubną, u trzeciej natomiast stanowiła ona część kostiumu do tańca. Cóż za wszechstronna kiecka!

Odgięłam skrzydełko koperty i zajrzałam do środka, spodziewając się, że zobaczę znajomy lichy brązowy papier do wykrojów zadrukowany czarnymi tajemniczymi wskazówkami. A jednak zamiast niego dostrzegłam w środku list napisany na pożółkłej już kartce. Rozpoznałam charakter pisma.

Nagle w oczach stanęły mi łzy. Starałam się trzymać je szeroko otwarte, żeby łzy nie spłynęły mi na policzki. Naprawdę szybkim krokiem opuściłam salon. Nie mogłam oglądać zawartości tej koperty w towarzystwie innych ludzi, na pewno nie, schowałam ją więc w nocnej szafce, wraz z małym woreczkiem. Wytarłam oczy i wróciłam do antykwariuszy.

Oboje byli dobrze wychowani, więc nie zadawali żadnych pytań. Zaparzyłam kawę i przyniosłam filiżanki na tacy wraz z mlekiem i cukrem oraz pokrojonym ciastem. Zrobiłam to, ponieważ byłam wdzięczna. I również dobrze wychowana. Uprzejmości nauczyła mnie babcia... moja nieżyjąca już babcia, która napisała do mnie list i włożyła go do koperty na wykroje.

ROZDZIAŁ PIĄTY

Nie otworzyłam koperty aż do następnego dnia.

Brenda i Donald skończyli przeglądać przedmioty zniesione z poddasza godzinę po tym, jak mężczyzna znalazł ukrytą szufladkę. Później usiedliśmy, by przedyskutować, co antykwariusze chcieliby kupić spośród tego różnorodnego stosu i ile zamierzają mi za wszystko zapłacić. Z początku zamierzałam powiedzieć po prostu: „Okej, weźcie to sobie", ale uznałam, że jako przedstawicielka rodziny Stackhouse'ów mam obowiązek postarać się uzyskać jak najlepszą cenę. Dyskusja przeciągała się bez końca, aż zaczęłam tracić cierpliwość.

Rozmowa sprowadzała się do tego, że antykwariusze chcieli cztery duże meble (łącznie z biurkiem), parę bezgłowych manekinów na stojakach, mały kufer, jakieś łyżki i dwie rogowe tabakierki. Niektóre części bielizny były w dobrym stanie i Brenda powiedziała, że zna metodę prania, dzięki której usunie plamy i sprawi, że ubrania będą wyglądały prawie jak nowe, chociaż nie może mi za nie dużo zapłacić. Do listy dodali fotel bujany z podnóżkiem (zbyt niski i mały dla współczesnych kobiet), a Donald pragnął też wziąć pudło sztucznej biżuterii z lat trzydziestych i czterdziestych. Pikowana narzuta mojej prababci z wzorem w postaci koła wozu (ze szprychami), była najwyraźniej dużo warta dla właścicieli sklepu z antykami, a ponieważ nigdy nie należała do moich ulubionych, cieszyłam się, że się jej pozbędę.

Byłam nawet zadowolona, że te przedmioty – zamiast leżeć schowane na moim poddaszu – trafią do domów ludzi, którym się przydadzą i którzy będą o nie dbali i pielęgnowali je.

Wiedziałam, że Donald bardzo pragnie przejrzeć duże pudło ze zdjęciami i papierami, wciąż czekające na moją uwagę, ale nie zgodziłam się, póki nie przejrzę ich wszystkich sama. Powiedziałam to mężczyźnie jak najuprzejmiej, uzgodniliśmy również, że jeśli w meblach, które sprzedaję, znajdą się jeszcze jakieś sekretne przegródki, jako pierwsza będę miała prawo odkupienia zawartości (o ile będzie ona miała jakąś wartość finansową).

W końcu antykwariusze zadzwonili do swojego sklepu i załatwili transport, a później wypisali mi czek i wyszli z kilkoma mniejszymi nabytkami. Oboje wyglądali na ludzi usatysfakcjonowanych, tak jak mnie się zdarzało po dobrym dniu pracy.

W ciągu godziny zjawiła się duża furgonetka z napisem „Splendide". Przyjechało nią dwóch krzepkich młodych mężczyzn. Po kolejnych czterdziestu pięciu minutach meble zostały zabezpieczone i trafiły na tył furgonetki. Gdy mężczyźni odjechali, musiałam zacząć przygotowywać się do pracy. Z żalem zatem odłożyłam na inny moment zbadanie woreczka z kopertą, który leżał w szufladzie nocnej szafki.

Chociaż musiałam się śpieszyć, kiedy nakładałam makijaż i strój roboczy, poświęciłam chwilę i po prostu delektowałam się myślą, że mam cały swój dom wyłącznie dla siebie. Na dworze było dostatecznie ciepło, więc zdecydowałam, że pojawię się w pracy w szortach.

Tydzień temu pojechałam do Wal-Martu i kupiłam dwie nowe pary. Na cześć pierwszego tegorocznego występu w szortach wyjątkowo starannie ogoliłam nogi. Opaleniznę już miałam całkiem ładną. Popatrzyłam w lustro, zadowolona z własnego wyglądu.

Dotarłam do „Merlotte'a" około siedemnastej. Pierwszą osobą, jaką zobaczyłam, była nowa kelnerka, India. India ma gładką czekoladową cerę, włosy splecione w cienkie warkoczyki, zaczesane rządkami do tyłu, oraz kolczyk w nosie i jest chyba najbardziej radosną istotą ludzką, jaką kiedykolwiek (lub od bardzo dawna) spotkałam. Dzisiaj posłała mi uśmiech jakby zarezerwowany dla kogoś, na kogo właśnie czekała... Co w pewnym sensie było dosłownie prawdziwe, bo przejmowałam jej obowiązki.

– Uważaj na tego prostaka na piątce – ostrzegła mnie. – Mogą być z nim problemy. Nie jest zbyt przyjemny, a sporo pije. Chyba pokłócił się z żoną.

Wiedziałabym, gdyby tak było. Lub dowiem się po chwili wsłuchiwania się w myśli mężczyzny.

– Dzięki, Indio. Coś jeszcze?

– Tamta para przy jedenastym chce herbatę bez cukru z dużą ilością cytryny. Zamówione przez nich dania powinny być wkrótce gotowe – smażone panierowane warzywa dla niego i dla niej, hamburger dla niej, cheeseburger dla niego.

– Oki-doki. Miłego wieczoru.

– Powinien być miły. Mam randkę.

– Z kim? – spytałam z czystej, zwykłej ciekawości.

– Z Lolą Rushton – odparła.

– Chyba chodziłam z nią do liceum. – Zadumałam się, jedynie przez chwilę zaskoczona, że India spotyka się z kobietami, gdyż nie była to przecież rzadkość w obecnych czasach.

– Ona cię pamięta – odparła India i roześmiała się.

Nie miałam wątpliwości, że tak, ponieważ byłam najdziwaczniejszą osobą w klasie w mojej małej szkole średniej.

– Wszyscy mnie pamiętają jako Stukniętą Sookie – mruknęłam, usiłując nie dopuścić do głosu smutku.

– Strasznie się w tobie durzyła przez jakiś czas – wyjaśniła India.

Poczułam się dziwnie zadowolona, jej słowa wręcz mnie połechtały.

– Och, miło mi to słyszeć – odrzekłam i szybko zabrałam się do pracy.

Pośpiesznie zrobiłam obchód po moim rewirze, chcąc się upewnić, że nikomu niczego nie brakuje, podałam panierowane warzywa, hamburgera i cheeseburgera, a później obserwowałam z ulgą, jak pan Zrzędliwy przełyka ostatniego drinka i wychodzi z baru. Nie był szczególnie pijany, ale rwał się do bójki i wolałam, żeby zniknął. Nie potrzebowaliśmy więcej kłopotów.

Nie był jedynym gburowatym facetem w barze „U Merlotte'a". Sam również nie miał humoru, bo akurat tego wieczoru musiał wypełnić formularze ubezpieczeniowe. Nienawidzi roboty papierkowej, a jednak musi się tym zajmować co jakiś czas. Tak czy inaczej, nie był w zbyt pogodnym nastroju. Papiery piętrzyły się na barze, a ja – gdy miałam przerwę pomiędzy obsłużeniem poszczególnych klientów – przejrzałam je. Gdy przeczytałam je powoli i uważnie, wszystko zrozumiałam, chociaż zostały napisane zawiłym prawniczym slangiem. Zaczęłam sprawdzać rubryki i wpisywać dane, a później zadzwoniłam na posterunek policji i powiedziałam, że potrzebujemy kopii raportu na temat bomby zapalającej. Podałam numer faksu Sama, a Kevin obiecał, że zdobędzie dla mnie egzemplarz i podeśle.

Uniosłam nagle głowę i odkryłam, że mój szef stoi nade mną z totalnym zaskoczeniem na twarzy.

– Och, wybacz! – przeprosiłam. – Wyglądałeś na strasznie zestresowanego z powodu tych dokumentów i pomyślałam, że bez problemów mogę na nie zerknąć... Zaraz ci je oddam.

Złapałam dokumenty i podałam je Samowi.

– Nie – odparł, odsuwając się i podnosząc ręce. – Nie, nie. Dzięki, Sookie. Nigdy nie wpadłem na pomysł, żeby poprosić cię o pomoc w tej sprawie. – Popatrzył na kartkę. – Zadzwoniłaś na posterunek?

– Tak, rozmawiałam z Kevinem Pryorem. Prześle nam raport, który będziemy mogli dołączyć.

– Dzięki, Sookie – powtórzył.

Wyglądał, jak gdyby do baru właśnie wszedł Święty Mikołaj.

– Nie mam nic przeciwko formularzom – zapewniłam go z uśmiechem. – Nie pyskują, nie odszczekują się... Lepiej zobacz, czy dobrze je wypełniłam.

Merlotte uśmiechnął się do mnie serdecznie. Chyba wcale nie zamierzał oceniać mojej pracy.

– Dobra robota, przyjaciółko.

– Nie ma sprawy.

Przyjemnie było mieć zadanie, którym mogłam się zająć, dzięki czemu nie zastanawiałam się nad przedmiotami czekającym na obejrzenie w szufladzie nocnej szafki. W pewnej chwili usłyszałam, że otwierają się drzwi wejściowe i spojrzałam, zadowolona, że mamy klientów. Z trudem utrzymałam wesołą minę, gdy zobaczyłam, że zaszczyciła nas swoją obecnością Jannalynn Hopper.

Jeśli chodzi o wybranki serca, mój szef bywa naprawdę śmiałym i żądnym przygód eksperymentatorem, a Jannalynn nie była pierwszą silną (żeby nie powiedzieć „przerażającą") kobietą, z jaką sypiał. Chuda i niska, Jannalynn cechowała się agresywnym podejściem do mody, a odkąd awansowała, dziką rozkosz sprawiała jej praca ochroniarza i zastępcy przywódcy stada Długi Ząb, które rezydowało w Shreveport.

Tego wieczoru Jannalynn miała na sobie skrócone szorty z dżinsu, sandałki, które sznuruje się aż do kolan, i niebieski podkoszulek bez stanika. Nosiła też kolczyki, które kupił jej w „Splendide", a na jej szyi i dekolcie lśniło sześć lub więcej różnej długości srebrnych łańcuszków z wisiorkami. Krótkie włosy, obecnie w odcieniu platyny, zostały postawione na żel i nabłyszczone.

Wygląda jak kolektor słoneczny, pomyślałam, przypominając sobie przy okazji łapacz słońca, przedmiot w radosnych kolorach, który dostałam od Jasona i powiesiłam w oknie kuchennym.

– Witaj, kochanie – odezwała się Jannalynn do Sama, gdy minęła mnie bez jednego spojrzenia i dotarła do Merlotte'a, którego natychmiast objęła jakoś tak okrutnie, a później z całych sił pocałowała.

Sam odwzajemnił pocałunek, chociaż po sygnałach, które wysyłał, wyczułam, że jest trochę zakłopotany. Jannalynn nie miewała oczywiście takich oporów. Co do mnie, pośpiesznie się odwróciłam i zaczęłam sprawdzać poziom przypraw w solniczkach i pieprzniczkach na stołach, chociaż wiedziałam doskonale, że wszystkie są pełne.

Prawdę powiedziawszy, Jannalynn zawsze mnie niepokoiła; prawie się jej bałam. Świetnie zdawała sobie sprawę, że Sam i ja jesteśmy przyjaciółmi, szczególnie że poznałam rodzinę mojego szefa na ślubie jego brata. Zresztą, ci ludzie odnieśli wrażenie, że jestem dziewczyną Sama. Naprawdę nie winiłam Jannalynn za podejrzenia; na jej miejscu czułabym to samo.

Była nieufną młodą kobietą zarówno z natury, jak i z racji zawodu. Część jej pracy polegała na ocenianiu zagrożenia, a później starała się je zwalczyć, zanim ktoś zaszkodzi Alcide'owi i jego stadu. Kierowała również „Psim Włosem", niedużym barem, do którego przychodzili przede wszystkim przedstawiciele stada Długi Ząb i inne istoty natury dwoistej z rejonu shreveporckiego. Była to duża odpowiedzialność dla kogoś tak młodego jak ona, ale Jannalynn wyglądała na osobę urodzoną do stawiania czoła tego typu wyzwaniom

Pracowałam, czy też znajdowałam sobie jakieś zajęcia, aż się tym zmęczyłam, a tymczasem Jannalynn i Sam odbywali cichą rozmowę. Młoda wilkołaczyca usadowiła się na stołku barowym, a muskularne nogi założyła elegancko jedną na drugą. Sam stał w swoim zwykłym miejscu za barem. Oboje mieli skupione miny. Najwyraźniej temat, który omawiali, był poważny. Usiłowałam nie czytać w myślach ani jemu, ani jej.

Goście baru bardzo się z kolei starali nie gapić na Jannalynn. Inna kelnerka, Danielle, popatrywała na nią od czasu do czasu, równocześnie szepcząc ze swoim chłopakiem, który wpadł posiedzieć nad jednym drinkiem przez cały wieczór, dzięki czemu mógł przyglądać się swojej dziewczynie, gdy przechodziła od stolika do stolika.

Pomijając wady Jannalynn, nie można było zaprzeczyć, że wilkołaczyca naprawdę świetnie się prezentuje. Kiedy przebywała w jakimś pomieszczeniu, nie sposób jej było nie zauważyć. (Pomyślałam, że dzieje się tak przynajmniej po części dlatego, że ta młoda kobieta roztacza wokół siebie aurę, dzięki której wydaje się taka cholernie przerażająca).

W tym momencie do baru weszła jakaś para. Oboje się rozejrzeli, a potem skierowali do pustego stolika w moim rewirze. Wyglądali znajomo. Po chwili przypomniałam ich sobie – byli to Jack i Lily Leedsowie, prywatni detektywi pochodzący skądś w Arkansas. Ostatnim razem widziałam ich, kiedy przyjechali do Bon Temps zbadać okoliczności zniknięcia Debbie Pelt. Zatrudnili ich jej rodzice. Odpowiedziałam wtedy na zadane przez nich pytania wymijająco, to znaczy w stylu, który teraz mogłabym nazwać „stylem wróżek" – czyli nie bardzo kłamiąc, lecz nie ujawniając zbyt wiele z prawdy. Cóż, zastrzeliłam Debbie Pelt w samoobronie i nie chciałam iść za to do więzienia.

Było to ponad rok temu. Lily Bard Leeds była wciąż tak samo blada, milcząca i emocjonalna, a jej mąż ciągle tak samo atrakcyjny i pełen sił witalnych. Lily poszukała mnie wzrokiem, a potem spojrzała mi w oczy i już nie mogłam udawać, że jej nie zauważyłam. Niechętnie podeszłam do ich stolika, czując, że mój uśmiech z każdym krokiem słabnie.

– Witamy ponownie w barze „U Merlotte'a" – wyrecytowałam, z całych sił szczerząc zęby. – Co mogę państwu podać dziś wieczorem? Mamy w menu smażone panierowane warzywa, a nasze hamburgery Lafayette'a są naprawdę smaczne.

Kobieta zrobiła taką minę, jakbym jej zaproponowała panierowane robaki, Jack jednak patrzył raczej z lekkim żalem. Widziałam, że nie miałby nic przeciwko smażonym warzywom.

– Dla mnie chyba hamburger Lafayette'a – powiedziała Lily bez entuzjazmu.

Kiedy odwróciła się do swojego towarzysza, jej podkoszulek nieco się przesunął i mignęły mi stare blizny, podobne zresztą do moich, tyle że nowszych.

No proszę, miałyśmy coś wspólnego.

– Dla mnie także hamburger – stwierdził Jack. – A jeśli znajdzie pani wolną chwilę, chcielibyśmy z panią porozmawiać.

Uśmiechnął się do mnie i uniósł brwi, a wtedy poruszyła się cienka blizna, którą miał na twarzy. Czyżbym trafiła na wieczór prezentacji okaleczeń? Zastanawiałam się, czy jego lekka marynarka, zupełnie niepotrzebna w tak ciepły dzień, skrywa coś jeszcze gorszego.

– Możemy oczywiście porozmawiać. I tak podejrzewałam, że nie wróciliście państwo do „Merlotte'a" z powodu wspaniałego jedzenia, które tu serwujemy – odparłam.

Przyjęłam zamówienia na napoje, a potem poszłam do okienka i wręczyłam Antoine'owi karteczkę.

Ponownie zjawiłam się przy ich stoliku, z mrożonymi herbatami i plasterkami cytryny na talerzyku. Rozejrzałam się, sprawdzając, czy ktoś mnie nie potrzebuje, a następnie usiadłam naprzeciwko Jacka; Lily siedziała teraz po mojej lewej stronie. Była ładna, ale tak opanowana i umięśniona, że skojarzyła mi się z twardą skałą. Zajrzałam w jej umysł i odkryłam, że jest osobą surową i trzeźwo myślącą.

– O czym będziemy rozmawiać? – spytałam, nadal skupiając się na myślach.

Jack dumał o Lily, martwił się o jej zdrowie... nie, raczej o zdrowie jej matki, u której nastąpił nawrót choroby, raka piersi. Lily myślała o mnie, zastanawiając się nade mną, podejrzewając, że jestem zabójczynią...

To bolało.

Ale, hej, taka była prawda.

– Sandra Pelt wyszła z więzienia – oznajmił bez wstępów Jack Leeds i chociaż usłyszałam te słowa w jego myślach, zanim je wypowiedział, nie musiałam wcale udawać zaskoczenia.

– Była w więzieniu? Och, więc dlatego nie widziałam jej od śmierci jej rodziców. – Starsi Peltowie obiecali mi, że będą pilnować młodszej córki. Odkąd usłyszałam o ich śmierci, dręczyło mnie pytanie, kiedy dziewczyna ponownie się u mnie zjawi. Ponieważ się nie pojawiała przez jakiś czas, powoli się odprężyłam. – A mówicie mi o tym, ponieważ? – zdołałam wydukać.

– Ponieważ ta młoda kobieta serdecznie pani nienawidzi – odparowała Lily bez mrugnięcia okiem. – A pani nigdy nie uznano winną, nie stanęła pani przed żadnym sądem, nikt nie oskarżył pani z powodu zniknięcia jej siostry. Nawet nie została pani aresztowana. I nie sądzę, żeby kiedykolwiek panią za to zatrzymano. Może nie jest pani winna, chociaż osobiście wątpię. Sandra Pelt po prostu oszalała. Ma obsesję na pani punkcie. Myślę, że musi pani być ostrożna. Naprawdę ostrożna.

– Za co trafiła do więzienia?

– Za napad i pobicie jednego z kuzynów. Temu człowiekowi rodzice Sandry zapisali sporą kwotę w testamencie i dziewczyna, jak widać, nie zgadzała się z tym.

Bardzo, bardzo się zmartwiłam. Sandra Pelt to występna, amoralna młoda kobieta. Byłam pewna, że nie ukończyła jeszcze dwudziestu lat. Już więcej niż raz z determinacją próbowała mnie zabić. Obecnie nie było nikogo, kto mógłby przywołać ją do porządku, a – według pary prywatnych detektywów – jej stan umysłowy wydawał się jeszcze bardziej podejrzany.

– Ale dlaczego przyjechali państwo aż tutaj, żeby mnie o tym poinformować? – spytałam. – To znaczy... Doceniam ten fakt, lecz nie musieliście. Albo mogliście zatelefonować. Z tego, co ostatnio słyszałam, prywatni detektywi pracują za pieniądze. Czy ktoś wam zapłacił, żebyście mnie ostrzegli?

– Zarządca majątku Peltów – odrzekła Lily po krótkiej pauzie. – Ich prawnik, który mieszka w Nowym Orleanie, to wyznaczony sądownie kurator Sandry, do czasu, aż dziewczyna ukończy dwadzieścia jeden lat.

– A jak się nazywa ten prawnik?

Lily wyjęła z kieszeni kartkę.

– Jakieś nadbałtyckie nazwisko – bąknęła. – I może nie wymówię go poprawnie.

– Cataliades – podsunęłam, stawiając akcent na drugą sylabę, czyli tam, gdzie trzeba było.

– Tak – przyznał zaskoczony Jack. – To on. Duży facet.

Skinęłam głową. Pan Cataliades i ja trochę się przyjaźniliśmy. Cataliades był w większej części demonem, o czym jednak Leedsowie chyba nie wiedzieli. Właściwie, prawdopodobnie nie wiedzieli w ogóle zbyt dużo na temat tego innego świata, który rozciągał się „pod" światem ludzi.

– Czyli że pan Cataliades wysłał was tutaj, do Bon Temps, żebyście mnie ostrzegli? Jest wykonawcą testamentu?

– Tak. Zamierza wyjechać na urlop na jakiś czas i chciał mieć pewność, że dowie się pani o zwolnieniu dziewczyny z więzienia. Wyglądało na to, że ma wobec pani dług.

Zadumałam się nad tym stwierdzeniem. Pamiętałam tylko jedną sytuację, gdy wyświadczyłam prawnikowi przysługę – pomogłam mu się kiedyś wydostać z walącego się hotelu w Rhodes. Miło jest wiedzieć, że przynajmniej jedna osoba mówiła serio: „Mam wobec ciebie dług". A jednak zakrawało na niezłą ironię, że zarządca majątku rodziny Pelt zapłacił Leedsom za przyjazd tutaj i ostrzeżenie mnie przed ostatnią żyjącą Peltówną. Tak, to było ironiczne i wcale niezabawne, raczej gorzkie.

– Jeśli nie macie państwo nic przeciwko temu, że spytam... Jak pan Cataliades skontaktował się akurat z wami? Chodzi mi o to, że... jestem pewna, że w Nowym Orleanie, na przykład, działa wielu prywatnych detektywów. A państwo nadal pracujecie w okolicach Little Rock, zgadza się?

Lily wzruszyła ramionami.

– Zadzwonił do nas, spytał, czy jesteśmy wolni i czy może nas zatrudnić, po czym przysłał czek. Jego wskazówki były bardzo konkretne. Mieliśmy jechać do Bon Temps oboje i zjawić się w barze, dokładnie dzisiaj. Właściwie... – Zerknęła na zegarek. – Co do minuty.

Spojrzeli na mnie wyczekująco, najwyraźniej sądząc, że wyjaśnię im to dziwne zlecenie od prawnika.

Myślałam intensywnie. Skoro Cataliades wysłał dwoje twardych ludzi do baru, w którym pracuję, każąc im przybyć o konkretnej porze, musiał zrobić to dlatego, że wiedział, że będą tutaj wtedy potrzebni. Z jakiegoś powodu ich obecność była tu niezbędna czy pożądana. A kiedy człowiek potrzebuje kompetentnych, sprawnych twardzieli?

Kiedy grożą mu kłopoty!

Zanim sobie uświadomiłam, że zamierzam tak postąpić, wstałam i odwróciłam się ku wejściu. Rzecz jasna, Leedsowie zaciekawili się, gdzie patrzę, więc wszyscy troje obserwowaliśmy drzwi, gdy... pojawiły się kłopoty.

Weszło czterech zabijaków. Moja babcia powiedziałaby, że wyglądali na gotowych na najgorsze. Równie dobrze można by każdemu wypisać na czole: „Jestem pieprzonym gnojkiem i szczycę się tym". Przyjęli zapewne jakieś dopalacze, bo byli jak nakręceni i biła od nich pewność siebie. Emanowali agresją i mieli broń.

Zerknęłam w ich myśli i w sekundę odkryłam, że połknęli wampirzą krew. Jest to najbardziej nieprzewidywalny „narkotyk" na rynku – a także najkosztowniejszy, ponieważ zdobywanie go jest dla osuszaczy niezwykle niebezpieczne. Ludzie, którzy piją krew wampirzą, bywają – przez niemożliwy do przewidzenia czas – nieprawdopodobnie wprost silni i zachowują się straszliwie brawurowo. A niektórzy naprawdę dostają szału.

Chociaż Jannalynn siedziała tyłem do nowo przybyłych, wyglądało na to, że ich wyczuła. Odwróciła się na stołku i skoncentrowała, a ja odniosłam wrażenie, że wilkołaczyca naciąga łuk i celuje z niego w przybyszy. Czułam, że bucha od niej coś zwierzęcego. Sekundę później coś dzikiego i brutalnego wypełniło powietrze, a wtedy zrozumiałam, że podobny zapach bije od Sama. Jack i Lily Leedsowie zerwali się na równe nogi. Jack wsunął rękę pod marynarkę i wiedziałam, że trzyma tam broń. Lily uniosła dłonie w dziwny sposób – jakby zamierzała wykonać jakiś gest i zastygła w połowie.

– Hej ho, debile! – odezwał się wyższy z przybyszy, zwracając się ogólnie do klientów i pracowników „Merlotte'a". Mężczyzna miał gęstą brodę i gęste ciemne włosy, lecz mimo to, zobaczyłam, że jest bardzo młody. Pomyślałam, że chyba nie skończył jeszcze dziewiętnastu lat. – Przyszliśmy zabawić się z wami, jaszczurkami.

– Nie ma tutaj jaszczurek – oznajmił Sam głosem cichym i opanowanym. – Sądziłem, że chętnie podam wam coś do picia, ale skoro tak się zachowujecie, może lepiej opuśćcie bar. To spokojny lokal, do którego przychodzą głównie miejscowi. I nie potrzebujemy kłopotów.

– Kłopoty już tu są! – rzucił się najniższy z zabijaków.

Ten z kolei twarz miał gładko ogoloną, a jasne włosy przycięte do króciutkiego jeżyka, toteż było widać liczne blizny na jego czaszce. Był barczysty i krępy. Trzeci młokos okazał się ciemnowłosym chudzielcem, może Latynosem. Czarne włosy nosił zaczesane w tył, a usta wydymał, w sposób niemal zmysłowy, co starał się ukryć pod szyderczym uśmiechem. Czwarty osobnik przyjął znacznie więcej wampirzej krwi i reagował na nią mocniej niż reszta, więc nawet nie był w stanie mówić, tak bardzo się zatracił we własnym świecie. Wodził wzrokiem z boku na bok, jak gdyby śledził ruch przedmiotów, których reszta nas nie potrafiła zobaczyć. Wielki był z niego facet. Sądziłam, że właśnie on zaatakuje jako pierwszy, i chociaż byłam najsłabszą z potencjalnie walczących osób, zaczęłam się przesuwać na prawo, planując naskoczyć na niego z boku.

– Możemy jeszcze zachować tu spokój – upierał się Sam.

Ciągle próbował, ale wiedziałam, że doskonale rozumie sytuację. Nie było sposobu, żebyśmy mogli powstrzymać tych mężczyzn. Nie uciekniemy przed przemocą. Mój szef usiłował jedynie zdobyć trochę dodatkowego czasu, w trakcie którego wszyscy w „Merlotcie" będą mogli zrozumieć, co nam grozi.

To był dobry pomysł. W ciągu następnych kilku sekund nawet najwolniejsi z naszych nielicznych gości ruszyli się i odsunęli jak najdalej od potencjalnego pola bitwy – poza Dannym Prideaux, który grał w darta z Andym

Bellefleurem, a także samym Andym. Danny właśnie w tej chwili trzymał nawet w ręku lotkę. Andy był po służbie, lecz nosił broń. Obserwowałam twarz Jacka Leedsa i zobaczyłam po jego oczach, że detektyw, tak jak ja, wie, skąd nadejdą najgorsze kłopoty. Z drugiej strony, największy oprych wydawał się lekko oszołomiony.

Ponieważ Jack Leeds był uzbrojony, a ja nie, zaczęłam się ostrożnie wycofywać, żeby przypadkiem nie znaleźć się na linii ognia, gdy detektyw wystrzeli. Lily patrzyła na moje poczynania, po czym niemal niedostrzegalnie kiwnęła głową. Czułam, że postępuję właściwie.

– Nie chcemy spokoju – warknął Brodaty Przywódca. – Chcemy blondynkę.

To powiedziawszy, wskazał lewą ręką w moim kierunku. W prawej dzierżył nóż. Nóż wyglądał, jak gdyby miał z pół metra długości, chociaż może własny strach zadziałał na mnie jak szkło powiększające.

– Zamierzamy się nią zająć – dodał Blond Jeżyk.

– A potem może resztą was – dorzucił Wydęte Usta.

Czwarty z nich, Szalony Krwiopijca, ten, który przyjął zbyt dużo wampirzej juchy, tylko się uśmiechnął.

– Nie sądzę – odparował Jack Leeds.

Jednym gładkim ruchem wyciągnął broń. Być może i tak by to zrobił, choćby w samoobronie, nie zaszkodziło jednak, że jego żona, stojąca tuż obok mnie, też była blondynką. Jack nie mógł mieć całkowitej pewności, czy zbirom chodzi o mnie, czy o Lily.

– Ja także nie sądzę – powtórzył za nim Andy Bellefleur. Ramię policjanta było pewne, gdy celował z sig sauera w mężczyznę z nożem. – Opuść ten kordelas, a dojdziemy do porozumienia.

Nawet jeśli połknęli wampirzą krew i byli od niej naćpani jak szpaki, napastnicy – przynajmniej trzej z nich – zachowali resztki zdrowego rozsądku i mieli świadomość, że głupotą jest stawiać czoło broni palnej, gdy dysponuje się jedynie nożem. Kręcili się niezdecydowanie, rozglądali lub wymieniali spojrzenia. Przez chwilę sytuacja była patowa.

Na nieszczęście, Szalony Krwiopijca ocknął się w tym momencie z amoku i zaatakował Sama, czyli, mówiąc w przenośni, wybrał jednak głupotę. W tym momencie Wydęte Usta z godną wilkołaka szybkością wyszarpnął broń, wycelował i wystrzelił. Nie jestem pewna, kogo zamierzał trafić, ale postrzelił Jacka Leedsa, który, upadając, również oddał strzał.

Patrzyłam na Lily Leeds i czułam się, jakbym oglądała film. Kobieta zrobiła dwa szybkie kroki, obróciła się na lewej stopie, a prawą zrobiła płynny ruch w powietrzu i kopnęła pana Wydęte Usta w głowę z siłą muła. Mężczyzna jeszcze nie znalazł się na podłodze, a Lily już była na nim, wytrącając mu broń, odrzucając ją ku barowi i łamiąc przy tym mężczyźnie ramię ruchem tak gładkim, że niemal hipnotycznym. Tamten wrzasnął, a Brodaty Dupek i Blond Jeżyk zagapili się na panią detektyw bez słowa.

Ta sekunda ich nieuwagi całkowicie wystarczyła Jannalynn. Wilkołaczyca wykonała skok ze stołka barowego i, zakreślając wprost niewiarygodny łuk w powietrzu, wylądowała na Szalonym Krwiopijcy, który zagrażał Samowi. Sam trzymał go i chociaż Szalony wył, warczał i starał się odepchnąć Jannalynn, wilkołaczyca zdołała zrobić zamach i uderzyć go pięścią w szczękę. Wyraźnie usłyszałam trzask łamanej kości, a wtedy Jannalynn skoczyła mu na udo. I rozległ się kolejny trzask. Sam, wciąż przyciskając zbira do ziemi, krzyknął w tym momencie: „Dość!".

W tym czasie Andy Bellefleur dopadł brodatego, który odwrócił się do niego plecami, kiedy Lily natarła na pana Wydęte Usta. Kiedy wysoki facet poczuł lufę broni policjanta wciśniętą między kręgi, zamarł jak zmrożony.

– Rzuć nóż – polecił Andy.

Był śmiertelnie poważny.

Blond Jerzyk wykręcił sobie ramię w tył, chcąc zadać cios. Danny Prideaux rzucił w tym momencie lotkę. Trafiła blondyna w prosto w ramię, wbijając się w ciało. Mężczyzna zapiszczał jak imbryk. Sam puścił Szalonego Krwiopijcę i zdzielił Blond Jerzyka w mostek, a blondyn zwalił się jak przepiłowany na pół pień.

Brodaty Dupek popatrzył na swoich kumpli, rannych i leżących na podłodze, po czym upuścił nóż.

Rozsądnie.

Wreszcie!

Wszystko trwało krócej niż dwie minuty.

Zdarłam z siebie śnieżnobiały fartuszek i obwiązałam ranę Jacka Leedsa, podczas gdy Lily trzymała wyciągnięte ramię męża. Kobieta miała twarz bladą jak wampirzyca. Pragnęła zabić tego, którego nazwałam Wydęte Usta, w najgorszy możliwy sposób, ponieważ kochała Jacka ogromnie i namiętnie. Tak, siła jej emocji zalała mnie i prawie przytłoczyła. Lily tylko na zewnątrz wyglądała na osobę zimną i pozbawioną uczuć; w środku była wulkanem.

Krwawienie z rany jej męża znacząco zwolniło, a wtedy kobieta odwróciła się do pana Wydęte Usta. Minę miała nadal pozornie spokojną.

– Tylko się rusz, a złamię ci pieprzony kark – oznajmiła głosem kompletnie pozbawionym modulacji.

Młody oprych najprawdopodobniej nawet nie słyszał słów z powodu własnych jęków i lamentów, lecz ton Lily wystarczył, więc Wydęte Usta od razu spróbował odsunąć się od niej.

Andy już wcześniej rozmawiał przez telefon z dyspozytorem, więc właśnie teraz dotarło do mnie wycie syren, stanowiące niepokojąco swojski odgłos. Hmm, jeśli tak dalej pójdzie, możemy równie dobrze trzymać na stałe karetkę na parkingu.

Pan Szalony krzyczał słabym głosem z powodu bólu, który czuł w nodze i szczęce. Merlotte właściwie uratował mu życie. Jannalynn dyszała, tak bliska była przemiany z powodu podniecenia, przemocy i zapachu krwi. Kości jej twarzy osunęły się osobliwie i ta twarz zaczęła wyglądać jak pysk – była wydłużona i bryłowata.

Nie byłoby dobrze, gdyby kobieta stała się wilkiem, zanim dotrą tutaj przedstawiciele organów ścigania. Nawet nie próbowałam sobie tego wyobrażać.

– Hej, Jannalynn – zagaiłam.

Spojrzała mi w oczy. Jej twarz zmieniała kształt i kolor. Cała nieduża sylwetka kobiety wykrzywiała się nerwowo i wykręcała.

– Musisz powstrzymać przemianę – poprosiłam. Wokół nas wszyscy wrzeszczeli, wyli lub się emocjonowali. Albo byli tak przerażeni, że powietrze wokół nich wydawało się niemal gęste od strachu. Nie była to dobra atmosfera dla młodej wilkołaczycy. – Nie możesz przemienić się teraz – uściśliłam. Nie przestawałam patrzeć jej w oczy. Nie odezwałam się ponownie, lecz wciąż się upewniałam, że kobieta na mnie patrzy. – Oddychaj wraz ze mną – poleciłam w końcu.

Jannalynn spróbowała. Stopniowo jej oddech zwolnił, a z czasem twarz mojej „rozmówczyni" zaczęła odzyskiwać normalne kontury. Ciało przestało drgać niespokojnie, oczy wróciły do swego zwyczajnego piwnego odcienia.

– W porządku – oznajmiła wreszcie.

Sam położył ręce na jej szczupłych ramionach, a później mocno ją uściskał.

– Dziękuję, kochanie – powiedział. – Dziękuję. Jesteś taka wspaniała.

Poczułam lekką irytację.

– Tak mi mów – odparowała i roześmiała się chrypliwie. – To był dobry skok, no nie? Czekaj, opowiem Alcide'owi.

– Jesteś taka szybka – ciągnął Sam łagodnie. – Jesteś najlepszą obrończynią, jaką kiedykolwiek spotkałem.

Jannalynn była taka dumna, że można by pomyśleć, iż Sam nazwał ją seksowną i porównał do Heidi Klum.

I wtedy do lokalu wkroczyli ludzie reprezentujący organy ścigania oraz służby ratunkowe, a my z Samem musieliśmy ponownie przejść całą procedurę.

Lily i Jack Leedsowie pojechali do szpitala. Lily powiedziała personelowi ambulansu, że mogłaby sama odwieźć męża samochodem. Wyczytałam z jej myśli, że polisa ubezpieczeniowa detektywów nie pokryłaby kosztów jazdy karetką. Jeśli wzięłam pod uwagę fakt, że oddział pomocy doraźnej znajdował się jedynie kilka przecznic od „Merlotte'a", a Jack Leeds chodził przecież i mówił, potrafiłam zrozumieć tok rozumowania jego żony. Małżonkowie nie doczekali się też zamówionego posiłku, ja zaś nie zdążyłam im podziękować za udzielone mi ostrzeżenie i punktualność, z jaką usłuchali poleceń pana Cataliadesa. Zastanawiałam się teraz jeszcze intensywniej, jak demoniczny prawnik zdołał przysłać ich do baru w tak idealnym momencie.

Andy, co mogłam wybaczyć, był niezwykle dumny ze swego udziału w zajściu, a koledzy funkcjonariusze chwalili go i klepali po plecach. Policjanci przyglądali się Jannalynn z ledwo skrywaną nieufnością, lecz także z szacunkiem. Klienci baru, którzy podczas zdarzenia starali się trzymać z daleka, wyłazili ze skóry, żeby móc opisać wspaniałe kopnięcie Lily Leeds i spektakularny skok Jannalynn na Szalonego Krwiopijcę.

W skrócie, wrażenie, które odniosła policja, wyglądało tak: czterej nieznajomi mężczyźni pragnęli wziąć Lily jako zakładniczkę, a potem okraść bar „U Merlotte'a". Nie jestem pewna, w jaki sposób wrażenie to nabrało wiarygodności, ale cieszyłam się, że właśnie tak się prezentuje wersja oficjalna. Jeśli klienci baru zakładali, że blondynką, o którą chodziło zbirom, jest Lily Leeds, cóż, mnie to pasowało. Lily jest rzeczywiście kobietą wyróżniającą się urodą, a obcy mężczyźni mogli ją na przykład śledzić aż tutaj. Albo chcieli obrabować „Merlotte'a", a panią Leeds postanowili wziąć sobie jako dodatkową „premię".

Ze względu na to przyjęte z wdzięcznością błędne wyobrażenie o całej sprawie przesłuchiwano mnie nie dłużej niż innych uczestników incydentu.

Biorąc pod uwagę ogólną sytuację, uznałam, że i mnie się należy trochę wytchnienia.

ROZDZIAŁ SZÓSTY

W niedzielę rano obudziłam się zmartwiona.

Ubiegłej nocy, kiedy ostatecznie dotarłam do domu, czułam się bardzo senna, więc nie myślałam zbyt dużo o tym, co zdarzyło się w barze. Widocznie jednak w podświadomości przeżywałam to wszystko podczas snu. Gdy otworzyłam rano oczy, mimo że w sypialni panowała cisza, a przez okno wpadało słońce, przez chwilę rozpaczliwie chwytałam powietrze.

Dopadł mnie atak paniki. Lęk nie zawładnął mną w pełni, miałam jednak wrażenie, że jest tuż za rogiem. Znacie to uczucie? Fizyczny i psychiczny atak? Kiedy myślicie, że lada chwila serce zacznie łomotać, że oddech przyśpieszy, a dłonie zaczną się pocić?

Sandra Pelt goniła mnie, a ja nie wiedziałam, gdzie jest ani co knuje.

Nacierała podobnie jak Victor na Erica i – pośrednio – na mnie.

Nie miałam wątpliwości, że to ja byłam blondynką, po którą przyszło czterech zbirów, chociaż nie wiedziałam, kto ich nasłał ani co mieli ze mną zrobić, gdyby mnie porwali. Nie wiedziałam, lecz przeczucia miałam kiepskie.

Eric i Pam darli ze sobą koty, a ja byłam pewna, że jakoś jestem uwikłana w ich sprzeczkę.

I miałam listę pytań. Na czele tej listy widniało: skąd pan Cataliades wiedział, że będę potrzebowała pomocy w tym konkretnym czasie i w tym konkretnym miejscu? I skąd wiedział, że powinien wysłać prywatnych detektywów z Little Rock? Oczywiście, jeśli był prawnikiem Peltów, mógł wiedzieć, że małżeństwo zatrudniło Lily i Jacka Leedsów do zbadania sprawy zaginięcia ich córki, Debbie. Leedsom nie musiałby dużo tłumaczyć, miałby też pewność, że w razie potrzeby potrafią walczyć...

Hmm, ciekawe co czterech zbirów powie policji, jak wyjaśnią powody, dla których przyszli do baru „U Merlotte'a". I kogo podadzą jako osobę, która ich wynajęła? A skąd wzięli wampirzą krew? Tak, to także byłaby użyteczna informacja.

Co przedmioty, które wydobyłam z sekretnej przegródki, powiedzą mi na temat mojej przeszłości?

– Niezły kocioł – obwieściłam na głos.

Naciągnęłam sobie kołdrę na głowę i przeszukałam w myślach dom. Nie było w nim nikogo poza mną. Czyli że Dermot i Claude ujawnili mi wszystko co trzeba, a potem zniknęli. Najprawdopodobniej pozostali w Monroe. Wzdychając, usiadłam na łóżku. Nie mogłam się nijak ukryć przed własnymi problemami. Co mogłam zrobić? Spróbować uszeregować moje kłopoty pod względem ważności i wymyślić, jakie informacje mogę zdobyć na każdy temat.

Najważniejszym problemem był ten najbliższy mojemu sercu. A jego rozwiązanie było na wyciągnięcie ręki.

Delikatnie wyjęłam z szuflady nocnej szafki kopertę na wykroje i woreczek ze zniszczonego aksamitu. Oprócz praktycznych przedmiotów (latarka, świeca i zapałki), szuflada zawierała dziwne pamiątki z mojego dziwnego życia. A jednak nie interesowało mnie dzisiaj nic poza dwiema nowymi drogocennymi rzeczami. Zaniosłam je do kuchni i położyłam ostrożnie na blacie, jak najdalej od zlewu, a później zaparzyłam kawę.

Podczas gdy kawa kapała w ekspresie, prawie otworzyłam kopertę na wykroje. Ale cofnęłam rękę. Bałam się! Zamiast tego odszukałam więc notes na adresy. Naładowałam przez noc telefon komórkowy, toteż teraz starannie zapakowałam przewód z ładowarką – każda zwłoka wydawała się dobra – i w końcu, wziąwszy głęboki wdech, wystukałam numer pana Cataliadesa. Telefon zadzwonił trzy razy.

– Mówi Desmond Cataliades – rozległ się nagrany niski głos demona. – Obecnie podróżuję i jestem w tym momencie nieosiągalny, lecz jeśli zechcesz zostawić wiadomość, może do ciebie oddzwonię. Albo i nie.

No cóż, cholera. Skrzywiłam się, patrząc na słuchawkę, ale gdy usłyszałam sygnał, posłusznie nagrałam powściągliwą wiadomość, która, miałam nadzieję, zawierała moją pilną potrzebę rozmowy z prawnikiem. Wykreśliłam z listy problemów pana Cataliadesa – to znaczy Desmonda Cataliadesa! – i przeszłam do drugiego sposobu zbliżenia się do kwestii Sandry Pelt.

Sandra zamierzała mnie prześladować do czasu, aż mnie zabije albo sama zginie. Miałam zatem naprawdę realnie istniejącego osobistego wroga. Trudno mi było uwierzyć, że wszyscy członkowie jakiejś rodziny są równie okropni (szczególnie że zarówno Debbie, jak i Sandra zostały adoptowane), ale wszyscy Peltowie byli samolubnymi osobami cechującymi się silną wolą i przepełnionymi nienawiścią. Dziewczyny były najwyraźniej niczym owoce trującego drzewa. Musiałam się dowiedzieć, gdzie jest Sandra, i wiedziałam, kto może mi pomóc w odkryciu jej miejsca pobytu.

– Halo? – wesoło odezwała się w słuchawce Amelia.

– Jak ci się żyje w Nowym Orleanie? – spytałam.

– Sookie! Cholera, jak dobrze słyszeć twój głos! Och, wyobraź sobie, że wspaniale mi się wiedzie.

– Serio?

– W zeszłym tygodniu Bob zjawił się na moim progu – oświadczyła.

Po tym, jak mentorka Amelii, Octavia, zmieniła Boba z powrotem w chudego mormona, mężczyzna był tak bardzo rozzłoszczony na Amelię, że wyjechał z mojego domu, uciekając jak... no cóż, jak poparzony kot. Ledwie się przyzwyczaił, że jest znów człowiekiem, opuścił Bon Temps i udał się na poszukiwania członków rodziny, którzy mieszkali od Katriny w Nowym Orleanie. Widocznie uspokoił się i wybaczył Amelii tę całą sprawę z przemianą w zwierzę.

– Znalazł swoich bliskich?

– O tak, rzeczywiście! Ciocię i wujka, tych, którzy go wychowali. Ale mają w Natchez mieszkanie tak małe, że ledwo mieszczą się w nim we dwoje, więc nie mógł u nich zamieszkać. Trochę więc podróżował, sprawdzał co u innych członków kowenu, a potem zawędrował z powrotem tutaj, na południe. Pracuje w zakładzie fryzjerskim, trzy przecznice od mojego miejsca pracy! Wszedł kiedyś do sklepu z akcesoriami magicznymi i spytał o mnie. – Członkowie kowenu Amelii prowadzili w dzielnicy French Quarter sklep „Prawdziwa magia". – Zdumiałam się na jego widok. A jednocześnie byłam naprawdę szczęśliwa. – Właściwie wymruczała to ostatnie zdanie, a ja pomyślałam, że pewnie Bob właśnie wszedł do pokoju. – On cię pozdrawia, Sookie.

– Również go pozdrów. Słuchaj, Amelio, nie chciałabym ci psuć miesiąca miodowego, ale pragnę cię prosić o przysługę.

– Mów.

– Muszę się dowiedzieć, gdzie przebywa pewna osoba.

– Książka telefoniczna?

– Ha, ha, ha. To nie jest, niestety, takie proste. Sandra Pelt wyszła z więzienia i gania za mną z bronią. Dosłownie! Najpierw do „Merlotte'a" ktoś wrzucił bombę zapalającą, a wczoraj zjawiło się w barze czterech drabów naćpanych wampirzą krwią. Chcieli mnie dopaść i myślę, że Sandra może być odpowiedzialna za obie napaści. To znaczy... No wiesz, jak wielu mogę mieć wrogów?

Usłyszałam, że Amelia robi długi wdech.

– Nie odpowiadaj mi na to pytanie – poprosiłam pośpiesznie. – Tak czy owak, dwukrotnie jej się nie udało, toteż obawiam się, że wkrótce dziewczyna zwiększy tempo i przyśle mi kogoś tutaj, do domu! Będę sama, i to nie skończy się dla mnie dobrze.

– Dlaczego nie zaczęła od twojego domu?

– Jakieś parę dni temu w końcu wpadłam na to, że powinnam zadać sobie to pytanie. Myślisz, że twoje zaklęcia ochronne ciągle działają?

– Och... pewnie, że tak. Równie dobrze mogą wciąż działać.

W jej głosie dosłyszałam leciutkie zadowolenie. Amelia była bardzo dumna ze swoich talentów czarownicy, tak jak zresztą być powinna.

– Naprawdę? To znaczy... zastanawiam się nad tym. Nie ma cię tutaj od... cholera, niemal od trzech miesięcy.

Amelia zapakowała samochód i odjechała w pierwszym tygodniu marca.

– To prawda. Ale wzmocniłam je dodatkowo przed wyjazdem.

– Działają nawet, kiedy ciebie nie ma w pobliżu?

Chciałam mieć pewność. Od tego zależało moje życie.

– Tak, przez jakiś czas. Ostatecznie wychodziłam z domu codziennie na parę godzin, a budynek pozostawał zabezpieczony. Ale muszę odnowić zaklęcia, w przeciwnym razie osłabną. Wiesz co? Mam trzy dni wolne od pracy. Sądzę, że mogłabym przyjechać do ciebie i sprawdzić, jak wygląda sytuacja.

– Czułabym ogromną ulgę, chociaż... nie chciałabym cię zmuszać do wyjazdu z miasta.

– Nie, żaden problem. Może ja i Bob wybierzemy się na przejażdżkę. Popytam również wśród innych członków kowenu, w jaki sposób znajdują ludzi. Zajmiemy się zabezpieczeniami i tą węszącą suką.

– Myślisz, że Bob zechce tutaj wrócić?

Szczerze w to wątpiłam, ponieważ mężczyzna wcześniej spędził prawie cały czas w moim domu w kociej formie.

– Mogę go zaraz zapytać. Jeżeli nie zadzwonię ponownie, będzie to oznaczało, że przyjeżdżam.

– Strasznie ci dziękuję.

Nie zdawałam sobie dotąd sprawy, jak bardzo napięte mam mięśnie – do czasu, aż zaczęłam je rozluźniać. Amelia powiedziała, że przyjedzie!

Zastanawiałam się, dlaczego nie czuję się bardziej bezpieczna, chociaż mieszkało u mnie dwóch wróżów. Byli moimi krewnymi i mimo że bywałam szczęśliwa i zrelaksowana, ilekroć znajdowali się w domu, bardziej ufałam Amelii.

Z drugiej strony, powiedzmy sobie szczerze, nigdy nie wiedziałam, kiedy właściwie Claude i Dermot zjawią się pod moim dachem. Coraz więcej nocy spędzali w Monroe.

Jako że wróże zajmują piętro, trzeba będzie umieścić Amelię i Boba w sypialni po drugiej stronie korytarza, naprzeciwko mojej. Łóżko w moim starym pokoju było wąskie, ale na szczęście, ani Bob, ani Amelia nie należeli do osób o wybitnych gabarytach.

Musiałam się przyznać, że wszystko to robię, by odwlec najważniejsze. Nalałam sobie kubek kawy, a potem w końcu wzięłam kopertę i woreczek z aksamitu. Usiadłam przy kuchennym stole, a te dwa przedmioty położyłam przed sobą. Ogarnął mnie straszny impuls, żeby otworzyć pojemnik na śmieci i bez zaglądania do koperty wrzucić ją i woreczek do kosza. Nie chciałam wiedzieć.

A jednak nie powinnam tak postąpić. Należy otwierać to, co ma zostać otwarte.

Odgięłam skrzydełko koperty i przechyliłam ją. Panna młoda w falbaniastej sukience patrzyła na mnie bez wyrazu, kiedy z koperty wysunął się pożółkły list. Wydawał się osobliwie zakurzony, jak gdyby lata, które spędził na poddaszu, wniknęły i nasączyły mikroskopijne szczeliny w papierze. Westchnęłam i zamknęłam oczy, zbierając siły na to co konieczne. W końcu rozłożyłam kartkę i spojrzałam na odręczne pismo babci.

Ten widok okazał się nadspodziewanie bolesny: litery były wydłużone, stawiane blisko, a list pełen błędów i pokreślony, a jednak niewątpliwie napisała go babcia. Wcześniej, w naszym wspólnym życiu, czytałam Bóg wie ile zdań, które napisała: listy na zakupy, polecenia, przepisy, nawet kilka osobistych notatek. Wiele z nich nadal leży zwinięte w paczuszkę w mojej toaletce.

Sookie, jestem taka dumna, że ukończyłaś liceum. Szkoda że Twojej mamy i taty nie ma tutaj, i nie mogą Cię zobaczyć w czapce i todze.

Sookie, proszę posprzątaj w swoim pokoju, nie mogę tam poodkurzać, jeśli nawet nie widzę podłogi.

Sookie, Jason zawiezie Cię na trening softballowy, ja muszę iść na zebranie Garden Club.

Byłam pewna, że ten list będzie zupełnie odmienny. I nie pomyliłam się.

Babcia zaczęła oficjalnie:

Kochana Sookie!

Myślę, że Ty go znajdziesz, jeśli znajdzie go ktokolwiek. Nie istnieje żadne inne miejsce, w którym mogę go zostawić, a kiedy uznam, że jesteś gotowa, powiem Ci, gdzie go schowałam.

Łzy zakręciły mi się w oczach. Babcię zamordowano, zanim uznała, że jestem gotowa na ten list. Może nigdy bym nie była na niego gotowa.

Wiesz, że kochałam Twojego dziadka bardziej niż kogokolwiek na świecie.

Tak, kiedyś myślałam, że to wiem. Ich małżeństwo było solidne, twarde jak skała... Tak sądziłam. Znane mi teraz dowody mogłyby sugerować, że jednak wyglądało to inaczej.

Ale pragnęłam urodzić dzieci, tak bardzo, tak bardzo... Czułam, że gdybym miała dzieci, moje życie stałoby się doskonałe. Nie zdawałam sobie sprawy z tego, że, prosząc Boga o doskonałe życie, robię coś głupiego. Odczuwałam pokusę tak wielką, że nie mogłam jej się oprzeć. No i Bóg pokarał mnie za zachłanność, jak się domyślam.

On był taki piękny! Chociaż, kiedy go zobaczyłam, wiedziałam, że nie jest realnie istniejącą osobą. Powiedział mi później, że jest tylko po części człowiekiem, a jednak nigdy nie dostrzegłam w nim zbyt wielu cech ludzkich. Twój dziadek akurat wyjechał do Baton Rouge, a w owym czasie to była bardzo długa podróż. Później tego ranka przyszła burza, która powaliła dużą sosnę obok podjazdu, który został przez nią całkowicie zablokowany. Próbowałam ciąć sosnę, żeby twój dziadek mógł przejechać pikapem przez podjazd. W trakcie pracy zrobiłam sobie przerwę i poszłam na tylny dziedziniec, chcąc zobaczyć, czy ubrania na sznurku wyschły, a tamten właśnie wtedy wyszedł z lasu. Kiedy pomógł mi ruszyć drzewo – no cóż, właściwie sam je podniósł – oczywiście mu podziękowałam. Nie wiem, czy wiesz o tym, że jeśli powiesz jednemu z nich: „Dziękuję", masz wobec niego zobowiązania. Nie wiem, dlaczego tak jest, bo to przecież tylko takie sformułowanie grzecznościowe.

Hmm, Claudine rzeczywiście wspomniała mi o tym w przelocie, kiedy po raz pierwszy ją spotkałam, sądziłam wtedy jednak, że chciała mi tylko opowiedzieć o zasadach etykiety wróżek. Ponieważ pragnęłam być uprzejma i ich przestrzegać, starałam się nigdy wprost nie dziękować Niallowi, nawet kiedy wymienialiśmy się prezentami z okazji Bożego Narodzenia. (Wymagało to wielkiej samokontroli, a jednak chyba udało mi się nie powiedzieć wprost „Dziękuję ci". Mówiłam na przykład: „Och, pomyślałeś o mnie! Wiem, że będę się tym cieszyć" i zaciskałam usta). Ale Claude... był w pobliżu tak często i jestem pewna, że dziękowałam mu a to za wyniesienie śmieci, a to za podanie mi soli. Cholera jasna!

Tak czy owak, spytałam, czy chce się czegoś napić. Był spragniony, a ja czułam się taka samotna i tak bardzo pragnęłam mieć dziecko. Twój dziadek i ja byliśmy już wtedy małżeństwem od pięciu lat i nigdy nie zaszłam w ciążę. Podejrzewałam, że coś jest nie w porządku, chociaż nie dowiedzieliśmy się prawdy, aż do czasu, kiedy jakiś lekarz wyjaśnił, że powodem jest świnka, którą dziadek kiedyś przeszedł... No cóż. Biedny Mitchell. To nie była jego wina, lecz choroba. Później powiedziałam mu po prostu, że to cud, że mamy dwoje dzieci i że nie potrzebujemy pięciorga czy sześciorga, na które miał nadzieję. Nigdy niczego nie podejrzewał. Był taki pewny, że nigdy nie byłam z nikim innym. To był żar ognia piekielnego zgromadzony na mnie. Wystarczająco źle, że zrobiłam to raz, ale dwa lata później Fintan wrócił i zrobiliśmy to znowu, a nie były to jedyne takie sytuacje. Jakie to dziwne. Czasami wydawało mi się, że wyczuwam zapach tamtego! Odwracałam się, a tam stał Mitchell.

Ale urodzenie Twojego taty i Lindy warte było tego poczucia winy. Kochałam ich oboje bardzo i mam nadzieję, że nie mój grzech sprawił, że oboje tak młodo umarli. Przynajmniej Linda urodziła Hadley, gdziekolwiek dziewczyna może teraz być, i przynajmniej Corbett spłodził Ciebie i Jasona. Obserwacja, jak dorastasz, była dla mnie błogosławieństwem i zaszczytem. Kocham Was oboje bardziej, niż potrafię powiedzieć.

No cóż, piszę już tak długo. Kocham Cię, wnusiu.

Teraz muszę Ci opowiedzieć o przyjacielu Twojego rodzonego dziadka. Był to ciemnowłosy mężczyzna, naprawdę potężnego wzrostu, i wypowiadał się w sposób niezwykle ozdobny. Powiedział, że jest kimś w rodzaju ojca chrzestnego, lecz mu nie ufałam bardziej niż trzeba było. Na pewno nie wyglądał jak duchowny. Zaszedł do mnie po tym, jak urodzili się Corbett i Linda. Gdy pojawił się na świecie Jason, a potem Ty, sądziłam, że może znowu przyjdzie. I rzeczywiście, pokazał się nagle, kiedyś, podczas gdy trzymałam w ramionach Jasona, i raz, gdy trzymałam Ciebie. Każde z Was było wtedy maleńkie. Dał wam po upominku, tak powiedział, ale jeśli to zrobił, nie były to pieniądze, które mogłabym wpłacić na konto bankowe, a które by się przydały później, gdy zamieszkaliście ze mną.

Potem odwiedził mnie jeszcze raz, kilka lat temu. Dał mi ten zielony przedmiot. Wyjaśnił, że wróżki wręczają coś takiego jedna drugiej, kiedy są zakochane, i właśnie Fintan dał mu tę rzecz, żeby ją przyniósł tutaj, do mnie, na wypadek gdyby Fintan umarł przede mną. Ten przedmiot ma w sobie magię czy czar, tak w każdym razie twierdził ten mężczyzna. „Mam nadzieję", powiedział, „że nigdy nie będziesz musiała tego użyć. Ale gdybyś musiała", tak powiedział, „masz pamiętać, że jest to przedmiot jednorazowego użytku, nie jak lampa z opowieści, ta spełniająca wiele życzeń". Nazwał tę rzecz cluviel dor i pokazał mi, jak wykorzystać jej magię.

Domyśliłam się z tego, że Fintan umarł, bałam się jednak zadawać temu człowiekowi jakiekolwiek pytania. Fintana po narodzinach Twojego taty i Lindy już nigdy nie widziałam. Spłodził ich oboje, a potem *odszedł. Twierdził, że nie może wrócić, gdyż jego wizyta byłaby zbyt niebezpieczna i dla mnie, i dla dzieci. Mówił, że gdyby ciągle nas odwiedzał, jego wrogowie przyszliby tutaj za nim, nawet gdyby przychodził w przebraniu. Obawiam się, że może chciał mi powiedzieć, że kiedyś już przyszedł do mnie w przebraniu, i ta myśl mnie martwi. A poza tym... Dlaczego miał wrogów? Przypuszczam, że wróżki nie zawsze dobrze sobie radzą, dokładnie tak samo jak ludzie. Prawdę mówiąc, za każdym razem, gdy widziałam Fintana, czułam się coraz gorzej w stosunku do Twojego dziadka, więc kiedy Twój rodzony w końcu powiedział mi, że odchodzi na dobre, poczułam coś w rodzaju ulgi. Wciąż czułam się bardzo winna, lecz kiedy przypomnę sobie, jak wychowywałam Twojego tatę i Lindę, cieszę się, że ich miałam, a potem że mogłam wychowywać Ciebie i Jasona. To była dla mnie radość.*

Tak czy owak, ten list jest teraz Twój, ponieważ zostawiam Ci dom i cluviel dor. *To może nie wydawać się w porządku, że Jason nie dostaje żadnego magicznego przedmiotu, ale przyjaciel Twojego dziadka powiedział, że Fintan bacznie obserwował Was oboje i właśnie Ty jesteś osobą, która powinna dostać tę rzecz. Sądzę i mam nadzieję, że nigdy nie będziesz musiała się tego wszystkiego dowiedzieć. Zawsze się zastanawiałam, czy Twój „problem" pochodzi z faktu, że jesteś trochę wróżką, lecz przecież Jason nie ma tego samego daru, czyż nie? Zresztą, jeśli o to idzie, nie mieli go także ani Twój tato, ani Linda. Może to po prostu przypadek, że jesteś w stanie „wiedzieć pewne rzeczy". Żałuję, że nie potrafiłam znaleźć lekarstwa na to, tak żebyś mogła wieść normalne życie, lecz musimy przyjmować to, co daje nam Bóg, a Ty naprawdę świetnie sobie z tym radzisz.*

Proszę, bądź ostrożna. Mam nadzieję, że nie jesteś na mnie wściekła ani nie myślisz o mnie gorzej. Wszystkie Boże dzieci są grzesznikami. A mój grzech przynajmniej dał życie Tobie, Jasonowi i Hadley.

Adele Hale Stackhouse (babcia)

W związku z tym listem miałam teraz tak dużo do przemyślenia, że nie wiedziałam, od czego zacząć.

Byłam równocześnie zaszokowana, przestraszona, zaciekawiona i zmieszana. Zanim zdążyłam się powstrzymać, podniosłam drugi przedmiot, zniszczony woreczek z aksamitu. Poluźniłam tasiemki, które skruszyły się w moich palcach. Gdy otworzyłam torebeczkę, pozwoliłam, żeby twardy przedmiot ze środka – *cluviel dor*, dar od dziadka wróża – wypadł mi na dłoń.

I natychmiast ten przedmiot pokochałam.

Był kremowo-jasnozielony, ze złotymi wykończeniami. Przypominał jedną z tabakierek w sklepie z antykami, chociaż chyba nic, co widziałam w „Splendide", nie było takie piękne. Nie potrafiłam dojrzeć żadnego zatrzasku ani zawiasów. Nic. Przedmiot nie otworzył się również, kiedy łagodnie nacisnęłam i przekręciłam wieczko – a na pewno było to wieczko, pięknie zdobione złotem. Hmm... Okrągłe pudełko nie było gotowe wyjawić mi swojego sekretu.

Oki-doki. Może będę musiała poczynić jakieś badania. Odłożyłam *cluviel dor* na bok, ze złożonymi rękoma usiadłam przy stoliku i zapatrzyłam się przed siebie. Głowę miałam pełną myśli.

Babcia bez wątpienia bardzo emocjonalnie podeszła do napisania tego listu. Jeśli nasz „ojciec chrzestny" przekazał jej więcej informacji na temat daru, babcia zapomniała mi o tym wspomnieć albo po prostu nic więcej sobie nie przypomniała. Zastanawiałam się, kiedy w ogóle zmusiła się do spisania tego wyznania. Bez wątpienia list powstał już po śmierci cioci Lindy, która zmarła, kiedy babcia miała po siedemdziesiątce. Przyjaciel mojego rodzonego dziadka – z opisu byłam dość pewna, że rozpoznaję pana Cataliadesa, demona-prawnika. Tak, zapewne to on był moim „ojcem chrzestnym". Wiedziałam, że babcię musiało dużo kosztować powiedzenie mi – to znaczy napisanie – że uprawiała seks z kimś innym niż jej mąż. Babcia miała silną osobowość, lecz była też pobożną chrześcijanką. Takie wyznanie musiało jej się wydać straszne.

Być może ona siebie oceniała surowo, ja jednak – teraz, gdy otrząsnęłam się już z tego szoku i zaczęłam bez problemów postrzegać babcię jako kobietę z krwi i kości – nie osądzałam jej. Kim jestem, żeby pierwsza rzucić kamieniem? Pastor powiedział mi kiedyś, że wszystkie grzechy w oczach Pana są równe, nie mogłam się jednak powstrzymać przed wrażeniem, że (na przykład) facet molestujący dziecko jest gorszy niż osoba, która oszukała urząd podatkowy, albo samotna kobieta, która uprawiała seks z kimś innym niż mąż, ponieważ bardzo pragnęła urodzić dziecko. Prawdopodobnie się w tej kwestii mylę, ponieważ nie mamy prawa przebierać i decydować, których z tych zasad przestrzegać, ale tak się po prostu czułam i taki stosunek miałam do całej sprawy.

Odsunęłam od siebie te kłopotliwe myśli i ponownie wzięłam w dłonie *cluviel dor*. Dotykanie jego gładkich powierzchni stanowiło czystą rozkosz i kojarzyło mi się ze szczęściem, które odczuwałam, kiedy ściskałam pradziadka Nialla, tyle że ta przyjemność była jakieś dwieście razy intensywniejsza od tamtej. *Cluviel dor* był mniej więcej rozmiaru dwóch sklejonych ciasteczek Oreo. Potarłam nim o policzek i zapragnęłam zamruczeć.

Czyżby do otwarcia go potrzebne było jakieś magiczne słowo lub zaklęcie?

– Abrakadabra – powiedziałam. – Proszę i dziękuję ci. – Nie, to nie zadziałało, poza tym, że poczułam się jak idiotka. – Sezamie, otwórz się – wyszeptałam. – Zmień się, szybko.

Nic.

A jednak gdy myślałam o magii, wpadłam na pewien pomysł. Napisałam e-mail do Amelii, choć było mi trudno wyrazić dokładnie słowami prośbę. Wiem, że e-mail nie jest kontaktem całkowicie bezpiecznym, lecz nie miałam też żadnego powodu myśleć, że ktoś uzna moje nieliczne listy internetowe za ważne. Napisałam więc: „Nie chcę Cię znowu o coś prosić, ale czy oprócz poszukiwań na temat więzi krwi, możesz znaleźć dla mnie coś o wróżkach? Chodzi o coś na litery C i D". Chyba nie mogłam tego wyrazić subtelniej.

Potem na nowo oddałam się zachwytowi nad *cluviel dor*. Czy, żeby go otworzyć, trzeba być czystej krwi wróżką? Nie, nie mogło przecież chodzić o to. Przedmiot stanowił wszak upominek dla mojej babci, przypuszczalnie do wykorzystania w jakichś strasznych okolicznościach, a babcia była istotą całkowicie ludzką.

Pożałowałam, że kiedy babcia została zaatakowana, przedmiot znajdował się w ukryciu na poddaszu. Ilekroć przypominałam sobie, jak babcia leżała na kuchennej podłodze, porzucona niczym odpadki, zbroczona własną krwią, czułam zarówno mdłości, jak i wściekłość. Może gdyby miała czas przynieść *cluviel dor*, zdołałaby ocalić życie.

Ta myśl sprawiła, że nie chciałam dłużej drążyć tego tematu. Miałam dość. Włożyłam *cluviel dor* do woreczka z aksamitu, a list schowałam do koperty na wykroje. Byłam tak bardzo poruszona, że musiałam się teraz uspokoić.

Wiedziałam, że trzeba te przedmioty ukryć. Niestety, ich poprzednia wspaniała kryjówka już nie istniała, gdyż biurko znajdowało się teraz w sklepie w Shreveport.

Może powinnam zadzwonić do Sama. Mógłby zamknąć list i *cluviel dor* w sejfie w barze „U Merlotte'a". Jednakże, zważywszy na ataki na bar, lokal nie był obecnie najlepszym miejscem na schowanie czegoś, co miało dla mnie tak wielką wartość. Mogłabym zawieźć przedmioty do Shreveport, otworzyć moim kluczem dom Erica, wejść tam i znaleźć jakieś odpowiednie miejsce. Właściwie, było wysoce prawdopodobne, że Eric także posiadał sejf, tyle że nigdy wcześniej nie miał okazji mi go pokazać. Rozważyłam ten pomysł szczegółowo i uznałam, że również nie jest to dobry pomysł.

Zadałam sobie pytanie, czy moje pragnienie zatrzymania tych przedmiotów tutaj, w domu, nie jest przypadkiem spowodowane po prostu faktem, że nie chcę się rozstawać z *cluviel dor*. Wzruszyłam ramionami. Nieważne są powody, i tak miałam pewność, że mój dom jest dla magicznego *cluviel dor* miejscem najbezpieczniejszym, przynajmniej na razie. A może by schować to gładkie zielone puzderko do nocnej kryjówki wampirzej, która znajdowała się w szafie w sypialni gościnnej...? Tyle że była ta zwykła dziura w podłodze. Czy przedmiot nie będzie zagrożony, jeśli Eric zechce spędzić w kryjówce dzień?

Myślałam i myślałam, aż w końcu włożyłam kopertę na wykroje do pudełka z nieprzejrzanymi dokumentami z poddasza. Papiery te nie powinny zainteresować nikogo poza mną. *Cluviel dor* trochę trudniej było ukryć, choćby – częściowo – dlatego, że ciągle musiałam opierać się chęci ponownego wyjęcia go z woreczka. Ta walka z samą sobą sprawiła, że poczułam się bardzo... jak Gollum.

– Mój skarbek – mruknęłam.

Czy Dermot i Claude byliby w stanie wyczuć bliskość takiego nadzwyczajnego magicznego przedmiotu? Nie, oczywiście, że nie. *Cluviel dor* leżał przecież na poddaszu przez cały ten czas, a oni go nie znaleźli.

A może zamieszkali tu, u mnie, właśnie w nadziei na odszukanie go?! Co, jeśli wiedzieli o nim lub podejrzewali, że jest w moim posiadaniu? Lub (co bardziej prawdopodobne), co, jeśli zostali tutaj, ponieważ bliskość tego przedmiotu ich uszczęśliwiała? Chociaż byłam pewna, że istnieją dziury w tym toku myślenia, nie potrafiłam też całkowicie go odrzucić. To nie moja krew wróżek ich przyciągnęła, lecz obecność w domu *cluviel dor*.

Nie, no teraz to najnormalniej w świecie wpadam w paranoję, zbeształam się surowo i zaryzykowałam jeszcze tylko jedno przelotne spojrzenie na kremowo-zieloną powierzchnię. *Cluviel dor*, pomyślałam, wygląda jak miniaturowa puderniczka. Dzięki temu spostrzeżeniu od razu przyszła mi do głowy właściwa kryjówka. Wyjęłam magiczny przedmiot z aksamitnego woreczka i wsunęłam do szuflady na kosmetyki do makijażu w toaletce. Otworzyłam pudełko z pudrem sypkim i osypałam lekko połyskującą kremową zieleń *cluviel dor*. Dorzuciłam też kilka włosów z mojej szczotki. Ha! Byłam zadowolona z efektu. Po kolejnej chwili zastanowienia wepchnęłam rozpadającą się torebeczkę do szuflady na bieliznę. Rozum mi mówił, że ten złachany woreczek jest jedynie przypadkowo dobranym opakowaniem, a jednak serce nie pozwalało mi go wyrzucić – był czymś ważnym, skoro dotykali go moja babcia i mój dziadek.

Tak wiele myśli kołatało mi się po głowie, że mózg mi się zmęczył. Posprzątałam więc trochę, wykonałam jakieś prace domowe, a później oglądałam na telewizyjnym kanale ESPN mecz światowej serii w studenckim softballu. Kocham softball, ponieważ grałam w szkole średniej. Uwielbiam patrzeć na rywalizację silnych młodych kobiet z całej Ameryki; uwielbiam obserwować, jak grają, jak się starają, wkładając w mecz całe siły, całą moc, nie oszczędzając się. Podczas oglądania uprzytomniłam sobie, że znam osobiście dwie inne młode kobiety, takie jak te piłkarki: Sandrę Pelt i Jannalynn Hopper. Chyba powinnam wyciągnąć z tego jakieś wnioski, ale nie byłam pewna jakie.

ROZDZIAŁ SIÓDMY

Usłyszałam, jak moi dwaj lokatorzy wchodzą. Była niedziela wieczór, niezbyt późno. Claude nie otwierał klubu „Hooligans" w niedzielę, więc spróbowałam sobie nie wyobrażać, co wróże robili przez cały dzień. Gdy w poniedziałkowy ranek parzyłam kawę, wciąż jeszcze spali. Chodziłam po domu najciszej, jak mogłam. Ubrałam się i sprawdziłam e-maile. Amelia była w drodze, tak napisała, dodała też tajemniczo, że ma mi coś ważnego do powiedzenia. Zadałam sobie pytanie, czy znalazła już jakieś informacje na temat C. i D.

Tara rozesłała grupowy e-mail z załączonym zdjęciem swego ogromnego brzucha, a ja przypomniałam sobie, że przyjęcie z okazji wyboru imienia dla dziecka wydaję już w następny weekend. Jasna cholera! Po chwili paniki uspokoiłam się jednak. Zaproszenia zostały rozesłane, prezent kupiłam, zaplanowałam jedzenie. Byłam tak gotowa, jak mogłam być, poza sprzątaniem, za które zamierzałam się zabrać w ostatniej chwili.

Pracowałam tego dnia na wczesną zmianę. Kiedy się malowałam, wyjęłam *cluviel dor* i przyłożyłam go do piersi. Dotykanie go uważałam za ważne i miałam wrażenie, że bardziej go to ożywia... Moja skóra szybko go ogrzewała. Cokolwiek tkwiło w sercu tego gładkiego jasnozielonego przedmiotu, wydawało się, że do mnie przemawia. Ja również po kontakcie z nim czułam się jakby bardziej pełna życia. Głęboko westchnęłam i odłożyłam *cluviel dor* z powrotem do szuflady, znowu pokrywając go odrobiną pudru, żeby wyglądał na coś, co znajdowało się tam od zawsze. Zamknęłam szufladę z czymś w rodzaju żalu.

Tamtego dnia babcia czuła się bardzo blisko ze mną związana. Myślałam o niej podczas jazdy do pracy, w trakcie przygotowań do pracy oraz w tych momentach, kiedy nikogo nie obsługiwałam. Andy Bellefleur jadł lunch z szeryfem Dearbornem. Byłam trochę zaskoczona, że Andy – mimo zdarzeń sprzed dwóch dni – ma ochotę ponownie posiedzieć w „Merlotcie".

A jednak mój nowy ulubiony detektyw wyglądał na całkiem szczęśliwego, że tu jest, że żartuje ze swoim szefem i je sałatkę z niskotłuszczowym dressingiem. Bellefleur wydawał się obecnie szczuplejszy i młodszy. Małżeńskie życie i nieuchronnie zbliżające się ojcostwo wyraźnie mu służyły. Spytałam go, jak się miewa Halleigh.

– Twierdzi, że jej brzuch jest ogromny, a to wcale nieprawda – odparł z uśmiechem. – Myślę, że cieszy się z końca szkoły. Teraz szyje firanki do pokoju dziecięcego.

Halleigh na co dzień uczy w szkole podstawowej.

– Panna Caroline byłaby strasznie dumna. – Pokiwałam głową.

Babcia Andy'ego, Caroline Bellefleur, zmarła ledwie kilka tygodni temu.

– Cieszę się, że mogliśmy jej o tym powiedzieć, zanim odeszła – odrzekł. – A słuchaj, wiesz, że moja siostra także jest w ciąży?

Usiłowałam nie wyglądać na zdziwioną. Andy i Portia wzięli podwójny ślub w ogrodzie babci i chociaż nie zaskoczyła mnie wiadomość o ciąży żony Andy'ego, to starszej od niego Portii nigdy nie uważałam za osobę, która mogłaby znajdować przyjemność w urokach macierzyństwa. Teraz jednak powiedziałam Andy'emu, że bardzo się cieszę, i była to prawda.

– Powiadomisz Billa? – spytał policjant trochę nieśmiało. – Ciągle czuję się jakoś niesamowicie, gdy pomyślę, że mam do niego zadzwonić.

Mój sąsiad i były facet, Bill Compton, który przypadkiem jest wampirem, tuż przed śmiercią Caroline ostatecznie oznajmił Bellefleurom, że jest ich przodkiem. Stara pani Caroline zareagowała na tę zdumiewającą nowinę wprost uroczo, ale dla Andy'ego było to trochę trudniejsze, gdyż jest człowiekiem dumnym i nie przepada za nieumarłymi. Portia z kolei nawet umówiła się kiedyś kilka razy z Billem – jeszcze zanim Compton odkrył łączące ich pokrewieństwo; niezręczne, co? Ona i jej mąż zatrzymali dla siebie wszelkie zastrzeżenia co do „nowo zdobytego" żyjącego przodka i zaskoczyli mnie godnością, z jaką uznali Billa za członka rodziny.

– Zawsze z ogromną chęcią przekazuję dobre wieści, sądzę jednak, że tę konkretną wolałby usłyszeć od was.

– Eee, och... Słyszałem, że Bill ma... wampirzą przyjaciółkę?

Zmusiłam się od pogodnej miny.

– Tak, mieszka u niego od kilku tygodni – przyznałam. – Nie rozmawiałam z nim dużo o tym.

Jak nigdy.

– Poznałaś ją?

– Tak, wydaje się sympatyczna. – Właściwie, osobiście odpowiadam za to, że się ponownie połączyli, ale nie miałam ochoty o tym opowiadać Bellefleurowi. – Jeśli go zobaczę, powiem mu w twoim imieniu o dziecku Portii, Andy. Wiem, że zechce usłyszeć nowinę, kiedy maleństwo się urodzi. A znasz płeć dziecka, którego wraz z Halleigh się spodziewacie?

– Będzie dziewczynka – odparł, a uśmiech o mało nie rozciął jego twarzy na pół. – Zamierzamy ją nazwać Caroline Compton Bellefleur.

– Och, Andy! Jakie to miłe!

Byłam absurdalnie zadowolona, ponieważ wiedziałam, jak bardzo Bill się ucieszy.

Andy wyglądał na skrępowanego. Wiedziałam, że poczuł ulgę, gdy zadzwoniła jego komórka.

– Hej, kochanie – rzucił w słuchawkę, ponieważ zanim otworzył telefon, popatrzył, kto telefonuje. – Co się dzieje? – Słuchając, uśmiechał się. – Okej, przywiozę ci koktajl mleczny – odparł. – Będę za jakiś czas.

Bud wracał właśnie do stolika, a Andy popatrzył na rachunek i położył na blacie dziesięć dolarów.

– Moja część zapłaty – powiedział. – Zatrzymaj resztę, Sookie. Bud, muszę podskoczyć do domu. Halleigh mnie potrzebuje, mam zamontować karnisz w pokoju dla dziecka. No i żonka strasznie pragnie wypić karmelowy koktajl mleczny. Wrócę za jakieś dziesięć minut, nie później.

Wyszczerzył zęby, zerkając na nas, i ruszył do drzwi.

Bud zajął ponownie swoje miejsce i zaczął powoli wyjmować pieniądze ze zniszczonego starego portfela.

– Halleigh w ciąży, Portia w ciąży, a Tara ma urodzić aż dwójkę, tak słyszałem. Sookie, koniecznie musisz się też postarać o maluszka – oznajmił, po czym podniósł szklankę. – Dobra mrożona herbata.

Odstawił pustą szklankę na stół z lekkim łoskotem.

– Nie muszę mieć dziecka tylko dlatego, że inne kobiety zachodzą w ciążę – odburknęłam. – Urodzę swoje, kiedy będę na to gotowa.

– No cóż, jeśli będziesz zbyt długo prowadzać się z tym martwym, możesz w ogóle stracić szansę na potomstwo – odciął się bez ogródek. – Co twoim zdaniem powiedziałaby na to twoja babcia?

Wzięłam pieniądze, odwróciłam się na pięcie i odeszłam. Spytałam Danielle, czy mogłaby za mnie obsługiwać Buda aż do jego wyjścia. Nie chciałam z nim więcej rozmawiać.

Głupio, wiem. Powinnam bardziej się uodpornić na tego typu krytykę. Zresztą, szeryf powiedział wyłącznie prawdę. I tylko prawdę. Oczywiście, z jego perspektywy świat wyglądał tak, że wszystkie młode kobiety pragną mieć dzieci, i po prostu wytykał mi, że źle wybrałam. Jak gdybym sama tego nie wiedziała! Tak, co by powiedziała na to wszystko babcia?

Kilka dni temu odpowiedziałabym bez wahania. Teraz nie byłam już tego taka pewna. Wcześniej tak wielu rzeczy o niej nie wiedziałam. Myślę jednak, że kazałaby mi iść za głosem serca. A ja kochałam Erica. Kiedy wzięłam talerz z hamburgerami i zaniosłam go na stolik Maxine Fortenberry (która jadła lunch z Elmer Claire Vaudry), odkryłam, że z podnieceniem myślę o zmroku, czyli chwili, w której Eric się obudzi. Wyczekiwałam naszego spotkania z dziwną desperacją. Potrzebowałam zapewnienia w postaci obecności mojego wampira, pewności, że on także mnie kocha, namiętności, która nas ogarniała, gdy ja dotykałam jego, a on mnie.

Czekając na realizację zamówienia przy okienku kucharza, obserwowałam, jak Sam nalewa piwo z beczki. Zastanawiałam się, czy mój szef czuje to samo do Jannalynn, co ja czuję do Erica. Merlotte spotyka się z Jannalynn dłużej niż z kimkolwiek wcześniej, czyli odkąd go znam. A może uznawałam, że swój obecny związek Sam traktuje poważniej, ponieważ stara się co jakiś czas wziąć wolny wieczór, dzięki czemu może widywać się częściej z przyjaciółką; w przypadku poprzednich partnerek nigdy tego nie robił. Teraz, gdy zauważył, że patrzę, uśmiechnął się do mnie. Na pewno miło było go widzieć tak radosnym.

Mimo że Jannalynn nie była dla niego wystarczająco dobra, o nie!

O mało nie położyłam sobie w tym momencie dłoni na ustach. Poczułam wielkie wyrzuty sumienia, co najmniej jakbym wypowiedziała to zdanie na głos.

„Ich związek to nie moja sprawa, w żadnym razie!" – zapowiedziałam sobie surowo.

A jednak jakiś cichszy głosik w głowie mówił mi, że Sam jest moim przyjacielem, a Jannalynn to istota zbyt bezlitosna i o zbyt gwałtownym temperamencie, by mogła uszczęśliwić mojego szefa na dłuższą metę.

Jannalynn zabijała ludzi, ale cóż, ja również miałam na koncie podobne występki. Hmm, a może oceniałam ją tak surowo, ponieważ czasami zabójstwa prawdopodobnie sprawiały jej przyjemność? Myśl, że być może w głębi duszy jestem taka jak ona (bo przecież tak wielu osobom życzyłam śmierci!), również szczerze mnie przygnębiła.

Ojej, pomyślałam. Chyba zdarzy się w tym dniu jeszcze coś sympatycznego?

Najwyraźniej jednak pomyślałam o tym w złą godzinę.

Do baru w tej właśnie chwili wkroczyła Sandra Pelt. Minęło sporo czas od ostatniego razu, kiedy ją widziałam – chociaż później także jeszcze usiłowała pozbawić mnie życia. Wtedy była ledwie nastolatką, a teraz – jak sądziłam – nadal nie ukończyła dwudziestu lat, a jednak wyglądała nieco poważniej, jej ciało też stało się dojrzalsze. Miała ładną fryzurkę z postrzępionych włosów, która osobliwie kontrastowała z grymasem na twarzy. Sandra natychmiast wniosła ze sobą do lokalu atmosferę gniewu. Chociaż szczupłe ciało stosownie odziała w dżinsy i podkoszulek, a na niego narzuciła luźną, niezapiętą na guziki koszulę, której poły powiewały, w oczach zmiennokształtnej można było zobaczyć prawdziwe szaleństwo. Tak, ta dziewczyna po prostu lubiła siać zniszczenie. Nie sposób było tego przeoczyć, jeśli zajrzało się w jej myśli. Z powodu odczuwanego napięcia poruszała się dziś nerwowo, a wzrokiem błądziła od jednej osoby w barze do kolejnej, aż... wreszcie odnalazła mnie. Jej oczy błyskały niczym fajerwerki w Święto Niepodległości. Skupiłam się jeszcze dokładniej na jej myślach i odkryłam, że Sandra ma broń wsuniętą z tyłu za pasek dżinsów.

– O Jezu – mruknęłam.

– Co jeszcze muszę zrobić?! – wrzasnęła.

Rozmowy w barze urwały się i zapadło milczenie. Kątem oka dostrzegłam, że Sam sięga w dół, pod bar. Podejrzewałam, że może nie zdążyć.

– Próbuję was spalić, wy gasicie pożar. – Wciąż mówiła bardzo głośno. – Dałam tym czterem debilom narkotyki i załatwiłam darmowe dziwki, potem przysłałam ich tutaj, a oni wszystko spieprzyli. Starałam się napaść na ciebie w twoim domu, ale otaczająca go magia nie pozwoliła mi. Staram się ciebie zabić, raz, drugi, piąty, a ty po prostu nie umierasz!

Prawie miałam ochotę ją za to przeprosić.

Ucieszyłam się przy okazji, że Bud Dearborn słyszy całe jej wyznanie. Niestety, szeryf znajdował się przodem do Sandry (dzielił ich tylko stolik, przy którym mężczyzna siedział), a wiedziałam, że byłoby znacznie lepiej, gdyby stał za dziewczyną. Sam zaczął się przemieszczać w lewą stronę, chociaż wyjście znajdowało się po jego prawej, nie mogłam więc zrozumieć, w jaki sposób zamierza wyskoczyć zza baru i zaatakować Sandrę od tyłu, zanim ta postanowi mnie zastrzelić. A jednak nie taki był plan Merlotte'a. Podczas gdy Sandra koncentrowała się na mnie, Sam podawał właśnie drewniany kij Terry'emu Bellefleurowi, który wcześniej grał w darta z innym weteranem wojennym. Terry bywa niekiedy trochę szalony i jest człowiekiem strasznie poranionym przez los, ale zawsze go lubiłam i dobrze się z nim dogadywałam. Teraz Terry wziął kij, a ja pomyślałam z zadowoleniem, jak to dobrze, że jest włączona szafa grająca, ponieważ hałas zagłuszał poczynania moich „obrońców".

Dokładniej mówiąc, z szafy grającej płynęła akurat stara ballada w wykonaniu Whitney Houston, *I Will Always Love You* – co pasowało do sytuacji jak pięść do twarzy, choć w jakimś sensie było to niemal zabawne.

– Dlaczego zawsze wysyłasz inne osoby, żeby załatwiły za ciebie całą robotę? – spytałam, po to, żeby Sandra nie usłyszała kroków zbliżającego się do niej cicho Terry'ego. – Jesteś trochę tchórzliwa, co? Sądzisz, że kobieta nie potrafi wykonać takiej roboty w sposób właściwy?

Może szydzenie z dziewczyny nie było najlepszym pomysłem, ponieważ Sandra natychmiast, z szybkością typową dla istot zmiennokształtnych, szarpnęła rękę ku plecom, a potem, sekundę później, już celowała do mnie z broni palnej i zobaczyłam, że jej palec porusza się, zaczynając naciskać spust; widziałam to niczym w zwolnionym tempie, przez chwilę, która wydawało się, że trwa wiecznie. A potem dostrzegłam ruch wznoszonego i opadającego kija, i po sekundzie Sandra upadła na podłogę niczym marionetka, której ktoś przeciął nagle wszystkie sznurki. Wszędzie wokół dziewczyny była krew.

I w tym momencie Terry wpadł w panikę. Kucnął, odrzucił kij, jakby go parzył, i zaczął się drzeć w niebogłosy. Nie zwracając uwagi na to, co mówią do niego ludzie (najpopularniejszą odzywką było: „ZAMKNIJ SIĘ, TERRY!"), Bellefleur wył.

Nigdy nie sądziłam, że kiedyś usiądę na podłodze i będę kołysała w ramionach Terry'ego Bellefleura – kołysała go i mamrotała do niego. A jednak tak właśnie zakończyłam ten incydent, ponieważ Terry wpadał w coraz większy szał, który pogłębiał się, jeśli zbliżał się do niego ktoś inny niż ja. Wystraszyli się nawet sanitariusze z karetki, na których Terry również wrzasnął. Sandrę Pelt odwieziono do szpitala w Clarice, a Bellefleur ciągle jeszcze kucał, upstrzony kroplami krwi.

Miałam zatem dług wdzięczności wobec Terry'ego, który zresztą zawsze był dla mnie uprzejmy, nawet kiedy miał jeden ze swoich kiepskich okresów. Przyjechał kiedyś posprzątać rumowisko pozostałe po pożarze, gdy podpalacz zniszczył moją kuchnię. Zaoferował mi jednego ze swoich szczeniaczków. Teraz, ratując mi życie, naraził na szwank swój jakże już kruchy umysł. Gdy tak kołysałam tego biednego człowieka i klepałam go po plecach, podczas gdy on płakał, musiałam równocześnie wysłuchać potoku wypowiadanych przez niego słów. Kątem oka widziałam, że kilka osób, które jeszcze pozostały w barze, usiłuje trzymać się w przyzwoitej odległości od nas.

– Zrobiłem to, co mi powiedział... – mówił Terry. – Tak, jak mi powiedział ten lśniący człowiek, strzegłem Sookie i próbowałem nie dopuścić, żeby ktokolwiek ją skrzywdził, bo nikt nie powinien krzywdzić Sookie, próbowałem jej pilnować, a potem ta suka weszła tutaj i wiedziałem, że zamierza zabić Sookie, wiedziałem, nie chciałem już nigdy więcej przelewać krwi, nigdy w życiu, ale nie mogłem pozwolić, żeby ta suka skrzywdziła Sookie, nie mogłem tego zrobić, chociaż nigdy nie chciałem zabić kolejnej osoby, w całym moim życiu nigdy nie chciałem.

– Ona nie umarła, Terry – zapewniłam go i pocałowałam w czoło. – Nikogo nie zabiłeś.

– Sam podał mi kij – ciągnął Terry, chyba nieco mniej szaleńczym tonem.

– Pewnie, bo nie dałby rady wyjść na czas zza baru. Bardzo ci dziękuję, Terry, zawsze byłeś moim przyjacielem. Niech Bóg cię błogosławi za to, że uratowałeś mi życie.

– Sookie? Wiedziałaś, że oni każą mi na ciebie uważać? Przychodzili do mojej przyczepy nocami, przez kilka miesięcy, ten duży blondyn, a potem ten lśniący. Stale o ciebie pytali.

– Jasne – odparłam, równocześnie, myśląc: „Eee, co takiego?!".

– Chcieli wiedzieć, jak sobie radzisz, z kim chodzisz, kto cię nienawidzi, a kto kocha...

– Wszystko w porządku. Dobrze, że im powiedziałeś.

Domyśliłam się, że Terry mówi o Ericu i moim pradziadku. Do tego zadania wybrali sobie człowieka poharatanego przez los, najłatwiejszego do przekonania. Zawsze wiedziałam, że Eric kazał komuś mnie obserwować, podczas gdy spotykałam się z Billem i później, gdy nie byłam z nikim związana. Przypuszczałam też, że i pradziadek miał jakieś swoje źródła i dlatego tyle o mnie wiedział. Czy nazwisko Terry'ego otrzymał od Erica, czy też zdobył je jakimś innym sposobem, to było bardzo w stylu Nialla wykorzystać najbardziej poręczne „narzędzie", nawet jeśli był to człowiek chory.

– Pewnej nocy spotkałem w lesie Elvisa – podjął Terry. Jeden z sanitariuszy dał mu wcześniej zastrzyk, więc pomyślałam, że może lek zaczął działać. – Wiedziałem wtedy, że jestem stuknięty. Elvis powiedział mi, że bardzo lubi koty. Ja mu odparłem, że jeśli chodzi o mnie, wolę psy.

No tak. Wampir za życia znany jako Elvis nie jest zbyt udanym przykładem nieumarłego, ponieważ w trakcie transformacji przez żarliwego fana pracującego w kostnicy w Memphis miał za dużo narkotyków w organizmie. Bubba – Elvis wolał, by tak go nazywać obecnie – bardzo lubił pić kocią krew, na szczęście dla należącej do Terry'ego ukochanej suczki rasy catahoula, Annie.

– Gadało nam się naprawdę fajnie – kontynuował Terry, lecz głosem coraz wolniejszym i coraz bardziej sennym. – Ale chyba będzie lepiej, jak pojadę do domu.

– Chcemy cię zaprowadzić do przyczepy Sama – wyjaśniłam mu. – Tam się prześpisz i tam się obudzisz.

Powiedziałam to, ponieważ nie chciałam, żeby Terry po przebudzeniu dostał ataku paniki. Boże, nie, na pewno tego nie chciałam!

Jeden z funkcjonariuszy policji spisał moje zeznanie, pobieżnie i wyrywkowo, ponieważ przynajmniej trzy inne osoby słyszały, jak Sandra przyznała się do wrzucenia koktajlu Mołotowa do baru.

Oczywiście, zostałam w „Merlotcie" dużo dłużej, niż to sobie zaplanowałam, toteż na dworze zapadły już ciemności. Wiedziałam, że Eric jest przed lokalem i czeka na mnie, pragnęłam więc wstać i przerzucić problem w postaci Terry'ego na kogoś innego, ale po prostu nie mogłam tego zrobić. To, co Bellefleur dla mnie uczynił, uszkodziło jego umysł jeszcze bardziej, a ja nie byłam w stanie w żaden inny sposób mu się za to odpłacić. Nie zaniepokoiła mnie informacja, że Terry mnie śledził – no dobra, że mnie szpiegował i zbierał o mnie nowiny, które potem przekazywał Ericowi, zanim Northman został moim kochankiem, albo pradziadkowi. Nie, Terry nie wyrządził mi w ten sposób żadnej krzywdy. Odkąd go znałam, wiedziałam, że nieodłączną częścią jego życia jest presja, tego czy innego rodzaju.

Sam i ja pomogliśmy Terry'emu wstać i ruszyliśmy wraz z nim korytarzem, który prowadził na tyły baru, a potem skierowaliśmy się przez parking dla pracowników do przyczepy Sama.

– Obiecali, że nie pozwolą, żeby coś złego przydarzyło się mojemu psu – wyszeptał Bellefleur. – I przyrzekli, że moje koszmary odejdą.

– Dotrzymali złożonych obietnic? – spytałam równie cichym, spokojnym głosem.

– Tak – przyznał z wdzięcznością. – Nie śnią mi się już koszmary i zachowałem psa.

Pytanie przyszło mi z łatwością. Cóż, może powinnam bardziej się gniewać na Terry'ego, ale nie mogłam się zdobyć na żaden wysiłek emocjonalny. Nie miałam już w sobie w ogóle energii, byłam wykończona.

Eric krył się w cieniu drzew. Stał odwrócony plecami, tak żeby swoim widokiem nie wystraszyć Terry'ego. Ponieważ Sam nagle zacisnął zęby, wiedziałam, że zdaje sobie sprawę z obecności wampira, nic jednak nie powiedział.

Położyliśmy Terry'ego na kanapie Sama, a kiedy mój nieszczęsny obrońca zapadł w sen, uściskałam szefa.

– Dziękuję – powiedziałam.

– Za co?

– Za to, że podałeś Terry'emu kij.

Sam odsunął się o krok.

– Nic innego nie przyszło mi do głowy. Nie mogłem wyjść zza baru, nie alarmując jej. Trzeba ją było zaskoczyć, w przeciwnym razie wszystko by się źle skończyło.

– Jest taka silna?

– Tak – przyznał. – I jest przekonana, że jej świat byłby doskonały, gdyby nie ty. Tak to brzmiało. Fanatyków trudno pokonać, bo ciągle wracają.

– Myślisz o ludziach, którzy próbują doprowadzić do zamknięcia „Merlotte'a"?

W jego uśmiechu dostrzegłam gorycz.

– Może i tak. Nie potrafię uwierzyć, że coś takiego dzieje się tutaj, w naszym kraju, że coś takiego przytrafia się mnie, weteranowi wojennemu! Urodziłem się i wychowałem tutaj, w Stanach Zjednoczonych.

– Czuję się winna, Sam. Do niektórych zdarzeń doszło z mojego powodu. Koktajl Mołotowa... Sandra nie wrzuciłaby butelki, gdyby mnie nie było w barze. I bójka z tymi czterema oprychami. Może powinieneś mnie zwolnić. Mogę pracować gdzie indziej, wiesz przecież o tym.

– Chcesz tego?

Nie potrafiłam odgadnąć, co wyraża jego twarz, na pewno jednak nie ulgę.

– Nie, oczywiście, że nie!

– W takim razie masz tu pracę. Jesteś wliczona w koszty.

Posłał mi uśmiech, który jednak nie rozświetlił jego niebieskich oczu tak, jak to się zwykle działo. Ale Sam bez wątpienia mówił poważnie. Zmiennokształtny czy nie, o pokrętnym umyśle czy nie, po prostu wiedziałam.

– Dzięki, Sam. Lepiej już pójdę sprawdzić, czego chce moja lepsza połówka.

– Czymkolwiek Eric jest dla ciebie, Sookie, nie jest twoją lepszą połówką.

Zatrzymałam się z ręką na gałce u drzwi, ale nie zdołałam wymyślić odpowiedniej riposty, więc wyszłam bez słowa.

Eric czekał, lecz wyglądał na zniecierpliwionego. Ujął moją twarz dużymi dłońmi i przyjrzał się jej w ostrym świetle zewnętrznych reflektorów umieszczonych na rogach baru. India wyszła akurat tylnym wyjściem, popatrzyła na nas z przestrachem, potem wsiadła do swojego samochodu i odjechała. Sam został w przyczepie.

– Chcę, żebyś się do mnie wprowadziła – oznajmił Northman. – Jeśli wolisz, możesz zatrzymać się w jednej z sypialni na górze. Tej, której zwykle używamy. Nie musisz zostawać ze mną na dole w ciemnościach. Ale nie chcę, żebyś była sama. Nie chcę już więcej czuć twojego strachu. To mnie doprowadza do obłędu... wiedza, że ktoś cię atakuje, a mnie przy tobie nie ma.

Od jakiegoś czasu nabraliśmy zwyczaju uprawiania seksu w największej z sypialni na piętrze. (Myśl o budzeniu się w pozbawionym okien pokoju napędzała mi stracha). Teraz Eric proponował mi to pomieszczenie na stałe. Wiedziałam, że to jest dla niego duża sprawa, naprawdę duża. A i dla mnie – tak, wielka rzecz. Mimo to, poważnej decyzji nie mogłam podjąć w chwili, gdy nie byłam w pełni sobą, a dziś wieczorem z pewnością sobą nie byłam.

– Musimy to omówić – odparłam. – Masz czas?

– Mam dziś w nocy czas – odrzekł. – Czy w twoim domu są wróże?

Zadzwoniłam do Claude'a z komórki. Kiedy odebrał, w tle usłyszałam hałas dobiegający z „Hooligans".

– Tylko sprawdzam, gdzie jesteś, ponieważ wraz z Erikiem jedziemy do mnie do domu – wyjaśniłam.

– Zostajemy dziś wieczorem w klubie – poinformował mnie Claude. – Baw się dobrze ze swoim wampirzym byczkiem, kuzynko.

Eric jechał do mojego domu za mną. Przybył pod „Merlotte'a" samochodem, ponieważ ledwie się dowiedział, że grozi mi niebezpieczeństwo, natychmiast odkrył, że minęło, i mógł sobie pozwolić na powolną jazdę.

W domu nalałam sobie kieliszek wina – co było dla mnie niezwykłe – i podgrzałam w kuchence mikrofalowej butelkę krwi dla Erica.

Usiedliśmy w salonie. Wyciągnęłam nogi na kanapie, plecy oparłam o poręcz i patrzyłam na wampira, który usiadł na drugim końcu.

– Ericu, wiem, że nie przychodzi ci lekko poprosić istotę ludzką, by zatrzymała się w twoim domu. Chcę więc, żebyś wiedział, jak bardzo... wzruszona jestem, że mnie zaprosiłeś, i jakie to dla mnie pochlebstwo.

Jeszcze nie skończyłam recytować tego oświadczenia, gdy uświadomiłam sobie, że powiedziałam coś niewłaściwego. Wszystko to brzmiało o wiele zbyt bezosobowo.

Northman zmrużył niebieskie oczy.

– Och, nie przejmuj się, to nic takiego – prychnął lodowato.

– Nie ujęłam tego we właściwy sposób – poprawiłam się szybko. Wzięłam głęboki wdech. – Słuchaj, kocham cię. Czuję się... Jestem podekscytowana, że chcesz... że mam z tobą zamieszkać. – Wyglądał na nieco bardziej odprężonego. – Zanim jednak podejmę decyzję, czy przyjmę twoje zaproszenie, musimy wyjaśnić pewne sprawy.

– Sprawy? Jakie sprawy?

– Ożeniłeś się ze mną, żeby mnie chronić. Wynająłeś Terry'ego Bellefleura, żeby mnie szpiegował, i naciskałeś na niego, chcąc go zmusić do wykonania zadania.

– Sookie, to się stało, zanim cię poznałem – tłumaczył się.

– Tak, rozumiem. Ale nie podoba mi się sposób, w jaki wywarłeś presję na tego biednego człowieka, który jest w tak kiepskim stanie psychicznym. Postąpiłeś z nim tak samo jak ze mną, gdy poślubiałam cię, nie wiedząc, co robię.

– Inaczej byś tego nie zrobiła – powiedział szczerze.

Jak zawsze praktycznie i na temat.

– Masz rację, nie zrobiłabym tego – przyznałam mu rację, usiłując się do niego uśmiechnąć. Ale nie było to łatwe. – A Terry nic by ci o mnie nie powiedział, gdybyś po prostu zaoferował mu pieniądze. Wiem, że uważasz swoje poczynania za inteligentną metodę prowadzenia interesów, i jestem pewna, że wiele osób by się z tobą zgodziło.

Eric próbował nadążać za moim tokiem myślenia, mogłam jednak stwierdzić, że nie widzi w moich słowach zbytniego sensu. Miałam wrażenie, że mozolnie płynę pod prąd.

– Oboje żyjemy z tą więzią. Jestem pewna, że czasami wolałbyś, żebym nie wiedziała, co czujesz. Powiedz, chciałbyś, żebym z tobą zamieszkała, gdyby nie łączyła nas więź? Gdybyś nie czuł jej za każdym razem, gdy grozi mi niebezpieczeństwo? Albo gdy się gniewam? Gdy się boję?

– Jakie ty dziwne rzeczy opowiadasz, kochanko. – Eric wypił łyk krwi, odstawił butelkę na ławę. – Mówisz, że gdybym nie wiedział, że mnie potrzebujesz, nie potrzebowałbym ciebie?

Czy właśnie to mu mówiłam?!

– Nie sądzę. Próbuję ci raczej powiedzieć, że moim zdaniem, gdybyś nie wyczuwał istnienia ludzi, którzy chcą zrobić mi krzywdę, nie chciałbyś ze mną mieszkać.

Czy to było to samo? Jezu Chryste, nienawidzę rozmów podobnych do tej. Choć nigdy dotąd takiej nie odbyłam.

– A jaka to różnica? – spytał z bardziej niż lekkim zniecierpliwieniem w głosie. – Jeśli chcesz być ze mną, ja chcę ciebie. Okoliczności nie mają żadnego znaczenia.

– Ależ mają znaczenie! A my tak bardzo się różnimy.

– Co?

– No cóż, istnieje tyle rzeczy, które ty uważasz za normalne, a których ja nie przyjmuję za rzecz naturalną.

Eric przewrócił oczyma. Typowy facet.

– Co na przykład?

Zaczęłam myśleć intensywnie, szukając po omacku jakiegoś przykładu.

– No cóż, na przykład, gdy Appius uprawiał seks z Aleksym. Dla ciebie to nie była wielka rzecz, mimo że Aleksy miał trzynaście lat.

Stwórca Erica, Appius Livius Ocella, został wampirem w czasach, gdy Rzymianie rządzili dużą częścią świata.

– Sookie, to się przecież zdarzyło na długo, zanim w ogóle się dowiedziałem, że mam brata. W czasach Ocelli trzynastolatków traktowano już przecież niemal jak dorosłych. Ludzie nawet żenili się w tym wieku. Ocella nigdy nie zrozumiał niektórych zmian, które dokonały się w społeczeństwach podczas następnych stuleci. A teraz zarówno Aleksy, jak i Ocella są ostatecznie martwi. – Wzruszył ramionami. – Zresztą, była też, jak to mówicie, inna strona tej monety. Pamiętasz? Aleksy wykorzystywał fakt swojej młodości, a dokładniej dziecięcy wygląd i dzięki niemu udawało mu się rozbrajać wszystkie wampiry i ludzi go otaczających. Nawet Pam nie chciała go zabić, chociaż wiedziała, jaki jest niebezpieczny i jak bardzo szalony. A Pam jest najbardziej bezlitosną wampirzycą, jaką znam. Aleksy wysysał życie z nas wszystkich, odbierał nam silną wolę i moc, źle na nas oddziaływał.

I tym niespodziewanie poetyckim zdaniem Eric zakończył rozmowę o Aleksym i Ocelli. Przybrał pokerową minę. Przypomniałam sobie, o czym mówimy, jaki jest główny temat naszej dyskusji: różnice między nami, różnice niemożliwe do pogodzenia.

– A co z faktem, że zamierzasz mnie przeżyć, że... no wiesz... będziesz żyć wiecznie?

– Możemy łatwo rozwiązać ten problem.

Wpatrywałam się w niego bez słowa.

– No co? – spytał autentycznie zaskoczony. – Nie chcesz żyć wiecznie? Ze mną?

– Nie wiem – bąknęłam w końcu.

Usiłowałam to sobie wyobrazić. Noc, wieczna. Nigdy się niekończąca. Ale z Erikiem!

– Wiesz, Ericu, nie mogę... – zaczęłam, a potem przerwałam.

Wcześniej obraziłam go już w sposób niemal niewybaczalny. Wiedziałam, że wampir czuje emanujące ode mnie fale wątpliwości.

O mało nie powiedziałam: „Po prostu nie mogę sobie wyobrazić, że zostaniesz ze mną, gdy zacznę się starzeć".

Chociaż było jeszcze kilka tematów, które miałam nadzieję omówić z moim wampirem podczas tego naszego rzadkiego małego *tête-à-tête*, poczułam, że jeszcze parę minut i ta rozmowa doprowadzi do czegoś nieprzyjemnego i nieodwracalnego. Na szczęście, w tym momencie rozległo się stukanie do tylnych drzwi. Wcześniej usłyszałam, że nadjeżdża jakiś pojazd, ale tak bardzo skupiałam się na Ericu, że nie zarejestrowałam znaczenia tego odgłosu.

Przy tylnych drzwiach stali Amelia Broadway i Bob Jessup. Amelia wyglądała tak samo jak zawsze: zdrowa, świeża cera, krótkie, lekko zmierzwione kasztanowe włosy, gładka skóra i błyszczące oczy. Bob, niedużo wyższy od swojej dziewczyny i równie szczupły jak ona, był mężczyzną o drobnych kościach, wyglądający jak seksowny mormoński misjonarz. Jego okulary w czarnych oprawkach prezentowały się retro, zamiast nadawać mu wygląd komputerowego maniaka. Nosił dżinsy, koszulę w czarno-białą kratę i mokasyny z frędzelkami. Jako kot był bardzo ładny, lecz jego atrakcyjność jako faceta jakoś mi umykała – a może raczej docierała do mnie tylko co jakiś czas.

Uśmiechnęłam się do nich szeroko. Wspaniale było zobaczyć Amelię, a na dodatek poczułam ulgę, że swoim przyjazdem oboje przerwali mi rozmowę z Erikiem. Ja i mój wampir naprawdę musieliśmy omówić naszą przyszłość, miałam jednak straszliwe przeczucie, że zakończenie takiej rozmowy oboje nas unieszczęśliwi i zasmuci. Odsuwanie jej prawdopodobnie nie zmieni ostatecznego rezultatu, ale zarówno Northman, jak i ja mieliśmy w tej chwili wystarczająco dużo na głowie.

– Wejdźcie! – powiedziałam. – Eric jest tutaj i chętnie się z wami zobaczy.

Rzecz jasna, nie była to prawda. Eric całkowicie obojętnie podchodził do kwestii ponownego spotkania z Amelią, a Boba nigdy nie poznał.

A jednak Northman uśmiechnął się (chociaż nie był to jakoś przesadnie szeroki uśmiech) i wyrecytował, że bardzo się cieszy, że przyjechali mnie odwiedzić; chociaż niewątpliwie usłyszałam w jego tonie pytającą nutę, nie miał bowiem pojęcia, z jakiego powodu Amelia i Bob się u mnie zjawili. A co do naszej dyskusji – wydawało mi się, że bez względu na to, ile czasu ja i Eric rozmawiamy, i tak wciąż nie potrafimy poruszyć wszystkich dręczących mnie kwestii.

Zauważyłam, że Amelia z ogromnym wysiłkiem zapanowała nad marsową miną. Nie, nie była fanką mojego wikinga. A ponieważ zawsze czytałam w jej myślach jak w otwartej księdze, otrzymałam jej opinię tak jawnie, jak gdyby ją wykrzyczała. Bob natomiast przypatrzył się Ericowi ostrożnie, a gdy wyjaśniłam czarownicy, jak ma się sprawa z noclegami (moja dawna lokatorka zakładała oczywiście, że zamieszkają na górze), Bob natychmiast wziął bagaże i zniknął w przydzielonym im pokoju naprzeciwko mojej sypialni. Po kilku minutach kręcenia się między pomieszczeniami zanurzył się z kolei w łazience dla gości. W czasach kiedy był kotem, świetnie stosował uniki i najwyraźniej mu to zostało.

– Ericu – spytała Amelia, bez skrępowania się przeciągając – jak tam sprawy w „Fangtasii"? Jak nowa dyrekcja?

Nie mogła wiedzieć, że poruszyła czułą strunę. A kiedy Eric zmrużył oczy (podejrzewałam, że pomyślał, iż zapytała celowo, żeby go wkurzyć), pochyliła się, dotknęła dłońmi palców u nóg i zagapiła się na nie. Przez chwilę rozmyślałam, czy potrafiłabym to zrobić, szybko jednak porzuciłam te rozważania i wróciłam do rzeczywistości.

– W interesach wszystko dobrze – odparł ostatecznie Northman. – Victor otworzył obok jakieś nowe kluby.

Amelia zrozumiała od razu, że lepiej było nie poruszać tego tematu. Jezu, szczerze powiem, że czułam się, jak gdybym przebywała w jednym pomieszczeniu z osobą, która wywrzaskuje swoje najskrytsze myśli.

– Victor to ten roześmiany facet, który zjawił się przed domem w noc przejęcia władzy w Luizjanie, prawda? – spytała, prostując się, a później przez moment obracając głowę to w lewo, to w prawo.

– Tak – przyznał Eric, unosząc sardonicznie kącik ust. – Ten roześmiany.

– Zatem, Sookie, jakie masz teraz kłopoty? – zwróciła się z kolei do mnie, widocznie uznawszy, że okazała już dostatecznie dużo uprzejmości Ericowi.

Była gotowa natychmiast przejść do omawiania wszystkich problemów, jakie jej opisałam.

– Tak – powiedział Northman, patrząc na mnie twardo. – Jakie masz teraz kłopoty?

– Zamierzałam tylko skłonić Amelię do wzmocnienia zaklęć ochronnych otaczających dom – rzuciłam od niechcenia. – Ponieważ w „Merlotcie" doszło do tylu nieprzyjemnych zdarzeń, czułam się trochę niepewnie.

– Więc zadzwoniła do mnie – dodała znacząco Amelia.

Wampir wodził wzrokiem ode mnie do niej. Wyglądał na gigantycznie niezadowolonego.

– Ale teraz, kiedy zabrali tę sukę, pewnie wszelkie groźby zniknęły? – spytał mnie.

– Co takiego? – spytała Amelia. Teraz ona patrzyła to na mnie, to na Erica. – Sookie, co się stało dzisiejszego wieczoru?

Opowiedziałam jej pokrótce całą historię.

– I tak jednak czułabym się lepiej, gdybyś sprawdziła, czy zabezpieczenia działają.

– To jedna z rzeczy, które przyjechałam zrobić, Sookie.

Z jakiegoś powodu uśmiechnęła się promiennie do Erica.

Bob wszedł i stanął obok Amelii, a równocześnie nieco za nią.

– To nie były moje kocięta – oznajmił mi, a Northman wybałuszył oczy. Rzadko widziałam go tak autentycznie zaskoczonego. Ze wszystkich sił starałam się powstrzymać wybuch śmiechu. – To znaczy... wiem, że zmiennokształtni nie mogą płodzić dzieci ze zwierzętami, w które się zmieniają. Dlatego nie sądzę, żeby te kocięta były moje. Szczególnie że... zastanówcie się nad tym! Byłem przecież jedynie kotem zmienionym za sprawą magii, nie genetycznie...

– Kochanie, rozmawialiśmy już o tym – przerwała mu Amelia. – Nie musisz być taki zakłopotany. Postąpiłeś absolutnie naturalnie. Przyznaję, byłam z tego powodu trochę poirytowana, ale wiesz... wszystko, co się zdarzyło, stało się przecież z mojej winy.

– Nie martw się – powiedziałam do Boba. – Sam już przemówił w twojej obronie. – Uśmiechnęłam się.

Eric postanowił zlekceważyć naszą wymianę zdań.

– Sookie, muszę wrócić do „Fangtasii".

W tym tempie nigdy nie zdołamy niczego sobie powiedzieć!

– No dobrze, Ericu. Pozdrów ode mnie Pam, jeśli znowu ze sobą rozmawiacie.

– Pam jest dla ciebie lepszą przyjaciółką, niż sądzisz – mruknął ponuro.

Nie wiedziałam, jak na to odpowiedzieć. Zresztą, Eric odwrócił się tak szybko, że nawet nie zarejestrowałam wzrokiem jego odejścia. Po chwili po prostu usłyszałam trzaśnięcie drzwi jego auta, a sekundę później już się oddalał podjazdem. Nieważne ile razy byłam świadkiem tej wampirzej sztuczki, za każdym wrażenie robił na mnie fakt, że nieumarli potrafią poruszać się tak szybko.

Miałam nadzieję, że porozmawiam tej nocy z Amelią nieco więcej, ale, niestety, oboje postanowili pójść spać, zmęczeni drogą. Wyjechali z Nowego Orleanu po pełnym dniu pracy – Amelii w sklepie „Prawdziwa magia", Boba w salonie fryzjerskim „Happy Cutter". Po mniej więcej piętnastu minutach, w trakcie których krążyli między łazienką, kuchnią i samochodem, oboje ucichli w pokoju po drugiej stronie korytarza. Zdjęłam buty i poszłam zamknąć dom na klucz.

Akurat wzdychałam z ulgą, że kończy się ten długi dzień, kiedy rozległo się bardzo ciche stukanie do tylnych drzwi. Podskoczyłam jak żaba. Kto mógł się zjawić o tak późnej porze? Ostrożnie wyjrzałam na ganek za domem.

Bill. Nie widziałam go, odkąd jego „siostra" Judith pojechała się z nim zobaczyć. Debatowałam ze sobą przez kilka sekund, potem zdecydowałam, że wyślizgnę się na dwór i porozmawiam z Comptonem. Bill był dla mnie ważny: był moim sąsiadem, przyjacielem, pierwszym kochankiem. Nie bałam się go.

– Sookie – odezwał się. Jego chłodny, łagodny głos zadziałał na mnie tak odprężająco jak masaż. – Masz gości?

– Amelię i Boba – potwierdziłam. – Dopiero co przyjechali tutaj z Nowego Orleanu. Wróżek dziś nie ma. Sporo nocy spędzają ostatnio w Monroe.

– Zostaniemy tutaj, żeby nie budzić twoich przyjaciół?

To była dla mnie nowina, że nasza rozmowa może potrwać dłużej. Najwyraźniej Bill nie przyszedł, by po prostu pożyczyć szklaneczkę krwi. Machnęłam ręką w stronę mebli ogrodowych i usiedliśmy na krzesłach. Otoczyła nas ciepła noc z milionem typowych cichych dźwięków. W świetle ogrodowego reflektora podwórze za domem stanowiło niezwykły układ blasku i mroku.

Milczenie przeciągało się, i uprzytomniłam sobie, jaka jestem senna.

– Co u ciebie? – spytałam w końcu. – Czy Judith ciągle z tobą mieszka?

– Już całkowicie wyzdrowiałem po zatruciu srebrem – wyjaśnił.

– I... ach... zauważyłam, że dobrze wyglądasz – zreflektowałam się. Skóra wampira odzyskała swoją bladość i przejrzystość, zresztą nawet włosy wydawały się bardziej lśniące. – Dużo lepiej. Czyli że krew Judith pomogła.

– Tak. Ale teraz...

Popatrzył w dal, na nocny las.

O Jezu...

– Ona nadal chce z tobą mieszkać?

– Tak – przyznał krótko, zadowolony, że nie musi mi tego tłumaczyć. – Ona tego chce.

– Myślałam, że zachwycasz się nią, ponieważ jest z wyglądu tak bardzo podobna do twojej pierwszej żony. Judith powiedziała mi, że właśnie dlatego Lorena przemieniła ją w wampirzycę, chcąc zatrzymać ciebie przy sobie... To znaczy, przepraszam, że poruszam ten smutny temat.

– Wiesz, to prawda. Judith rzeczywiście wygląda jak moja pierwsza żona, pod wieloma względami. Jej twarz jest tego samego kształtu, głos bardzo podobny do głosu mojej małżonki. Jej włosy są tego samego koloru, jaki miała, gdy była dzieckiem. Judith została też wychowana na osobę bardzo subtelną, tak jak moja żona...

– Można by zatem przewidywać, że będzie w stanie cię uszczęśliwić... to znaczy, Judith – podsunęłam.

– A jednak nie. – Jego ton był ciężki od smutku. Bill wciąż spoglądał na drzewa, rozmyślnie nie patrząc mi w twarz. – I właściwie... właśnie dlatego nie zadzwoniłem do Judith, nawet kiedy zdałem sobie sprawę, jak bardzo jestem chory. Poprzednim razem, gdy byliśmy razem, musiałem rozstać się z nią z powodu przytłaczającej mnie obsesji, jaką miała na moim punkcie.

– Och – jęknęłam.

– Nie, nie, Sookie, ty postąpiłaś w sposób właściwy. Judith przyjechała do mnie i z chęcią zaofiarowała swoją krew. Ponieważ zaprosiłaś ją tutaj bez mojej wiedzy, przynajmniej nie mam poczucia winy, że ją wykorzystuję. Ponoszę winę tylko za to, że pozwoliłem jej zostać po... po tym jak się uleczyłem.

– A dlaczego na to pozwoliłeś?

– Ponieważ miałem nadzieję, że... jakoś... że moje uczucia do niej zmieniły się, że może żywię do niej prawdziwą miłość. To by mnie uwolniło od... – Zamilkł.

Mógłby zakończyć to zdanie słowami: „...miłości do ciebie". Lub może: „...(uwolniłoby mnie od) długu, który mam wobec niej za to, że mnie uzdrowiła".

Naprawdę czułam się trochę lepiej teraz, kiedy wiedziałam, że Bill cieszy się dobrym zdrowiem, nawet jeśli ceną był jego związek z Judith. Doskonale też rozumiałam, jak krępująca i nieprzyjemna jest to sytuacja, jeśli człowiek zostaje obarczony towarzystwem osoby, która go uwielbia, podczas gdy on sam nie odwzajemnia tych emocji. A kto odpowiada za to, że Judith siedzi Billowi na głowie? No cóż, ja. Nie znałam wtedy tego całego tła emocjonalnego. Zrozpaczona złym stanem Comptona, wymyśliłam, że osoba z jego „rodziny" może go uleczyć, później odkryłam, że istnieje taka osoba, i ją wytropiłam. Ponadto założyłam, że Bill nie skontaktował się z nią osobiście z powodu uporu, przekory, dumy czy nawet samobójczej depresji. Widocznie nie doceniłam jego woli życia.

– Co planujesz z nią zrobić? – spytałam z niepokojem i z przerażeniem czekałam na jego odpowiedź.

– Niczego nie musi ze mną robić – dobiegł z lasu cichy głos.

Zerwałam się z krzesła, jak gdyby ktoś właśnie potraktował mnie sporą dawką prądu. Bill zareagował jak na niego również bardzo energicznie – odwrócił głowę i otworzył szeroko oczy. Tak, tylko tyle, ale w przypadku wampirów takie zachowanie sugeruje wielkie zaskoczenie.

– Judith? – spytałam.

Dziewczyna wyszła spośród drzew. Była dość daleko, ale zdawało mi się, że ją rozpoznaję. Zewnętrzny reflektor zamontowany nad podwórzem nie sięgał aż do lasu, więc nie mogłam mieć całkowitej pewności, że to ona.

– Ciągle łamiesz mi serce, Billu – powiedziała.

Bardzo wolno odeszłam od krzesła. Może mogłabym wejść chyłkiem do domu. Może mogłabym uniknąć udziału w kolejnej paskudnej scenie – ponieważ, szczerze mówiąc, mijający dzień był nimi wypełniony po brzegi.

– Niech pani zostanie, panno Stackhouse – poprosiła Judith.

Była niską, krągłą kobietą o słodkiej buzi i gęstej burzy włosów, a nosiła się w taki sposób, jakby mierzyła z metr osiemdziesiąt.

Cholera! – pomyślałam.

– Na pewno musicie porozmawiać we dwoje – bąknęłam tchórzliwie.

– Każda rozmowa z Billem o miłości musi włączać pani osobę – wypaliła.

Och... Co za nonsens, pomyślałam. Tak bardzo nie chciałam być obecna przy tej rozmowie. Zagapiłam się na swoje stopy.

– Judith, przestań – nakazał Bill, choć głosem tak cichym i opanowanym jak zawsze. – Przyszedłem porozmawiać z przyjaciółką, której nie widziałem od tygodni.

– Słyszałam waszą rozmowę – odcięła się Judith. – Przyszłam tutaj za tobą z jednoznacznym zamiarem posłuchania tego, co masz jej do powiedzenia. Wiem, że nie uprawiasz seksu z tą kobietą. Wiem, że ona należy do innego mężczyzny. Ale wiem również, że pragniesz jej bardziej, niż kiedykolwiek pragnąłeś mnie. Nie będę uprawiać miłości fizycznej z mężczyzną, który się nade mną lituje. Nie zamierzam mieszkać z kimś, kto mnie nie chce. Jestem warta więcej! Przestanę cię kochać, nawet jeśli zajmie mi to resztę życia. Jeśli pozostaniesz tutaj jeszcze przez kilka minut, wrócę do twojego domu, spakuję swoje rzeczy i wyjadę.

Zaimponowała mi. Wszystko to zostało cholernie ładnie powiedziane i miałam nadzieję, że wampirzyca mówi poważnie. Nie skończyłam zastanawiać się nad całą sytuacją, a Judith już nie było. Raz, dwa, trzy i już zostaliśmy sami, ja i Bill.

Nagle Compton stanął tuż przede mną i objął mnie chłodnymi ramionami. Nie wydawało mi się zdradą wobec Erica dać się Billowi po prostu przez chwilę obejmować.

– Uprawiałeś z nią seks? – spytałam, próbując brzmieć obojętnie.

– Uratowała mnie przecież – odparł. – No i wyglądało na to, że tego oczekiwała. Poczułem, że tak będzie najwłaściwiej – podsumował.

Czy on mówił, że Judith kichnęła, a on jej pożyczył chusteczkę do nosa?! Naprawdę nie mogłam wymyślić, co mu odpowiedzieć. Ach, ci faceci! Żywi czy martwi, są w zasadzie tacy sami.

Zrobiłam krok w tył, a on natychmiast opuścił ręce.

– Naprawdę mnie kochasz? – spytałam. Albo byłam po prostu ciekawa, albo dostałam pomieszania zmysłów. – A może chodzi tylko o to, że tak wiele razem przeszliśmy i myślisz, że powinieneś mnie kochać?

Uśmiechnął się.

– Jedynie ty mogłaś coś takiego powiedzieć. Ale, cóż, tak, kocham cię. Uważam, że jesteś piękna, życzliwa i dobra, i potrafisz przy tym odważnie głosić swoje przekonania i walczyć o siebie. Masz w sobie mnóstwo wyrozumiałości i współczucia, lecz nie sposób nazwać cię naiwną. A jeśli miałbym mówić o cielesności, masz biust, który powinien dać ci tytuł Miss Ameryki, gdyby taki został zorganizowany w kategorii piersi.

– Cóż za niezwykły zestaw komplementów.

Namęczyłam się, lecz ostatecznie udało mi się zapanować nad uśmiechem.

– Bo jesteś niezwykłą kobietą.

– Dobranoc, Billu – odburknęłam.

Dokładnie wtedy zadzwoniła moja komórka. Podskoczyłam jak oparzona. Zapomniałam, że mam ją w kieszeni. Kiedy spojrzałam na numer, wiedziałam, że jest miejscowy, lecz go nie rozpoznawałam. Zresztą, żaden telefon o tak późnej porze nie oznacza niczego dobrego. Podniosłam palec, prosząc Billa, by chwilę zaczekał, i odebrałam, rzuciwszy w słuchawkę oględne:

– Tak, słucham?

– Sookie – odezwał się szeryf Dearborn – pomyślałem, że powinnaś wiedzieć. Sandra Pelt uciekła ze szpitala. Wymknęła się przez okno podczas gdy Kenya rozmawiała z doktorem Tonnesenem. Nie chcę, żebyś się martwiła. Jeśli potrzebujesz, możemy wysłać samochód pod twój dom. Jest ktoś z tobą?

Byłam tak wstrząśnięta, że przez kilka sekund nie potrafiłam odpowiedzieć.

– Tak, jest ktoś u mnie – odpowiedziałam w końcu.

W ciemnych oczach Billa widziałam teraz powagę. Podszedł bliżej i położył mi rękę na ramieniu.

– Ale powiedz, mam wysłać tam jakiś wóz patrolowy? – ciągnął szeryf. – Wprawdzie nie sądzę, żeby ta szalona kobieta postanowiła znowu ciebie odszukać. Myślę, że raczej znajdzie sobie jakąś kryjówkę i tam się zaszyje, lecząc rany. A jednak uznałem, że powinienem ci o tym powiedzieć, chociaż jest środek nocy.

– Cieszę się, że pan zadzwonił, szeryfie, dziękuję. Nie sądzę jednak, żebym potrzebowaławięcej pomocy. Są tutaj ze mną przyjaciele, dobrzy przyjaciele.

Spojrzałam Billowi w oczy.

Bud Dearborn powtórzył całą historię i zadał ponownie to samo pytanie jeszcze parę razy, w końcu jednak udało mi się zakończyć rozmowę, rozłączyć się i zastanowić nad konsekwencjami otrzymanej wiadomości. Jeszcze przed chwilą sądziłam, że przynajmniej jeden rodzaj moich problemów został rozwiązany. Niestety, myliłam się. Podczas gdy wyjaśniałam wszystko Billowi, zmęczenie, które odczuwałam już od jakiegoś czasu, zaczęło spadać na mnie niczym ciężki szary koc. W chwili, gdy skończyłam odpowiadać na pytania Billa, ledwie potrafiłam złożyć do kupy dwa słowa.

– Nie martw się – podsumował wampir. – Idź do łóżka. Będę obserwować dziś w nocy twój dom. Jadłem już i nie mam żadnych zajęć. A ta noc i tak nie wydaje mi się szczególnie dobra do pracy.

Stworzył kiedyś, prowadził i rozsyłał na płytach kompaktowych bazę danych, która stanowiła katalog wszystkich „żyjących" wampirów. Program był popularny nie tylko wśród nieumarłych, ale także wśród ludzi, szczególnie z firm marketingowych. Jednakże wersja sprzedawana opinii publicznej została ograniczona do tych wampirów, które wyraziły zgodę na włączenie do bazy, czyli była znacznie krótsza. Wciąż egzystuje wiele wampirów, które nie chcą, by ktokolwiek wiedział, że są martwe, co wydawało mi się naprawdę dziwne. W dzisiejszej przesiąkniętej nieumarłymi kulturze łatwo zapomnieć, że mogą istnieć wampiry, które nie chcą się ujawnić istotom ludzkim, wolą więc spać zagrzebane w ziemi albo w opuszczonych budynkach zamiast we własnym domu czy mieszkaniu.

A dlaczego o tym myślałam...? No cóż, bo lepiej myśleć o czymkolwiek niż o Sandrze Pelt.

– Dzięki, Billu – oznajmiłam z wdzięcznością. – Ostrzegam cię jednak, że ona jest nikczemna do entej potęgi.

– Widziałaś mnie w walce – odparował.

– Tak. Ale ty jej nie znasz. Jest strasznie podstępna i nawet cię nie ostrzeże przed atakiem.

– Będę zatem o kilka kroków przed nią, ponieważ wiem, jaka jest.

Że co?

– W porządku – mruknęłam, stawiając jedną stopę przed drugą w linii bardziej lub mniej prostej. – Dobrej nocy, Billu.

– Dobrej nocy, Sookie – odparł cicho. – Zamknij za sobą drzwi na klucz.

Tak zrobiłam, po czym weszłam do swojej sypialni, włożyłam koszulę nocną, położyłam się do łóżka i wreszcie zapadłam w sen.

ROZDZIAŁ ÓSMY

Wszystkie szkoły są zawsze mniej więcej takie same, prawda? Zawsze panuje w nich ten sam zapach: mieszanina kredy, szkolnych obiadów, wosku do podłogi, książek. Słychać rozbrzmiewające echem dziecięce głosy, głośniejsze rozmowy nauczycieli. Jest „sztuka" na ścianach i są ozdoby na drzwiach prowadzących do sal. Mała zerówka w Red Ditch niczym się zatem nie wyróżniała.

Trzymałam Huntera za rękę, a tymczasem Remy szedł powoli za nami. Ilekroć widziałam synka kuzynki Hadley, miałam wrażenie, że chłopiec coraz bardziej przypomina swoją zmarłą matkę. Miał jej ciemne oczy i włosy, a jego twarz powoli traciła dziecięcą pucułowatość i stawała się coraz bardziej owalna, jak jej.

Biedna Hadley. Miała trudne życie, choć przeważnie sama sobie była winna. A gdy w końcu znalazła prawdziwą miłość i została wampirzycą, zginęła, zabita przez zazdrośnika. Jej życie było ciekawe, lecz niezbyt długie. Oto dlaczego dziś ją zastępowałam... Przez moment zastanawiałam się, co by czuła, widząc mnie tutaj na jej miejscu. To powinno być jej zadanie – zaprowadzić syna do pierwszej szkoły, do zerówki, do której będzie uczęszczał od jesieni. Celem wizyty była pomoc świeżo upieczonym uczniom zerówki w oswojeniu się z wyobrażeniem szkoły, z wyglądem sal, biurek i nauczycieli.

Niektóre z dzieci przechodzących przez budynek rozglądały się wokół z ciekawością, nie ze strachem. Inne były milczące i patrzyły wybałuszonymi oczyma. Tak też właśnie wyglądał mój rzekomy „siostrzeniec" Hunter, ale w głowie słyszałam, że chłopiec niemal nie przestaje mówić. Hunter jest telepatą, tak samo jak ja. I to jest tajemnica, której strzegłam i będę strzec najpilniej ze wszystkich. Chcę, żeby kuzynek dorastał najbardziej zwyczajnie, jak to możliwe. Im więcej istot nadnaturalnych będzie wiedziało o jego zdolnościach, tym większe prawdopodobieństwo, że ktoś go porwie i wykorzysta, ponieważ dla wielu stworzeń telepaci są osobami niezwykle przydatnymi. Na pewno znalazłby się ktoś na tyle bezwzględny, żeby takie działanie przedsięwziąć. Nie sądzę, by Remy, ojciec Huntera, w ogóle brał taki problem pod uwagę. Nie, na razie Remy martwił się jedynie o to, jak jego syna odbierają otaczający go ludzie i czy go akceptują. To zresztą jest również wielki kłopot i wielka sprawa. Dzieci potrafią być nieprawdopodobnie okrutne, jeśli tylko wyczują, że ktoś jest inny. Wiem o tym aż za dobrze z własnego doświadczenia.

Gdy ludzie komunikują się telepatycznie, jest to w jakimś sensie oczywiste. O ile wiadomo na co zwrócić uwagę. Miny tych osób zmieniają się, gdy jeden rozmówca patrzy na drugiego, tak samo jak w trakcie normalnej pogawędki prowadzonej na głos. Z tego też względu starałam się patrzeć gdzieś w dal, z uśmiechem, często odwracając wzrok od dziecka. Hunter jest za mały, by wiedzieć, jak ukrywać fakt naszej komunikacji, więc cały ten obowiązek spadł na mnie.

„Czy wszystkie te dzieci będą siedziały w jednej klasie? – spytał.

– Mów głośno – wytknęłam mu szeptem. – Nie, Hunterze, zostaniecie podzieleni na grupy, a potem będziesz przebywał z wybraną grupą przez cały dzień. – Nie miałam pojęcia, czy zerówkę w Red Ditch cechuje taki sam harmonogram jak wyższe klasy szkoły, byłam jednak pewna, że zajęcia potrwają przynajmniej do obiadu. – Tato będzie cię przyprowadzał tutaj każdego ranka, a po popołudniu ktoś będzie cię odbierał.

Kto? – zastanowiłam się w myślach, a potem przypomniałam sobie, że Hunter mnie słyszy.

– Twój tato zdecyduje – dodałam. – Spójrz, ta klasa to Sala Foczek. Widzisz duży obrazek z foką? A to jest Sala Kucyka.

– Jest tu kucyk?

Najwyraźniej Hunter wyrośnie na optymistę.

– Nie, nie wydaje mi się, ale mogłabym się założyć, że znajdziesz w tym pomieszczeniu wiele zdjęć kucyków.

Wszystkie drzwi były otwarte, a nauczyciele przebywali w środku, uśmiechając się do dzieci i ich rodziców. Ze wszystkich sił starali się wyglądać na osoby ciepłe i serdeczne. Niektórzy oczywiście starali się bardziej niż inni.

Nauczycielka w Sali Kucyka, pani Gristede, była całkiem miłą kobietą, w każdym razie na pierwszy rzut oka. Hunter skinął głową.

Weszliśmy następnie do Sali Szczeniaczka, gdzie spotkaliśmy pannę O'Fallon. Po trzech minutach znaleźliśmy się z powrotem na korytarzu!

– Nie Sala Szczeniaczka – oświadczyłam Remy'emu, siląc się na spokój w głosie. – Możesz decydować, prawda?

– Tak, mogę zdecydować, ale tylko raz. To znaczy mam prawo powiedzieć, że w jednej z klas stanowczo nie chcę widzieć mojego dzieciaka – wyjaśnił.

Większość rodziców używa tej opcji w wypadku, gdy nauczyciel jest z nimi zbyt blisko spokrewniony lub zaprzyjaźniony, albo jeśli chodzi o jakiś spór.

– Więc nie wybieraj Sali Szczeniaczka – oznajmił twardo Hunter.

Wydawał się przerażony.

Panna O'Fallon wyglądała ślicznie na zewnątrz, w środku jednak była osobą bardzo zdemoralizowaną.

– A co jest z tą salą nie w porządku? – spytał Remy, również konfidencjonalnym tonem.

– Później ci powiem – ucięłam. – Chodźmy zobaczyć coś innego.

Ciągnięci przez Remy'ego, odwiedziliśmy jeszcze trzy inne klasy. Wszyscy pozostali nauczyciele wydawali się okej, chociaż panią Boyle mogłabym nazwać pedagogiem nieco wypalonym. Myślała szybko i w sposób świadczący o zniecierpliwieniu, a jej uśmiech był może trochę sztuczny. Nic nie powiedziałam o tym wszystkim Remy'emu. Skoro eksmąż mojej kuzynki mógł odrzucić tylko jednego nauczyciela, powinien bez wątpienia odrzucić pannę O'Fallon, gdyż była najbardziej niebezpieczna.

Wróciliśmy do sali pani Gristede, ponieważ Hunter wyraźnie bardzo lubił kucyki. W klasie przebywało dwoje innych rodziców z małymi dziewczynkami. Ścisnęłam lekko dłoń Huntera, przypominając mu w ten sposób o zasadach, które ustaliliśmy. Podniósł wzrok i popatrzył na mnie, a ja skinęłam głową, próbując go ośmielić. Puścił moją rękę i podszedł do strefy czytelniczej, gdzie wziął jedną z książek i zaczął przewracać strony.

– Lubisz czytać, Hunterze? – spytała pani Gristede.

– Lubię książki. Nie umiem jeszcze czytać. – Hunter odłożył książkę na miejsce, a ja przesłałam mu telepatycznie pochwałę.

Malec uśmiechnął się i wziął kolejną książkę, tym razem doktora Seussa o psach.

– Widzę, że Hunter jest inteligentny – zagaiła nauczycielka, uśmiechając się do Remy'ego i do mnie.

Remy przedstawił się jej.

– Jestem ojcem Huntera, a to jest jego kuzynka, Sookie – powiedział, skłaniając ku mnie głowę. – Zastępuje jego nieżyjącą mamę.

Pani Gristede przyjęła jego słowa do wiadomości.

– No cóż, cieszę się, że widzę oboje państwa – odparła. – Hunter wydaje się naprawdę bystrym małym chłopcem.

Zauważyłam, że dziewczynki zbliżają się do Huntera. Z tego co zrozumiałam, były odwiecznymi przyjaciółkami, a ich rodzice chodzili razem do tego samego kościoła. Postanowiłam sobie zapamiętać, żeby doradzić Remy'emu wybór jakiegoś Kościoła i udział w nabożeństwach. Jego synek będzie potrzebował wszelkiego możliwego wsparcia, i to ze wszystkich możliwych stron. Dziewczynki także zaczęły wybierać książki. Hunter uśmiechnął się do tej z krótkimi ciemnymi, równo obciętymi włosami przykrywającymi uszy i grzywką. Posłał jej spojrzenie z ukosa, jakie stosują nieśmiałe dzieci, gdy chcą ocenić potencjalnych towarzyszy zabaw.

– Ta mi się podoba – odezwała się dziewczynka i wskazała *Gdzie mieszkają dzikie stwory*.

– Nigdy jej nie czytałem – odparł Hunter. Książka wydawała mu się nieco przerażająca.

– Bawisz się klockami? – spytała druga dziewczynka, która nosiła jasnobrązową kitkę.

– Tak – odrzekł, a potem podszedł do pokrytej dywanem strefy gier i zabaw, a dokładniej do części przeznaczonej na budowanie; tak przynajmniej uznałam, ponieważ leżały tam układanki i klocki wszelkiej możliwej wielkości.

Minutę później troje dzieci już coś konstruowało, usiłując realizować projekty, które zrodziły się w ich małych główkach.

Remy uśmiechał się. Miał nadzieję, że tak będzie wyglądał każdy dzień syna. Cóż, rzecz jasna, codziennie tak nie będzie. Nawet teraz Hunter patrzył podejrzliwie na dziewczynkę z kitką, ponieważ zaczynała się złościć na brunetkę za to, że koleżanka zabiera jej wszystkie klocki z literkami alfabetu.

Inni rodzice przyglądali mi się z niejaką ciekawością.

– Nie mieszka pani tutaj? – zapytała w końcu jedna z matek.

– Nie – odparłam. – Mieszkam w Bon Temps. Ale Hunter chciał, żebym mu tutaj dziś towarzyszyła, a to mój ulubiony mały kuzynek.

O mało nie nazwałam go siostrzeńcem, ponieważ on zwracał się do mnie „cociu Sookie".

– Remy – powiedziała ta sama kobieta. – Jesteś stryjecznym wnukiem Hanka Savoya, zgadza się?

Remy kiwnął głową.

– Tak, przyjechaliśmy tutaj po Katrinie i zostaliśmy – odrzekł.

Wzruszył ramionami. Człowiek nic nie mógł zrobić, jeśli stracił wszystko podczas Katriny. To był straszny kataklizm.

Przez chwilę rodzice ściskali sobie dłonie, a ja poczułam, że Remy'ego otacza sympatia. Może ta życzliwość obejmie również małego Huntera.

Podczas gdy oni się zaprzyjaźniali, ja udałam się z powrotem do sali panny O'Fallon.

Młoda kobieta uśmiechała się właśnie do dwojga dzieci, które chodziły po wesoło przyozdobionej sali lekcyjnej. Rodzice jednego z dzieci nie odstępowali na krok swojej pociechy. Może wyczuwali negatywne wibracje płynące od nauczycielki, a może po prostu zawsze w ten sposób chronili swoje dziecko.

Podeszłam blisko do panny O'Fallon i otworzyłam usta, chcąc coś powiedzieć. Miałam ochotę oznajmić jej: „Niech pani zatrzyma te fantazje dla siebie. Niech pani nawet nie myśli o takich rzeczach, kiedy przebywa pani w tym samym pomieszczeniu z dziećmi". Ugryzłam się jednak w język i zastanowiłam. Ta kobieta widziała, że przyszłam tutaj z Hunterem. Jeśli jej jakoś zagrożę lub źle rozegram całą sprawę, to czy chłopiec nie stanie się celem nikczemnej wyobraźni tej pseudonauczycielki? Nie będzie mnie tutaj na co dzień i w razie niebezpieczeństwa nie zdołam go uratować. Nie byłabym w stanie powstrzymać tej kobiety. Pośpiesznie szukałam w głowie sposobu pozbycia się jej. Przecież nie postąpiła jeszcze niegodziwie, nie zrobiła nic złego w kategoriach prawa czy moralności... jak do tej pory! Więc, jeśli nawet roiła sobie, że pozakleja dzieciom usta, co z tego? Nikomu nie wyrządziła jeszcze krzywdy. „Czy wszyscy nie fantazjujemy czasem o strasznych rzeczach, których potem wcale nie robimy?" – zapytała sama siebie w myślach i dzięki odpowiedzi twierdzącej na to pytanie poczuła się... w porządku. Cóż, nie wiedziała, że słyszę jej myśli.

A ja? Czy byłam lepsza niż panna O'Fallon? To okropne pytanie przemknęło mi przez głowę niemal natychmiast. Pomyślałam: tak, jestem lepsza, a przynajmniej nie taka zła, ponieważ nie opiekuję się dziećmi. Ludzie, których pragnę skrzywdzić, są dorośli. I sami są zabójcami. Tak, nie byłam przez to ani trochę lepsza, lecz na moim tle panna O'Fallon wypadała o wiele gorzej.

Gapiłam się na nią tak długo, że aż ją wystraszyłam.

– Chciała pani spytać o coś z programu nauczania? – spytała ostatecznie z lekką irytacją w głosie.

– Dlaczego została pani nauczycielką? – odpowiedziałam pytaniem.

– Uznałam, że cudownie będzie uczyć maluchy pierwszych rzeczy, których muszą się dowiedzieć, aby poradzić sobie w świecie – wyrecytowała bez wątpienia wyklepaną na blachę formułkę.

A tak naprawdę przez myśl przeszło jej zupełnie inne zdanie: „Miałam kiedyś nauczycielkę, która mnie torturowała, kiedy nikt nie patrzył, a poza tym lubię istoty małe i bezsilne".

– Hmm... – odburknęłam. Inni goście wyszli już z sali i zostałyśmy same. – Potrzebuje pani terapii – powiadomiłam ją szybko i cicho. – Jeśli kiedyś zrobi pani to, co chodzi pani po głowie, znienawidzi pani siebie na zawsze. I zniszczy pani innym ludziom życie dokładnie w ten sam sposób, w jaki ktoś zniszczył pani życie. Nie pozwól jej wygrać, kobieto! Zwróć się o pomoc.

Przez chwilę patrzyła na mnie.

– Nie wiem... Co, do diabła...

– Mówię całkowicie poważnie – wyznałam, odpowiadając na niezadane pytanie. – Całkowicie poważnie.

– Zrobię to – obiecała mi, chociaż ciężko jej to przyszło. – Przysięgam, że to zrobię.

– Lepiej niech tak się stanie – odparłam.

Spojrzałam jej w oczy, a potem opuściłam Salę Szczeniaczka.

Miałam nadzieję, że przeraziłam ją dostatecznie lub wstrząsnęłam jej sumieniem na tyle, że kobieta faktycznie dotrzyma złożonego mi przyrzeczenia. Jeśli nie, no cóż, będę musiała wymyślić inną metodę pozbycia się jej.

– Na razie moja praca tu jest skończona – burknęłam do siebie, za co otrzymałam nerwowe spojrzenie od bardzo młodego ojca.

Uśmiechnęłam się do niego, a on po chwili wahania odwzajemnił się tym samym. Dołączyłam do Remy'ego i Huntera, i wspólnie zakończyliśmy nasz obchód po pomieszczeniach zerówki bez dalszych incydentów. Chłopiec popatrzył na mnie z wielkim niepokojem w oczach, a ja pokiwałam głową.

„Załatwione" – zapewniłam go i modliłam się, żeby to była prawda.

Ponieważ było zbyt wcześnie na kolację, Remy zaproponował, żebyśmy poszli do „Dairy Queen" i zafundowali Hunterowi lody, a ja się zgodziłam. Chłopiec był nieco zaniepokojony, a równocześnie podniecony szkolną wyprawą. Próbowałam go uspokajać telepatyczną pogawędką.

„Możesz mnie zaprowadzić do szkoły tego pierwszego dnia, ciociu Sookie?" – spytał, a ja potrzebowałam chwili, żeby sformułować odpowiedź.

„Nie, Hunterze, to jest zadanie twojego taty" – odparłam. „Ale kiedy ten dzień minie, po powrocie do domu zadzwoń do mnie koniecznie i wszystko mi opowiedz, dobrze?".

Popatrzył na mnie wielkimi, smutnymi oczyma.

„Ale tak bardzo się boję".

Wiedziałam, że muszę go jakoś przekonać.

„Wiem, że może jesteś zdenerwowany, ale pamiętaj, że wszyscy inni również tak się tam będą czuli. A to jest twoja szansa na zdobycie przyjaciół, więc nie zapomnij, że powinieneś trzymać buzię na kłódkę, aż wszystko sobie poukładasz w głowie".

„W przeciwnym razie ludzie nie będą mnie lubić?".

„Nie!" – odparłam, starając się wyjaśnić mu wszystko jak najlepiej. Chciałam, żeby dobrze pojął całą sprawę. „Nie zrozumieją cię. A to bardzo duża różnica".

„Ty mnie lubisz?".

– Och, ty mały łobuziaku, wiesz, że bardzo cię lubię – odparłam, uśmiechając się do niego i zaczesując mu włoski z czoła w tył.

Zerknęłam na Remy'ego, który stał w kolejce do lady po lody Blizzard dla całej trójki. Mężczyzna pomachał do mnie i zrobił zabawną minę, patrząc na synka. Bardzo się starał podchodzić do nowej sytuacji spokojnie. Wciąż dorastał do roli ojca wyjątkowego dziecka.

Wyobraziłam sobie, że będzie mógł się całkowicie odprężyć za jakieś – plus, minus – dwanaście lat.

„Wiesz, że twój tato cię kocha, i wiesz, że chce dla ciebie tego co najlepsze" – przesłałam Hunterowi.

„Chce, żebym był taki sam, jak wszystkie inne dzieci" – odparował chłopiec, na wpół zasmucony, na wpół urażony.

„Nie, pragnie tylko, żebyś był szczęśliwy. A wie, że im więcej osób odkryje twój dar, tym mniejsze będziesz miał szanse na radosne dzieciństwo. Co do mnie, mam świadomość, że jeśli każę ci zachować swój talent w sekrecie, możesz uznać, że to nieuczciwe. Ale to twoja jedyna tajemnica, nie masz innej. Jeżeli ktoś zacznie cię nagabywać o twój dar, natychmiast powiedz o tym swojemu tacie lub zatelefonuj do mnie. Podobnie, jeżeli odkryjesz, że ktoś w twoim otoczeniu jest jakiś dziwny, opowiedz o tym tacie. Albo jeśli ktoś będzie usiłował cię dotknąć w sposób, który nie będzie ci się podobał".

No, teraz to pewnie naprawdę go przeraziłam.

Na szczęście, przyjął do wiadomości moje słowa dość spokojnie.

„Wiem, co oznacza zły dotyk" – powiedział, przełknąwszy ślinę.

„Jesteś bardzo bystrym chłopcem i zdobędziesz wielu przyjaciół. Po prostu masz pewną... cechę, o której oni nie muszą wiedzieć".

„Ponieważ jest zła?". Mięśnie jego szczęki napięły się i Hunter wyglądał na zrozpaczonego.

„Nie, dzieciaku, do diabła!" – mruknęłam z oburzeniem. „Nic złego z tobą, kumplu. Po prostu my oboje, ty i ja jesteśmy inni niż reszta, a ludzie nie zawsze rozumieją tych, którzy się od nich różnią. Koniec wykładu".

Cmoknęłam go w policzek.

– Hunterze, przynieś nam serwetki – poprosiłam na głos, w zwyczajny sposób, gdyż zobaczyłam, że Remy niesie plastikową tacę z naszymi lodami. Dla siebie zamówiłam lody z groszkiem czekoladowym i aż mi ślinka ciekła, kiedy rozkładaliśmy serwetki i wbijaliśmy łyżeczki w grzeszny przysmak.

Do restauracji weszła w tym momencie młoda kobieta z długimi do podbródka czarnymi włosami, dostrzegła nas i pomachała nam niezdecydowanym ruchem.

– Spójrz, kumplu, to Erin – powiedział Remy.

– Hej, Erin! – Hunter z kolei pomachał kobiecie z entuzjazmem; jego rączka poruszała się jak mały metronom.

Kobieta podeszła, chociaż wciąż wyglądała jak ktoś niepewny reakcji, z jaką się spotka.

– Cześć – zagaiła, rozglądając się po stolikach. – Panie Hunter... dobrze pana widzieć tego pięknego popołudnia!

W odpowiedzi chłopiec wyszczerzył do niej zęby w uśmiechu i rozpromienił się. Lubił, żeby go nazywać „panem Hunterem". Erin miała ładne, krągłe policzki, a jej migdałowe oczy były intensywnie brązowe.

– To jest moja ciocia Sookie! – oznajmił mój mały kuzynek z dumą.

– Sookie, to jest Erin – dodał Remy.

Z jego myśli wyczytałam, że lubi tę młodą kobietę bardziej niż trochę.

– Erin, dużo o tobie słyszałam – odezwałam się. – Miło mi spotkać cię osobiście. Hunter chciał, żebym mu towarzyszyła na spotkaniu w zerówce i podczas zwiedzania klas.

– I jak poszło? – spytała Erin, szczerze zainteresowana.

Chłopiec zaczął jej opowiadać wszystko po kolei, a Remy podskoczył po krzesło dla przyjaciółki.

Później spędziliśmy przyjemnie czas. Hunter chyba naprawdę lubił Erin, a ona autentycznie odwzajemniała jego uczucia. Była także zainteresowana ojcem malca, a Remy zaczynał powoli szaleć na jej punkcie. Ogólnie rzecz biorąc, dziś po południu cieszyłam się, że potrafię czytać w myślach.

– Panno Erin – odezwał się Hunter – ciocia Sookie powiedziała, że nie pójdzie ze mną do szkoły pierwszego dnia. A ty pójdziesz?

Dziewczyna była zarówno przestraszona, jak i zadowolona.

– Jeśli twój tato się zgodzi i zdołam się wyrwać z pracy – odparła, starając się postawić kilka warunków, na wypadek gdyby Remy miał jakieś obiekcje... albo gdyby ona i on zerwali ze sobą przed końcem sierpnia. – To bardzo słodko z twojej strony, że mnie poprosiłeś – dodała.

Po pewnym czasie Remy zabrał Huntera do toalety, a ja zostałam sama z Erin. Przyglądałyśmy się sobie z ciekawością.

– Od jak dawna ty i Remy się widujecie? – spytałam. Wyglądało mi to na dość bezpieczny temat.

– Och, to trwa dopiero miesiąc – odrzekła. – Lubię Remy'ego i sądzę, że może mogłoby być między nami coś poważniejszego, ale na razie minęło za mało czasu i trudno cokolwiek powiedzieć. Nie chcę, żeby Hunter uzależnił się jakoś ode mnie, bo może się zdarzyć, że jednak nie wyjdzie mi z jego ojcem. Poza tym... – Wahała się przez długą minutę. – Kristen Duchesne uważa, że z Hunterem jest coś nie tak. Rozpowiedziała o tym wszystkim wokół. Ale ja naprawdę zaczynam się przywiązywać do tego małego chłopca.

W jej oczach widniało oczywiste pytanie.

– Jest trochę inny niż większość dzieci – przyznałam. – Ale wszystko z nim w porządku. Nie jest psychicznie chory, nie ma żadnych problemów z przyswajaniem wiedzy ani nie został opętany przez diabła. – Przy ostatnich słowach lekko się uśmiechnęłam.

– Nigdy nie widziałam żadnych oznak niczego takiego – zgodziła się ze mną Erin. Ona również się do mnie uśmiechnęła. – A jednak obawiam się, że nie wiem wszystkiego.

Nie zamierzałam jej zdradzić sekretu Huntera!

– Ten chłopiec po prostu potrzebuje szczególnej miłości i troski – oznajmiłam. – Nigdy tak naprawdę nie miał przecież matki i jestem pewna, że pomogłoby mu, gdyby pojawiła się w jego życiu kobieta, która choć częściowo pełniłaby taką rolę.

– I to nie będziesz ty – powiedziała to takim tonem, jak gdyby jedynie po części zadawała mi pytanie.

– Och, nie – zapewniłam ją z ulgą, że mam szansę wyjaśnić wszelkie ewentualne niejasności. – To na pewno nie będę ja. Remy wydaje mi się całkiem fajnym facetem, ale spotykam się z kimś innym.

Udało mi się wydrapać z kubeczka jeszcze jedną łyżeczkę lodów z czekoladowymi groszkami.

Erin zapatrzyła się na szklankę i rozmyślała. A ja oczywiście jej w tym towarzyszyłam. Odkryłam, że nigdy nie lubiła Kristen i nie miała zbyt dobrego zdania o inteligencji tamtej czy jej sprawności intelektualnej. Szczerze lubiła natomiast Remy'ego, zresztą z każdym dniem coraz bardziej. A Huntera kochała.

– W porządku – oświadczyła. – W porządku.

Zerknęła na mnie i skinęła mi głową. Ja również pokiwałam. Wyglądało na to, że zawarłyśmy jakieś porozumienie. Kiedy mężczyzna i chłopiec wrócili z toalety, pożegnałam się z całą trójką.

– Och, czekajcie... Remy, możesz wyjść ze mną na dwór, jeśli Erin nie miałaby nic przeciwko temu i popilnowałaby chwilę Huntera?

– Z wielką chęcią – odparła Erin.

Uściskałam ponownie małego kuzynka, pogłaskałam go i uśmiechnęłam się, a potem ruszyłam ku drzwiom.

Remy szedł za mną z niepewną, a może nawet zalęknioną miną. Stanęliśmy kawałeczek od drzwi.

– Wiesz, że Hadley zostawiła resztę swojego dobytku mnie – zaczęłam.

Ten temat mi ciążył.

– Prawnik mi powiedział – przyznał Remy.

Z jego twarzy nie sposób było wyczytać żadnych emocji, ja jednak mam przecież swoje metody, więc wiedziałam, że mężczyzna jest całkowicie spokojny.

– Nie jesteś wściekły?

– Nie, nie chcę niczego, co należało do Hadley.

– A jednak dla Huntera... na jego naukę w college'u. Gotówki nie było zbyt dużo, ale otrzymałam trochę dobrej jakości biżuterii i mogłabym ją sprzedać.

– Założyłem dla niego fundusz szkolny – odparł Remy. – Jedna z moich stryjecznych ciotek twierdzi, że zamierza zostawić wszystko, co ma, mojemu Hunterowi, ponieważ nie posiada własnych dzieci. Hadley nieźle dała mi w kość i przeszedłem z nią piekło, a później się okazało, że wcale nie obchodził jej własny syn, więc nie zadbała nawet o jego przyszłość. Nie, nie, niczego nie chcę.

– Wiesz, trzeba jej oddać sprawiedliwość, że nie spodziewała się umrzeć młodo... Właściwie, w ogóle nie spodziewała się umrzeć... kiedykolwiek – tłumaczyłam mu. – Jestem przekonana, że nie wymieniła Huntera w testamencie, ponieważ nie chciała, żeby ktokolwiek o nim wiedział. Inaczej ktoś mógłby go wykorzystać jako zakładnika i szantażować ją.

– Mam nadzieję, że tak właśnie było – odparował Remy. – To znaczy... mam nadzieję, że myślała o nim. Ale brać jej pieniądze, wiedząc, jak się przemieniła, jak je zdobyła... nie, gdy pomyślę o całej sprawie, mam wyłącznie mdłości.

– No dobrze – westchnęłam. – Jeśli przemyślisz tę kwestię i zmienisz zdanie, zadzwoń do mnie, ale do jutra wieczorem! Nigdy nie wiadomo, kiedy wpadnę w szaleństwo zakupowe albo postanowię zabrać tę biżuterię do kasyna i wymienić ją tam na żetony, które położę na jakimś stoliku do gry...

Uśmiechnął się.

– Dobra z ciebie kobieta – podsumował, po czym wrócił do przyjaciółki i syna.

Wsiadłam do auta i ruszyłam do domu z czystym sumieniem i szczęśliwszym sercem.

Tego dnia przepracowałam już pół wczesnej zmiany (Holly wzięła za mnie drugą połowę i własną zmianę), więc teraz byłam wolna. Pomyślałam, czy nie powinnam dłużej się zastanowić nad listem od babci. Wizyta pana Cataliadesa u nas, kiedy ja i brat byliśmy małymi dziećmi, *cluviel dor*, podstępy, za pomocą których kochanek babci ją oszukiwał... Najprawdopodobniej, kiedy nieszczęsnej zdawało się, że wyczuwa obecność Fintana, a później widziała męża, tak naprawdę miała do czynienia z przebranym za dziadka Fintanem. Trudno mi było to wszystko zrozumieć.

Po powrocie do domu odkryłam, że Amelia i Bob są zajęci rzucaniem zaklęć. Chodzili wokół domu, każde w innym kierunku, śpiewając i machając kadzidłem jak księża w Kościele katolickim.

W niektóre dni odkrywałam, jak to dobrze, że mieszkam za miastem.

Nie chciałam przerywać im koncentracji, więc poszłam na spacer do lasu. Zastanawiałam się, gdzie znajduje się portal i czy zdołam go odróżnić od tła. „Cienkie miejsce" – tak je nazwał kiedyś Dermot. Czy potrafię dostrzec

„cienkie miejsce"? Przynajmniej znałam kierunek, poszłam zatem na wschód.

Było ciepłe popołudnie i spociłam się, ledwie ruszyłam drogą przez las. Promienie słońca przebiły się przez gałęzie, tworząc tysiące wzorów, ptaki i owady wydawały z siebie setki różnych odgłosów, które sprawiały, że w lesie nie sposób było znaleźć ciszę. Niedługo zapadnie wieczór, a wówczas promienie słońca staną się krótsze, bardziej ukośne i w tym słabym świetle chodzenie wśród drzew będzie mniej pewne. Wtedy ptaki zamilkną, za to zaczną koncert stworzenia nocy.

Przemieszczałam się wśród zarośli, myśląc o czekających mnie godzinach. Zadawałam sobie pytanie, czy Judith, tak jak zapowiedziała, zapakowała już wszystkie rzeczy i odjechała. Zastanawiałam się, czy – jeśli tak się stało – Bill czuje się samotny po jej odejściu. Zakładałam, że nikt nie zjawił się na moim dziedzińcu ubiegłej nocy, ponieważ przespałam całą, aż do rana.

Później zaczęłam oczywiście rozważać problem związany z Sandrą Pelt. Kiedy dziewczyna znowu spróbuje mnie zabić? Ogarnęły mnie podejrzenia, że mój spacer po lesie nie jest zbyt dobrym pomysłem, lecz już weszłam na maleńką polanę położoną jakieś czterysta metrów, nieznacznie na południowy wschód, od tylnych drzwi prowadzących do mojego domu.

Byłam raczej pewna, że właśnie na tej małej polanie znajduje się to cienkie miejsce. Tyle że... nie miałam powodów do pewności, że w ogóle zdołam dostrzec portal. Polanę gęsto porastały dzikie trawy, lecz nie było tu żadnych krzewów, żadnej roślinności sięgającej mi wyżej niż do połowy łydki. Żadne winorośle nie płożyły się też po ziemi, nigdzie nie opadały gałęzie, gdyż nie było tu ani krzewów, ani drzew.

Zanim wyszłam z lasu na polanę, z wielką dbałością obejrzałam podłoże. Nie miałam ochoty dać się złapać w pułapkę wróżek, tak, to była ostatnia rzecz, jakiej potrzebowałam. Nie zdołałam jednak zobaczyć niczego niezwykłego z wyjątkiem być może... no tak, widziałam, że w pewnym punkcie polany powietrze lekko drży. A dokładnie w samym jej środku. Było to dziwne miejsce – gdy patrzyłam na nie wprost, wisiało w powietrzu na wysokości moich kolan. Miało kształt małego, nieregularnego kręgu, o średnicy około czterdziestu centymetrów, w którym powietrze wydawało się jakby zniekształcone i kojarzyło się trochę ze złudami widzianymi podczas upałów. Czyżby tam było gorąco? Ciekawiło mnie to.

Uklękłam wśród zielska oddalona mniej więcej o długość ramienia od drżącego powietrza. Wyrwałam jedno z większych źdźbeł trawy i bardzo nerwowo wsunęłam je w zniekształcony obszar.

Puściłam je, a ono tam zniknęło! Pośpiesznie cofnęłam palce, piszcząc z zaskoczenia.

Czyli ustaliłam coś, chociaż nie byłam pewna co. Jeśli wcześniej wątpiłam w słowa Claude'a, tutaj miałam potwierdzenie, że kuzyn mówił prawdę. Bardzo ostrożnie przysunęłam się trochę bliżej drgającego powietrza.

– Cześć, Niallu – powiedziałam. – Jeśli mnie słuchasz, jeśli tam jesteś... Wiedz, że tęsknię za tobą.

Żadnej odpowiedzi naturalnie nie otrzymałam.

– Mam sporo kłopotów, ale przypuszczam, że ty również – ciągnęłam, starając się nie narzekać. – Nie wiem, jak świat wróżek łączy się z naszym. Czy wy wszyscy chodzicie wokół nas, tyle że pozostajecie dla nas niewidzialni? A może żyjecie w całkiem innym świecie, takim jak Atlantyda? – Wiedziałam, że ta „rozmowa" jest raczej mało przekonująca i zdecydowanie jednostronna, bardziej jak monolog. – No dobrze, lepiej wrócę do domu, nim zapadnie zmrok. Jeśli będziesz mnie potrzebował, przyjdź się ze mną spotkać. Naprawdę za tobą tęsknię.

Nadal nic się nie zdarzyło.

Zarówno zadowolona z siebie, że znalazłam „cienkie miejsce", jak i rozczarowana, że moja wyprawa niczego nie zmieniła, ruszyłam z powrotem do domu przez las.

Okazało się, że Bob i Amelia skończyli już działania magiczne na dziedzińcu, a Bob zdążył nawet rozpalić grill. Wraz z Amelią zamierzali upiec befsztyki. Chociaż zjadłam lody z Remym i Hunterem, nie mogłam sobie odmówić befsztyku natartego sekretnymi przyprawami Boba. Amelia pokroiła ziemniaki, zawinęła je w folię i położyła na grillu. Cieszyłam się jak dziecko. Zadeklarowałam się, że przygotuję kabaczek.

Z nimi czułam się w moim domu szczęśliwsza. I bardziej bezpieczna.

Podczas jedzenia Amelia opowiedziała nam kilka zabawnych historyjek o swojej pracy w sklepie „Prawdziwa magia", a Bob na tyle się odprężył, że zaczął imitować co dziwniej zachowujących się kolegów z pracy w salonie fryzjerskim dla mężczyzn i kobiet. Fryzjerka, którą zastąpił w salonie, tak bardzo się zniechęciła komplikacjami związanymi z życiem w Nowym Orleanie po Katrinie, że załadowała cały swój dobytek na samochód i wyjechała do Miami. Bob dostał tę robotę, ponieważ był pierwszą wykwalifikowaną osobą, która weszła drzwiami po wyjściu poprzedniczki. W odpowiedzi na moje pytanie, czy to był zwykły zbieg okoliczności, mężczyzna tylko się uśmiechnął. Co jakiś czas widziałam u niego przebłysk tego, co fascynowało Amelię w nim – osobniku, który zazwyczaj wyglądał jedynie jak chudy, rozczochrany sprzedawca encyklopedii. Opowiedziałam mu o Immanuelu i mojej fryzurze wykonanej z konieczności, a on odparł, że Immanuel wykonał świetną robotę.

– Czyli poprawiliście zabezpieczenia? Skończyliście? – spytałam.

Chociaż strasznie chciałam poznać odpowiedź, pragnęłam też, by zmiana tematu wydała im się przypadkowa.

– No pewnie – odrzekła z dumą moja dawna lokatorka. Ukroiła kolejny kawałek befsztyku. – Teraz zaklęcia ochronne działają jeszcze lepiej. Smok by się przez nie nie przedostał. Nie przejdzie nikt, kto zamierza zrobić ci krzywdę.

– Czyli że jeżeli jakiś smok zaprzyjaźni się ze mną... – zaczęłam, na wpół tylko żartując, lecz Amelia przerwała mi i pacnęła mnie w rękę widelcem.

– Nie ma czegoś takiego, w każdym razie o żadnym nie słyszałam. – Zadumała się. – No, nigdy oczywiście nie widziałam żadnego smoka.

– Oczywiście – mruknęłam.

Nie wiedziałam, co czuć – ulgę czy niepokój.

– Amelia ma dla ciebie niespodziankę – wtrącił Bob.

– Tak?

Usiłowałam mówić bardziej zrelaksowanym tonem, chociaż wcale nie byłam odprężona.

– Znalazłam lekarstwo – oświadczyła, na wpół z dumą, na wpół nieśmiało. – To znaczy... no wiesz, prosiłaś mnie o to, kiedy wyjeżdżałam. Ciągle szukałam sposobu przerwania więzi krwi. I w końcu go znalazłam.

– Jak?

Bardzo starałam się w tej chwili ukryć, jak strasznie mnie tym stwierdzeniem wytrąciła z równowagi.

– Najpierw zapytałam Octavię. Nie wiedziała, co robić, ponieważ nie specjalizuje się w magii wampirzej, ale napisała e-maile do paru swoich starszych przyjaciół z innych kowenów, a oni zrobili małe rozpoznanie. Poszukiwania zajęły trochę czasu, czasem jakiś pomysł kończył się ślepą uliczką, ostatecznie jednak znalazłam zaklęcie, które nie kończy się śmiercią jednego z... połączonych.

– Jestem w szoku – wyznałam i była to absolutna prawda.

– Mam je wypowiedzieć dziś wieczorem?

– Chcesz powiedzieć, że... teraz?

– Tak, po kolacji.

Czarownica Amelia wyglądała teraz na nieco mniej szczęśliwą, ponieważ nie otrzymała ode mnie reakcji, jakiej oczekiwała. Bob popatrzył na swoją dziewczynę, a potem na mnie. On również miał nietęgą minę. Zakładał wcześniej, że będę zachwycona i wdzięczna, a moje zachowanie było zdecydowanie odmienne.

– Nie wiem. – Odłożyłam widelec. – To na pewno nie zrani Erica?

– Jak gdyby cokolwiek mogło zranić tak starego wampira – odburknęła. – Szczerze mówiąc, Sookie... dlaczego martwisz się o niego...?

– Bo go kocham – odpowiedziałam.

Oboje wpatrywali się we mnie zaskoczeni.

– Naprawdę? – spytała cicho przyjaciółka.

– Powiedziałam ci to, zanim wyjechałaś, Amelio.

– Przypuszczam, że po prostu chyba nie chciałam ci uwierzyć. Jesteś pewna, że to uczucie w tobie pozostanie, jeśli przerwiemy więź?

– Tego właśnie pragnę się dowiedzieć.

Czarownica skinęła głową.

– Tak, musisz się dowiedzieć. I musisz się od niego uwolnić.

Słońce właśnie zaszło i poczułam, że Eric się budzi. Jego osoba jakoś mi stale towarzyszyła, była ze mną jak cień: swojski, irytujący, uspokajający, nachalny... Tak, wszystkie te rzeczy naraz.

– Jeśli jesteś gotowa, zrób to teraz – poprosiłam. – Zanim stracę całą odwagę.

– Rzeczywiście, to dobra pora na zrobienie czegoś takiego – stwierdziła. – Zachód słońca. Koniec dnia. Ogólnie, wszelkie zakończenia... Tak, to ma sens.

Pośpieszyła do sypialni. Wróciła po paru minutach z kopertą i trzema słoiczkami: małymi słoiczkami na chromowanym stojaczku, takimi, w których kelnerka w restauracji przynosi do śniadania dżemy. Słoiczki były w połowie napełnione jakimiś mieszankami ziół. Sama Amelia nosiła teraz fartuszek. Widziałam, że w jednej kieszeni ma jakieś przedmioty.

– No dobra – oznajmiła i wręczyła kopertę Bobowi, który wyjął z niej kartkę i przeczytał szybko treść, a wtedy na jego szczupłej twarzy pojawiła się marsowa mina.

– Musimy wyjść na dziedziniec – wyrecytował, więc we troje opuściliśmy kuchnię, przeszliśmy przez tylny ganek i znaleźliśmy się na podwórzu, niesamowicie pachnącym smażonym mięsem, toteż, mijając mój stary grill, ponownie wdychaliśmy ten sam aromat.

Czarownica ustawiła w jednym miejscu mnie, w innym Boba, a potem rozmieściła także słoiczki po dżemie. Bob i ja mieliśmy po jednym na ziemi, za sobą, a jeden stał tam, gdzie zamierzała stanąć Amelia. W ten sposób utworzyliśmy trójkąt. Nie zadawałam żadnych pytań. Prawdopodobnie i tak nie dałabym wiary otrzymanym odpowiedziom.

Amelia podała mi pudełko zapałek, drugie wręczyła Bobowi, trzecie zatrzymała dla siebie.

– Kiedy ci powiem, zapalisz swoje zioła. Potem obejdziesz swój słoik trzykrotnie, koniecznie w stronę przeciwną do kierunku ruchu wskazówek zegara – poleciła. – Po trzecim obejściu zatrzymasz się na swoim miejscu. Później wypowiemy pewne słowa... Bob, pamiętasz je, prawda? Kartkę musimy dać Sookie.

Bob popatrzył znowu na papier, kiwnął głową i podał mi kartkę. Widziałam tekst tylko dzięki światłu zewnętrznego reflektora, ponieważ teraz, kiedy słońce zaszło, coraz szybciej zapadał zmrok.

– Gotowi? – spytała czarownica.

W półmroku wyglądała starzej i bardziej twardo.

Skinęłam głową, zastanawiając się, czy rzeczywiście jestem gotowa.

– Tak – powiedział głośno Bob.

– Potem odwróć się i rozpal swój ogień – poleciła Amelia, a ja jak robot postąpiłam tak, jak mi kazała.

Śmiertelnie się bałam, chociaż nie byłam pewna dlaczego. Przecież musiałam to zrobić. Zapaliłam zapałkę i wrzuciłam ją do słoika. Zioła zapłonęły, zapachniały ostro, po czym wszyscy troje znów się wyprostowaliśmy i zaczęliśmy chodzić w tę samą stronę co wcześniej.

Czy to jest grzech dla chrześcijanki? Prawdopodobnie tak. Z drugiej strony, nigdy nie przyszło mi do głowy spytać metodystycznego pastora, czy istnieje rytuał, który przerwie więź krwi łączącą kobietę z wampirem.

A kiedy obeszliśmy słoik ponownie trzy razy w kółko i znowu zatrzymaliśmy się w tym samym miejscu, Amelia wyjęła z kieszeni fartuszka kłębek czerwonej przędzy. Chwyciła za jeden koniec i podała kłębek Bobowi. Fryzjer odmierzył kawałek i chwycił, a potem podał kłębek mnie. Zrobiłam to samo i zwróciłam przędzę Amelii, ponieważ najwyraźniej takie było w tej chwili moje zadanie. Trzymałam przędzę jedną ręką, a na kartce zaciskałam palce drugiej. To wszystko było znacznie bardziej wymyślne, niż się spodziewałam.

Po chwili okazało się, że czarownica ma też nożyce, które wyjęła z tej samej kieszeni.

Amelia, która przez cały czas coś śpiewała, wskazała teraz na mnie, a potem na Boba, sugerując, że powinniśmy się przyłączyć. Spojrzałam na kartkę, odczytałam słowa, które nie miały dla mnie najmniejszego sensu, i wtedy to się skończyło. Staliśmy w milczeniu, małe płomyki w słoikach gasły i w końcu zapadła noc.

– Przetnij – poleciła Amelia, wręczając mi nożyce.

Czułam się trochę śmiesznie i byłam bardzo przerażona, ale pewna, że muszę to zrobić, więc przecięłam czerwoną przędzę.

I... straciłam Erica.

Nie było go tam!

Czarownica zwinęła przeciętą przędzę i wręczyła mi ją. Ku mojemu wielkiemu zaskoczeniu, uśmiechała się; wyglądała dziko i triumfowała. Automatycznie wzięłam z jej ręki przędzę, a równocześnie wszystkimi zmysłami szukałam kontaktu z Northmanem. Nic.

Ogarnęła mnie prawdziwa panika. Nie, nie była to czysta panika: towarzyszyła jej też ulga, której się spodziewałam. I żal. Wiedziałam, że natychmiast, gdy się upewnię, że mojemu wampirowi nic nie jest, że nie został ranny, odprężę się i poczuję pełną miarę skuteczności zaklęcia.

W domu zadzwonił telefon i popędziłam do tylnych drzwi.

– Jesteś tam? – spytał Eric. – Jesteś tam? Wszystko w porządku?

– Ericu – jęknęłam, a później szaleńczo łapałam oddech. – Och, tak się cieszę, że nic ci się nie stało! Wszystko dobrze, prawda?

– Co zrobiłaś?

– Amelia znalazła sposób na przerwanie więzi.

Zapanowało długie milczenie. Przedtem wiedziałabym, czy Eric jest zaniepokojony, wściekły czy zamyślony. Teraz nie mogłam sobie nawet wyobrazić jego stanu ducha.

– Sookie – odezwał się wreszcie – małżeństwo ze mną daje ci pewną ochronę, ale to więź jest ważna.

– Co takiego?

– Słyszałaś, co powiedziałem. Bardzo się na ciebie gniewam, bardzo.

Mówił serio, wiedziałam, że tak.

– Przyjedź tutaj – poprosiłam.

– Nie. Jeśli zobaczę Amelię, skręcę jej kark. Zawsze chciała, żebyś się mnie pozbyła.

– Ale... – zaczęłam, nie wiedząc, jak skończyć zdanie.

– Zobaczymy się, kiedy odzyskam panowanie nad sobą – uciął, po czym się rozłączył.

ROZDZIAŁ DZIEWIĄTY

„Powinnam była to przewidzieć" – powiedziałam sobie po raz dziesiąty albo dwudziesty. Bez wahania wpakowałam się w coś, do czego powinnam się najpierw przygotować. Przynajmniej należało zadzwonić do Erica i ostrzec go przed tym, co ma się zdarzyć. Ale najprawdopodobniej bałam się, że wampir odwiedzie mnie od planowanego przedsięwzięcia, a naprawdę uważałam, że muszę ustalić, jakie są moje prawdziwe uczucia wobec niego.

Jeśli chodzi o prawdziwe uczucia, które Eric żywił do mnie, akurat w tym momencie był to gniew. Northman był na mnie gigantycznie wkurzony. Z drugiej strony, nie winiłam go. Powinniśmy być zakochani, a to oznacza, że uzgadniamy takie ważne sprawy, prawda? Tyle że... mogłam policzyć na palcach okoliczności, w których Eric skonsultował się ze mną, i do wskazania tych sytuacji zupełnie wystarczyłaby mi jedna ręka. Czyli że w innych chwilach sama winiłam wampira za jego reakcję. Tak czy owak, na przerwanie więzi Eric by mi oczywiście nie pozwolił a wtedy nigdy już bym się nie wiedziała tego, czego musiałam się dowiedzieć.

I tak przez jakiś czas oddawałam się rozważaniom, próbując zdecydować, czy postąpiłam właściwie.

Jednakże bez względu na to, do jakich wniosków dochodziłam w danej chwili, i tak byłam zdenerwowana i zatroskana niemal przez cały czas.

Bob i Amelia odbyli naradę w przydzielonej im sypialni i wspólnie postanowili, że zostaną u mnie jeszcze jeden dzień, ponieważ „musieli zobaczyć, co się stanie". Wiedziałam, że czarownica się martwi. Uważała teraz, że powinna przekonywać mnie do swojego pomysłu nieco wolniej. Bob sądził, że obie jesteśmy głupie, ale na szczęście był na tyle rozgarnięty, że nie wypowiedział tej opinii głośno. Niestety, nie mógł się powstrzymać przed myśleniem o tym i chociaż jego myśli nie docierały do mnie z taką siłą, jak to było w przypadku Amelii, doskonale je słyszałam.

Pojechałam wprawdzie do pracy następnego dnia, ale byłam w barze nieobecna i nieszczęśliwa, toteż Sam – szczególnie że gości, niestety, nie zjawiło się wielu – kazał mi iść wcześniej do domu. India z życzliwością poklepała mnie po ramieniu i powiedziała, żebym podeszła do sprawy spokojnie, co, szczerze się przyznam, w ogóle do mnie nie dotarło.

Tamtej nocy Eric przybył godzinę po zachodzie słońca. Przyjechał samochodem, więc nie zjawił się nagle, bez ostrzeżenia. Miałam nadzieję, że przyjedzie, i byłam raczej pewna, że do tego czasu już wystarczająco ochłonie. Ponieważ podejrzewałam, że może mnie odwiedzić, tuż po kolacji spytałam Amelię i Boba, czy nie zechcieliby pojechać do kina w Clarice.

– Na pewno nic ci nie jest? – spytała wtedy czarownica. – Jesteśmy gotowi z tobą zostać, jeśli obawiasz się, że twój wampir wciąż się na ciebie złości.

Jeśli wcześniej była z siebie zadowolona, to teraz po tej pewności siebie nie został nawet ślad.

– Nie wiem, jak on się czuje – jęknęłam i ta myśl niemal przyprawiła mnie o zawrót głowy – ale naprawdę sądzę, że przyjedzie dziś wieczorem. Przypuszczam, że będzie lepiej, jeśli was tutaj nie zastanie. Na wasz widok mógłby się wkurzyć jeszcze bardziej.

Słysząc moje słowa, Bob trochę się najeżył, Amelia jednak pokiwała tylko głową ze zrozumieniem.

– Mam nadzieję, że ciągle uważasz mnie za przyjaciółkę – oznajmiła i tym razem nie odczytałam jej myśli. – Chcę powiedzieć... podejrzewam, że spieprzyłam sprawę, ale wierz mi, że nie było to moim zamiarem. Pragnęłam cię uwolnić.

– Rozumiem i nadal myślę o tobie jak o swojej najlepszej przyjaciółce – oznajmiłam, siląc się na maksymalnie uspokajający ton.

Cóż, skoro mam tak słaby charakter, że natychmiast przystałam na propozycję czarownicy, to ja miałam problem, nie ona.

Po ich odjeździe siedziałam sama na frontowym ganku. Byłam w tym posępnym nastroju, w jakim my, ludzie, przypominamy sobie wszystkie nasze życiowe pomyłki i błędy, a w ogóle nie pamiętamy żadnych dobrych decyzji, które kiedykolwiek podjęliśmy. Siedziałam tak i siedziałam, aż w końcu zobaczyłam reflektory samochodu Erica zbliżającego się podjazdem.

Nie spodziewałam się, że wampir będzie się wahał, kiedy wysiądzie z auta, a jednak tak właśnie było.

– Ciągle jesteś na mnie wściekły? – spytałam, starając się nie płakać.

Płacz byłby objawem tchórzostwa, a ja usiłowałam pozostać twarda.

– Nadal mnie kochasz? – odpowiedział pytaniem.

– Ty pierwszy – zapiszczałam dziecinnie.

– Nie gniewam się – oznajmił. – Przynajmniej już nie. Przynajmniej nie w tej chwili. Powinienem był sam cię zachęcać do znalezienia sposobu przerwania więzi, bo widzisz, my, wampiry, też mamy odpowiedni rytuał, który do tego służy. Powinienem był go ci zaproponować. Bałem się jednak rozdzielenia z tobą, czy to dlatego, że nie chciałabyś dać się wciągnąć w moje kłopoty, czy to dlatego, że Victor odkryłby, że teraz posiadasz słaby punkt. Jeśli Victor postanowiłby zignorować fakt naszego małżeństwa, bez więzi nie wiedziałbym, że grozi ci niebezpieczeństwo.

– A ja powinnam była spytać cię o zdanie albo przynajmniej cię ostrzec, że zamierzamy to zrobić – odparłam. Wzięłam głęboki wdech. – Naprawdę cię kocham... także bez więzi.

Eric pozostał jeszcze trochę ze mną na ganku, a potem podniósł mnie i całował – w wargi, szyję, ramiona. Trzymał mnie nad ziemią na tyle wysoko, że jego usta odszukały przez stanik i podkoszulek moje piersi.

Wydałam z siebie cichy okrzyk i przesunęłam nogi, aż zacisnęły się wokół pasa Northmana. Ocierałam się o jego ciało najmocniej, jak mogłam. Eric uwielbiał się tak kochać, uwielbiał taki zwierzęcy seks.

– A teraz podrę na tobie ubranie – oznajmił mi.

– Okej.

I zrobił tak, jak obiecał.

– Podrę również własne – dodał po kilku ekscytujących minutach.

– Pewnie – mruknęłam, po czym ugryzłam go w płatek ucha.

Wampir warknął. Cóż, podczas uprawiania seksu z nim próżno było oczekiwać cywilizowanego zachowania.

Usłyszałam kolejne odgłosy darcia, a potem już nic nie dzieliło mojego ciała od ciała Erica. Wszedł we mnie głęboko i wraz ze mną ruszył w tył, aż wylądował na wiszącej na ganku huśtawce, która zaczęła się nierówno kołysać w tył i w przód. Po chwili zaskoczenia dopasowaliśmy się do jej ruchów. Kołysanie trwało i trwało, aż poczułam zwiększone napięcie i wiedziałam, że jeszcze chwila i z pewnością będę miała orgazm.

– Mocniej – syknęłam natarczywie. – Mocniej, mocniej, mocniej...

– Czy jest... wystarczająco... mocno?

Wtedy krzyknęłam i odrzuciłam głowę w tył.

– Chodź, Ericu – poprosiłam, chociaż ciągle jeszcze drżałam po szczytowaniu. – Chodź!

I zaczęłam się poruszać szybciej, niż mogłam to sobie wcześniej wyobrazić.

– Sookie! – Wampir gwałtownie sapał, a później wszedł we mnie jeszcze raz, jeszcze głębiej, jeszcze potężniej, po czym wydał z siebie dźwięk, który ktoś z zewnątrz mógłby uznać za objaw pierwotnego bólu.

Było to przeżycie wyczerpujące, a jednak wspaniałe i cudowne. Niesamowite.

Zostaliśmy na huśtawce przynajmniej jeszcze przez trzydzieści minut, odzyskując siły, uspokajając się i tuląc do siebie. Byłam taka szczęśliwa i zrelaksowana, że w ogóle nie miałam ochoty się ruszyć, ale naturalnie musiałam wejść do domu, umyć się i włożyć ubranie, w którym szwy... nie były porozdzierane. Co do stroju Erica, wampir urwał jedynie guzik przy swoich dżinsach, które całkiem dobrze trzymały się ściśnięte paskiem (Eric rozpiął go, zanim dotarliśmy do etapu darcia); zamek w spodniach nadal działał.

Podczas gdy ja doprowadzałam się w sypialni do porządku, Northman zagrzał sobie trochę krwi, a dla mnie zamroził woreczek na lód i przygotował szklankę mrożonej herbaty. Woreczek z lodem przyłożył mi sam, gdy leżałam na kanapie. Pomyślałam, że jednak dobrze zrobiłam, zrywając więź. I to była dla mnie prawdziwa ulga, że nie wiedziałam, jak mój wampir się czuje, chociaż jednocześnie obawiałam się, czy w mojej uldze nie ma niczego niewłaściwego.

Przez kilka minut rozmawialiśmy o drobiazgach. Eric rozczesał mi włosy, które były okropnie splątane, a później ja uczesałam jego. (Zwierzęta szukają u siebie kryształków soli, jak mi się zdaje; my pielęgnowaliśmy jedno drugie). Kiedy jego włosy dzięki szczotkowaniu stały się gładkie i błyszczące, Eric ułożył sobie na kolanach moje nogi. Ręką przesuwał po nich w górę i w dół, od rąbka moich szortów po palce u nóg, stale, stale i stale.

– Czy Victor coś ci powiedział? – spytałam, nie ciesząc się na powrót do tematu mojego czynu, czyli rozmowy, od której ostro zaczęliśmy dzisiejsze spotkanie.

– Nie o więzi... więc jeszcze nic nie wie. Od razu by zadzwonił.

Oparł głowę o kanapę, niebieskie oczy miał na wpół zamknięte. Tak, to się nazywa odprężenie po stosunku.

Znów poczułam ulgę.

– Jak się miewa Miriam? Czy jej stan się poprawił?

– Poprawił się jej stan po narkotykach, które podał jej Victor, ale ogólnie rzecz biorąc, jeśli chodzi o ciało, jest jeszcze bardziej chora. Nigdy nie widziałem Pam tak bliskiej rozpaczy jak teraz.

– Czy ich związek rozwijał się... hmm... powoli? Bo, wiesz, nie miałam pojęcia o istnieniu Miriam, póki Immanuel mi o niej nie powiedział.

– Pam nieczęsto zależy na kimś tak bardzo, jak teraz na Miriam – odparł. Długo odwracał głowę w moją stronę, aż spojrzał mi w oczy. – Ja sam dowiedziałem się o nich dopiero wtedy, gdy Pam poprosiła o urlop w klubie, ponieważ chciała odwiedzić swoją dziewczynę w szpitalu. No i dała Miriam trochę swojej krwi. Tylko z tego powodu dziewczyna jeszcze w ogóle żyje.

– Wampirza krew nie może jej uzdrowić?

– Nasza krew jest dobra do gojenia otwartych ran – wyjaśnił. – W chorobie może ulżyć, nie zastąpi jednak, niestety, leków.

– Zastanawiam się, dlaczego.

Eric wzruszył ramionami.

– Jestem pewien, że jeden z waszych naukowców stworzył już co do tego jakąś teorię, ale ja żadnej nie znam. A zresztą, ryzyko jest spore, ponieważ niektórzy ludzie wariują po jej spożyciu. Byłem szczęśliwszy, kiedy właściwości naszej krwi pozostawały tajemnicą, przypuszczam jednak, że taki sekret nie był możliwy do utrzymania przez długi czas. Victor, rzecz jasna, nie martwi się o przetrwanie Miriam, nie obchodzi go również fakt, że Pam nigdy przedtem nie prosiła o możliwość powołania do życia nowego wampira. A przecież po tylu latach wiernej służby Pam zdobyła sobie to prawo i zasługuje na własne dziecko.

– Victor nie pozwala Pam przemienić Miriam ze zwykłej złośliwości?

Northman skinął głową.

– Moim zdaniem tak. Znalazł sobie bzdurną wymówkę: twierdzi, że moje szeryfostwo zamieszkuje i tak zbyt wiele wampirów, podczas gdy w rzeczywistości mam całkiem małą populację. Prawda jest taka, że Victor będzie blokował nasze poczynania na wszelkie sposoby najdłużej jak zdoła, gdyż liczy na to, że zrobię coś nieroztropnego i dam mu tym samym pretekst do odwołania mnie z funkcji szeryfa lub nawet... zabicia.

– Felipe zapewne nie pozwoliłby na coś takiego!

Eric posadził mnie sobie na kolanach i przytulił do zimnej piersi. Koszulę nadal miał rozpiętą.

– Gdyby de Castro przebywał w Shreveport, być może wstawiłby się za Pam, ale jestem pewien, że póki może, woli trzymać się z dala od całej sytuacji. Ja w każdym razie tak bym postąpił na jego miejscu. Felipe mianował przecież jako regentkę Arkansas Czerwoną Ritę, która nigdy wcześniej nie rządziła, zatem wie, że Victor się dąsa za to, że został regentem Luizjany zamiast królem. Poza tym, Felipe jest zajęty swoimi sprawami w Las Vegas, a ma tam mniej ludzi, odkąd porozsyłał wierne wampiry do obu nowych stanów w ramach swojego królestwa. Zjednoczenie tak dużego imperium miało ostatnio miejsce setki lat temu... a wtedy wampirza populacja stanowiła jedynie ułamek obecnej.

– Więc król ciągle sam rządzi Nevadą?

– Tak. Na razie tak.

– To brzmi trochę złowieszczo.

– Kiedy przywódcy nie sprawują pełnej kontroli, natychmiast gromadzą się wokół nich rekiny, sprawdzając, czy mogą coś uszczknąć.

Oj, nieprzyjemny obrazek.

– Jakie dokładnie rekiny? Ktoś, kogo znamy?

Eric odwrócił wzrok.

– Cóż, dwoje innych monarchów z Zeusa. Królowa Oklahomy, to po pierwsze. I król Arizony.

Nieumarli podzielili sobie Amerykę na cztery terytoria i każde nazwali imieniem nawiązującym do jednej ze starożytnych religii. Pretensjonalne, prawda? Ja mieszkam na przykład na Terytorium Amun w królestwie Luizjany.

– Szkoda, że nie jesteś po prostu zwyczajnym wampirem – jęknęłam, pozornie ni z tego, ni owego. – Szkoda, że jesteś szeryfem... i tak dalej.

– Chcesz powiedzieć, że żałujesz, że nie jestem taki jak Bill.

O rany!

– Nie, ponieważ on również nie jest zwyczajnym, przeciętnym wampirem – odburknęłam. – Stworzył tę całą bazę danych, obsługuje ją i sam się nauczył tego wszystkiego o komputerach. W jakimś sensie zreformował się, unowocześnił... Mnie chyba chodziło o to, że... Może wolałabym, żebyś był bardziej kimś takim jak... Maxwell.

Maxwell jest biznesmenem. Nosi garnitury. Zjawia się na swój dyżur w klubie bez entuzjazmu i błyska kłami niezbyt dramatycznie na widok turystów, którzy przyszli zobaczyć groźnych nieumarłych. Jest znudzony i ma wszystko gdzieś, chociaż od czasu do czasu sugeruje nam, że prowadzi egzotyczne życie. Ale tak naprawdę Maxwell wcale mnie nie interesuje i nie mam ochoty poznawać szczegółów z jego egzystencji.

Eric popatrzył na mnie i przewrócił oczyma.

– Oczywiście, że jestem bardzo podobny do Maxwella. Mogę w każdej chwili zacząć nosić ze sobą kieszonkowy kalkulator i zanudzać ludzi opowieściami o takich zjawiskach, jak... eee... „renty zmienne" czy o czym on tam, do diabła, rozprawia.

– Rozumiem, co chcesz powiedzieć, panie Subtelny – ucięłam.

Woreczek z lodem wykonał już całą pracę, do której był przeznaczony, więc zdjęłam go z miejsca, które chłodził, i położyłam na stoliku.

Pomyślałam, że prawdopodobnie nigdy przedtem nie odbywaliśmy równie luźnej rozmowy.

– Widzisz? Czy nie jest zabawnie? – spytałam, starając się skłonić Erica do przyznania, że postąpiłam w sposób właściwy, chociaż źle się do tego zabrałam.

– Tak, ogromnie zabawnie. Do czasu, aż Victor cię złapie i wyssie do sucha, a potem powie: „Ależ, Ericu, przecież nie była już z tobą złączona więzią krwi, więc nie sądziłem, że nadal ją chcesz!”. Następnie przemieni cię w wampirzycę wbrew twojej woli, a ja będę musiał patrzeć, jak cierpisz, związana z Maddenem przez resztę swojego życia. I mojego.

– Naprawdę wiesz, jak sprawić, żeby twoja dziewczyna poczuła się wyjątkowo – odburknęłam.

– Po prostu cię kocham – odparł tonem człowieka, który przypomniał sobie o jakimś bolesnym fakcie. – No i ta sytuacja z Pam musi się skończyć. Jeśli dziewczyna... Jeśli Miriam umrze, Pam może zdecydować się na wyjazd, a ja nie będę w stanie jej zatrzymać. Nawet nie powinienem jej zatrzymywać. Chociaż jest bardzo użyteczna.

– Lubisz ją – podsumowałam. – Daj spokój, Ericu. Kochasz ją. Jest twoim dzieckiem.

– Tak, bardzo lubię Pam – przyznał się. – Dokonałem wtedy świetnego wyboru. A ty jesteś moim drugim świetnym wyborem.

– Och, to jedna z najmilszych rzeczy, jakie ktokolwiek kiedykolwiek mi powiedział – wymamrotałam, tylko trochę zaskoczona.

– Nie płacz! – Zamachał rękoma przed sobą, jak gdyby chciał powstrzymać moje łzy.

Z trudem przełknęłam ślinę.

– Więc jaki masz plan w związku z Victorem? – spytałam, równocześnie wycierając oczy połą koszuli mojego wampira.

Eric popatrzył na mnie ponuro. To znaczy, dokładniej mówiąc, zrobił jeszcze bardziej ponurą minę.

– Za każdym razem, gdy obmyśliłem plan, napotykałem tyle przeszkód, że musiałem go odrzucić. Victor doskonale potrafi się bronić. Może będę musiał zaatakować go otwarcie. Jeśli go zabiję, jeśli zwyciężę... będę musiał stanąć przed sądem.

Zadygotałam.

– Ericu, gdybyś walczył z Victorem sam, gołymi rękoma, w pustym pomieszczeniu, jaki twoim zdaniem byłby rezultat?

– On jest bardzo dobry – oznajmił.

– Mógłby z tobą wygrać? – spytałam, chyba tylko po to, żeby wypowiedzieć na głos tę ewentualność.

– Tak – przyznał Eric. Spojrzał mi w oczy. – A co się wtedy stanie z tobą i Pam...

– Nie próbuję pominąć faktu, że ty będziesz ostatecznie martwy, a to jest dla mnie najważniejszy punkt w tym scenariuszu – przerwałam mu – ale wiesz, zastanawiałam się jednak, dlaczego on miałby na pewno skrzywdzić po fakcie Pam i mnie. Jaki to miałoby sens?

– To byłaby lekcja. W ten sposób pouczyłby inne wampiry, które mogłyby wpaść na pomysł próby obalenia go. – Skupił wzrok na gzymsie kominka, zatłoczonym zdjęciami przedstawicieli rodziny Stackhouse'ów. Nie chciał patrzeć mi w oczy, mówiąc dalej. – Heidi opowiadała mi, że dwa lata temu, kiedy Victor ciągle jeszcze był szeryfem w Nevadzie, w Reno... jakiś świeży wampir imieniem Chico odszczeknął mu się kiedyś niegrzecznie. Ojciec Chica umarł wcześniej, ale jego matka nadal żyła, mało tego, wyszła ponownie za mąż i urodziła inne dzieci. No i Victor tę nieszczęsną kobietę uprowadził. Chcąc poprawić maniery Chica, wyciął jego matce język, co zresztą kazał młodemu wampirowi obserwować. A później kazał Chicowi jej język zjeść.

Opowieść była tak straszna, że w pierwszej chwili chyba niecałkowicie dotarł do mnie jej sens.

– Wampiry nie mogą jeść – obwieściłam szybko. – Co...?

– Chico bardzo poważnie z tego powodu zachorował i wręcz wymiotował krwią – odrzekł Eric. Ciągle nie patrzył mi w oczy. – Był tak słaby, że nie mógł się ruszać. Podczas gdy leżał na podłodze, jego matka wykrwawiała się na śmierć. Nie był w stanie się do niej doczołgać, a mógłby dać jej swoją krew i w ten sposób ją uratować.

– Heidi dobrowolnie opowiedziała ci tę historię?

– Tak. Była to odpowiedź na moje pytanie, dlaczego tak bardzo się cieszy, że przysłano ją tutaj, do Piątej Strefy.

Heidi, wampirzyca, która specjalizowała się w tropicielstwie, trafiła do ekipy Erica za sprawą Victora. Miała oczywiście szpiegować dla Maddena mojego Northmana, ale – ponieważ nie była to tajemnica – najwyraźniej nikt się chyba tym faktem nie przejmował. Nie znałam Heidi zbyt dobrze, ale wiedziałam, że ma żywe dziecko, syna – pewnego narkomana mieszkającego w Reno – toteż nie byłam zaskoczona, że wzięła sobie lekcję Victora do serca. Znając taką opowieść jak historia Chica, każdy wampir, który posiada żyjących krewnych lub kocha jakieś istoty ludzkie, będzie się bał działań Victora. W efekcie też jednak wszyscy go nienawidzili i pragnęli jego śmierci; pomyślałam, że tej lekcji z własnego czynu Victor najwyraźniej się nie nauczył.

– Albo jest krótkowzroczny, albo cholernie pewny siebie – wysnułam wniosek na głos, a Eric skinął głową.

– Może jedno i drugie – dorzucił.

– Jak się poczułeś, kiedy usłyszałeś tę opowieść? – spytałam.

– Cóż... nie chciałem, żeby coś przytrafiło się tobie – odrzekł. Posłał mi zaintrygowane spojrzenie. – Czego szukasz, Sookie? Jakiej odpowiedzi oczekujesz?

Chociaż wiedziałam, że sprawa jest daremna i że skupiam się nie na tym problemie, co trzeba, oczekiwałam chyba od Erica okazania odrazy z powodu moralnej ohydy czynu Maddena. Spodziewałam się słów: „Nigdy nie byłbym taki okrutny wobec jakieś kobiety i jej syna"?

Naprawdę chciałam, żeby tysiącletniego wampira wytrąciła z równowagi śmierć nieznajomej kobiety – śmierć, której nijak nie mógł zapobiec? A z drugiej strony, sama knułam, jak zabić Victora. Tak, wiem, to było wariackie, niewłaściwe i złe, ale pragnęłam, żeby nie istniał, żeby go wcale nie było, wcale. Nie miałam cienia wątpliwości, że gdyby Pam zadzwoniła i powiedziała, że sejf spadł Maddenowi na głowę, tańczyłabym z radości.

– W porządku – odparłam. – Nieważne.

Eric posłał mi ponure spojrzenie. Nie mógł zrozumieć głębi mojego nieszczęścia – nie teraz, nie odkąd więź została przerwana. A jednak, rzecz jasna, znał mnie na tyle dobrze, że widział, jaka jestem niezadowolona. Zmusiłam się do skupienia na najważniejszym problemie.

– Wiesz, z kim powinieneś porozmawiać – podsunęłam. – Przypominasz sobie tę noc, kiedy pojechaliśmy do „Pocałunku wampira" i tamten kelner powiedział mi o krwi wróżek samym wzrokiem i myślą?

Eric kiwnął głową.

– Nienawidzę wciągać go w to wszystko jeszcze głębiej. Nie widzę jednak innego wyboru. Musimy wykorzystać wszystkie możliwości, w przeciwnym razie wszyscy przegramy.

– Czasami – powiedział Eric – naprawdę mnie zdumiewasz.

„Czasami" – odpowiedziałam mu w myślach – „sama siebie zdumiewam".

Znowu pojechaliśmy we dwoje do „Pocałunku wampira". Parking był ponownie zatłoczony, chociaż może nie aż tak bardzo jak w trakcie naszej poprzedniej wizyty. Zaparkowaliśmy na tyłach, za klubem. Jeśli Victor przebywał dziś w klubie, nie będzie miał przecież żadnego powodu sprawdzać parkingu dla pracowników, zresztą, jak mógłby pamiętać, którym samochodem jeżdżę. Podczas gdy czekaliśmy, dostałam SMS-a od Amelii, w którym pisała, że wrócili do domu; pytała też, jak ja się miewam.

„W porządku" – odpisałam. „Obaj, C. i D., tam są?".

„Tak" – odpowiedziała. „Nie wiadomo dlaczego obwąchują ganek. Ach te wróżki! Masz swoje klucze?".

Potwierdziłam, ale dodałam, że nie mam pewności, czy wrócę do domu dzisiejszej nocy. Mieliśmy stąd trochę bliżej do Shreveport niż do Bon Temps, i może będę musiała spędzić czas do rana u Erica; no, chyba że mój wampir postanowi polecieć. Ale jego samochód będzie... Och, no cóż, właśnie po to Eric zawsze zatrudniał „dziennego" faceta.

– Zastąpiłeś już kimś Bobby'ego? – spytałam.

Bardzo nie chciałam poruszać tego drażliwego tematu, ale pragnęłam wiedzieć.

– Tak – odparł Eric. – Dwa dni temu zatrudniłem nowego człowieka. Był bardzo polecany.

– Kto go polecał?

Zapadło milczenie. Przyjrzałam się z uwagą mojemu mężowi i kochankowi. Od razu byłam ciekawa. Za diabła nie potrafiłam zrozumieć, dlaczego miałoby to być tak ważne pytanie.

– Bubba – odparł Eric.

Bezwiednie poczułam, że szeroko się uśmiecham.

– Wrócił! Gdzie się zatrzymał?

– W tej chwili... zatrzymał się... u mnie – odrzekł Northman. – Kiedy zapytał o Bobby'ego, musiałem mu powiedzieć, co się zdarzyło. No i następnej nocy Bubba przyprowadził tego kogoś. Wydaje się pojętny, przypuszczam.

– Nie słyszę w twoim głosie przesadnego entuzjazmu.

– To wilkołak – wyjaśnił Eric, a ja natychmiast zrozumiałam jego nastawienie.

Wilkołaki i wampiry naprawdę za sobą nie przepadają. Można by pomyśleć, że jako dwie największe grupy istot nadnaturalnych mogłyby zawrzeć jakieś przymierze, nic takiego się jednak nie dzieje. Potrafią współpracować tylko przy pewnych korzystnych dla obu grup projektach, i to przez krótki okres, potem jednak powracają do nieufności i niechęci.

– Opowiedz mi o nim – poprosiłam. – To znaczy, o swoim asystencie.

Nie mieliśmy nic innego do roboty, a w ostatnich dniach rzadko zdarzało nam się znaleźć czas na rozmowę.

– Jest czarnoskóry – odparł Eric tonem człowieka, który mówi, że nowy pomocnik ma piwne oczy. Doskonale pamiętał pierwszego Murzyna, jakiego kiedykolwiek zobaczył... stulecia temu. – To samotny wilk, niezrzeszony.

Alcide zrobił już podchody i proponował dołączenie do stada Długi Ząb, nie sądzę jednak, żeby mój człowiek był zainteresowany. Zresztą, teraz, gdy podjął pracę u mnie, nie będzie im już oczywiście na nim tak bardzo zależało.

– I takiego faceta zatrudniłeś? Wilkołaka, któremu nie ufasz i którego musisz wyszkolić? Faceta, który będzie automatycznie wkurzał Alcide'a i przedstawicieli stada Długi Ząb?

– Ten człowiek ma pewną wybitną cechę – odparował Eric.

– To dobrze! A jaka to cecha?

– Potrafi trzymać język za zębami. A poza tym nienawidzi Victora – dodał.

No tak, to zmieniało postać rzeczy.

– Dlaczego? – spytałam. – Zakładam, że ma dobry powód.

– Nie wiem jeszcze jaki.

– Jesteś jednak przekonany, że facet nie gra na dwie strony? Że Victor nie wpadł na inteligentny pomysł, że zechcesz zatrudnić kogoś, kto go nienawidzi, więc poinstruował taką osobę i wysłał ją do ciebie?

– Jestem przekonany – zapewnił mnie. – Niemniej jednak chciałbym, żebyś posiedziała z nim jutro.

– O ile zdołam się wcześniej choć trochę przespać – odparłam, ziewając tak szeroko, że o mało nie pękła mi szczęka. Było po drugiej w nocy i widzieliśmy, że powoli bar się wyludnia, a jednak wciąż wiele należących do pracowników samochodów czekało na swoich właścicieli. – Och, Ericu, on jest tam!

Z trudem rozpoznałam kelnera imieniem Colton, ponieważ teraz mężczyzna nosił długie szorty bojówki khaki, japonki i zielony podkoszulek z krótkim rękawem oraz wzorem, którego nie potrafiłam dostrzec. Pomyślałam, że chyba trochę tęsknię za jego przepaską biodrową. Uruchomiłam silnik natychmiast, gdy Colton odpalił swoje auto, a kiedy wyjechał z parkingu, roztropnie odczekałam moment i pojechałam za nim. Mężczyzna skręcił w prawo na drodze dojazdowej i skierował się na zachód ku Shreveport. Nie ujechał jednak daleko, gdyż przy Haughton zjechał z autostrady międzystanowej.

– Dość się, cholera, rzucamy w oczy – zauważyłam.

– Ale musimy z nim porozmawiać.

– Więc machnijmy ręką i przestańmy się ukrywać, zgoda?

– Tak – uciął Eric.

Mój wampir nie mówił zbyt radosnym tonem, ale nie mieliśmy do wyboru zbyt wielu opcji.

Samochód Coltona, dodge charger, który miał najlepszy okres za sobą, wjechał w wąską alejkę, odchodzącą od równie wąskiej drogi. Zatrzymał się przed sporą przyczepą. Mężczyzna wysiadł i stanął obok pojazdu. Rękę trzymał w dole, u boku, i byłam raczej pewna, że ma w niej broń.

– Pozwól, że wysiądę jako pierwsza – poprosiłam, kiedy zatrzymałam samochód obok Coltona.

Zanim Eric zdążył mi to wyperswadować, otworzyłam drzwiczki auta.

– Coltonie! – zawołałam. – To ja, Sookie Stackhouse. Znasz mnie! Wysiądę teraz i podejdę. Nie jestem uzbrojona.

– Idź powoli! – odkrzyknął ostrożnym tonem, za co nie mogłam go winić.

– Jak na pewno wiesz, jest ze mną Eric Northman, ale pozostanie w samochodzie.

– Dobra.

Wysiadłam, uniosłam ręce w geście kapitulacji i odeszłam o krok od auta, żeby mężczyzna mógł mi się dobrze przyjrzeć. Paliło się jedynie światło na frontowym ganku przyczepy, ale najwyraźniej całkowicie wystarczyło Coltonowi. Podczas gdy lustrował mnie wzrokiem, otworzyły się drzwi przyczepy i na dobudowany ganek wyszła młoda kobieta.

– Coltonie, co się dzieje? – spytała przez nos z wyraźnym, nieco wiejskim akcentem.

– Mamy towarzystwo. Nie martw się o to – odparł mężczyzna odruchowo.

– Kim ona jest?

– Stackhouse.

– Sookie? – spytała kobieta, a w jej głosie dosłyszałam przestrach.

– Tak – przyznałam. – Znam cię? Nie widzę zbyt dobrze w tym świetle.

– Nazywam się Audrina Loomis – odparła. – Przypominasz sobie? W liceum chodziłam z twoim bratem, przez jakiś czas.

Tak jak połowa dziewczyn z Bon Temps, więc tak naprawdę ten opis na niewiele mi się przydał.

– Trochę lat upłynęło – zauważyłam ostrożnie.

– Nadal jest singlem?

– Tak – odrzekłam. – Och, czy mogę teraz pozwolić wysiąść z auta mojemu chłopakowi?

Ponieważ wszyscy jesteśmy tutaj starymi kumplami, czyż nie?

– Kto to taki?

– Ma na imię Eric. Jest wampirem.

– Świetnie. Jasne, rzućmy okiem.

Audrina wydawała się trochę bardziej lekkomyślna niż Colton. Z drugiej strony, Colton przecież ostrzegł mnie co do krwi wróżek.

Eric wysiadł z mojego samochodu i przez chwilę panowała cisza, ponieważ Audrina przyglądała się mojemu mężczyźnie. Była pod wrażeniem.

– No cóż, okej – mruknęła, po czym odchrząknęła, jakby nagle zaschło jej w gardle. – Chcecie wejść i wyjaśnić nam, o co chodzi?

– Myślisz, że to jest roztropne posunięcie? – spytał ją Colton.

– On mógłby nas zabić już sześć razy.

Nie była tak tępa, jak mógłby wskazywać na to jej akcent.

Kiedy wszyscy weszliśmy do przyczepy, a Eric i ja usiedliśmy na kanapie, która była pokryta starą szenilową narzutą i której brakowało szeregu sprężyn w ważnych miejscach, wreszcie mogłam sobie dokładnie obejrzeć Audrinę. Miała ciemne odrosty, lecz reszta jej długich do ramiom włosów była w odcieniu platynowego blondu. Dziewczyna miała na sobie koszulę nocną, której tak naprawdę nie przeznaczono do spania. Koszulka była czerwona i przeważnie gładka. Audrina wyraźnie czekała do późna na Coltona, planując z pewnością coś więcej niż tylko rozmowę.

Teraz, gdy nie rozpraszała mnie już skórzana przepaska na biodra i zdumiewające oczy Coltona, stwierdziłam, że prezentuje się on dużo bardziej przeciętnie, niż sądziłam. Niektórzy mężczyźni po prostu nie emanują erotyzmem, póki nie zdejmą ubrania, i Colton właśnie do takich należał. Chociaż oczy rzeczywiście miał niezwykłe i przeszywał mnie nimi teraz niczym laserem, to bez wątpienia nie było w jego spojrzeniu seksualnego zainteresowania.

– Nie mamy żadnej krwi – powiedziała Audrina. – Wybacz.

Mnie nie zaproponowała niczego do picia. Zrobiła to celowo, jak wyczytałam z jej myśli. Nie chciała, żeby nasza rozmowa wyglądała jak spotkanie towarzyskie.

No dobra, pomyślałam.

– Eric i ja pragniemy się dowiedzieć, dlaczego nas ostrzegłeś – wyjaśniłam Coltonowi.

Chciałam też wiedzieć, dlaczego pomyślałam o nim, kiedy Eric opowiadał mi historię Chica i jego matki.

– Słyszałem o tobie – odparł. – Heidi mi powiedziała.

– Przyjaźnisz się z Heidi? – Eric był skupiony na mężczyźnie, a jednak zarezerwował jeden ze swoich najładniejszych uśmiechów dla Audriny.

– Tak – przyznał Colton. – Pracowałem dla Felipe'a w pewnym klubie w Reno. Stamtąd znam Heidi.

– Przeprowadziłeś się z Reno, by podjąć gorzej płatną pracę w Luizjanie?

To nie miało sensu.

– Audrina stąd pochodzi i postanowiła, że jeszcze raz spróbuje zacząć tu życie... – wyjaśnił. – Jej babcia mieszka w przyczepie niedaleko stąd i jest już osobą dość słabowitą. Audrina pracuje w „Vic's Redneck Roadhouse" jako księgowa. Czyli w dzień. Ja pracuję nocami w „Pocałunku wampira". A koszty życia są tutaj dużo tańsze. Ale masz rację, chodzi o coś więcej.

To powiedziawszy, zerknął na swoją dziewczynę.

– Przyjechaliśmy tutaj z pewnego konkretnego powodu – zgodziła się z nim Audrina. – Colton jest bratem Chica.

Oboje, Eric i ja, potrzebowaliśmy dobrej sekundy, zanim to zrozumieliśmy.

– A więc to była również twoja mama – powiedziałam w końcu do młodego mężczyzny. – Tak strasznie mi przykro.

Chociaż później nie słyszałam nic więcej na temat tego zdarzenia, imię brata Coltona mocno zapadło mi w pamięć.

– Tak, to była moja mama – odrzekł Colton. Posłał nam puste spojrzenie. – Mój brat Chico jest dupkiem, który został wampirem, zanim w ogóle się nad tym zastanowił. Oddał własne życie z łatwością, z jaką niektórzy śmiertelnicy robią sobie tatuaże. „To jest fajne, zróbmy to!". I tyle. A potem pozostał dupkiem, skoro gadał takie rzeczy Victorowi, nie pojmując, czym to grozi. Kompletnie nic nie rozumiał. – Colton ukrył twarz w dłoniach, a później potrząsnął głową. – Aż do tamtej nocy. Wtedy wszystko pojął, wszystko. Tyle że wówczas nasza mama już nie żyła. A Chico pożałował, że nie umarł zamiast niej. Chociaż nie mógł przecież tak łatwo umrzeć.

– A jak to się stało, że Victor nie odkrył, kim jesteś? Że nie wie, iż nie powinien ci ufać?

– Chico miał innego ojca, więc inaczej się nazywał – odpowiedziała Audrina, chcąc dać Coltonowi czas na uspokojenie nerwów. – Zresztą, Chico nie był typem rodzinnym. Nie mieszkał w domu od dziesięciu lat. Dzwonił jedynie do matki co parę miesięcy, a nigdy nie przyjeżdżał się z nią spotkać. Tak czy owak, Victor wiedział, że Chico nie zerwał całkowicie kontaktów, i mógł ten fakt wykorzystać, udowadniając Chicowi, że bycie wampirem to nie kontrakt w zespole California Angels.

– Już prędzej w Hell's Angels – dorzucił Colton.

Jeśli to porównanie zakłopotało Erica, nie dał nic po sobie poznać. Byłam pewna, że słyszał już gorsze określenia dla nieumarłych.

– Więc dzięki pracownicy Victora – zaczął – dowiedziałeś się o mojej Sookie. I wiedziałeś, jak ostrzec ją, kiedy Madden postanowił nas podtruć.

W oczach Coltona pojawił się gniew.

Nie trzeba było tego robić, pomyślał.

– Dobrze zrobiłeś, naprawdę – zapewniłam go, może z lekką urazą w głosie. – My także jesteśmy ludźmi.

– Wy nimi jesteście – wtrącił się Eric, odczytując minę Coltona tak wiernie, jak ja odgaduję jego myśli. – Ale Pam i ja nie, my nimi nie jesteśmy. Dlatego, Coltonie, chcę ci podziękować za twoje ostrzeżenie i pragnę cię wynagrodzić. Co mogę dla ciebie zrobić?

– Możesz zabić Victora – bez wahania odparował Colton.

– Jakie to interesujące. Dokładnie takie są moje zamiary – zapewnił go Eric.

ROZDZIAŁ DZIESIĄTY

Dramatyczne słowa Erica miały spory wydźwięk. Zarówno Audrina, jak i Colton naprężyli mięśnie. Mnie jednak Northman już niczym nie szokował.

Wydęłam ze złością policzki i odwróciłam wzrok.

– Jesteś znudzona, kochanko? – spytał Eric głosem, który mógłby uczyć kostkę lodu, jak być zimną.

– Rozmawiamy o tym od miesięcy. – Być może w tym stwierdzeniu była przesada, ale niezbyt duża. – Jedynie się przekrzykujemy. Jeśli naprawdę zamierzamy zrobić coś... złego, zabierzmy się do tego porządnie i zróbmy to. Bo w końcu zagadamy się na śmierć! Myślisz, że on nie wie, że jest na naszej czarnej liście? Myślisz, że nie czeka, aż spróbujemy go zabić? – (Jak widać, była to przemowa typu: „O wiele zbyt długo trzymałam ten pomysł w sekrecie, nawet przed samą sobą"). – Myślisz, że nie robi całego tego gówna tobie i Pam po to, żeby was rozdrażnić i sprowokować do jakiegoś czynu, którym dacie mu podstawy do usunięcia was z tego miejsca lub z tego świata? To jest dla niego sytuacja, w której nie może przegrać!

Eric popatrzył na mnie jak na kogoś, kto właśnie zmienił się w kozę.

Audrina i Colton siedzieli z otwartymi ze zdziwienia ustami.

Eric zaczął coś mówić, ale zrezygnował. Nie miałam pojęcia, czy zamierzał na mnie krzyknąć, czy raczej odejść bez słowa.

– Więc jakie widzisz rozwiązanie? – spytał wreszcie cicho. – Masz jakiś plan?

– Spotkajmy się z Pam jutro w nocy – zaproponowałam. – Ona również powinna w tym uczestniczyć.

Dzięki takiemu terminowi zyskam na czasie i może rzeczywiście wpadnę na pomysł, którym się nie ośmieszę.

– No dobrze – zgodził się. – Coltonie, Audrino, jesteście oboje pewni, że chcecie zaryzykować?

– Bez wątpienia – odparł Colton. – Audie, kochanie. Nie musisz tego robić.

Dziewczyna parsknęła.

– Za późno, mój drogi! Wszyscy w pracy wiedzą, że mieszkamy razem. Jeśli ty się zbuntujesz, i tak zginę. Moją jedyną szansą jest włączenie się w akcję i pomoc, żebyśmy niczego nie zawalili.

Lubię kobiety praktyczne. Popatrzyłam na nią jeszcze raz, a później zajrzałam w jej umysł. Znalazłam tam wyłącznie szczerość. A jednak zgrzeszyłabym naiwnością, gdybym nie pomyślała, jakie to ze strony Audriny byłoby praktyczne, gdyby poszła do Victora i nas wydała. Tak, takie wyjście byłoby dla niej najbardziej praktyczne ze wszystkich.

– Skąd wiemy, że nie złapiesz za telefon natychmiast po naszym wyjściu z przyczepy? – spytałam, decydując, że równie dobrze mogę spytać otwarcie.

– Skąd wiem, że wy nie zrobicie tego samego? – odparowała dziewczyna. – Colton oddał wam przysługę i powiedział o krwi wróżek. Uwierzył w to, co mówiła o tobie Heidi. Domyślam się też, że chcecie to przeżyć, tak bardzo jak my.

– „Przetrwanie" to moje drugie imię. Zobaczymy się zatem jutrzejszej nocy w moim domu – podsumowałam.

Zapisałam im, jak dojechać, na jakiejś starej liście zakupów. Ponieważ mój dom jest odizolowany i posiada magiczne zabezpieczenia, zostaniemy przynajmniej ostrzeżeni, jeżeli ktoś postanowi pojechać za Erikiem i Pam albo za Coltonem i Audriną.

To była bardzo długa noc i ziewałam tak strasznie, że wzrosły moje obawy, czy naprawdę nie złamię sobie szczęki. Pozwoliłam, żeby Eric zawiózł mnie do Shreveport, ponieważ byliśmy bliżej jego domu niż mojego. Byłam taka śpiąca (i obolała), że seks na pewno nie wchodził w rachubę, no chyba że mój wampir nagle odkryje w sobie zainteresowanie nekrofilią. Kiedy mu o tym powiedziałam, serdecznie się roześmiał.

– Nie, lubię cię żywą, ciepłą i ruchliwą – odparował i pocałował mnie w szyję w swoim ulubionym miejscu, tym, którego muskanie zawsze przyprawia mnie o dreszcz rozkoszy. – Sądzę, że mógłbym cię rozbudzić wystarczająco... – oznajmił. Pewność siebie bywa pociągająca, ale i tak nie zdołałam w sobie znaleźć dodatkowej energii. Znowu ziewnęłam, a Eric znów się roześmiał. – Zamierzam odnaleźć Pam i przekazać jej nowiny. Powinienem także spytać o jej przyjaciółkę, Miriam. Rano, Sookie, kiedy wstaniesz, pojedź do domu. Zostawię Mustafie karteczkę na temat samochodu.

– Komu?

– Mój dzienny facet nazywa się Mustafa Khan.

– Poważnie?

Northman skinął głową.

– To trochę pozer – stwierdził. – Uważaj na niego.

– Dobrze. Sądzę, że zatrzymam się w sypialni na piętrze, skoro muszę rano wstać – powiedziałam.

Stałam w progu największej sypialni, tej, do której Eric pierwotnie chciał, żebym się wprowadziła. Co do tej na parterze, z której obecnie korzystał, była to niegdyś bawialnia. Eric zatrudnił budowlańców, by wzmocnili ściany, a od schodów oddzielała go ochrona w postaci drzwi zamykanych na podwójny zamek. Z tego powodu czułam się w tym pomieszczeniu odrobinę klaustrofobicznie, więc nie chciałam tam spędzać nocy, chociaż zdecydowałam się na to kilka razy, wiedząc, że mogę spać do późna. Sypialnia na piętrze miała żaluzje na oknach i ciężkie kotary, które całkowicie odcinały światło sypiającym tam gościnnie wampirom, ja jednak zostawiłam żaluzje otwarte i wtedy pobyt w pokoju stał się znośny.

Po katastrofalnej wizycie stwórcy Erica, Appiusa, i jego „syna" Aleksego, ilekroć wchodziłam do domu Northmana, wydawało mi się, że wszędzie wokół siebie widzę krew; na dodatek czułam też jej smród. Na szczęście, firma remontowa wymieniła dywany i przemalowała pomieszczenia. Teraz trudno było powiedzieć, że zdarzyło się tutaj coś strasznego, a w budynku pachniało plackiem z orzechami pekan. Tej domowej woni towarzyszył słaby zapach wampirów, cierpki, choć wcale nie przykry.

Natychmiast gdy Eric odszedł, zamknęłam na klucz drzwi sypialni i wzięłam szybki prysznic. Przechowywałam w tym domu koszulę nocną, ciuszek ładniejszy niż mój zwykły nocny strój, to znaczy, koszulka z ptakiem Tweety. Kiedy odprężyłam się na wspaniałym materacu, wydało mi się, że słyszę w salonie głos Pam. Poszukałam po omacku w szufladzie nocnego stolika, znalazłam zegarek i pudełko chusteczek higienicznych, po czym umieściłam obie rzeczy pod ręką.

To była ostatnia czynność, jaką zapamiętałam na następne kilka godzin. Śniłam o Ericu, Pam i Amelii; byli w jakimś budynku, który się palił, i musiałam ich stamtąd wyciągać, w przeciwnym razie ich ciała strawiłby pożar. Do wyjaśnienia tego snu nie trzeba było oczywiście psychiatry ani psychoanalityka. Dziwiłam się jedynie, dlaczego mój umysł umieścił w tym domu także Amelię. Gdyby sny miały więcej z życia, to właśnie czarownica wznieciłaby pożar, naturalnie przypadkowo.

Wyszłam o ósmej rano po może pięciu godzinach snu. Nie byłam wyspana. Zatrzymałam się przy „Hardee's" i kupiłam sobie kubek kawy oraz gorącą bułkę z kiełbasą. Po tym posiłku dzień przedstawiał się nieco lepiej. Nieco.

Poza nowiutkim pikapem zaparkowanym od frontu obok auta Erica mój dom wyglądał sennie i normalnie w ciepłym świetle poranka. Dzień był oślepiająco jasny. Kwiaty kwitnące wokół przednich schodów unosiły główki ku porannemu słońca. Objechałam dom i zaparkowałam na tyłach, zastanawiając się, kto nas odwiedza i w którym łóżku śpi.

Samochód Amelii i auto Claude'a stały na żwirowym placyku, toteż zostało tam tylko jedno miejsce – na mój pojazd. Uznałam, że to bardzo dziwne wchodzić do własnego domu, w którym jest już tak wiele osób. W środku nikt się nie ruszał, co odnotowałam z ulgą. Zaparzyłam sobie dzbanek kawy i weszłam do sypialni, gdzie chciałam się przebrać.

Ktoś leżał w moim łóżku!

– Przepraszam? – spytałam.

Alcide Herveaux usiadł prosto. Pierś miał obnażoną, reszty jego ciała nie widziałam, gdyż skrywała je kołdra.

– To jest dość, kurwa, dziwaczne – wyrwało mi się. Czułam, że ogarnia mnie gniew. – Może to wyjaśnisz.

Alcide obrzucił mnie nieznacznym uśmieszkiem, czego nie powinien robić obcy facet leżący w moim łóżku bez mojej uprzedniej zgody. Po chwili popatrzył na mnie poważnie i z lekkim zażenowaniem, co było znacznie bardziej stosowne.

– Przerwałaś więź z Erikiem – powiedział ów przywódca shreveporckiego stada. – Zawsze, gdy pragnąłem, żebyśmy byli parą, wybierałem nieodpowiedni moment. Tym razem nie chciałem przegapić okazji.

Patrzył mi prosto w oczy i czekał na moją reakcję.

Opadłam na stare obite kwiecistą tapicerką krzesło stojące w kącie. Często rzucam na nie w nocy rzeczy, które z siebie zdejmuję. Alcide najwyraźniej wpadł na ten sam pomysł, gdyż leżało tam jego ubranie. Miałam nadzieję, że siedząc, tak mu pogniotę koszulę, że nigdy tego nie rozprasuje.

– Więc kto cię wpuścił?! – warknęłam.

Miał najprawdopodobniej dobre intencje, w przeciwnym razie nie pokonałby zabezpieczeń, tak przynajmniej twierdziła Amelia. Tyle że w tej chwili po prostu nic mnie nie obchodziły jego zamiary.

– Twój kuzyn, wróż. Czym on się właściwie zajmuje?

– Jest striptizerem – odparłam, zbytnio upraszczając sprawę, ponieważ moment nie był odpowiedni na długie wyjaśnienia. Nie zdawałam sobie jednak sprawy, że ta informacja zrobi na Alcidzie aż tak wielkie wrażenie, odkryłam to dopiero, gdy zobaczyłam jego minę. – Czyli że najnormalniej w świecie postanowiłeś, że czas walnąć się do mojego wyrka i spróbować mnie uwieść, gdy wejdę do sypialni? Mimo że wracam do domu po spędzeniu nocy u mojego chłopaka? Mimo że uprawiam z nim seks stulecia, który mógłby trafić do Księgi Rekordów Guinnessa?

O Boże, skąd mi się to wzięło?!

Teraz Alcide się śmiał. Najwidoczniej nie był w stanie się powstrzymać. Odprężyłam się, ponieważ – mimo że wilkołacze mózgi są dla mnie „pokrętne" w interpretacji – wiedziałam, że przywódca stada śmieje się również z siebie.

– Mnie również to nie wyglądało na szczególnie dobry pomysł – oznajmił bez ogródek. – Ale Jannalynn pomyślała, że to całkiem niezła droga na skróty, a później możemy cię wciągnąć do składu stada.

Że jak?! Ale, no tak, to wiele wyjaśniało.

– Zrobiłeś to więc za radą Jannalynn? Wiesz, Jannalynn po prostu chciała, żebym poczuła się nieprzyjemnie – wytłumaczyłam mu.

– Poważnie? A co ona ma przeciwko tobie? Chciałem spytać... dlaczego miałaby chcieć zrobić coś takiego? Szczególnie że musiała wiedzieć, że w ten sposób wpakuje także mnie w przykrą sytuację.

Tak, zwłaszcza że Alcide był szefem Jannalynn i tak dalej... może nawet stanowił centrum jej wszechświata. Zrozumiałam, co miał na myśli, i zgodziłam się z jego oceną Jannalynn. Jednakże w mojej opinii Alcide nie czuł się wystarczająco nieprzyjemnie, wziąwszy pod uwagę sytuację. Byłam przekonana, że wciąż ma nadzieję i myśli, że jeśli usiądzie w moim łóżku wyprostowany, ładnie rozczochrany i przystojny, zrewiduję swoje poglądy i mu ulegnę. Ale dobry wygląd to nie wszystko, przynajmniej nie dla mnie. Zadałam sobie pytanie: kiedy Alcide stał się facetem, który myśli w ten sposób?

– Od jakiegoś czasu Jannalynn spotyka się z Samem – odparłam. – Wiesz o tym, prawda? Pojechałam z Merlotte'em na rodzinną ceremonię ślubną, a moim zdaniem Jannalynn liczyła na to, że Sam ją tam zabierze.

– Więc Sam nie ma takiego fioła na jej punkcie, jak ona na jego?

Wyciągnęłam rękę i zamachałam nią.

– Bardzo ją lubi. Ale jest od niej starszy i ostrożniejszy. – Dlaczego siedzieliśmy w mojej sypialni i rozmawialiśmy o takich sprawach?! – Tak więc... Alcide... myślisz, że mógłbyś się teraz ubrać i pojechać do siebie?

Zerknęłam na zegarek. Eric zostawił mi nad ranem karteczkę, z której wynikało, że Mustafa Khan ma się tutaj zjawić o dziesiątej, czyli już za godzinę. Skoro był samotnym wilkiem, na pewno nie chciałby się spotkać z przywódcą jakiegoś stada.

– Bardziej bym się cieszył, gdybyś tu do mnie dołączyła – stwierdził zarówno szczerze, jak i autoironicznie.

– Miło być pożądaną... zawsze. A ty jesteś bardzo fajnym facetem. – Starałam się mówić tak, żeby wypowiedź nie brzmiała jak refleksja. – Ale chodzę z Erikiem, z więzią czy bez niej. Poza tym, dzięki Jannalynn, usiłujesz mnie dziś zdobyć w całkowicie niewłaściwy sposób. Tak przy okazji, kto ci właściwie powiedział, że mnie i Erica nie łączy już więź?

Alcide wyślizgnął się z łóżka i wyciągnął ręce po swoje rzeczy. Wstałam i wręczyłam mu je, trzymając głowę wysoko i patrząc mu w oczy, nie niżej. Zauważyłam jednak, że ma na sobie bieliznę, coś w rodzaju fig. Czy istnieją męskie figi?

– Twoja przyjaciółka Amelia – odrzekł, wkładając koszulę. – Wraz ze swoim chłopakiem przyszła późnym wieczorem na drinka do „Psiego Włosa". Byłem raczej pewny, że spotkałem ją wcześniej, więc podszedłem i zacząłem z nimi rozmawiać. Kiedy usłyszała moje imię, już wiedziała, że ty i ja kiedyś się przyjaźniliśmy. Gadatliwa dziewczyna z tej Amelii.

Tak, moja dawna lokatorka czasem mówiła trochę za dużo, i to była jedna z jej wad. Zastanowiłam się nad całą sprawą i zrodziły się we mnie pewne podejrzenia.

– Wiedziała, że zamierzasz to zrobić? – spytałam, machnąwszy dłonią w stronę zmiętoszonego łóżka.

– Przyjechałem tutaj za nią i jej chłopakiem – wyznał, co właściwie nie do końca stanowiło zaprzeczenie. – Skonsultowali się z twoim kuzynem... striptizerem. Claude'em, tak? Claude uznał za świetny pomysł to, żebym poczekał na ciebie tutaj, w środku. Ściśle rzecz biorąc, sądzę, że za pięćdziesiąt centów chętnie sam by się do nas przyłączył. – Alcide zatrzymał się w połowie zapinania zamka błyskawicznego dżinsów i uniósł brew.

Starałam się nie pokazać po sobie wstrętu, który mnie ogarnął.

– Ach, ten Claude! Cóż z niego za żartowniś! – syknęłam z okrutnym uśmiechem, chociaż chyba nigdy nic nie rozbawiło mnie mniej. – Alcide, sądzę, że Jannalynn zrobiła sobie żart moim kosztem. Co do Amelii, myślę, że nie powinna rozpowiadać o moich sprawach. A Claude? Claude po prostu chciał zobaczyć, co się stanie. To do niego podobne. Ponadto, jesteś przystojnym wilkołakiem, za którym uganiają się wszystkie kobiety. Ty duży, miły przywódco stada. Ty!

Uderzyłam go w muskularne ramię niby żartobliwie – mniej więcej – lecz zauważyłam, że się lekko wzdrygnął. Może dzięki obecności wróżek stałam się jednak nieco silniejsza?

– Pojadę zatem z powrotem do Shreveport – oświadczył Alcide. – Ale nie zapominaj o mojej propozycji, Sookie. Wciąż chcę, żebyś dała mi szansę.

Posłał mi szeroki uśmiech, szczerząc białe zęby.

– Nie znalazłeś jeszcze szamana dla swojego stada?

Teraz zapinał pasek i jego palce znów gwałtownie się zatrzymały.

– Myślisz, że właśnie dlatego chcę ciebie?

– Myślę, że to by mogło mieć z tym coś wspólnego – przyznałam oschle.

Posiadanie w stadzie szamana może się wydawać niemodne w obecnych nowoczesnych czasach, a jednak stado Długi Ząb miało kiedyś kogoś takiego, a teraz usiłowało znaleźć kolejnego kandydata na to stanowisko. Alcide skłonił mnie pewnego dnia do przyjęcia narkotyków, które tamten szaman brał, gdy chciał wzmocnić swoje wizje; doświadczenie to przyprawiło mnie o potężną gęsią skórkę, a równocześnie okazało się niesamowicie inspirujące. Nigdy więcej nie chciałabym go powtórzyć, bo... Za bardzo mi się spodobało.

– Naprawdę potrzebujemy szamana – przyznał się Alcide. – A ty tamtej nocy wspaniale się sprawiłaś. Masz najwyraźniej wrodzone zdolności do tej pracy.

Tak, pomyślałam, niezbędne warunki wstępne do tej roboty to łatwowierność i kiepska ocena sytuacji.

– Ale mylisz się – podjął wilkołak – jeśli sądzisz, że jest to jedyny powód, dla którego chciałbym się z tobą związać.

– Cieszę się, że to słyszę, bo w przeciwnym razie nie myślałabym o tobie zbyt dobrze – mruknęłam. Ta wymiana zdań całkowicie mnie wyleczyła z życzliwości i dobroduszności. – Pozwól, że jeszcze raz coś podkreślę. Nie podoba mi się twoja metoda zalotów ani sposób, w jaki się zmieniłeś, odkąd zostałeś przywódcą stada.

Był autentycznie zaskoczony.

– Musiałem się zmienić – odparł. – Zresztą, nie jestem pewien, co masz na myśli.

– O wiele za bardzo się przyzwyczaiłeś do pełnienia funkcji króla ich wszystkich – wyjaśniłam. – Ale nie jest moją rolą osądzać ciebie albo mówić ci, że powinieneś być inny tylko dlatego, że taka jest moja opinia. Bóg wie, że we mnie samej również zaszło bardzo wiele zmian i jestem pewna, że niektóre z nich nie poprawiły mojego charakteru...

– Ty w ogóle mnie nie lubisz – jęknął.

W jego tonie pobrzmiewało niemal przerażenie, lecz była w nim również nuta niedowierzania, która utwierdziła mnie w moich uczuciach.

– Już nie tak bardzo – potwierdziłam.

– Więc zrobiłem z siebie głupca.

Teraz usłyszałam w jego głosie lekki gniew. No cóż, witamy w klubie.

– Pułapka nie jest najlepszą drogą do mojego serca. Ani do zdobycia innej części mojego... ciała.

Alcide wyszedł bez słowa. Najwyraźniej wcześniej mnie nie słuchał – dopóki nie powiedziałam tego samego na kilka różnych sposobów. Może to był klucz? Powtarzać wszystko po trzy razy?

Obserwowałam, jak pikap przywódcy stada odjeżdża podjazdem, chciałam bowiem mieć pewność, że Alcide nie wróci. Ponownie popatrzyłam na zegarek. Nie było jeszcze dziewiątej trzydzieści. Z błyskawiczną szybkością wymieniłam pościel na łóżku, wepchnęłam ją do pralki i uruchomiłam program. (Nawet nie potrafiłam sobie wyobrazić reakcji Erica, gdyby położył się ze mną do łóżka i stwierdził, że pachnie ono jak Alcide Herveaux). Pozostałe do przyjazdu Mustafy Khana minuty postanowiłam wykorzystać na niezbędne poprawki urody, zamiast budzić Amelię czy Claude'a i zmywać im głowy za to, co mi zrobili. Kiedy uczesałam włosy i ściągnęłam je w kucyk, usłyszałam odgłos zbliżającego się do domu motocykla.

Mustafa Khan, punktualny samotny wilkołak!

Ale wcale nie był sam. Za nim, obejmując go mocno, siedział na siodełku mały pasażer. Patrzyłam przez frontowe okno, kiedy zeskakiwał z harleya, a później nieśpiesznie ruszył do drzwi wejściowych i zastukał. Jego towarzysz pozostał na motocyklu.

Otworzyłam drzwi i zadarłam głowę. Khan mierzył dobrze ponad metr osiemdziesiąt, włosy miał przycięte tak krótko, że została jedynie szczecinka czy może meszek. Wilkołak nosił ciemne okulary, pomyślałam, że może usiłuje uzyskać wygląd bohatera filmu *Blade. Wieczny łowca*. Cerę miał złotobrązową i kojarzącą się z ciasteczkiem czekoladowym. Kiedy zdjął okulary, zobaczyłam, że jego oczy są naprawdę w kolorze ciemnej czekolady. Ale to była jedyna jego stosunkowo słodka cecha. Wzięłam głęboki wdech i poczułam zapach czegoś dzikiego. W tym momencie usłyszałam, że moi krewni wróże schodzą znajdującymi się za mną schodami.

– Panie Khan? – zagaiłam uprzejmie. – Proszę wejść. Jestem Sookie Stackhouse, a ci dwaj to Dermot i Claude.

Z pożądliwej miny Claude'a wywnioskowałam, że nie ja jedna myślę o ciasteczkach czekoladowych. Dermot z kolei popatrzył wyłącznie ostrożnie.

Mustafa Khan zerknął na nich raz i ich zignorował, co pokazało mi, że nie jest osobnikiem tak bystrym, jak być powinien. A może po prostu uznał, że wróże nie mają żadnego związku z zadaniem, które ma wykonać.

– Przyjechałem odebrać samochód Erica – oznajmił lakonicznie.

– Mógłbyś wejść na minutkę? Zaparzyłam kawę.

– Och, to dobrze – mruknął stryjeczny dziadek i skierował się do kuchni.

Słyszałam, że rozmawia z kimś, i wywnioskowałam, że Amelia i/lub Bob kręcą się po domu. To dobrze, bo chciałam zamienić słówko z moją przyjaciółką czarownicą.

– Nie pijam kawy – odparował Mustafa. – Nie przyjmuję żadnych środków pobudzających.

– Może zatem chciałbyś szklankę wody?

– Nie, chciałbym wrócić do Shreveport. Mam wiele rzeczy do zrobienia dla pana Wielkiego Potężnego Martwego.

– Skoro tak nisko cenisz Erica, jak to możliwe, że dostałeś tę pracę?

– Nie jest złym facetem... jak na wampira – odburknął niechętnie. – Bubba też jest w porządku. Ale reszta?

Niemal wypluł to pytanie. Subtelna aluzja, ale ją zrozumiałam.

– Kim jest twój towarzysz? – spytałam, kiwając głową w stronę harleya.

– Dużo chcieć wiedzieć – wytknął mi.

– Aha – przyznałam bez wahania, patrząc mu w oczy i nie dając za wygraną

– Warrenie, chodź tutaj na chwilkę! – zawołał Mustafa.

Mały człowieczek zeskoczył z motoru i podszedł do nas. Okazał się osobnikiem mierzącym pod metr siedemdziesiąt, bladym i piegowatym. Brakowało mu kilku zębów. Ale kiedy zdjął okulary motocyklisty, zobaczyłam, że oczy ma jasne, a spojrzenie spokojne. Na jego szyi nie dostrzegłam żadnych śladów kłów.

– Proszę pani – odezwał się grzecznie.

Ponownie się przedstawiłam. Interesujące, że Mustafa miał prawdziwego przyjaciela i nie chciał, żeby ktoś się o nim dowiedział (no cóż, żebym ja go nie poznała). Podczas gdy Warren i ja wymienialiśmy komentarze na temat pogody, muskularny wilkołak przeżywał ciężkie chwile, usiłując nie okazywać mi zniecierpliwienia. Claude odszedł, gdyż nie był zainteresowany Warrenem, a na uwagę Mustafy stracił już nadzieję.

– Warrenie, od jak dawna przebywasz w Shreveport?

– Cholera, tkwię tu całe życie – odparł. – Z wyjątkiem okresu, kiedy służyłem w wojsku.

Łatwo mogłabym się dowiedzieć wszystkiego na temat Warrena, tyle że Eric polecił mi sprawdzić Mustafę. Niestety, kiepski naśladowca Blade'a nie chciał ze mną w tej kwestii współpracować. Stanie w progu domu nijak nie ułatwiało też swobodnej rozmowy. Cóż zrobić.

– Więc ty i Mustafa znacie się od jakiegoś czasu?

– Od kilku miesięcy – odrzekł Warren, spoglądając na wysokiego wilkołaka.

– Gra w dwadzieścia pytań? – mruknął tamten.

Dotknęłam jego ramienia i poczułam się tak, jakbym dotykała gałęzi dębu.

– KeShawn Johnson – powiedziałam głośno po króciutkim gmeraniu w jego głowie. – Dlaczego zmieniłeś nazwisko?

Zesztywniał, a jego usta zacisnęły się w srogi grymas.

– Zreformowałem się – rzucił. – Nie jestem niewolnikiem starego systemu, który nazwał mnie KeShawn. Jestem Mustafa Khan, wolny człowiek. Należę wyłącznie do siebie.

– Oki-doki – stwierdziłam, zmuszając się do sympatycznego tonu. – Miło cię poznać, Mustafo. Życzę tobie i Warrenowi bezpiecznej podróży powrotnej do Shreveport.

No cóż, dowiedziałam się dziś tyle, ile mogłam. Jeśli Mustafa Khan będzie pracował dla Erica przez jakiś czas, stopniowo wyłapię wystarczająco dużo pojedynczych informacji i poskładam je w całość. Co dziwne, zaczęłam lepiej o nim myśleć, odkąd poznałam jego przyjaciela, Warrena. Byłam pewna, że Warren nie miał najłatwiejszego życia i może dopuścił się kiedyś czegoś, ale uznałam, że równocześnie jest solidnym, niezawodnym mężczyzną. Podejrzewałam, że podobnie może być z Mustafą.

Zamierzałam poczekać i sprawdzić.

Bubba go lubił, co jednak niekoniecznie stanowiło dobrą rekomendację. Ostatecznie, Bubba pija kocią krew!

Odwróciłam się od drzwi, zbierając siły na to, co teraz mnie czekało, na mój następny zestaw problemów. W kuchni znalazłam Claude'a i Dermota, którzy coś pichcili. Stryjeczny dziadek wyszukał w lodówce puszkę biszkoptów Pillsbury, otworzył ją i teraz układał ciastka na blaszce do pieczenia. Zdążył już nawet nagrzać piekarnik.

Claude smażył jajka, co było w pewnym sensie niezwykłe. Amelia wyjmowała z szafki talerze, a Bob nakrywał do stołu.

Naprawdę nie miałam ochoty przerywać im takiej domowej sielanki.

– Amelio – odezwałam się.

Do tej pory przyjaciółka była podejrzanie skupiona na talerzach. Teraz uniosła głowę tak gwałtownie, jakby usłyszała, że wystrzeliłam z karabinu. Spojrzałam jej w oczy. Mówiły: „Winna, winna, winna".

– Claude – powiedziałam jeszcze ostrzej, a wróż popatrzył na mnie przez ramię i uśmiechnął się.

On z kolei w ogóle nie czuł się winny. Dermot i Bob po prostu wyglądali na zrezygnowanych.

– Amelio, powiedziałaś o moich sprawach wilkołakowi – ciągnęłam. – I to nie po prostu jakiemuś wilkołakowi, lecz przywódcy shreveporckiego stada. I jestem pewna, że zrobiłaś to celowo.

Czarownica straszliwie się zaczerwieniła.

– Sookie, pomyślałam, że skoro więź została przerwana, to może chciałabyś, żeby ktoś inny o tym wiedział, a mówiłaś mi kiedyś o Alcidzie, więc kiedy go spotkałam, przyszło mi do głowy, że...

– Poszłaś tam celowo, bo chciałaś dopilnować, żeby on się dowiedział – kontynuowałam. – W przeciwnym razie, po co miałabyś wybierać ten konkretny pub na drinka?

Bob wyglądał, jak gdyby chciał coś powiedzieć, więc podniosłam palec wskazujący i bojowo w niego wycelowałam. I Bob zrezygnował.

– Powiedziałaś mi, że jedziecie do kina w Clarice, a nie do wilkołaczego baru, który znajduje się w zupełnie przeciwnym kierunku! – Gdy skończyłam z Amelią, odwróciłam się do drugiego winowajcy. – Claude – powtórzyłam, a wtedy zauważyłam, że mięśnie jego pleców zesztywniały, chociaż wróż ciągle smażył jajka. – Wpuściłeś kogoś do domu, do mojego domu, mimo że mnie tutaj nie było. I pozwoliłeś temu komuś zająć moje łóżko. To jest niewybaczalne. Dlaczego mi coś takiego zrobiłeś?!

Kuzyn powoli zdjął patelnię z palnika, a później wyłączył gaz.

– Wydawał się miłym facetem – odparował – i pomyślałem sobie, że może chciałabyś się kochać z kimś, komu bije puls, przynajmniej raz.

Naprawdę poczułam, że zaraz wyjdę z siebie.

– No dobra. – Starałam się mówić opanowanym głosem. – Słuchajcie. Idę teraz do mojego pokoju. Wy wszyscy zjedzcie to, co sobie przygotowaliście, potem się spakujcie i wyjedźcie. Wszyscy.

Amelia zaczęła płakać, ale nie zamierzałam ustąpić ani złagodzić swojego stanowiska. Byłam cholernie wkurzona, cholernie. Popatrzyłam na wiszący na ścianie zegar.

– W czterdzieści pięć minut chcę mieć ten dom pusty.

Weszłam do sypialni i zamknęłam drzwi. Położyłam się na łóżku z książką i próbowałam czytać. Po kilku minutach rozległo się pukanie do drzwi. Zlekceważyłam je. Musiałam być stanowcza i już. Ludzie, którzy zamieszkali w moim domu, zrobili coś, czego – do diabła ciężkiego – robić nie powinni i o czym na dodatek doskonale wiedzieli. A teraz muszą zrozumieć, że nie będę tolerowała takiego wścibstwa, nieważne, jak dobre mieli zamiary (Amelia) ani że po prostu chodziło im o niewinny żarcik (Claude). Ukryłam twarz w dłoniach. Trudno mi było utrzymać ten poziom oburzenia, szczególnie że nie jestem przyzwyczajona do tego typu emocji, wiedziałam jednak, że byłoby bardzo niedobrze, gdybym poddała się impulsowi tchórzostwa, otworzyła drzwi i pozwoliła im wszystkim zostać.

Kiedy usiłowałam sobie wyobrazić, jak to robię, poczułam się z kolei tak marnie i nieszczęśliwie, że wiedziałam – opcja jest tylko jedna. Autentycznie chciałam, żeby wszyscy się wynieśli.

A przecież tak bardzo się ucieszyłam na widok Amelii. Tak bardzo się cieszyłam, że zechciała przyjechać niemal z dnia na dzień z Nowego Orleanu i wzmocnić magiczne zaklęcia chroniące dom. I byłam taka zaskoczona, że czarownica faktycznie znalazła sposób na przerwanie więzi – taka zaskoczona, że pozwoliłam jej dać się wciągnąć w rytuał od razu, bez zastanowienia. Powinnam najpierw zadzwonić do Erica, ostrzec go. Nie miałam usprawiedliwienia, żadnych powodów, dla których dokonałam przerwania więzi w sposób tak brutalny, mogłam się jedynie tłumaczyć przekonaniem, że Eric na pewno by mi kazał zrezygnować z tej próby. Zachowałam się dokładnie tak samo beznadziejnie jak wtedy, gdy dałam się Alcide'owi przekonać do połknięcia narkotyków szamana na zebraniu stada.

To były moje dwie głupie decyzje. To były błędy, które popełniłam.

Ale impuls wyszedł od Amelii, która starała się manipulować moim życiem miłosnym. Paskudnie z jej strony. Jestem dorosłą kobietą i mam prawo sama decydować, z kim chcę być. Wcześniej chciałam się przyjaźnić z Amelią do końca życia, ale nie będziemy przyjaciółkami, jeśli czarownica zamierza zręcznie kierować zdarzeniami, próbując zmienić moje życie na takie, jakie będzie jej się bardziej podobało.

Z kolei Claude zaplanował dla mnie kawał w swoim stylu, cwaną, paskudną sztuczkę. Jego posunięcie także mi się nie podobało. Tak, kuzyn wróż również musi odejść.

Kiedy minęło czterdzieści pięć minut, wynurzyłam się z sypialni i trochę zaskoczyło mnie odkrycie, że rzeczywiście mnie posłuchali. Tak, moi goście zniknęli, wszyscy... z wyjątkiem Dermota.

Stryjeczny dziadek siedział na tylnych schodach, obok niego stała wypchana sportowa torba. W żaden sposób nie starał się przyciągać uwagi do swojej osoby i przypuszczam, że siedziałby tam do czasu, aż otworzyłabym tylne drzwi z zamiarem pojechania do pracy. Chyba że przypadkiem wcześniej wyszłabym na ganek za domem po to, by przełożyć pościel z pralki do suszarki.

– Dlaczego tu jesteś? – spytałam najbardziej neutralnym tonem, na jaki potrafiłam się zdobyć.

– Wybacz mi – powiedział, wymawiając frazę, której do tej pory straszliwie brakowało.

Wcześniej miałam zaciśnięty z nerwów żołądek i chociaż teraz, kiedy Dermot wypowiedział te magiczne słowa, odprężyłam się nieco, nie zdobył mnie całkowicie.

– Dlaczego pozwoliłeś na to Claude'owi? – jęknęłam.

Stałam w otwartych drzwiach, przytrzymując je, zmuszałam więc stryjecznego dziadka do przekrzywiania głowy, gdyż tylko w ten sposób mógł mnie widzieć podczas rozmowy. Teraz w końcu wstał i odwrócił się do mnie.

– Nie uważałem, że to co robił, jest właściwe. Nie sądziłem, że mogłabyś chcieć Alcide'a, skoro jesteś związana z wampirem, i nie sądziłem, że efekt będzie dobry dla ciebie lub dla nich. Ale Claude jest uparty i krnąbrny. Nie miałem dość siły, żeby się z nim sprzeczać.

– Dlaczego?

Dla mnie pytanie wydawało się oczywiste, Dermota jednak zaskoczyło. Popatrzył w dal, ponad kwiatami, krzewami i trawnikiem.

– Odkąd zostałem zaczarowany przez Nialla, nie obchodziło mnie zbyt wiele rzeczy – odparł po chwili zadumy. – No cóż, dokładniej mówiąc, ani później, kiedy ty i Claude przerwaliście czar. Chyba nie potrafię znaleźć sobie celu i nie wiem, co chcę zrobić z resztą mojego życia. Claude ma cel, a nawet gdyby nie miał, myślę, że i tak byłby zadowolony. Claude jest bardzo ludzki, to leży w jego naturze.

Wygłosiwszy tę przemowę, popatrzył na mnie z przerażeniem, być może uświadamiając sobie, że skoro jestem w takim destrukcyjnym nastroju, równie dobrze może mi się nie spodobać ta opinia i uznam ją za dobry powód do wyrzucenia i jego z mojej posiadłości.

– A co jest celem Claude'a? – spytałam, ponieważ ta kwestia wydała mi się dość interesująca. – To nie znaczy, że nie chcę rozmawiać więcej o tobie. Chcę, Dermocie, ale bardzo mnie zaciekawiła sprawa rzekomych zamiarów Claude'a.

Żeby nie powiedzieć: „zatrwożyła".

– Zdradziłem już jedną bliską osobę. – Dopiero po chwili zrozumiałam, że mówi o mnie. – Nie chcę zdradzić kolejnej.

No to teraz plany Claude'a jeszcze bardziej mnie martwiły. Na rozwiązanie tej zagadki musiałam jednak, niestety, poczekać.

– Jak myślisz? – spytałam, wracając do poprzedniego tematu. – Dlaczego odczuwasz taką obojętność?

– Ponieważ nie jestem niczyim poddanym. Ponieważ Niall wyrzucił mnie ze świata wróżek... Ponieważ błądziłem i wałęsałem się, pozostając w stanie szaleństwa przez tak długi czas... Nie czuję się częścią klanu nieba, a klan wody nie będzie mnie miał, chociaż się z jego przedstawicielami sprzymierzyłem. To znaczy, wtedy, gdy byłem przeklęty – dodał pośpiesznie. – Ale nie jestem istotą ludzką i nie czuję się człowiekiem. Tak naprawdę nie mogę uchodzić za zwykłego mężczyznę dłużej niż przez kilka minut. Inne duszki, które przebywają w klubie „Hooligans", cała ich gromadka... Zebrali się i zjednoczyli jedynie za sprawą przypadku. – Potrzasnął złotowłosą głową. Chociaż włosy miał dłuższe niż Jason, aż do ramienia, dzięki czemu zakrywały jego uszy, nigdy wcześniej nie przypominał mi bardziej mojego brata. – Nie czuję się już jak wróż. Czuję się...

– Jak obcy w obcym kraju – dokończyłam.

Wzruszył ramionami.

– Może i tak.

– Nadal chcesz popracować na poddaszu?

Zrobił długi, powolny wydech. Popatrzył na mnie z ukosa.

– Tak, bardzo. Mogę... po prostu się za to zabrać?

Weszłam do domu po kluczyki od samochodu i po pieniądze z ukrytego zapasu. Babcia zawsze gdzieś trzymała ukrytą gotówkę. Ja na schowek wybrałam wewnętrzną, zapinaną na zamek kieszeń zimowej kurtki nieprzemakalnej, która wisiała w szafie z tyłu.

– Możesz wziąć mój samochód i pojechać do Home Depot w Clarice – powiedziałam. – Proszę. Potrafisz chyba prowadzić samochód, prawda?

– O tak – odparł, niecierpliwie wodząc wzrokiem od pieniędzy do kluczyków. – Tak, mam nawet prawo jazdy.

– Jak je zdobyłeś? – spytałam zdumiona.

– Pewnego dnia, gdy Claude był zajęty, poszedłem do urzędu – wyjaśnił. – Kazałem im myśleć, że mają przed sobą właściwe dokumenty. Dysponowałem na to dostateczną ilością magii. Łatwo odpowiedziałem na pytania na teście. A że wcześniej obserwowałem jeżdżącego Claude'a, to gdy urzędnik zabrał mnie na jazdę, też bez trudu sobie poradziłem.

Zastanowiłam się, jak wielu kierowców, których mijam na drodze, uzyskało prawo jazdy w podobny sposób. Hmm, to by wiele wyjaśniało.

– Okej. Proszę cię, Dermocie, bądź ostrożny. Ach, wiesz, jak się obchodzić z pieniędzmi?

– Tak, sekretarka Claude'a mnie nauczyła. Potrafię liczyć. Wiem także, co to są monety.

Czyż nie jesteś dużym chłopcem? – pomyślałam, lecz nie powiedziałam tego głośno. Nie byłoby to uprzejme.

Stryjeczny dziadek naprawdę zdumiewająco dobrze się przystosował, szczególnie jak na wróża, który przez długi czas pozostawał zaczarowany.

– W porządku – podsumowałam. – Baw się dobrze, nie wydaj wszystkich moich pieniędzy i wróć za godzinę, ponieważ muszę jechać do pracy. Sam powiedział, że mogę się dzisiaj trochę spóźnić, ale nie chcę przeginać.

– Nie będziesz tego żałowała, bratanico – zapewnił mnie Dermot.

Otworzył kuchenne drzwi, wrzucił swoją torbę sportową do domu, a potem przeskoczył szybko kilka stopni wiodących na podwórze i wsiadł do mojego samochodu. Przez chwilę z uwagą przyglądał się tablicy rozdzielczej.

– Mam nadzieję, że nie – mruknęłam do siebie, kiedy zapiął pasy i odjechał. (Dzięki Bogu, powoli). – Naprawdę mam nadzieję, że nie będę tego żałowała.

Moi goście przed odjazdem nie poczuli się w obowiązku pozmywać po sobie. Nie powiem, żeby mnie tym zaskoczyli. Zabrałam się do roboty, a potem wytarłam blaty. Nieskazitelnie czysta kuchnia dawała mi poczucie, że robię postępy.

Kiedy złożyłam pościel, ciepłą, bo wyjętą z suszarki, powiedziałam sobie, że świetnie sobie radzę. Cóż, nie powiem, że nie myślałam o Amelii, że nie było mi przykro z powodu tego wszystkiego, co się zdarzyło, ale gdy po raz kolejny rozważyłam wszystkie fakty, wiedziałam, że postąpiłam w sposób właściwy.

Stryjeczny dziadek wrócił w ciągu godziny. Był tak szczęśliwy i ożywiony, jakim go nigdy przedtem nie widziałam. Tak, nie zdawałam sobie sprawy, jak bardzo był wcześniej przygnębiony, dopóki nie zobaczyłam go teraz naprawdę rozpromienionego – ponieważ miał wreszcie jakiś cel. Wypożyczył nawet szlifierkę, kupił również farbę, folię z tworzywa sztucznego, niebieską taśmę malarską, skrobaczki do resztek farby, pędzle, wałki do malowania i kuwetę do rozprowadzania farby na wałku. Musiałam mu przypomnieć, że nim zacznie pracę, powinien coś zjeść, powtórzyłam też, że w niezbyt odległej przyszłości muszę jechać do „Merlotte'a".

A następnie dodałam, że wieczorem w moim domu odbędzie się zebranie na szczycie.

– Dermocie, masz jakiegoś przyjaciela, z którym mógłbyś się spotkać dziś wieczorem? – spytałam oględnie. – Gdy skończę pracę w barze, przyjeżdżają tutaj do mnie Eric, Pam i dwoje ludzi. Jesteśmy czymś w rodzaju komisji planowania i mamy do wykonania pewne zadanie... A wiesz, jak to jest z tobą i wampirami.

– Nie muszę nigdzie chodzić z innymi osobami – stwierdził zdumiony Dermot. – Mogę pobyć w lesie. Cieszę się, gdy tam przebywam. A nocne niebo jest dla mnie równie dobre jak dzienne.

Pomyślałam o Bubbie.

– Możliwe, że Eric pozostawił w moim lesie pewnego wampira, który ma obserwować w nocy dom – tłumaczyłam. – Jeśli chcesz pochodzić wśród drzew, może udałbyś się gdzieś dalej?

Poczułam się okropnie, że nakładam na niego tyle ograniczeń i tak wielu rzeczy mu zakazuję, ale przecież to on chciał u mnie mieszkać.

– Przypuszczam, że tak – odrzekł, starając się mówić jak ktoś, kto jest tolerancyjny i pomocny. – Kocham ten dom – dorzucił. – Jest w nim coś zadziwiająco przytulnego.

Gdy widziałam, że stryjeczny dziadek się uśmiecha, kiedy rozgląda się po moim starym domu, byłam bardziej niż kiedykolwiek pewna, że powodem, dla którego moi krewni zjawili się tutaj i ze mną zamieszkali, jest nie posiadana przeze mnie odrobina krwi wróżek, a niewidoczny *cluviel dor*. Byłam wprawdzie skłonna przyznać, że Claude może wierzyć, iż przyciągnęła go moja krew. Chociaż wiedziałam, że kuzyn bywa czasem miły, nie miałam też wątpliwości, że gdyby wiedział, że trzymam tak cenny dla wróżek artefakt, który mógłby spełnić jego najbardziej upragnione życzenie – czyli otrzymanie zezwolenia na przejście powrotne do świata duszków – w poszukiwaniu czegoś takiego przetrząsnąłby dom, albo i go zburzył. Instynktownie czułam, że nie chciałabym stanąć pomiędzy Claude'em i *cluviel dor*. I chociaż Dermot wydawał mi się osobnikiem cieplejszym i bardziej szczerym, jemu również nie zamierzałam się zwierzać.

– Cieszę się, że jesteś tutaj szczęśliwy – oznajmiłam. – I życzę ci powodzenia podczas pracy na poddaszu. – Teraz, kiedy Claude się wyprowadził, nie potrzebowałam kolejnej sypialni na górze, ale już przecież postanowiłam, że dam stryjecznemu dziadkowi pracę. – Wybacz mi, ale teraz muszę przygotować się do pracy w barze. A ty możesz zacząć szlifować podłogę.

Powiedział mi wcześniej, że od tego właśnie zamierza zacząć. Co do mnie, nie miałam pojęcia, czy właśnie w takiej kolejności należy przeprowadzać generalny remont, ale chętnie pozostawiłam wszelkie decyzje jemu. W końcu, jeśli wziąć pod uwagę, jak wyglądało poddasze, zanim wraz z Claude'em pomogli mi je wysprzątać, wszelkie roboty, jakie Dermot wykona, mogą wyłącznie poprawić stan tego miejsca. Sprawdziłam, czy wróż posiada maskę na twarz, którą mógłby założyć podczas używania szlifierki.

Widziałam podobne maseczki w wielu programach telewizyjnych poświęconych remontom i renowacjom domów.

Jason wpadł do mnie podczas swojej przerwy na lunch. Akurat się malowałam. Wyszłam z pokoju i znalazłam brata grzebiącego wśród przedmiotów, które Dermot przywiózł z Home Depot.

– Co robicie? – spytał.

Wiem, co naturalne, że Jason żywi bardzo mieszane uczucia do naszego stryjecznego dziadka, zauważyłam jednak, że jest znacznie bardziej zrelaksowany w jego towarzystwie, gdy w domu nie ma Claude'a. Uznałam, że to interesujące. Głośno tupiąc, weszli razem po schodach i poszli obejrzeć puste poddasze. Słyszałam, że Dermot przez całą drogę mówił.

Chociaż byłam już poważnie spóźniona, zrobiłam bratu i stryjecznemu dziadkowi kanapki; talerz zostawiłam na kuchennym stole wraz z dwiema butelkami coli i dwiema szklankami, do których wsypałam kostki lodu, po czym pośpiesznie przebrałam się w strój kelnerki „Merlotte'a". Kiedy wyszłam z sypialni, mężczyźni siedzieli przy stole, pogrążeni w ożywionej rozmowie. Nie spałam zbyt dużo w nocy, a rano musiałam radzić sobie z moimi licznymi gośćmi. Niezbyt też mi się udało spotkanie z Mustafą i jego towarzyszem. A jednak, gdy patrzyłam na Jasona i Dermota gawędzących o fugach, farbach w sprayu i uszczelnianiu okien, poczułam, że jest jakaś równowaga na tym świecie.

ROZDZIAŁ JEDENASTY

Ponieważ w „Merlotcie" panowały tego dnia straszliwe pustki, moje spóźnienie dla nikogo nie stanowiło problemu. Sam był tak zaabsorbowany, że nie miałam pewności, czy w ogóle zauważył, o której przyszłam. Widząc, jaki jest roztargniony, poczułam się trochę lepiej. Zastanawiałam się, czy Jannalynn opowiedziała mu jakąś wymyśloną historyjkę, żeby zatuszować swoją złośliwość – na wypadek, gdybym pożaliła się jej facetowi, że wepchnęła do mojego łóżka innego mężczyznę. Chyba jednak nie wiedział, że starała się jak mogła wprawić mnie w zakłopotanie, doradzając swojemu przywódcy, żeby wskoczył pod moją kołdrę.

Chociaż łatwo by mi się było rozgniewać na Jannalynn, ponieważ jej nie lubiłam, po zastanowieniu doszłam do wniosku, że Alcide nie powinien tak bezmyślnie skorzystać z jej rady. Może Herveaux był głupi, gdyż uwierzył w jej dobre intencje, ale Jannalynn postąpiła po prostu podle, podsuwając mu tę myśl. Zrozumiałam teraz, że jesteśmy wrogami, ja i ona. Miałam najwyraźniej dzień takich nieprzyjemnych odkryć związanych z otaczającymi mnie osobami.

Sam zajmował się księgowością. Kiedy wyczytałam z jego mózgu, że próbuje wymyślić, jak zdobyć fundusze na zapłacenie rachunku od naszego dystrybutora piwa, uznałam, że mój szef ma dziś o wiele więcej problemów, niż jest w stanie udźwignąć. Nie musiał jeszcze dodatkowo wysłuchiwać, że jego przyjaciółka wprawia mnie w zażenowanie.

Im dłużej się nad tym zastanawiałam, tym bardziej sobie uświadamiałam, że to jest sprawa pomiędzy mną a Jannalynn – bez względu na to, jak mocno mnie kusiło, żeby powiadomić Merlotte'a, jaki w rzeczywistości charakterek ma jego wybranka. Gdy sobie to postanowiłam, poczułam się inteligentniejsza i lepsza, po czym zaczęłam podawać jedzenie i napoje z uśmiechem i miłym słowem, co trwało aż do końca zmiany. W konsekwencji zarobiłam tego dnia sporo napiwków.

Pracowałam do późna, bo też późno przyszłam. I dobrze, ponieważ Holly również zjawiła się sporo po czasie. Było po osiemnastej, kiedy w końcu weszłam do biura Sama po torebkę. Merlotte tkwił przy biurku i popatrywał raczej ponuro.

– Chcesz o czymś porozmawiać? – zapytałam.

– Z tobą? Wyobrażam sobie, że już wiesz, o czym myślę – odparł, ale nie takim tonem, jakby go to martwiło. – W barze panuje kompletny zastój, Sookie. To najgorszy okres w interesach, jaki kiedykolwiek przeżyłem.

Nie potrafiłam wymyślić żadnej riposty, która by nie była oklepanym frazesem lub stwierdzeniem niezgodnym z prawdą. Coś się znajdzie, coś się pojawi. Najciemniej jest zawsze przed świtem. Kiedy Bóg zamyka drzwi, zawsze otwiera gdzieś okno. Wszystko dzieje się z jakiegoś powodu i wszystko ma swój cel. Tak to już w życiu jest, że czasem słońce, czasem deszcz. Co nas nie zabije, to nas wzmocni.

Ostatecznie jednak nic nie powiedziałam, tylko się pochyliłam i cmoknęłam mojego szefa w policzek.

– Zadzwoń, jeśli będziesz mnie potrzebował – poprosiłam i poszłam do samochodu.

Byłam zakłopotana. Postanowiłam, że muszę opracować jakiś plan pomocy Samowi.

Kocham lato, ale czasami nienawidzę czasu letniego. Tak jak dziś. Chociaż pracowałam do późna, a jeszcze czekała mnie jazda do domu, na niebie wciąż świeciło rażące słońce, które nie zajdzie jeszcze przez godzinę, może półtorej. Nawet po zmroku, kiedy Eric i Pam mogliby zjawić się u mnie, nadal będziemy musieli poczekać, aż Colton skończy pracę.

Wsiadając do samochodu, zauważyłam jednak, że dzisiejszego wieczoru być może zrobi się ciemno wcześniej niż zwykle. Na zachodzie przetaczała się złowieszcza masa czarnych chmur... Były naprawdę ciemne i szybko się przemieszczały. Czyli że dzień nie skończy się tak pięknie i pogodnie, jak się zaczął. Znowu przypomniałam sobie, co mówiła moja babcia: „Tak to już w życiu jest, że czasem słońce, czasem deszcz". Zadałam sobie pytanie, czy te słowa okażą się prorocze.

Nie boję się burzy. Jason miał kiedyś psa, który za każdym razem, kiedy słyszał huk grzmotu, wbiegał na piętro i ukrywał się pod łóżkiem mojego brata. Uśmiechnęłam się na to wspomnienie. Babcia nie aprobowała obecności psów w domu, lecz nie była w stanie utrzymać Rocky'ego na dworze. Ilekroć pogoda się pogarszała, pies zawsze znalazł jakiś sposób, chociaż miał on mniej wspólnego ze sprytem zwierzaka niż z miękkim sercem Jasona. To była jedna z lepszych cech mojego brata – zawsze był dobry dla zwierząt.

A teraz sam jest zwierzęciem, przemknęło mi przez głowę. Przynajmniej raz na miesiąc.

Nie wiedziałam, co o tym myśleć. Podczas gdy patrzyłam w górę, na niebo, chmury prędko się zbliżały, a ja musiałam dotrzeć do domu i sprawdzić, czy moi goście przed wyjazdem pozamykali wszystkie okna.

Spojrzałam na wskaźnik benzyny i odkryłam, że – mimo odczuwanego niepokoju – będę musiała po drodze zatankować.

W trakcie tankowania wyszłam spod markizy Grabbit Kwik, zadarłam głowę i znów spojrzałam w górę. Niebo wyglądało doprawdy złowieszczo i zastanawiałam, czy nie zbliża się tornado. Jaka szkoda, że nie słuchałam dziś rano kanału Meteo.

Zerwał się wiatr i śmieci zawirowały nad parkingiem. Powietrze było tak ciężkie i wilgotne, że aż czułam zapach asfaltu. W końcu zatankowałam i odwiesiłam pistolet nalewowy, a potem zadowolona wsiadłam do samochodu. W tym momencie zobaczyłam przejeżdżającą Tarę, która też zerknęła w moją stronę i mi pomachała. Przypomniałam sobie o nieuchronnie zbliżającym się przyjęciu z okazji wyboru imion dla jej dzieci i ogarnęło mnie lekkie poczucie winy. Chociaż niby przygotowałam niemal wszystko na to przyjęcie, nie myślałam o nim przez cały tydzień, a zostały jeszcze tylko dwa dni! Z pewnością powinnam się raczej skoncentrować na tym wydarzeniu towarzyskim niż planować morderstwo, czyż nie?

W tym konkretnym momencie własne życie wydawało mi się... skomplikowane. Gdy wyjeżdżałam z parkingu, kilka kropel deszczu spadło na przednią szybę. Miałam nadzieję, że w domu jest dość mleka na śniadanie dla mnie – niestety, nie sprawdziłam tego, zanim opuściłam dom. A czy dysponowałam krwią w butelkach dla wampirów, które przyjadą? Ot tak, na wszelki wypadek zatrzymałam się jednak przy Piggly Wiggly i kupiłam kilka butelek. Złapałam też mleko. I bekon. Od wieków nie jadłam kanapek z bekonem, a Terry Bellefleur dał mi niedawno świeże pomidory.

Umieściłam plastikowe reklamówki na przednim siedzeniu w samochodzie i zanurkowałam za nimi, ponieważ nagle zaczął padać ulewny deszcz. Tył podkoszulki z krótkim rękawem natychmiast mi przemókł, a koński ogon całkiem mokry zawisł na mojej szyi i przylgnął do skóry. Sięgnęłam na tylne siedzenie i przełożyłam parasol na przednie. Parasol był stary i używała go jeszcze moja babcia – skrywała pod nim głowę, kiedy przychodziła oglądać, jak grałam w softball; gdy teraz popatrzyłam na wyblakłe paski: czarne, zielone i jasnoczerwone, poczułam, jak uśmiech rozjaśnia mi twarz.

Jechałam do domu powoli i ostrożnie. Deszcz bębnił o maskę auta, krople odskakiwały od jezdni jak maleńkie wiertarki udarowe. Tak mocno padało, że reflektory mojego samochodu niemal nie oświetlały tonącej w półmroku drogi. Zerknęłam na zegar na tablicy rozdzielczej. Było już po dziewiętnastej. Rzecz jasna, miałam jeszcze sporo czasu, zanim zbierze się Komitet w Sprawie Zamordowania Victora Maddena, ale poczułabym ulgę, gdybym wreszcie dotarła do domu. Brałam pod uwagę, że będę musiała wyskoczyć z auta i pędem pobiec ku domowi. Jeśli Dermot już wyszedł, pewnie zamknął na klucz drzwi na tylny ganek. W takim wypadku będę całkowicie wystawiona na działanie deszczu, mecząc się równocześnie z kluczami i dwiema ciężkimi torbami wypełnionymi mlekiem i krwią. Nie po raz pierwszy ani ostatni pomyślałam, że może trzeba by wydać oszczędności – pieniądze odziedziczone po Claudine i część spadku po Hadley (Remy nie zadzwonił, więc zakładałam, że mówił serio, gdy deklarował, że naprawdę nie chce ani centa) – na zadaszenie dla samochodów połączone z domem.

Zatrzymując auto za budynkiem, myślałam właśnie o tym, jak usytuuję taką budowlę, i zastanawiałam się, ile czasu potrwa budowa wiaty, ale... Biedny Dermot! Prosząc go, żeby wyszedł na dzisiejszy wieczór z domu, skazałam biedaka na marny los – będzie mókł w lesie. W każdym razie przypuszczałam, że uzna swój los za marny. Z drugiej strony, wróżki zupełnie inaczej niż ja podchodzą do wielu spraw. Tak czy owak, mogłam pożyczyć mu samochód albo wysłać go do Jasona.

Zerknęłam przez przednią szybę, mając nadzieję, że może jednak zobaczę włączone światło w kuchni, świadczące o obecności Dermota.

Światła nie było, chociaż dostrzegłam coś innego. Drzwi na tylny ganek stały otworem. Z powodu ciemności nie widziałam dostatecznie dobrze, czy drzwi wiodące do domu również są otwarte.

Moją pierwszą reakcją było oburzenie.

Jakie to ze strony Dermota nieostrożne, pomyślałam. Może jemu także należało kazać się wynieść.

Po zastanowieniu jednak uznałam, że jestem niesprawiedliwa. Dermot nigdy wcześniej nie zachował się w sposób tak bezmyślny i nie istniał powód, dla którego mogłabym sądzić, że wykazał się taką niefrasobliwością dzisiaj. Zamiast rozdrażniona może powinnam być raczej zaniepokojona.

A może trzeba było posłuchać tego dzwonka alarmowego, który usłyszałam nagle w głowie?

Wiecie, jakie posunięcie byłoby najinteligentniejsze w tej chwili? Wycofać samochód i odjechać stamtąd w cholerę. Oderwałam wzrok od tych złowieszczo otwartych drzwi. W lekkim szoku wrzuciłam wsteczny bieg i rzeczywiście wycofałam pojazd. Wróciłam na podjazd i przekręciłam kierownicę, chcąc uciec.

Na linii lasu złamało się w tym momencie i spadło na żwir dość spore młode drzewo. Zablokowało mi drogę, więc gwałtownie zahamowałam.

Wiem, jak wygląda zasadzka, gdy mam ją przed sobą.

Wyłączyłam silnik samochodu i pchnęłam drzwiczki. Podczas gdy gramoliłam się na zewnątrz, spośród drzew wyszła jakaś postać i ruszyła biegiem w moją stronę. Jedyną bronią, jakiej mogłam użyć, był litr mleka w plastikowym dzbanku, więc złapałam rączki reklamówki i zamachnęłam się nią. Ze zdumieniem odkryłam, że trafiłam, dzbanek pękł, a mleko wytrysnęło na wszystkie strony. Co idiotyczne, na moment zawładnęła mną wściekłość z powodu tej straty, potem jednak wygramoliłam się i ruszyłam między drzewa, czując, że stopy ślizgają mi się na wilgotnej trawie. Dzięki Bogu, że włożyłam dziś tenisówki. Biegłam, by uratować życie. Może powaliłam napastnika, ale na pewno nie na długo; zresztą, mógł być więcej niż jeden. Byłam pewna, że kątem oka widziałam jakiś ruch.

Nie miałam pojęcia, czy moi prześladowcy zamierzają mnie zabić, na pewno jednak nie chcieli mnie zaprosić do gry w Monopol.

W ciągu kilku sekund byłam kompletnie mokra, ponieważ padał na mnie deszcz i chlustały krople z krzewów, między którymi się przebijałam, kiedy niezdarnie mknęłam przez las. Przysięgłam sobie, że jeśli przeżyję ten incydent, naprawdę ponownie zacznę biegać na bieżni obok liceum, ponieważ teraz ziajałam jak mops. Z powodu lata zarośla były gęste, a pnącza wiły się wszędzie. Jeszcze nie upadłam, ale była to tylko kwestia czasu.

Intensywnie usiłowałam myśleć, ale, niestety, odnosiłam wrażenie, że ze strachu mózg mi szwankuje. Byłam jak królik. Biec i ukryć się, biec i ukryć się, biec i ukryć się! Gdyby goniły mnie wilkołaki, nie miałabym żadnych szans, ponieważ zmiennokształtni potrafią każdego wyśledzić w lesie w trymiga, nawet jeśli pozostają w ludzkim kształcie. Wprawdzie pogoda mogłaby im utrudnić tropienie i ich spowolnić, chociaż...

Na pewno nie goniły mnie wampiry, gdyż słońce jeszcze nie zaszło.

Wróżki za to pewnie byłyby dużo subtelniejsze.

Czyli ludzie. Obiegłam cmentarz, jako że na otwartym terenie zbyt szybko można by mnie dostrzec.

Usłyszałam hałas za sobą wśród drzew, a wtedy skierowałam się ku jedynemu innemu miejscu schronienia, jedynej dobrej kryjówce. Do domu Billa! Nie miałam dość czasu, żeby na przykład wspiąć się na drzewo. Biegłam i biegłam, a wydawało mi się, że wyskoczyłam z samochodu już z godzinę temu. Torebka! I telefon! Dlaczego nie złapałam w ostatniej chwili komórki? Oczyma wyobraźni widziałam torebkę stojącą na siedzeniu w aucie. Cholera by to wzięła!

Teraz pędziłam w górę wzgórza. Czyli że byłam już blisko. Zatrzymałam się przy ogromnym starym dębie, około dziesięciu metrów od frontowego ganku, i rozejrzałam się wokół. Widziałam dom Comptona, ciemny i milczący w ulewie. Kiedy zamieszkała tu Judith, podeszłam któregoś dnia i wrzuciłam mój klucz od domu Billa do jego skrzynki na listy. Tylko takie zachowanie uważałam wtedy za słuszne i stosowne. Ale później, tamtej nocy, wampir nagrał mi na sekretarce wiadomość, w której mnie powiadomił, gdzie znajduje się zapasowy klucz. Nigdy nie zamieniliśmy na ten temat ani słowa.

Wbiegłam na ganek, znalazłam klucz przyklejony taśmą do spodu poręczy drewnianego leżaka i otworzyłam frontowe drzwi. Ręce tak mi drżały, że sama siebie podziwiałam, iż nie upuściłam klucza i trafiłam w dziurkę za pierwszym razem. Już miałam wejść do budynku, kiedy pomyślałam: ślady stóp. Wszędzie zostawię mokre ślady butów, znacząc szlak, który pokonam. Równie dobrze mogłabym obwieścić własną lokalizację niczym na niebieskim neonie wskazującym drogę do sklepu Kmart.

Kucnęłam zatem obok balustrady otaczającej ganek, zdjęłam ubranie oraz buty i rzuciłam to wszystko za gęste krzewy różanecznika rosnące wokół domu. Wyżęłam koński ogon, po czym otrząsnęłam się dziarsko jak pies, starając się pozbyć tak dużej ilości wody, jak to tylko możliwe. Wtedy wreszcie wkroczyłam w cichy mrok starego domu Comptonów. Chociaż nie miałam czasu, by pomyśleć o sobie, czułam się zdecydowanie przedziwnie, stojąc w holu całkiem naga.

Spojrzałam w dół, na swoje nogi. Stałam w kałuży. Wytarłam jedną stopę o drugą i zrobiłam duży krok na wytarty chodnik, który leżał w korytarzu prowadzącym do kuchni. Nawet nie zajrzałam do pokoju dziennego (który Bill nazywał czasem salonem) ani nie weszłam do jadalni.

Compton nigdy mi właściwie nie powiedział, gdzie sypia podczas dnia. Rozumiałam to, bo taka informacja jest najściślej strzeżonym sekretem każdego wampira. Ale jako, że jest ze mnie osóbka dość bystra (a kiedy byliśmy parą miałam na to trochę czasu), potrafiłam się takiej kryjówki domyślić. Chociaż nie miałam wątpliwości, że istnieje więcej niż jedno takie tajemne miejsce, jedno na pewno znajdowało się gdzieś w pobliżu spiżarni w kuchni. Bill kiedyś przeprojektował kuchnię i zainstalował wannę na gorącą kąpiel, chcąc stworzyć raczej coś w rodzaju domowego spa niż pomieszczenie do przyrządzania posiłków (którego nie potrzebował), lecz mały oddzielny pokoik pozostawił nietknięty. Nie wiedziałam, czy była to spiżarnia, czy pokój kredensowy. Teraz otworzyłam nowe drzwi żaluzjowe, weszłam do środka i zamknęłam je za sobą. Umieszczone dziwnie wysoko półki zawierały dziś jedynie kilka sześciopaków butelkowanej krwi i śrubokręt. Zastukałam w podłogę, w ścianę. Ponieważ nadal walczyłam z atakiem paniki, a na zewnątrz rozszalała się burza, nie potrafiłam wychwycić żadnej różnicy w dźwiękach.

– Billu, pozwól mi wejść – poprosiłam. – Gdziekolwiek jesteś, pozwól mi wejść.

Przemawiałam jak postać z opowieści o duchach.

Nic oczywiście nie usłyszałam, mimo że wsłuchiwałam się przez parę sekund, stojąc w kompletnym bezruchu. Nie dzieliłam się z Comptonem krwią już od długiego czasu, a poza tym nadal był dzień, chociaż już wkrótce powinien zapaść zmierzch.

Do dupy, pomyślałam.

Później jednak odnalazłam cienką linię w deskach, tuż obok progu. Przyjrzałam się jej bardzo uważnie i pojęłam, że ta cienka linia ciągnie się dalej wokół ścian bocznych. Nie miałam czasu zbadać jej dokładniej. Serce mi łomotało, toteż instynktownie, a równocześnie w desperacji wbiłam śrubokręt w tę szczelinę i podważyłam deskę. Tak, pod spodem znajdował się duży otwór i bez wahania do niego wskoczyłam, zabierając ze sobą śrubokręt i zamykając klapę. Zrozumiałam teraz, że półki trzeba było zawiesić tak wysoko, bo inaczej nie dałoby się podnieść klapy. Nie wiedziałam, gdzie zostały ukryte zawiasy, i wcale o to nie dbałam.

Przez długą chwilę po prostu siedziałam bezwładnie naga na ubitej ziemi i dyszałam, próbując się uspokoić. Nie biegłam tak szybko przez tak długi czas, odkąd... Odkąd ostatnim razem uciekałam przed kimś, kto chciał mnie zabić.

Przemknęło mi przez myśl: muszę zmienić tryb życia. Nie pierwszy raz tak myślałam, ale chyba po raz pierwszy postanowiłam, że jeśli chcę przeżyć, muszę żyć w sposób, dzięki któremu zapewnię sobie większe bezpieczeństwo.

Ale to nie była pora na rozważanie tak poważnego tematu. Teraz był raczej czas na modlitwę, żeby ten, kto wyszedł z lasu po drugiej stronie mojego podjazdu (kimkolwiek jest), nie znalazł mnie w tym domu całkiem golusieńkiej i bezbronnej, ukrytej pod podłogą spiżarni, w niskim korytarzyku umożliwiającym dostęp do węzłów sanitarnych i innych urządzeń wraz z... Gdzie jest Bill? Było tu, rzecz jasna, bardzo ciemno, szczególnie że klapę nad sobą opuściłam, w domu nie paliły się żadne światła, a z powodu mrocznego, deszczowego dnia i zamkniętych drzwi prowadzących z kuchni do spiżarni nie byłam również w stanie niczego zobaczyć przez obrys otworu. Poklepałam dłonią wokół siebie w ciemnościach, szukając mojego nieprzytomnego gospodarza. A może Compton przebywał w innej kryjówce? Zdumiałam się, jak dużo dokoła mnie jest przestrzeni. Podczas przeszukiwania zaczęłam sobie, co oczywiste, wyobrażać wszelkie rodzaje robali. I węże! Kiedy człowiek jest kompletnie nagi, nie podoba mu się myśl o tym, że jakieś paskudztwo mogłoby dotknąć tych części ciała, które rzadko obnażamy i którymi jeszcze rzadziej dotykamy gołej ziemi. Tak czy owak, pełzałam, oklepywałam teren wokół siebie i... od czasu do czasu podskakiwałam, gdy czułam (lub wydawało mi się, że czuję) maleńkie łapki przebiegające po mojej skórze.

W końcu zdołałam zlokalizować Billa w kącie kryjówki. Co naturalne, był wciąż martwy dla świata. Dotknąwszy palcami ciała dawnego kochanka, trochę się zdziwiłam, gdyż okazało się, że i on nie ma na sobie ani skrawka ubrania czy bielizny. Cóż, przyznam, było to praktyczne. Po co brudzić sobie piżamę? Wiedziałam, że wampiry czasami tak sypiają. W tym momencie zresztą poczułam tak wielką ulgę, że Bill tu jest, iż zupełnie mi nie przeszkadzała jego nagość.

Spróbowałam obliczyć, ile czasu mogła mi zająć droga powrotna z „Merlotte'a" i ucieczka wśród drzew. Doszłam do wniosku, że zanim Bill się obudzi, minie jeszcze trzydzieści albo i czterdzieści pięć minut.

Przycupnęłam obok wampira, ze śrubokrętem w ręku, napięłam wszystkie nerwy, wytężyłam słuch i tak trwałam w ciszy, gotowa wyłapać każdy, nawet najcichszy dźwięk. Może się tak zdarzyć, że oni – ci tajemniczy „oni" – nie spostrzegą moich śladów wiodących tutaj ani nie znajdą moich rzeczy. Jeśli jednak nie będę miała szczęścia, rzecz jasna, dostrzegą ubranie i buty, domyślą się, co to oznacza, czyli że będą wiedzieli, że weszłam do tego domu, a wtedy również tu wejdą.

Zapanowałam nad rozgoryczeniem spowodowanym faktem, że udałam się po opiekę do najbliższego dostępnego mężczyzny. Pocieszyłam się, że nie chodziło mi o to, by ów osobnik mnie bronił, po prostu chciałam się schronić w jego domu. Postąpiłam dobrze, czyż nie? Nie martwiłam się w tej chwili poglądami feministek. Ważniejsze okazało się dla mnie własne przetrwanie. Zresztą, Compton nie był właściwie w tej chwili do mojej dyspozycji, zakładając, że w ogóle byłby chętny...

– Sookie? – mruknął nagle.

– Billu, dzięki Bogu, że się obudziłeś.

– Nie masz na sobie ubrania.

Taaa, na czym skupi się typowy facet w pierwszej kolejności?

– Absolutnie tak, niestety, i zaraz wyjaśnię dlaczego...

– Nie mogę jeszcze wstać – jęknął. – Musi być... Pochmurny dzień?

– Zgadza się, mamy okropną burzę, jest na dworze cholernie mrocznie i tam są ludzie...

– Okej, później.

Po tych słowach znów zapadł w sen.

Kurwa! No cóż, skuliłam się po prostu obok jego ciała i nasłuchiwałam. Czyżbym nie zamknęła za sobą na klucz drzwi wejściowych, gdy weszłam?! Cholera, chyba rzeczywiście ich nie zamknęłam! I w sekundzie, w której zdałam sobie z tego sprawę, usłyszałam, że deski podłogowe nad moją głową skrzypią. Moi prześladowcy byli w domu!

– ...Nie ma mokrych śladów – zauważył ktoś, prawdopodobnie w holu.

Zaczęłam się czołgać do klapy, żebym mogła usłyszeć... Zawahałam się jednak i zatrzymałam. Istniał ciągle cień szansy, że nawet jeżeli podniosą klapę kryjówki i ją otworzą, i tak nie zdołają wypatrzyć Billa i mnie. Znajdowaliśmy się tak daleko w narożniku kryjówki – przestrzeni, która wydawała się naprawdę duża. Może nawet był to jakiś rodzaj piwnicy czy też raczej pomieszczenie najbliższe piwnicy, jakie można posiadać na terenach charakteryzujących się tak wysokim poziomem wody...

– Tak, ale drzwi były otwarte. Ona musi tu być.

Mężczyzna mówił przez nos, a jego głos docierał z mniejszej odległości niż poprzedni.

– I przeleciała nad podłogą, nie pozostawiając śladów stóp? – odparował pierwszy sarkastycznym, głębokim głosem. – Przecież na dworze leje.

– Nie wiemy, czym ona jest – wytknął mu Nosowy.

– Na pewno dziewczyna nie jest wampirem, Kelvinie. To wiemy.

– Może jest ptakołakiem albo czymś, Hod – odparował Nosowy Kelvin.

– Ptakołakiem?!

Przepełnione niedowierzaniem parsknięcie odbiło się echem od ścian ciemnego budynku. Hod naprawdę potrafił drwić.

– Widziałeś uszy tamtego faceta? Były kompletnie nieprawdopodobne. Niczego nie można wykluczyć w tych czasach, niczego – tłumaczył kumplowi Kelvin.

Uszy?! Czyli że mówili o Dermocie. Jezu, co oni mu zrobili?! Zawstydziłam się, gdyż dopiero teraz zadałam sobie pytanie, co mogło się przydarzyć stryjecznemu dziadkowi.

– Tak, no i? Facet jest pewnie jednym z tych maniaków literatury science fiction czy coś.

Hmm, Hod chyba nie zwraca szczególnej uwagi na to, co mówi.

Słyszałam, że mężczyźni otwierają i zamykają szafki kuchenne. O rany, jakim sposobem mogłabym się ukryć w szafce kuchennej?!

– Nie, stary, jestem przekonany, że te uszy były prawdziwe. Facet nie miał żadnych blizn ani nic. Może powinienem sobie wziąć jedno takie na pamiątkę.

„Wziąć sobie jedno takie?!" – powtórzyłam w myślach i zadrżałam.

– Wejdę na piętro i sprawdzę pokoje na górze – przerwał mu Kelvin, który stał bez wątpienia bliżej spiżarni niż Hod.

Dotarły do mnie odgłosy jego kroków, coraz cichsze, a później usłyszałam skrzypienie schodów, gdy stłumione kroki oddalały się po wyłożonych dywanem stopniach prowadzących na piętro. W końcu usłyszałam, że mężczyzna chodzi po wyższej kondygnacji. Wiedziałam, kiedy znalazł się bezpośrednio nade mną, czyli – jak oceniałam – w głównej sypialni na górze, tam, gdzie sypiałam w czasach, kiedy chodziłam z Billem.

Tymczasem Hod kręcił się po parterze, chociaż moim zdaniem jakoś tak bez przekonania czy pomysłu.

– Zgadza się... Nikogo tu nie ma – oznajmił Nosowy, kiedy wrócił do dawnej kuchni. – Zadaję sobie pytanie, po co tu stoi wanna?

– Na zewnątrz jest jakiś samochód – oznajmił w zadumie Hod.

Był teraz dużo bliżej, w progu kuchni, tuż obok drzwi do spiżarni. Mężczyzna myślał o powrocie do Shreveport, wzięciu gorącego prysznica, włożeniu suchych ubrań, może seksie z żoną. Fuj... Postanowiłam nie skupiać się na szczegółach jego erotycznych marzeń. Kelvin stał bardziej twardo na ziemi. Pragnął otrzymać zapłatę, więc chciał schwytać mnie i przekazać. Ale komu? Niech to szlag, w ogóle o tym nie myślał! Serce we mnie zamarło, chociaż mogłabym przysiąc, że wcześniej byłam dostatecznie przerażona. Spuściłam głowę, zerknęłam na stopy. Na gołe palce. Ucieszyłam się, że pomalowałam niedawno paznokcie u nóg. Boże, co za bezsensowna myśl, zważywszy sytuację!

Nagle w cieniutkiej linii konturu klapy (zapadni, czy jak Bill to nazywał) pojawiło się światło – wąski strumyk. Zapewne moi prześladowcy włączyli lampę w spiżarni. Znieruchomiałam i siedziałam cicho jak mysz pod miotłą, starałam się nawet oddychać bardzo płytko i bezgłośnie. Pomyślałam, jak paskudnie by się poczuł Bill, gdyby zabito mnie tuż obok niego. Znów nie na temat!

A jednak źle by się z tym czuł.

Usłyszałam skrzypienie i uprzytomniłam sobie, że jeden z mężczyzn stoi dokładnie nade mną. Gdybym potrafiła w tym momencie wyłączyć umysł, wyłączyłabym go. Byłam tak świadoma tego, co dzieje się w mózgach innych osób, że naprawdę trudno było mi uwierzyć, że ktoś jest w stanie ignorować obecność działającego obok umysłu, szczególnie umysłu osoby tak roztrzęsionej jak ja.

– Sama krew tutaj w środku – odezwał się Hod. Był tak blisko, że aż wzdrygnęłam się zaskoczona. – Butelkowana. Ty, Kelvin, ten dom na pewno należy do wampira!

– Nie robi mi różnicy, póki ten wampir śpi. Albo wampirzyca. Hej, zabawiałeś się kiedyś z wampirzycą?

– Nie i nie chcę. Nie mam ochoty pierdolić martwych. Chociaż, kurde, w niektóre noce Marge nie jest dużo lepsza, ma się rozumieć.

Kelvin zarechotał.

– Lepiej, brachu, nie pozwól, żeby usłyszała, co o niej gadasz.

Teraz Hod mu zawtórował i przez chwilę obaj się śmiali.

– Nie grozi mi to.

Wyszedł ze spiżarni. Nie zgasił światła, rozrzutny dupek! Widocznie nie miało dla niego znaczenia, czy Bill dowie się o czyjejś obecności w swoim domu. Tak, ten Hod był naprawdę głupi.

I wtedy... Bill się obudził. Tym razem był trochę bardziej rześki, a ja w chwili, w której poczułam, że Compton się porusza, przesunęłam się, położyłam na niego i zakryłam dłonią jego usta. Mięśnie wampira naprężyły się. Miałam sekundę, żeby pomyśleć: „O nie!", zanim mnie wyczuł.

– Sookie? – spytał mimo mojej dłoni, na szczęście niezbyt głośno.

– Słyszałeś coś? – spytał stojący nade mną Hod.

Przez długi moment milczeli, zapewne nasłuchując.

– Ciii – sapnęłam prosto w ucho Billa.

Chłodna ręka wampira podniosła się i przesunęła w dół, po mojej nodze. Kiedy odkrył, że jestem naga – ponownie – niemal wyczułam bijące od niego zaskoczenie – ponownie. Wiedziałam też na szczęście, że usłyszał głos na górze i natychmiast pojął, że ktoś jest w domu.

Wciąż jednak dopiero składał do kupy wszystkie szczegóły. Nie znałam wniosków, do jakich doszedł, na pewno jednak zrozumiał, że mamy kłopoty. Wiedział też, że leży na nim całkiem goła kobieta, i ogarniało go pożądanie. Jednocześnie zdenerwowana i rozbawiona musiałam mocno zacisnąć wargi, żeby zdławić chichot. Co za bezsens!

Wówczas Bill znów zapadł w sen.

Czy to pieprzone słońce nigdy nie zajdzie? Naprzemienny kontakt z Billem i brak kontaktu z nim doprowadzały mnie do szaleństwa. Przypomniał mi się film, w którym facet spotykał się dziewczyną, która straciła pamięć krótkoterminową.

Kompletnie zapomniałam o nasłuchiwaniu i o przerażeniu.

– Nie, nic nie słyszałem – odparł właśnie Kelvin.

A leżenie na ciele mojego mimowolnego gospodarza było jak leżenie na chłodnej poduszce, tyle że owłosionej. I z erekcją. Po raz chyba dziesiąty (tak mi się w każdym razie wydawało) Compton znów odzyskał przytomność.

Wypuściłam powietrze z płuc. Na szczęście, tym razem wampir był chyba całkowicie przytomny. Objął mnie, był jednak na tyle dżentelmenem, że nie poruszył się ani nie zaczął mnie obmacywać – przynajmniej na razie. Teraz oboje nasłuchiwaliśmy; tak, teraz Bill pamiętał, że wcześniej Kelvin się odezwał.

Wreszcie obaj mężczyźni odeszli, a potem do moich uszu dotarły odgłosy otwieranych i zamykanych drzwi. Odprężyłam się z ulgą. Tyle że Bill zacisnął ramiona i przetoczył się wraz ze mną, tak że teraz on leżał na mnie.

– Jest Boże Narodzenie? – spytał, przyciskając mnie do ziemi. – Jesteś wczesnowieczornym prezentem?

Zaśmiałam się cicho.

– Przepraszam cię za to wtargnięcie, Billu – odparłam, nie podnosząc głosu. – Ale mnie gonili.

Wyjaśniłam bardzo zwięźle, co się działo, pamiętając, żeby wspomnieć o miejscu, w którym ukryłam moje rzeczy, wytłumaczyłam też, dlaczego tam je rzuciłam. Wyczułam, że klatka piersiowa Comptona lekko się unosi, i wiedziałam, że Bill się śmieje.

– Naprawdę martwię się o Dermota – zakończyłam.

Mówiłam niemal szeptem, przez co nasza sytuacja w ciemnościach stawała się osobliwie intymna, że nie wspomnę o dużych obszarach mojej skóry, które stykały się z jego skórą...

– Jesteś tutaj na dole od jakiegoś czasu – zauważył już normalnie, głośno.

– Tak.

– Wyjdę i upewnię się, że odeszli, ponieważ, jak widzę, nie zamierzasz pozwolić mi „otworzyć" tego prezentu – powiedział, a mnie zabrało dobrą minutę zrozumienie jego słów.

Przyłapałam się na tym, że się uśmiecham.

Compton podniósł się, a wtedy zobaczyłam jego bladą postać, która bezszelestnie oddalała się ode mnie w ciemnej piwnicy. Przez sekundę Bill nasłuchiwał, a potem otworzył klapę. Oślepiło mnie ostre światło elektryczne padające z góry. Było tak nagłe, że musiałam zamknąć oczy, nim przywykną. A kiedy się przyzwyczaiły, Billa już nie było w zasięgu mojego wzroku; wyślizgnął się z kryjówki.

Nic nie słyszałam, obojętne jak intensywnie nasłuchiwałam. W końcu czekanie mnie zmęczyło – odniosłam wrażenie, że kulę się na tej gołej ziemi od zawsze – więc wstałam i również wciągnęłam się na górę, do spiżarni, choć zrobiłam to prawdopodobnie z dużo mniejszą gracją i na pewno bardziej hałaśliwie niż Bill. Zgasiłam światło, które Hod i Kelvin pozostawili zapalone, ponieważ w jego blasku czułam się mniej więcej dwa razy bardziej naga. Wyjrzałam ostrożnie przez okno w jadalni. W mroku trudno było o pewność, zdawało mi się jednak, że wiatr nie targa już gałęziami drzew. Deszcz jednak padał dalej i nie słabł. Na północy zobaczyłam błyskawicę. W jej ostrym świetle widziałam mokry las; nigdzie nie było moich potencjalnych porywaczy ani ciał, ani niczego, co by nie stanowiło części krajobrazu.

Billowi chyba się nie śpieszyło, tak czy owak nie wracał, żeby mi opowiedzieć, co się dzieje. Dostrzegłam, że stary stolik w jadalni przykryto jakimś szerokim szalem z frędzlami, więc ściągnęłam go z blatu i owinęłam się. Miałam nadzieję, że nie mam na sobie jakiejś cennej pamiątki należącej do rodziny Comptonów. W szalu były dziury, a „zdobił" go wielki kwiecisty wzór, więc za bardzo się nie martwiłam.

– Sookie – odezwał się za moim plecami Compton, a ja wrzasnęłam i podskoczyłam.

– Mógłbyś nie robić takich rzeczy? – ofuknęłam go. – Miałam dziś już dostatecznie dużo okropnych niespodzianek.

– Wybacz mi – odrzekł. Miał w ręce ręcznik kuchenny i wycierał sobie nim włosy. – Wszedłem tylnymi drzwiami. – Ciągle niczego na siebie nie narzucił, ale uznałam, że byłoby śmieszne robić z tego w tej chwili wielkie halo. Wcześniej widziałam Billa nagiego wiele razy. Teraz zmierzył mnie wzrokiem z góry na dół, minę miał zaintrygowaną. – Sookie, nosisz hiszpański szal ciotki Edwiny? – spytał.

– Och, bardzo cię przepraszam – odparłam. – Naprawdę, Billu! Leżał tam, a mnie zrobiło się zimno, zresztą poczułam, że wolałabym się okryć. Naprawdę cię przepraszam.

Przemknęło mi przez głowę, czyby nie zdjąć szala i nie oddać go Billowi, przemyślałam to sobie jednak bardzo szybko.

– Wygląda na tobie lepiej niż na stoliku – ocenił wampir. – Poza tym, że jest podziurawiony. Co teraz? Gotowa wrócić do domu, żeby sprawdzić, co się przytrafiło twojemu stryjecznemu dziadkowi? No i gdzie są twoje rzeczy? Chyba nie... Czy ci mężczyźni je zabrali? Czy oni cię...? Czy zostałaś skrzywdzona?

– Nie, nie, nie! – zapewniłam go. – Przecież ci tłumaczyłam, że musiałam je porzucić, w przeciwnym razie mężczyźni, którzy mnie gonili, zobaczyliby mokre ślady i wytropili mnie po nich. A ubranie jest przed domem od frontu za krzakami. Nie mogłam przecież zostawić niczego na widoku, sam rozumiesz.

– To dobrze – uciął Bill. Przez chwilę wyglądał na głęboko zamyślonego. – Gdybym nie znał cię lepiej, pomyślałbym... i wybacz mi, jeżeli cię obrażam... Ale mógłby sobie pomyśleć, że uknułaś ten scenariusz, by usprawiedliwić się przed sobą z chęci pójścia ze mną do łóżka... ponownie.

– Och. Chcesz powiedzieć, że nie zdziwiłoby cię odkrycie, że wymyśliłam taką historię po to tylko, żeby zjawić się u ciebie jako goła i prosząca o pomoc dama w opałach, dama, która potrzebuje dużego, silnego, równie jak ona nagiego wampira Billa, żeby ją wyratował z rąk niegodziwych porywaczy?

A Compton po prostu kiwnął głową, chociaż wydawał się trochę zakłopotany.

– Wiesz, żałuję, że nie miałam dość wolnego czasu i nie mogłam usiąść i powymyślać takich rzeczy! – Naprawdę podziwiam osoby, które potrafią wykoncypować taki pokrętny plan jedynie po to, żeby dostać to, czego chcą. – Sądzę, że gdybym po prostu zastukała do twoich drzwi, wyglądając na samotną, osiągnęłabym cel, gdybym taki miała. Może wystarczyłoby zwyczajne pytanie, czy mnie chcesz. Nie przypuszczam, żebym musiała się zjawiać naga i prześladowana, gdyż w przeciwnym razie byś mnie nie pożądał... Zgadza się?

– Masz absolutną rację – odparł i uśmiechnął się lekko. – A ilekroć zechcesz wypróbować inny z wymienionych przez ciebie scenariuszy, chętnie odegram swoją rolę. Mam cię jeszcze raz przeprosić?

Na jego uśmiech odwzajemniłam się tym samym.

– Nie musisz. Eee, nie przypuszczam, żebyś miał płaszcz przeciwdeszczowy?

Oczywiście, nie miał, za to miał parasol. Bezzwłocznie przyniósł moje ubranie z krzaków. Wykręciłam wszystko i włożyłam do suszarki Billa, a tymczasem on wbiegł po schodach do tej sypialni, w której nigdy nie sypiał, postanowił bowiem włożyć dżinsy i podkoszulek – jak na niego, poważny kompromis.

Moje ubranie schło w suszarce, ale ponieważ program urządzenia trwał długo, odziana w hiszpański szal ciotki Edwiny i osłonięta niebieskim parasolem wampira, podskoczyłam do jego samochodu i wsiadłam. Bill zawiózł mnie do Hummingbird Road, a później skręcił na mój podjazd. Po drodze zatrzymał się i usunął z podjazdu pień drzewa z taką łatwością, jak gdyby to była wykałaczka. Następnie przystanęliśmy obok mojego biednego auta, którego przednie drzwi od strony kierowcy wciąż były otwarte i deszcz lał się do środka. Wnętrze było kompletnie przemoczone; na szczęście, moi niedoszli porywacze nie wyrządzili żadnych szkód. Klucz ciągle tkwił w stacyjce, a moja torebka nadal stała na przednim siedzeniu wraz z pozostałymi artykułami spożywczymi, które kupiłam.

Bill zmierzył wzrokiem pęknięty plastikowy dzbanek po mleku, a ja zadałam sobie pytanie, kogo nim uderzyłam, Hoda czy Kelvina.

Oboje kierowaliśmy się do tylnych drzwi, ale podczas gdy ja wciąż jeszcze zbierałam reklamówkę z zakupami i torebkę, Bill pobiegł do domu i błyskawicznie się w nim znalazł. Przez chwilę martwiłam się o to, jak wysuszę wnętrze samochodu, i dopiero wtedy zmusiłam się do skupienia na obecnych problemach. Przypomniało mi się, co się przydarzyło wróżce imieniem Cait, i niepokój o tapicerkę samochodu opuścił moją głowę z przyjemną szybkością.

Niezdarnie weszłam do domu. Miałam kłopoty z szalem, parasolem, torebką, reklamówką zawierającą butelki z krwią i ślizgałam się na bosych stopach. Słyszałam, że Bill chodzi po domu, i wiedziałam, kiedy coś znalazł, ponieważ naglącym tonem zawołał: „Sookie!".

Dermot leżał nieprzytomny na poddaszu obok szlifierki, którą wypożyczył, przewróconej na bok i wyłączonej. Stryjeczny dziadek upadł do przodu, więc wyobraziłam sobie, że maszyna hałasowała, a on stał odwrócony tyłem do prześladowców, kiedy weszli do budynku. Gdy zdał sobie sprawę, że nie jest sam w pomieszczeniu, i wyłączył szlifierkę, było już za późno. Włosy Dermot miał zlepione krwią, a rana wyglądała okropnie. Czyli że napastnicy mieli przynajmniej jedną broń.

Bill garbił się nad nieruchomą postacią.

– Nie mogę dać mu swojej krwi – powiedział.

– Wiem – odrzekłam zaskoczona. – Jest duszkiem.

Podeszłam i uklękłam przy drugim boku stryjecznego dziadka. Teraz mogłam dokładnie obejrzeć twarz Billa.

– Odsuń się – nakazałam mu natychmiast. – Odejdź. Zejdź teraz na dół.

Zapach krwi wróżek wprawiał wampiry w stan przyjemnego odurzenia, a Billowi zapewne się wydawało, że ta woń wypełnia obecnie poddasze.

– Mógłbym po prostu wylizać... oczyścić – zaproponował, patrząc tęsknie na ranę ciemnymi oczyma.

– Nie, wiesz, że nie zatrzymałbyś się we właściwym momencie. Odsuń się, Billu! Odejdź!

Mimo moich słów widziałam, jak jego głowa opuszcza się coraz niżej, a twarz zbliża się do głowy Dermota. Zaczęłam wampira odciągać i policzkować najmocniej, jak mogłam.

– Musisz odejść – powtarzałam, chociaż równocześnie tak bardzo chciałam go przeprosić za swój ton, że aż mną trzęsło.

Wyraz twarzy Billa był naprawdę okropny – widziałam gniew, pożądliwość, walkę z samym sobą, gdyż naprawdę pragnął nad sobą zapanować...

– Jestem taki głodny – wyszeptał, niemal pochłaniając mnie wzrokiem. – Nakarm mnie, Sookie.

Przez sekundę byłam pewna, że nadszedł czas wyboru mniejszego zła. Najgorszą opcją było pozwolić Billowi ugryźć Dermota. Drugą w kolejności najgorszą opcją było pozwolenie na to, żeby Bill ugryzł mnie, ponieważ ze względu na wypełniający powietrze odurzający zapach wróżek nie miałam pewności, czy wampir zdołałby przerwać ssanie w porę. Gdy te wszystkie myśli przelatywały przez mój umysł, Bill naprawdę starał się opanować. Poradził sobie... ale był jedynie o krok od tragedii.

– Zamierzam sprawdzić, czy tamci odeszli na dobre – oznajmił i, zataczając się, ruszył ku schodom.

Nawet jego ciało walczyło samo ze sobą. Tak, najwyraźniej własne ciało żądało od Billa, żeby wypił krew – jakoś, w jakiś sposób, szczególnie że aż dwoje smakowitych, kuszących dawców znajdowało się w zasięgu jego ręki. Natomiast umysł mówił mu, żeby wyniósł się stąd w cholerę, zanim wydarzy się coś strasznego. Gdybym miała „dodatkową" osobę tutaj, nie jestem pewna, czy nie rzuciłabym jej (lub jego) Billowi, tak bardzo było mi go żal.

A jednak Compton zszedł po schodach, po czym usłyszałam, że zatrzaskują się za nim drzwi zewnętrzne. Na wypadek gdyby stracił kontrolę i wrócił, pośpiesznie zbiegłam na dół i zamknęłam na klucz jedne i drugie drzwi na tyłach, dzięki temu zyskałam przynajmniej pewność, że wampir nie zjawi się tutaj ponownie bez ostrzeżenia. Popatrzyłam na salon, chcąc się upewnić, czy frontowe drzwi także są zamknięte, tak jak je zostawiłam. Tak, zamek był przekręcony! Zanim wróciłam na górę, do Dermota, poszłam do szafy przy drzwiach wejściowych po strzelbę.

Tak, broń nadal tam była i pozwoliłam sobie na moment ulgi. Miałam szczęście, że tamci dwaj mężczyźni jej nie ukradli. Jeśli czegoś szukali, ich rewizja była najwidoczniej powierzchowna. Jestem pewna, że znaleźliby tak cenny przedmiot jak strzelba, gdyby nie szukali „czegoś" dużo większego – mnie.

Z benellim w ręku poczułam się dużo lepiej, po drodze złapałam też apteczkę, którą zabrałam ze sobą na górę. Wdrapałam się po schodach i znowu klęknęłam obok stryjecznego dziadka. Miałam, cholera, naprawdę powyżej uszu szarpania się z tym ogromnym szalem, który w najbardziej niedogodnych chwilach po prostu się rozwijał. Zastanawiałam się, chociaż krótko, jak hinduskie kobiety radziły sobie z podobnymi częściami garderoby, ale wiedziałam, że dopóki nie pomogę Dermotowi, nie powinnam tracić czasu na przebieranie się.

Starłam stryjecznemu dziadkowi krew na głowie zwitkiem sterylnych chusteczek, ponieważ chciałam zbadać, jak wygląda rana. Wyglądała niedobrze, ale tego się spodziewałam; rany głowy zawsze prezentują się paskudnie. Przynajmniej już nie krwawiła. Zajmując się głową Dermota, jednocześnie intensywnie się zastanawiałam, czy należy wezwać ambulans. Nie byłam pewna, czy sanitariusze z karetki byliby w stanie wejść do domu, niezatrzymani wcześniej przez Hoda i Kelvina... Chociaż nie, właściwie nie o to się martwiłam. Przecież Bill i ja dotarliśmy tutaj bez kłopotów.

Ważniejszy był inny problem – nie miałam pewności, jak bardzo techniki ludzkiej medycyny są zgodne z fizjologią wróżek. Cóż, istniał bez wątpienia pewien stopień zgodności pomiędzy nami i wróżkami, gdyż obie rasy są w stanie się krzyżować. Zatem, prawdopodobnie podstawowe czynności związane z naszą pierwszą pomocą można by zastosować, niemniej jednak... Akurat w tym momencie Dermot jęknął i przewrócił się na plecy. Zdążyłam wsunąć mu ręcznik pod głowę. Stryjeczny dziadek się skrzywił.

– Sookie – spytał. – Dlaczego masz na sobie serwetę ze stołu?

ROZDZIAŁ DWUNASTY

– Masz oboje uszu – zapewniłam go, czując falę ulgi tak silną, że o mało się od niej nie przewróciłam.

Dotknęłam lekko koniuszków jego uszu, żeby Dermot nie wątpił w moje słowa.

– Dlaczego nie miałbym mieć obojga uszu? – Był zmieszany, a zważywszy na ilość krwi, którą stracił, uważałam, że jest to całkowicie zrozumiałe. – Kto mnie zaatakował?

Spojrzałam na niego i nie potrafiłam wymyślić, co trzeba zrobić. Hmm, musiałam chwycić byka za rogi, należało działać. Zadzwoniłam do Claude'a.

– Tu telefon Claude'a – usłyszałam niski głos, który skojarzyłam z elfem Bellenosem.

– Bellenosie, mówi Sookie. Nie wiem, czy przypominasz mnie sobie, ale byłam u was kiedyś z moim przyjacielem Samem...?

– Tak – odparł krótko.

– Widzisz, mam problem. Ktoś napadł na Dermota, który teraz leży ranny, a ja muszę wiedzieć, czy jest coś, co powinnam, lub coś, czego nie powinnam zrobić, skoro mam do czynienia z ranną wróżką. To znaczy, coś oprócz tego, co się robi dla ludzi.

– Kto go zranił? – spytał Bellenos ostrzejszym tonem.

– Dwóch ludzi, mężczyzn, którzy włamali się do mojego domu, ponieważ szukali mnie. Nie zastali mnie tutaj, lecz był tu Dermot. Pracował i była włączona hałaśliwa maszyna, więc przypuszczalnie ich nie usłyszał. Chyba uderzyli go w głowę. Nie wiem czym.

– Czy krwawienie ustało? – spytał, a wtedy w tle usłyszałam głos Claude'a.

– Tak, rana jest zasklepiona.

Teraz docierało do mnie wiele różnych głosów, najwyraźniej Bellenos konsultował się z licznymi osobami; tak to przynajmniej brzmiało.

– Jadę – powiedział w końcu do mnie. – Claude twierdzi, że nie jest obecnie mile widziany w twoim domu, więc przyjadę zamiast niego. Przyjemnie będzie wyjść z tego budynku. Żadnych innych istot ludzkich w pobliżu... oprócz ciebie? Nie byłoby dobrze.

– Nikogo innego oprócz mnie tutaj nie ma, przynajmniej na razie.

– Będę u ciebie wkrótce.

Przekazałam tę informację Dermotowi, który zrobił jedynie zakłopotaną minę. Parę razy mi powiedział, że nie rozumie, dlaczego leży na podłodze, toteż martwiłam się o niego coraz bardziej. Na szczęście, wyglądał na gotowego pozostać tam, gdzie był.

– Sookie! – krzyknął Bill.

Zanim zaczęło padać, Dermot najwyraźniej otworzył okna, ponieważ szlifował. Teraz słyszałam głos wampira czysto i wyraźnie.

Powlokłam się do okna, a poły szala powiewały za mną.

– Jak on się miewa? – spytał Compton. Stał dość daleko od budynku. – Jak mogę pomóc?

– Byłeś cudowny – zapewniłam go i naprawdę tak uważałam. – Słuchaj, Billu, przyjedzie tutaj jeden z duszków z Monroe, więc lepiej wróć do siebie do domu. Gdy moje ubranie wyschnie, mógłbyś je po prostu zostawić na tylnych schodach mojego domu. Obojętne kiedy, byle nie padało... Albo chociaż połóż je na swoim frontowym ganku, żebym mogła je stamtąd zabrać w dowolnym momencie...

– Czuję, że cię zawiodłem – przerwał mi.

– Jak to możliwe?! Udzieliłeś mi przecież schronienia, oczyściłeś mój podjazd, sprawdziłeś dom, upewniając się, że nikt nie zasadzi się w nim na mnie ponownie...

– Nie zabiłem ich – odparował. – A chciałbym.

Odkryłam, że wcale mnie nie mierzi jego stwierdzenie. Zaczynałam się przyzwyczajać do oświadczeń drastycznych i radykalnych.

– Hej, nie martw się o to – poprosiłam. – Jeśli ci ludzie będą się dalej parać tym samym, ktoś kiedyś ich pozabija.

– Masz pomysł, kto mógł ich wynająć?

– Nie, obawiam się, że nie wiem. – I naprawdę tego żałowałam. – Zamierzali mnie zabrać do jakiegoś pojazdu i gdzieś wywieźć...

W myślach mężczyzn nie widziałam jednak żadnego samochodu, więc co do tego punktu nie miałam pewności.

– Gdzie zaparkowali pojazd?

– No właśnie nie wiem. Ja w każdym razie żadnego nie widziałam.

Właściwie nie było wcześniej czasu, żeby nad tym pomyśleć.

Bill stał z zadartą głową i wpatrywał się we mnie tęsknym wzrokiem.

– Ale, Sookie, czuję się taki bezużyteczny. Wiem, że potrzebujesz pomocy, żeby znieść go po schodach. Nie odważę się jednak powtórnie podejść do niego blisko...

Odwrócił głowę z nagłością, która mnie oślepiła. A potem zniknął.

– Jestem tutaj, wampirze! – zawołał ktoś przy tylnych drzwiach. – Jestem elf Bellenos. Przekaż Sookie, że przyjechałem się zobaczyć z moim przyjacielem Dermotem.

– Elf! Nie widziałem żadnego z was od stu lat – usłyszałam głos Billa, teraz znacznie cichszy, gdyż dochodził z daleka.

– I nie zobaczysz znów przez następne sto – odburknął Bellenos. – Nie zostało nas wielu.

Zbiegłam po schodach, tym razem najszybciej jak potrafiłam, nie skręciwszy sobie przy tym karku. Przekręciłam zamek tylnych drzwi i przeszłam przez ganek, zamierzając otworzyć zamknięte na klucz drzwi na ganek. Przez szybę widziałam zarówno elfa, jak i wampira.

– Ponieważ tu jesteś, wrócę do siebie – oznajmił Bill. – W żaden sposób nie mogę pomóc.

Był już na dziedzińcu. W ostrym świetle zewnętrznego reflektora zamocowanego na słupie wyglądał na tak białego jak nigdy, wręcz wydawał się istotą nie z tego świata. Deszcz teraz tylko siąpił, lecz w powietrzu intensywnie pachniało wilgocią. Nie sądzę, żeby to trwało przez dłuższy czas.

– Stan odurzenia wonią wróżek? – spytał Bellenos. On również był blady, chociaż jeśli chodzi o jasną karnację, nikt nie mógł się równać z wampirami. Jasnobrązowe piegi Bellenosa wyglądały na jego twarzy jak małe cienie, a gładkie włosy wydawały się przez kontrast jeszcze mocniej kasztanowe. – Elfy pachną inaczej niż wróżki.

– Tak, pachniesz inaczej – zgodził się z nim Bill i usłyszałam w jego tonie niechęć, a może nawet lekki wstręt.

Woń Bellenosa najwyraźniej działa odpychająco na nieumarłych, a przynajmniej działała na tego jednego. Może mogłabym zeskrobać trochę naskórka z ciała elfa i rozproszyć nad stryjecznym dziadkiem, dzięki czemu wampiry trzymałyby się od Dermota z daleka... Och, cholera, co zrobię z zebraniem? Z Erikiem i Pam?

– Skończyliście już tę wymianę uprzejmości?! – zawołałam. – Ranny wróż naprawdę potrzebuje pomocy.

Bill zniknął wreszcie wśród drzew, a ja otworzyłam drzwi elfowi. Uśmiechnął się do mnie i na widok jego długich, ostrych zębów nie mogłam się nie skrzywić.

– Wejdź – powiedziałam, chociaż wiedziałam, że elfy mogą wchodzić bez zaproszenia.

Kiedy prowadziłam gościa przez kuchnię, Bellenos rozglądał się wokół siebie z niejaką ciekawością. Podniosłam wciąż otulający mnie szal i poszłam schodami jako pierwsza. Miałam nadzieję, że Bellenos nie widzi zbyt dużo przez dziury w okryciu. Kiedy dotarliśmy na poddasze, zanim zdołałam cokolwiek powiedzieć, elf już klęczał obok Dermota. Obejrzał szybko rannego, a później przewrócił go na bok, chcąc zbadać ranę. Spojrzenie skośnych brązowych oczu skupił całkowicie na nieszczęsnym przyjacielu.

Hmm, no może nie całkowicie, bo trochę zerkał na moje obnażone ramiona.

No cóż, bardziej niż trochę.

– Musisz się okryć – obwieścił bez ogródek. – Jak dla mnie to zbyt wiele ludzkiej skóry.

O rany, najwidoczniej w sposób kompletnie niewłaściwy odczytałam jego „zainteresowanie" moją osobą. Uświadomienie tego faktu naprawdę mnie zażenowało. Cóż, tak samo jak w Billu odrazę budził zapach Bellenosa, mój zapach dla elfa był najwyraźniej zdecydowanie odpychający.

– Chętnie ubiorę się teraz, kiedy ktoś wreszcie zostanie z Dermotem – jęknęłam, tłumacząc się.

– To dobrze – odparł krótko.

Wcześniej uważałam, że najbardziej bezpośrednią znaną mi osobą jest Claude, ale Bellenos bił w tej kwestii kuzyna na głowę. Właściwie w tej konkretnej chwili wydało mi się to wręcz zabawne. Poprosiłam elfa, żeby zniósł mojego stryjecznego dziadka na parter do pokoju gościnnego, po czym poszłam tam, chcąc się upewnić, że nie zastaną w pomieszczeniu żadnej niespodzianki. Po pobieżnej lustracji całości i upewnieniu się, że narzuta okrywa pościel, odsunęłam się na bok, żeby Bellenos mógł wejść z Dermotem, którego niósł z taką łatwością jakby to było dziecko, chociaż z dzieckiem oczywiście dużo łatwiej by mu się manewrowało na wąskich schodach.

Gdy Bellenos kładł rannego wróża na łóżku, wymknęłam się do sypialni i ubrałam. Nie macie pojęcia, jak wielką ulgą było dla mnie rozwinięcie kwiecistego szala ozdobionego frędzlami i włożenie dżinsów (długich spodni, nie szortów, przez wzgląd na awersję Bellenosa do ludzkiej skóry). Było gorąco, więc sama myśl o koszuli z długim rękawem mnie odrzucała, na szczęście, moje „ohydne" ramiona i barki zakrywał stosownie podkoszulek z krótkim rękawem.

Kiedy wróciłam do pokoju gościnnego, Dermot był całkowicie świadom, co się dzieje. Bellenos klęczał przy łóżku, gładził złote włosy wróża i przemawiał do niego w języku, którego nie znałam. Mój stryjeczny dziadek był przytomny. A gdy się do mnie uśmiechnął, nawet jeśli posłał mi jedynie cień swego zwykłego uśmiechu, aż się we mnie serce uradowało ze szczęścia.

– Nie skrzywdzili cię – zauważył, jawnie uspokojony. – Wiesz co, bratanico? Zaczynam powoli podejrzewać, że mieszkanie z tobą jest znacznie bardziej niebezpieczne niż gdybym pozostawał wśród przedstawicieli własnej rasy.

– Tak mi przykro – jęknęłam, siadając na krawędzi łóżka i biorąc Dermota za rękę. – Nie wiem, jak to możliwe, że dostali się do domu i obeszli zabezpieczenia. Ludzie, którzy pragną zrobić mi krzywdę, nie mają prawa wstępu do budynku, niezależnie od tego, czy w nim przebywam...

Mimo że stryjeczny dziadek stracił tak wiele krwi, teraz wyraźnie się zaczerwienił.

– To była moja wina – wystękał.

– Co takiego? – Zagapiłam się na niego zdumiona. – Dlaczego twoja?

– Wiesz, dom chroniła tylko ludzka magia – wyjaśnił, nie patrząc mi w oczy. – Twoja przyjaciółka czarownica, och, jest dobra w sprawach magii jak na człowieka, lecz magia duszków, ogólnie rzecz biorąc, naprawdę znacząco przewyższa waszą. Z tego też powodu poddałem jej zaklęcia dekonstrukcji i zamierzałem otoczyć dom własnymi natychmiast, gdy skończę szlifować podłogę.

Nie przyszła mi w tym momencie do głowy żadna, ale to żadna odpowiedź!

Przez dobrą chwilę panowało straszliwie niezręczne milczenie.

– Lepiej opatrzmy twoją głowę – stwierdziłam w końcu, siląc się na wesołość.

Oczyściłam ranę i spryskałam neosporinem. Nie zamierzałam rzecz jasna próbować zakładać szwów, chociaż wydawało mi się, że ktoś powinien to zrobić. Kiedy jednak wspomniałam o zszyciu brzegów rany, oba duszki wyglądały na absolutnie zniesmaczone samym pomysłem. Przykleiłam zatem małe plastry, które stosuje się do głębokich przecięć, dzięki czemu brzegi jakoś się trzymały. Uznałam, że chyba nic więcej nie mogę zrobić.

– Teraz będę go leczyć – powiadomił mnie Bellenos, a ja się szczerze ucieszyłam, słysząc, że ma zamiar zrobić coś konkretniejszego niż zniesienie Dermota po schodach i ułożenie go na łóżku. To oczywiście była jakaś pomoc, ja jednak oczekiwałam trochę więcej, co chyba nie powinno nikogo dziwić. – Najlepsza byłaby krew osobnika, który go skrzywdził, i może da się to jakoś załatwić, ale na razie...

– Co zrobisz? – zainteresowałam się, mając nadzieję, że będę mogła obserwować i uczyć się.

– Tchnę w niego więcej życia – powiedział takim tonem, jakby miał do czynienia z idiotką, która nie wie podstawowych rzeczy. Z drugiej strony, moje zdumienie w widoczny sposób nim wstrząsnęło. Wzruszył ramionami, bez wątpienia godząc się z faktem, że przebywa w towarzystwie osoby głupiej. – Och, jeśli chcesz – rzucił – możesz sobie popatrzeć.

Zerknął na Dermota, który kiwnął głową, po czym znów się skrzywił.

Bellenos wyciągnął się na łóżku obok wróża i... zaczął go całować.

Ma się rozumieć, nigdy nie przeszłoby mi przez myśl, że można leczyć rany na głowie w taki sposób. Tak, było to dla mnie zaskoczenie, tak jak dla Bellenosa zaskakujący był mój brak wiedzy na temat kuracji stosowanych przez duszki.

Po sekundzie zrozumiałam, że chociaż usta dwóch istot są połączone, elf wcale nie całuje Dermota, lecz „tchnie życie" w płuca tamtego. Po pewnym czasie Bellenos przerwał, zaczerpnął wielki haust powietrza i powtórzył całą procedurę.

Próbowałam sobie wyobrazić lekarza człowieka, który udzielałby w ten sposób pomocy medycznej pacjentowi. Co by się zdarzyło? Pacjent od razu podałby go do sądu. Chociaż wiedziałam, że nie jest to metoda erotyczna – no cóż, nie wprost – taka kuracja wydawała mi się o wiele za bardzo intymna. Pomyślałam sobie, że może nadeszła pora posprzątać w domu. Zebrałam zużyte chusteczki i opakowania po plastrach, zaniosłam wszystko do kosza na śmieci w kuchni, a tam, skoro już byłam sama, mogłam się wreszcie powściekać.

Tak, magia duszków jest prawdopodobnie wspaniałą rzeczą... jeśli rzeczywiście ktoś poświęci czas i raczy użyć zaklęcia! Zaklęcia Amelii może i były jedynie ludzkie, czyli z perspektywy wróżek gorsze, ale działały przez długi czas, chroniąc mnie! Póki Dermot ich nie usunął, po czym... zostawił mnie z niczym.

– Stary dureń – mruknęłam i zaczęłam trzeć blat tak mocno, że wszystkie zarazki powinny zginąć zmiażdżone wyłącznie dzięki zastosowanej przeze mnie sile.

Byłam naprawdę wkurzona, że nieuzasadnione poczucie wyższości Dermota skończyło się dla niego odniesionymi poważnymi obrażeniami głowy.

– Teraz odpoczywa i uzdrawia się – odezwał się elf. – Niedługo my obaj, on i ja, musimy załatwić pewne sprawy.

Wszedł do kuchni i stanął za mną tak cicho, że w ogóle tego nie zauważyłam. Bardzo się ucieszył, widząc, jak nerwowo podskakuję! Roześmiał się, co było niesamowite, ponieważ zrobił to z szeroko otwartymi ustami, miałam więc wrażenie, że raczej dyszy. A jego śmiech brzmiał jak lekko chropawe „heee, heee, heee", na pewno nie przypominał rechotu, jakiego można by się spodziewać, gdyby elf był istotą ludzką.

– Jest w stanie chodzić? – Byłam uszczęśliwiona, choć zdziwiona.

– Tak – przyznał Bellenos. – Poza tym powiedział mi, że zaprosiłaś dziś do siebie jakieś wampiry, więc i tak musiałby się stąd wynieść.

Przynajmniej elf nie zbeształ mnie za to, że spodziewam się wampirzych gości, ani nie poprosił o zmianę planów i odwołanie spotkania z powodu rany Dermota.

Rozważyłam, czyby nie zadzwonić na komórkę do Erica i nie przełożyć naszej narady wojennej. Pomyślałam jednak, że może Hod i Kelvin – chociaż tacy niezdarni – stanowią nieodłączny element naszej walki.

– Poczekaj tutaj minutę, bardzo cię proszę – powiedziałam do Bellenosa i poszłam porozmawiać z Dermotem.

Stryjeczny dziadek siedział wsparty na łóżku, a ja milcząco podziękowałam Amelii, że przed wyjazdem je posłała, chociaż wiedziałam, że będę musiała zmienić pościel; to jednak mogę zrobić w wolnym czasie...

„No dobra" – złajałam się w myślach – „pora przestać się zastanawiać nad sprawami związanymi z prowadzeniem domu, bo przecież Dermot jest blady i słaby".

Usiadłam obok niego, a wtedy chwycił mnie w objęcia z niespodziewaną mocą. Odwzajemniłam uścisk z nawiązką.

– Przykro mi, że ci się coś takiego przytrafiło – wyznałam, pomijając kwestię zaklęć i zabezpieczeń. – Jesteś pewny, że chcesz jechać do Monroe? Zajmą się tam tobą dobrze? Wiesz, że mogę odwołać to wieczorne spotkanie. Z chęcią będę cię pielęgnować.

Milczał przez moment. Wyczuwałam, że ciężko oddycha w moich ramionach, a zapach jego skóry po prostu mnie otoczył. Rzecz jasna, stryjeczny dziadek nie pachniał tak jak Jason, chociaż wyglądali jak bliźniacy.

– Dzięki za troskę i za to, że nie wiercisz mi dziury w brzuchu, dziewczyno – odparł. – Zobacz, jak nowocześnie się wysławiam – dodał radośnie i udało mu się uśmiechnąć naprawdę szeroko. – Zobaczymy się później. Bellenos i ja musimy teraz wykonać pewne zadanie.

– Nie powinieneś się przemęczać. Przecież zostałeś dość poważnie ranny. Jak się czujesz?

– Lepiej z każdą minutą. Bellenos podzielił się ze mną oddechem i podniecа mnie myśl o polowaniu.

Okej, nie będę kłamać, że cokolwiek z tego rozumiałam, skoro jednak Dermot był zadowolony, to i ja się cieszyłam. Zanim zdążyłam mu zadać jakiekolwiek pytania, powiedział:

– Zawiodłem cię, bratanico, w sprawie zaklęć i nie zdołałem powstrzymać intruzów. Leżąc na górze, nie przestawałem się bać, że tamci cię znajdą.

– Nie trzeba było się o mnie martwić – odrzekłam, i mówiłam szczerze, choć z drugiej strony byłam oczywiście wdzięczna, że niepokoił się o mój los. – Ukryłam się u Billa w domu i ci mężczyźni mnie nie znaleźli.

Podczas gdy ja i Dermot się ściskaliśmy (chociaż uważałam, że obejmujemy się trochę zbyt długo), słyszałam, że Bellenos jest na dworze. Chodził wokół domu w deszczu (który znowu się rozpadał) i ciemnościach, a jego głos to się podnosił, to opadał. Wychwytywałam jedynie fragmenty jego wypowiedzi, ale i tak nic z tego nie pojmowałam, ponieważ przemawiał w obcym języku i słowa nie były podobne do żadnych, które znałam. Stryjeczny dziadek wyglądał na usatysfakcjonowanego, co mnie bardzo uspokajało.

– Wynagrodzę ci to – obiecał nagle Dermot, a potem łagodnie wypuścił mnie z objęć.

– Nie musisz – odparłam. – Nic mi nie jest, a skoro i ty nie doznałeś żadnej trwałej szkody, powiemy sobie po prostu, że było to dla nas pouczające doświadczenie.

Pouczające w sensie: „Nie kasuj starych zaklęć, dopóki nie zastosujesz nowych".

Dermot wstał, a mnie się wydawało, że twardo stoi na nogach. Oczy mu lśniły. Wyglądał na... przejętego. Jak gdyby szedł na przyjęcie urodzinowe albo podobną imprezę.

– Nie potrzebujesz płaszcza od deszczu? – upewniłam się.

Roześmiał się, położył mi ręce na ramionach i... mnie pocałował. Serce zabiło mi mocniej z zaskoczenia i szoku, ale sekundę później zrozumiałam, co stryjeczny dziadek zrobił. Tchnął we mnie więcej życia.

Przez kilka sekund sądziłam, że się uduszę albo zadławię, ale jakoś przeżyłam, a później wszystko się skończyło.

Dermot uśmiechnął się do mnie i już go nie było. Usłyszałam, że tylne drzwi się za nim zatrzaskują, więc odwróciłam się do okna, ale zobaczyłam jedynie zamazaną plamę, po czym wróż i elf po prostu zniknęli w ciemnym lesie.

Po takim natłoku zdarzeń zupełnie nie miałam pojęcia, co ze sobą zrobić. Wytarłam krew z podłogi na poddaszu, włożyłam szal do kuchennego zlewu i zamoczyłam go w płynie Woolite, a później zmieniłam pościel w sypialni dla gości.

Potem wzięłam prysznic. Musiałam zmyć z siebie zapach wróżek, zanim dotrą tutaj Eric i Pam. Ponadto, po pobycie na deszczu moje włosy były skołtunione i nadawały mi wygląd czupiradła. Ubrałam się – znowu – i usiadłam na parę minut w salonie. Oglądałam kanał Meteo i słuchałam, jak prowadzący program napawa się potężną burzą.

Następnie... Obudziłam się, a w ustach miałam piasek, no w każdym razie niesmak. Kanał Meteo wciąż był włączony, a do frontowych drzwi stukali Eric i Pam.

Chwiejnym krokiem poszłam przekręcić zamek i otworzyć wampirom. Ciało miałam tak zesztywniałe, jakby –

w czasie, gdy spałam – ktoś mnie skopał. Najwyraźniej odczuwałam teraz skutki desperackiej ucieczki w ulewie.

– Co się stało? – spytał Eric, chwytając mnie za ramiona i przyglądając mi się uważnie zmrużonymi oczyma.

Pam wąchała powietrze, przesadnie odrzuciwszy głowę w tył. Obrzuciła mnie krzywym uśmiechem.

– Oooooch, ktoś przyjmował gości... Czekaj, czekaj... Elf, wróżki i... Bill?

– Brałaś lekcje tropienia od Heidi? – odparowałam słabym głosem.

– Prawdę mówiąc, tak, brałam – przyznała. – To cała sztuka coś wywęszyć, bo, jak wiesz, nie musimy już oddychać.

Eric ciągle czekał i nie było to czekanie cierpliwe.

Przypomniałam sobie, że kupiłam dla nich kilka butelek krwi, poszłam więc do kuchni podgrzać ją, a dwa wampiry powlokły się za mną. Starając się zachowywać jak dobra gospodyni, przy okazji przekazałam im – w swej zwięzłości godny artykułów w „Reader's Digest" – opis mojej przygody.

W tej właśnie chwili rozległo się stukanie do tylnych drzwi.

Powietrze niemal dostrzegalnie zaiskrzyło. Pam pośpieszyła do drzwi na ganek, przekręciła zamek i wyszła do tylnych drzwi na dwór.

– Tak? – spytała.

Padła stłumiona odpowiedź udzielona niskim głosem. To był Bellenos.

– Sookie, ktoś cię prosi! – zawołała Pam. Wydawała się bardzo czymś rozbawiona.

Zaciekawiona wyszłam na ganek, a Eric prawie deptał mi po piętach.

– Och, ona będzie pod wielkim wrażeniem – mówiła wampirzyca. Wydawała się tak zadowolona jak ja, gdy ktoś przywoził mi świeże warzywa lub owoce ze swojego ogrodu. – Jakie to z waszej strony zmyślne – dodała.

Odsunęła się na bok o krok, tak żebym mogła ocenić otrzymane prezenty.

Jezu Chryste, Matko Święta, Józefie z Nazaretu!

Stryjeczny dziadek Dermot i Bellenos stali ociekając w deszczu, a każdy z nich trzymał... odciętą głowę.

Pozwólcie mi tylko powiedzieć w tym momencie i przy tej okazji, że zazwyczaj mam zupełnie mocny żołądek, ale ponieważ nie tylko deszcz kapał z głów, które – w dodatku – były zwrócone do mnie twarzami, żebym mogła je sobie dobrze obejrzeć... Tak czy inaczej, ten widok to było dla mnie zbyt wiele, toteż efekt był naprawdę daleko idący. Mówiąc w skrócie, odwróciłam się natychmiast i popędziłam do łazienki, zatrzaskując za sobą drzwi. Wymiotowałam, sapałam, znów rzygałam, aż wreszcie przynajmniej częściowo odzyskałam nad sobą panowanie. Gdy już wyrzuciłam z żołądka wszystko, co w nim miałam, musiałam naturalnie umyć zęby, opłukać twarz i uczesać włosy... chociaż w żołądku nie miałam wcześniej dużo, ponieważ w ogóle nie pamiętałam, jak dawno temu ostatnio coś jadłam. Jakieś bułeczki na śniadanie...? Och, nic zatem dziwnego, że miałam mdłości, skoro od rana nic nie jadłam. A jestem dziewczyną, która lubi jeść, więc nie była to metoda na odchudzanie. Po prostu do tej pory nie miałam czasu na posiłek, ponieważ zajmowałam się przeskakiwaniem od kryzysu do kryzysu. Witajcie w diecie Sookie Stackhouse – diecie polegającej na ocieraniu się o śmierć! Uciekaj, ratuj życie i opuszczaj posiłki! Innymi słowy, ćwiczenia fizyczne i śmierć głodowa.

Pam i Eric czekali w kuchni.

– Odeszli – powiadomiła mnie Pam i podniosła butelkę z krwią w toaście. – Przepraszali, że zrobili coś, co okazało się zbyt dużym wstrząsem dla twojej ludzkiej wrażliwości. Przypuszczam, że nie chciałaś zatrzymać trofeów?

Poczułam potrzebę obrony własnej osoby, w końcu jednak ugryzłam się w język. Nie zamierzałam się wstydzić tego, że zrobiło mi się niedobrze, gdy zobaczyłam coś tak strasznego. Wprawdzie widziałam wcześniej odciętą głowę, lecz była to głowa wampira i nie kojarzyła mi się tak bardzo upiornie.

Zrobiłam głęboki wdech.

– Nie, nie chciałam zatrzymać głów. Kelvin i Hod niech spoczywają w pokoju.

– Tak brzmiały ich imiona? Ten fakt będzie pomocny w odkryciu, kto ich wynajął – zauważyła Pam. Wyglądała na zadowoloną.

– Aha. A gdzie są? – spytałam.

– Masz na myśli stryjecznego dziadka i jego kumpla elfa czy głowy? A może ciała? – zainteresował się Eric.

– Oba przypadki. Wszystkie trzy.

Wrzuciłam do szklanki lód i zalałam go dietetyczną colą. Różni ludzie od lat wmawiają mi, że napoje gazowane zalegają w żołądku. Miałam nadzieję, że tak właśnie jest.

– Cóż, Dermot i Bellenos pojechali do Monroe. Dermotowi udało się namaścić ranę na głowie krwią jego wrogów, zgodnie z panującą wśród wróżek tradycją. Bellenos oczywiście ściął te głowy, co z kolei jest tradycją elfią. W rezultacie obaj byli bardzo szczęśliwi.

– Cieszę się z ich sukcesów – powiedziałam odruchowo, a później pomyślałam sobie: co ja, do diabła, gadam? – Powinnam powiedzieć o tym Billowi. Zastanawiam się, czy znaleźli samochód?

– Znaleźli quady – odparła Pam. – Myślę, że się świetnie bawili, jeżdżąc nimi.

Wyglądało na to, że im zazdrości.

Nawet się uśmiechnęłam, gdy sobie to wyobraziłam.

– A... ciała?

– Jakoś sobie z nimi poradzili – uciął Eric. – Chociaż podejrzewam, że głowy zabrali do Monroe, żeby je pokazać innym duszkom. A potem je zniszczą.

– A właśnie! – zawołała nieoczekiwanie Pam i podskoczyła. – Dermot zostawił ich dokumenty.

Wróciła z dwoma mokrymi portfelami, niosła też w ręku jakieś drobiazgi. Rozłożyłam na stole ręcznik kuchenny, a wampirzyca rzuciła na niego wszystkie przedmioty. Starałam się nie zwracać uwagi na plamy krwi pokrywające kawałki papieru. Najpierw otworzyłam skórzany portfel i wyjęłam prawo jazdy.

– Hod Mayfield – odczytałam. – Z Clarice. Dwadzieścia cztery lata.

Obejrzałam z kolei zdjęcie kobiety, przypuszczalnie tej Marge, o której mężczyźni rozmawiali w domu Billa. Była zdecydowanie dużą kobietą, ciemne włosy nosiła ułożone w zabawny kok, który bez wątpienia można by określić jako „niemodny". Uśmiechała się szczerze, szeroko i słodko.

Żadnych fotografii dzieci. Dzięki Bogu!

Licencja myśliwego, kilka paragonów ze sklepów, karta ubezpieczeniowa.

– To znaczy, że pracował gdzieś na etacie – wyjaśniłam nieumarłym, którzy nigdy nie potrzebowali hospitalizacji ani ubezpieczenia na życie. – Hod miał jeszcze trzysta dolarów. – Cholera – mruknęłam. – Wydaje mi się, że to dość dużo.

W dodatku same nowiutkie dwudziestodolarówki.

– Niektórzy nasi pracownicy nie mają bankowych rachunków bieżących – oznajmiła Pam. – Za każdym razem spieniężają czeki z wypłaty i egzystują, płacąc za wszystko gotówką.

– Tak, znam ludzi, którzy również żyją w ten sam sposób – przyznałam. – Na przykład, Terry Bellefleur, który uważa, że bankami zarządza jakiś komunistyczny kartel. – Tyle że te pieniądze to same dwudziestki, prosto z bankomatu. To mogła być zapłata.

Okazało się, że nazwisko Kelvina brzmi identycznie – także Mayfield. Kuzyn? Brat? Kelvin Mayfield również mieszkał w Clarice. Był starszy, miał dwadzieścia siedem lat. W jego portfelu znajdowały się zdjęcia dzieci, trojga. Cholera by to wzięła! Bez komentarza odłożyłam fotki legitymacyjne do stosu innych przedmiotów. W rzeczach Kelvina znalazłam też prezerwatywę, kartę na darmowe drinki z „Vic's Redneck Roadhouse" i kartę stałego klienta jakiegoś samochodowego warsztatu blacharskiego. Miał kilka zniszczonych banknotów dolarowych i takie same nowiutkie trzy stówy w dwudziestkach co Hod.

To byli faceci, których mogłam mijać dziesiątki razy, kiedy robiłam zakupy w Clarice. Może grałam kiedyś w softball przeciwko ich siostrom albo żonom. Może podawałam im drinki w barze „U Merlotte'a", kto wie? Dlaczego usiłowali mnie porwać?

– Przypuszczam, że chcieli mnie zabrać na quadach do Clarice, przez las – zastanowiłam się na głos. – Ale co by zrobili ze mną potem? Sądziłam, że jeden z nich... W jego myślach złapałam chyba przelotny widok bagażnika samochodu.

Było to ledwie mignięcie, przebłysk, a jednak aż zadrżałam. Ktoś mnie kiedyś zamknął w bagażniku samochodu i cała historia nie skończyła się dla mnie najlepiej. Było to wspomnienie, które stanowczo wykreśliłam z pamięci.

Możliwe, że Eric pomyślał o tej samej sytuacji, ponieważ spojrzał w tym momencie przez okno w stronę domu Billa.

– Kto ich twoim zdaniem wysłał, Sookie? – spytał i bardzo się starał nie podnosić głosu ani się nie zniecierpliwić.

– Na pewno nie mogę ich o to spytać, żeby się dowiedzieć – odburknęłam, a wtedy Pam się roześmiała. Zebrałam myśli i skoncentrowałam się. Otępienie spowodowane dwugodzinną drzemką nareszcie minęło i usiłowałam zrozumieć cokolwiek z tych dziwnych zdarzeń z dzisiejszego wieczoru. – Gdyby Kelvin i Hod przyjechali ze Shreveport, pomyślałabym, że zatrudniła ich Sandra Pelt po ucieczce ze szpitala – ciągnęłam poważniejszym tonem. – Nie miałaby nic przeciwko sytuacji, w której ci dwaj zginą, na pewno nie. Jestem przekonana, że to ona wynajęła czterech drabów, którzy zjawili się w „Merlotcie" ostatniej soboty. Nie mam również wątpliwości, że to ona wrzuciła przedtem koktajl mołotowa do baru.

– Rozesłaliśmy ludzi, żeby poszukali tej panienki w Shreveport, ale nikt jej tam nie widział – wtrącił się Eric.

– Czyli że celem tej Sandry – oceniła Pam, zaplatając w warkocz proste jasne włosy sięgające za ramiona – jest zniszczenie twojego miejsca pracy i wszystkiego innego, co stanie jej na drodze.

– Na to wygląda. Jednak za próbą porwania najwyraźniej nie stoi ona. Och, mam zbyt wielu wrogów!

– Jakie to urocze – zauważyła wampirzyca.

– Słuchaj, a jak się miewa twoja przyjaciółka? – spytałam przy okazji. – Wybacz, że nie zainteresowałam się wcześniej.

Popatrzyła mi prosto w oczy.

– Długo, niestety, nie pożyje – odparła. – Kończą mi się już opcje i tracę nadzieję, że zdołam legalnie załatwić nasze sprawy.

W tym momencie zadzwonił telefon komórkowy Erica. Wampir wstał i wszedł do korytarza, żeby tam odebrać.

– Tak? – spytał szorstko. Potem zmienił ton. – Wasza Królewska Mość – rzucił w słuchawkę, po czym wszedł szybko do salonu, żebym nie mogła słyszeć dalszego ciągu rozmowy.

Nie zastanawiałabym się specjalnie nad tą sprawą, gdybym nie zobaczyła w tej właśnie chwili miny Pam. Wampirzyca wciąż się we mnie wpatrywała, a wyraz jej twarzy mogłabym niewątpliwie zinterpretować jako... współczucie.

– O co chodzi? – spytałam, a włoski na karku aż mi się zjeżyły. – Co się dzieje?! Skoro Eric powiedział „Wasza Królewska Mość”, to zdaje się, że dzwoni Felipe, czyż nie? To powinno być coś dobrego... Zgadza się?

– Nie mogę ci nic wyjaśnić – odrzekła Pam. – Eric by mnie za to zabił. Northman nawet nie chce, żebyś wiedziała, że istnieje w ogóle jakaś tajemnica, której nie znasz, jeśli rozumiesz, o czym mówię.

– Pam. Powiedz mi!

– Nie mogę – powtórzyła. – Musisz dowiedzieć się od niego sama, Sookie.

Zagapiłam się na nią z dziką intensywnością. Nie mogłam jej skłonić do otwarcia ust i wyznania, a nie miałam dość sił, żeby rzucić się na nią, pchnąć na kuchenny stół i zażądać faktów.

Zastanowiłam się, co wiem. Pam mnie na pewno lubi. Jedyne osoby, które wampirzyca lubi bardziej, to pewnie Eric i jej Miriam. Jeśli istnieje coś, czego Pam nie może mi powiedzieć, musi się to wiązać z Erikiem. Gdyby Eric był człowiekiem, pomyślałabym, że może zapadł na jakąś straszliwą chorobę. Bo gdyby na przykład stracił cały swój majątek na giełdzie albo w innej katastrofie finansowej, Pam nie ukrywałaby tego przede mną, bo na pewno wie, że pieniądze aż tak bardzo się dla mnie nie liczą. A co się dla mnie liczyło? Tylko jedna rzecz.

Jego miłość.

Czyli że Eric miał kogoś.

Zerwałam się z miejsca, nawet nie wiedząc, że to robię, toteż krzesło z łoskotem upadło na podłogę za mną.

Zapragnęłam wwiercić się w mózg Pam i wyrwać stamtąd wszystkie szczegóły tej sprawy. Teraz bardzo wyraźnie zrozumiałam, dlaczego Eric napadł na wampirzycę w tym samym pomieszczeniu tamtej nocy, gdy Pam przywiozła do mnie Immanuela. Wtedy chciała mi powiedzieć, o co chodzi, a on jej zabronił.

Zaalarmowany odgłosem upadającego na podłogę krzesła, Northman wbiegł teraz do kuchni. Telefon ciągle trzymał przy uchu. Stałam i, zaciskając pięści, przeszywałam mojego wampira wzrokiem pełnym wściekłości. Serce szalało mi w piersi, skacząc niczym żaba podpiekana na blasze.

– Proszę mi wybaczyć – odezwał się Eric do telefonu. – Mam tu pewien kryzys, który muszę zażegnać. Oddzwonię później do Waszej Królewskiej Mości. – Zamknął telefon. – Pam – warknął. – Jestem na ciebie bardzo wściekły. Bardzo i poważnie wściekły. Opuść teraz ten dom i milcz.

Wampirzyca przyjęła natychmiast postawę, jakiej nigdy u niej nie widziałam – zgarbiła się i pochyliła głowę – po czym niezdarnie podniosła się z krzesła i wyszła tylnymi drzwiami. Zastanawiałam się, czy spotka w lesie Bubbę. Albo Billa. A może natknie się na wróżki. Albo na kolejnych potencjalnych porywaczy. Na zabójcę maniakalnego! Nigdy nie wiadomo, co i kogo można znaleźć w moim lesie.

Nie powiedziałam ani słowa. Czekałam. Miałam wrażenie, że oczy mi płoną.

– Kocham cię – oznajmił Eric.

Czekałam.

– Mój stwórca, Appius Livius Ocella...

„Martwy Appius Livius Ocella" – dodałam w myślach.

– ...Ocella, zanim umarł, swatał mnie. Wspomniał mi wprawdzie o tym w trakcie swojego pobytu, ale nie miałem wtedy pojęcia, że sprawy zaszły tak daleko. A potem Appius umarł, ja zaś uznałem, że mogę po prostu zignorować jego ustalenia. Sądziłem, że śmierć mojego stwórcy unieważniła jego starania.

Czekałam. Nie byłam w stanie zinterpretować wyrazu jego twarzy, a bez więzi potrafiłam jedynie dostrzec, że Eric usiłuje pokryć wzruszenie zaciętą miną.

– Teraz nieczęsto stosuje się takie rozwiązania, chociaż kiedyś było normą, że stwórca znajduje swoim dzieciom małżonków. Jeśli związek był korzystny, stwórca otrzymywał nawet zapłatę za swoje poczynania, szczególnie gdy jedno z partnerów potrafiło zapewnić drugiemu to, czego tamtemu brakowało. Wiesz, przeważnie chodziło o układy biznesowe.

Uniosłam brwi, bo nic nie rozumiałam. Tylko raz uczestniczyłam w wampirzej ceremonii ślubnej i widziałam tam mnóstwo dowodów namiętnej miłości łączącej panów młodych, chociaż powiedziano mi, że para nie będzie spędzać ze sobą dużo czasu.

Eric wyglądał na zmieszanego. Nigdy nie sądziłam, że zobaczę u niego takie emocje.

– Oczywiście, związek musi zostać skonsumowany – dodał.

Czekałam na ostateczny cios. Albo liczyłam, że może wcześniej ziemia się otworzy i go pochłonie. Nie otworzyła się.

– Musiałbym odsunąć cię od siebie – wyznał w końcu. – Nie można mieć dwóch żon: ludzkiej i wampirzej. Szczególnie jeśli wampirzą żoną jest królowa Oklahomy. Wampirza żona musi być tą jedyną. – Odwrócił wzrok i zacisnął zęby, tłumiąc oburzenie, którego nigdy wcześniej nie okazywał. – Wiem, że zawsze się upierałaś przy stwierdzeniu, że tak naprawdę nie jesteś moją prawdziwą żoną, więc przypuszczam, że ta sytuacja nie jest dla ciebie aż tak bardzo trudna.

Jak cholera!

Przyjrzał się mojej twarz wzrokiem kogoś, kto czyta mapę.

– Chociaż sądzę, że może wcale nie będzie ci łatwo – dodał łagodnie. – Sookie, przysięgam, że odkąd otrzymałem list, robiłem wszystko, co było w mojej mocy, żeby całą sprawę odwołać. Argumentowałem, że śmierć Ocelli powinna anulować wszelkie jego ustalenia. Mówiłem, że jestem szczęśliwy, prowadząc życie, jakie prowadzę. Jako przeszkodę wymieniłem fakt mojego ślubu z tobą. Powiedziałem nawet, że mój... regent, Victor, zastępuje obecnie Ocellę i że na pewno jestem zbyt dla niego użyteczny tutaj, żebym mógł opuścić stan...

– Och, nie!

Odkryłam, że wreszcie mogę mówić, chociaż tylko szeptem.

– A tak – odparował Eric przejmującym tonem. – Odwołałem się w tej kwestii także do Felipe'a, ale długo nie dostawałem od niego żadnej wiadomości. Widzisz, Oklahoma należy do tych władców, którzy pożądają jego tronu.

De Castro na pewno pragnie ją sobie zjednać. Tymczasem ona wydzwania do mnie co tydzień, ofiarowując mi część swojego królestwa, jeśli tylko do niej przyjadę.

– Więc cię widziała – powiedziałam nieco silniejszym głosem.

– Tak – przyznał. – Była na szczycie wampirzym w Rhodes, gdzie zawierała transakcję z królem Tennessee w sprawie wymiany więźniów.

Czy ją spotkałam? Nie pamiętałam. Może gdybym nie była taka wzburzona, przypomniałabym sobie tę konkretną wampirzycę. W szczycie w Rhodes uczestniczyło wiele władczyń i ani jedna z nich nie była brzydka...

Na usta cisnęły mi się tysiące pytań, które przychodziły mi do głowy jedno po drugim, a jednak z żadnym się nie wyrwałam. Zacisnęłam usta. Pora nie była odpowiednia na pytania. Teraz powinnam wyłącznie słuchać.

Cóż, uwierzyłam, że planowane małżeństwo nie było pomysłem Northmana. Za to nagle dobrze zrozumiałam, co przed śmiercią powiedział mi Appius. Obwieścił mianowicie, że nie zatrzymam przy sobie Erica. Umarł radosny, że załatwił taki korzystny związek dla ukochanego syna – taki, który odciągnie go od pośledniej istoty ludzkiej, od kobiety, którą Eric kochał. Gdyby w tym momencie Appius stanął przede mną, znowu bym go zabiła! I sprawiłoby mi to ogromną przyjemność!

W środku tych rozważań i podczas gdy Northman powtarzał całą historię od początku, w kuchennym oknie pojawiła się czyjaś blada twarz. Eric wyczytał z mojej twarzy, że coś się za nim znajduje, i odwrócił się tak szybko, że wcale nie zobaczyłam tego ruchu. Z ulgą odkryłam, że oblicze należy do znajomej osoby.

– Wpuść go – poleciłam, a wtedy Eric poszedł do tylnych drzwi.

Sekundę później w kuchni znalazł się Bubba. Pochylił się nade mną i pocałował mnie w rękę.

– Hej, śliczna pani – zagaił, uśmiechając się do mnie promiennie.

Bubba ma jedną z najbardziej rozpoznawalnych twarzy na świecie, chociaż złoty okres przeżywał dobre pięćdziesiąt lat temu.

– Miło cię widzieć – powiedziałam i mówiłam absolutnie serio.

Bubba miał kilka paskudnych zwyczajów, ponieważ był kiepskim wampirem; gdy go przemieniano, jego organizm był zbyt przesycony narkotykami, a iskra życia, która się w nim tliła, niemal już zgasła. Innymi słowy, jeszcze dwie sekundy i byłoby za późno. Jednakże pracownik kostnicy w Memphis, wampir, fan Króla, był tak oszołomiony i tak bardzo się ucieszył na jego widok, że bez wahania zmienił go w nieumarłego. W owym czasie wampiry były jedynie sekretnymi stworzeniami nocy, a nie modelami z okładek wszystkich możliwych czasopism, tak jak obecnie. Teraz Król żył pod imieniem Bubba i jako takiego wampiry przekazywały go sobie z królestwa do królestwa, dając mu do wykonania proste zadania, dzięki którym mógł zarobić na utrzymanie. A od czasu do czasu, w pamiętne noce, Królowi zachciewało się śpiewać. Bubba bardzo lubił Billa, mniej przywiązany był do Erica, ale całkiem dobrze rozumiał, co to jest etykieta i właściwe reguły postępowania, więc był dla szeryfa uprzejmy.

– Panna Pam przebywa na zewnątrz – oświadczył teraz Bubba, patrząc z ukosa na Northmana. – Z tobą i panem Erikiem wszystko w porządku tu w środku, panno Sookie? – upewnił się.

Poczciwina. Podejrzewał, że Eric mnie krzywdzi, i przyszedł sprawdzić. Miał zresztą rację. Tak, Eric mnie krzywdził i ranił, chociaż nie fizycznie. Odnosiłam wrażenie, że stoję na krawędzi urwiska, ledwo ledwo panując nad impulsem zrobienia kroku w przód, ku przepaści. Byłam dosyć odrętwiała, ale taki stan nie będzie przecież trwał wiecznie.

W tym interesującym dla nas wszystkich momencie rozległo się stukanie do frontowych drzwi, oznajmiające przybycie (taką przynajmniej miałam nadzieję) Audriny i Coltona, naszych wspólników w planowanym spisku. Poszłam do drzwi, a dwa wampiry za mną. Dzięki ich obecności czułam się całkowicie bezpieczna, toteż bez wahania otworzyłam drzwi wejściowe. I rzeczywiście, na frontowym ganku czekało dwoje ludzi, których mocno trzymała stojąca pomiędzy, ociekająca wodą, ponura Pam. Jej proste jasne włosy wyglądały od deszczu na ciemniejsze i wisiały w strąkach. Sądząc po minie, wampirzyca była naprawdę wkurzona.

– Proszę, wejdźcie – odezwałam się grzecznie. – I ty Pam także. – Przecież to był mój dom i moja przyjaciółka. – Musimy się zastanowić nad całą sprawą wszyscy razem, wysilić nasze mózgi.

Pomyślałam, czyby nie dodać: „Co sześć głów to nie dwie", ale przypomniały mi się w tym momencie odcięte głowy Hoda i Kelvina, więc zrezygnowałam, szczególnie że Audrina i Colton i tak już wydawali się dostatecznie przestraszeni. Jedna rzecz to gawędzić sobie we własnej przyczepie, a zupełnie inna spotkać się ze zdesperowanymi, przerażającymi osobami w budynku stojącym w lesie na odludziu, Kiedy się odwróciłam, chcąc zaprowadzić ich do kuchni, postanowiłam, że zrobię im coś do picia, przygotuję kubełek z lodem, może też nasypię do miseczki chipsów i podam dip.

Nadeszła pora rozpocząć naradę wojenną.

O innych zgonach pomyślę później, co mi tam.

ROZDZIAŁ TRZYNASTY

Audrina i Colton najwidoczniej nie potrafili zadecydować, co jest bardziej nieprawdopodobne: groźby ze strony przemoczonej, pięknej (lecz straszliwej) Pam czy też stan Bubby. Erica oczywiście się spodziewali, lecz widok Bubby kompletnie ich zaskoczył.

Byli urzeczeni. Chociaż szepnęłam im po drodze przez salon, żeby nie nazywali wampira jego prawdziwym imieniem, nie wiedziałam, czy zdołają nad sobą zapanować, zachowają zimną krew i coś im się nie wymknie. Na szczęście dla nas wszystkich, panowali nad sobą. Bubba naprawdę, naprawdę, nie lubi, gdy mu się przypomina „poprzednie życie". Ażeby zaśpiewać, musiał być w absolutnie nadzwyczajnym nastroju.

Czekajcie. Ha! W końcu przyszedł mi do głowy absolutnie świetny pomysł.

Wszyscy moi goście usiedli wokół stołu. Zaabsorbowana nowym planem, postawiłam poczęstunek i odsunęłam krzesło stojące obok Bubby. Było mi lekko i czułam się jakoś nierealnie. Wiecie, po prostu nie potrafiłam myśleć o rewelacjach, których właśnie dowiedziałam się od Erica. Wolałam się skupić na chwili obecnej i naszym aktualnym celu.

Pam usiadła za Erikiem, tak żeby nie mogli sobie patrzeć w oczy. Oboje wyglądali marnie i mieli smętne miny, jakie rzadko u nich widywałam. Nie było im z nimi do twarzy. Ogarnęło mnie coś w rodzaju poczucia winy za ochłodzenie, do jakiego doszło w ich stosunkach, chociaż, naturalnie, niczym nie zawiniłam. A może jednak? Zastanowiłam się. Nie, nie było w tym mojej winy, na pewno nie.

Eric zaproponował, że pewnej nocy wyśle swoich nieumarłych do „Pocałunku wampira". Pójdą tam w przebraniu i przeczekają, aż klub będzie zamykany, a tłum się przerzedzi. Wtedy zaatakujemy. I, rzecz jasna, pozabijamy ich wszystkich.

Gdyby Victor nie był pracownikiem Felipe'a, króla trzech stanów, intryga Northmana byłaby może wykonalna, chociaż w planie mojego ukochanego dostrzegłam bez wątpienia także kilka konkretnych słabych punktów. Wiedziałam jednak, że wiadomość o zabiciu gromadki podległych Felipe'owi wampirów potężnie by władcę zdenerwowała, i nie mogłabym go za to potępić.

Audrina także przygotowała plan. Wymyśliła, że trzeba się dowiedzieć, gdzie Victor sypia w dzień, i dopaść go podczas snu. No, no, no! Pomysł był świeży i oryginalny. A z drugiej strony, klasyk. Victor w dzień jest bez wątpienia bezradny.

– Tyle że nie wiemy, gdzie on sypia – zauważyłam, starając się wyłącznie zasugerować problem i nie mądrzyć się przy tym bez sensu.

– Ja wiem – odparła z dumą dziewczyna. – Sypia w dużej kamiennej rezydencji, która mieści się obok drogi gminnej pomiędzy Musgrave i Toniton. Tam jest tylko jeden szlak prowadzący na odludzie i właśnie o nim mówię. Wokół domu nie ma żadnych drzew. Tylko budynek i trawa.

– No proszę! – Zrobiła na mnie wrażenie. – Jak go wyśledziłaś?

– Znam faceta, który kosi trawę na dziedzińcu przed domem – wyjaśniła. Wyszczerzyła zęby w uśmiechu, patrząc na mnie. – Dusty Kolinchek, pamiętasz go?

– Tak, jasne – przyznałam. Ten temat zaczął budzić moje zainteresowanie.

Ojciec Dusty'ego był posiadaczem „konwoju" – no, powiedzmy kilku sztuk ciągników i kosiarek do trawy – i każdego lata grupa licealistów z Bon Temps dorabiała sobie u niego. Dusty najwyraźniej odziedziczył kosiarskie imperium.

– No i Dusty twierdzi – podjęła Audrina – że budynek jest prawie pusty w dzień, ponieważ Victor paranoicznie boi się wszelkich osób, które mogłyby zbliżyć się do niego, gdy śpi. Z tego powodu ma tam tylko dwóch ochroniarzy, Dixiego i Dixona Mayhew. To jacyś zmiennokształtni.

– Znam ich – wtrąciłam. – To pumołaki. Nieźli są. – Bliźniaki Dixie i Dixon to byli twardzi profesjonaliści. – Chyba krucho u nich z gotówką, skoro pracują dla wampira.

Teraz, gdy moja szwagierka nie żyła, a Calvin Norris ożenił się z Tanyą Grissom, nie widywałam zbyt często pumołaków. Calvin dość rzadko wstępował do baru, a Jason – z tego co wiem – widuje rodzinę zmarłej żony tylko w noce z pełnią księżyca, kiedy mój brat staje się jednym z nich, pumołaków... to znaczy, w pewnym ograniczonym stopniu, jako że został jedynie ugryziony, zamiast urodzić się jako istota zmiennokształtna.

– Może więc mógłbym przekupić tych Mayhewów, skoro są tacy spłukani. – Eric się zadumał. – Nie trzeba by ich było wtedy zabijać. Mniej bałaganu. Tak czy owak, całą akcję musielibyście wykonać wy, ludzie, ponieważ ja i Pam nie możemy działać w dzień.

– Trzeba by przeszukać dom, bo mogłabym się założyć, że Mayhewowie nie wiedzą, gdzie dokładnie sypia Victor – zauważyłam. – Chociaż jestem pewna, że mają jakieś podejrzenia.

Sam zapach wampira powinien pomóc istotom dwoistej natury w ustaleniu miejsca, w którym śpi Madden, jednak wypowiedzenie tej sugestii na głos wydawało mi się jakoś w złym guście.

Pam dziwnie zamachała ręką. Eric na wpół się odwrócił, ponieważ dostrzegł kątem oka ruch.

– Co? – spytał. – Och, możesz mówić.

Wampirzyca wyglądała na uspokojoną.

– Myślę – zaczęła – że najwłaściwsza pora na atak będzie nad ranem, kiedy Victor opuści klub. Skupiałby wtedy uwagę na osobie, którą zamierzałby się posilić, a my moglibyśmy to wykorzystać i po prostu na niego natrzeć.

Te wszystkie plany działania były dość proste i zapewne w tym tkwiła zarówno ich siła, jak i słabość. Były... zbyt proste, co oznaczało również, że łatwo je przewidzieć. Zamysł Erica, co oczywiste, wyglądał na najbardziej krwawy. W trakcie proponowanej przez mojego wampira akcji na pewno ktoś zginie. Koncept Audriny i Coltona wydawał się z kolei najbardziej ludzki, ponieważ zakładał atak w dzień. A plan Pam być może był najlepszy, gdyż do napaści miało dojść w nocy, lecz nie w miejscu, gdzie będzie przebywać wiele osób – chociaż moment wyjścia z klubu uznałam za bez wątpienia najsłabszy punkt w projekcie, sądziłam bowiem, że wszelkie wampiry, które Victor wykorzystuje jako ochroniarzy (może apetyczni Antonio i Luis?), będą w takiej chwili wyjątkowo czujne.

– Ja też mam plan – oznajmiłam w końcu.

Reakcja była taka, jakbym nagle wstała i rozpięła biustonosz. Wszyscy moi goście popatrzyli na mnie jednocześnie, obrzucając mnie spojrzeniami wskazującymi na połączenie zaskoczenia i sceptycyzmu. Powiem, że większa część sceptycyzmu pochodziła od Audriny i Coltona, którzy niemal mnie nie znali. Zaczęłam z grubej rury. Bubba siedział do tej pory na wysokim stołku obok lady, z niezbyt zadowoloną miną sącząc Czystą Krew. Gdy wycelowałam w niego palec, wyraźnie się ucieszył.

– Plan opiera się na jego osobie – powiedziałam.

Wyłożyłam im plan dość starannie, starając się, by mój głos brzmiał pewnie, a kiedy skończyłam, każdy z członków narady zaczął szukać słabych punktów projektu. A Bubba? Wydawał się niechętny, przynajmniej na początku.

W końcu zapewnił mnie, że to zrobi, jeśli pan Bill mu powie, że pomysł jest dobry. Zadzwoniłam zatem do Comptona. Zjawił się u mnie w domu w okamgnieniu, a spojrzenie, które mi posłał, kiedy go wpuszczałam, mówiło, że wampir cieszy się wspomnieniem mojej skromnej osoby owiniętej w serwetę ze stołu. Z dużym wysiłkiem zapanowałam nad zakłopotaniem i wyłuszczyłam Billowi cały problem. Zadał kilka pytań odnośnie do szczegółów, a potem się zgodził.

Omawialiśmy jeszcze kilka razy zaplanowany porządek zdarzeń, próbując wziąć pod uwagę wszelkie ewentualności. Do trzeciej trzydzieści nad ranem doszliśmy w siódemkę do porozumienia. Byłam tak zmęczona, że niemal zasypiałam na siedząco, a Audrina i Colton prawie zupełnie już nie panowali nad ziewaniem. Pam, która co jakiś czas opuszczała pomieszczenie i dzwoniła do Immanuela, wyszła jako pierwsza. Bardzo jej zależało, żeby jak najszybciej udać się do szpitala. Bill i Bubba wyruszyli do domu Comptona, gdzie Bubba miał spędzić dzień.

I tak zostałam sama z Erikiem.

Popatrzyliśmy na siebie i oboje nie wiedzieliśmy, co począć. Próbowałam postawić się na jego miejscu, poczuć to, co on najprawdopodobniej czuł, niestety, najnormalniej w świecie, nie potrafiłam. Nie mogłam sobie wyobrazić siebie w podobnej sytuacji – powiedzmy, że moja babcia decyduje, że powinnam wyjść za kogoś za mąż, potem umiera, oczekując bez wątpienia, że wprowadzę w życie jej życzenie... Nie, nie miałabym wrażenia, że muszę postąpić według jej wskazówek „zza grobu", że muszę opuścić swój dom i pojechać w jakieś nowe miejsce, gdzie zamieszkam z ludźmi, których nie znam, gdzie będę uprawiać seks z kimś kompletnie mi obcym. Miałabym zrobić to wszystko tylko dlatego, że ktoś tego po mnie oczekiwał? Ktoś, kto nie żył?!

„Nawet gdyby" – rozległ się cichy szept w mojej głowie – „ów nieznajomy był piękny, bogaty i ustawiony?".

„Nie" – odpowiedziałam samej sobie stanowczo. „Nawet wtedy nie!".

– Potrafisz się postawić na moim miejscu i mnie zrozumieć? – spytał Eric, przerywają moją zadumę.

Nie potrzebowaliśmy więzi, i tak znaliśmy się bardzo dobrze. Wampir wziął mnie za rękę i trzymał ją w swoich chłodnych dłoniach.

– Nie, właściwie nie potrafię – odparłam szczerze, najspokojniejszym tonem, na jaki umiałam się zdobyć. – Wiesz, starałam się. Ale nie jestem przyzwyczajona do tego rodzaju długodystansowej... manipulacji. Nawet po swojej śmierci Appius cię kontroluje i po prostu nie mogę sobie wyobrazić siebie w takim położeniu.

– Amerykanki – mruknął Eric, a ja nie zdołałam zdecydować, jaki był emocjonalny wydźwięk tego słowa: podziw czy irytacja.

– Nie tylko Amerykanki, Ericu – wytknęłam mu.

– Czuję się bardzo stary.

– Jesteś bardzo staroświecki.

Był starożytnie staroświecki.

– Nie mogę zignorować podpisanego dokumentu – tłumaczył prawie z gniewem. – Appius zawarł umowę w moim imieniu i powinienem jej przestrzegać. Appius mnie przecież stworzył.

Co mogłam powiedzieć w obliczu takiego oświadczenia?

– Strasznie się cieszę, że Appius jest teraz ostatecznie martwy! – oznajmiłam, nie dbając o to, że mam na twarzy wypisaną gorycz.

Northman popatrzył na mnie ze smutkiem, a przynajmniej z żalem, ale nie miałam już nic więcej do powiedzenia. Nie wspomniał, że mógłby ze mną spędzić resztę nocy, co było z jego strony całkiem rozsądne.

Po jego wyjściu zaczęłam sprawdzać wszystkie okna i drzwi w domu. Ponieważ tego dnia i nocy wchodziło do niego i z niego wychodziło wiele osób, taka ostrożność wydawała mi się dobrym pomysłem. Nie byłam szczególnie zaskoczona, gdy, zabezpieczając kuchenne okno nad zlewem, zobaczyłam na dziedzińcu Billa.

Chociaż nie wezwał mnie, zmusiłam się po raz ostatni do wysiłku i wyszłam do wampira na dwór.

– Co Eric ci zrobił? – spytał Compton.

Streściłam mu w kilku zdaniach sytuację.

– Cóż za rozterka – podsumował. Nie sprawiał wrażenia niezadowolonego.

– Co byś zrobił na jego miejscu?

Niczym w jakiejś straszliwej „powtórce z rozrywki", Bill wziął moją rękę w swoją, dokładnie tak samo jak wcześniej Northman.

– Appius nie tylko poczynił już wstępne ustalenia, istnieją również przypuszczalnie dokumenty prawne zatwierdzone i podpisane. Wiesz, ja także musiałbym poważnie rozważyć życzenie mojej stwórczyni... nawet jeśli wolałbym ci tego nie potwierdzać. Nie masz pojęcia, jak silna jest więź stwórcy i jego dziecka. Pierwsze lata spędzone ze stwórcą to najważniejszy okres dla wampira w całej jego egzystencji. Chociaż Lorena zawsze wydawała mi się osobą nieco obmierzłą, to muszę przyznać, że starała się ze wszystkich sił nauczyć mnie, jak być skutecznym wampirem. Patrząc wstecz na jej życie teraz – rozmawialiśmy o tym z Judith – powiem ci, że Lorena zdradziła własnego stwórcę, a potem przez całe lata żałowała swojej decyzji. Poczucie winy doprowadzało ją do obłędu, tak sądzimy, ja i Judith.

No cóż, cieszyłam się, że Bill i Judith zdołali omówić dawne dobre czasy i miłe dni spędzone z „mamą Loreną" – prostytutką, morderczynią, miłośniczką tortur. Och, właściwie nie powinnam jej wytykać prostytucji, ponieważ w tamtej epoce samotna kobieta, jeśli chciała przeżyć, nie miała zbyt wielu innych opcji; nawet gdy była wampirzycą. Ale pozostałe aspekty... Cóż, niezależnie od okoliczności, niezależnie od trudności, jakie napotykała przed i po swojej pierwszej śmierci, Lorena była paskudną, niegodziwą suką, o tak!

Zabrałam dłoń z ręki Billa.

– Dobranoc – powiedziałam. – Muszę się już położyć.

– Jesteś na mnie zła? – spytał.

– Nie do końca – odparłam. – Jestem po prostu zmęczona i smutna.

– Kocham cię – jęknął bezradnie takim tonem, jakby pragnął, by te słowa mnie uleczyły. Wiedział jednak, że mnie nie uleczą.

– Wszyscy mi to stale mówicie – odburknęłam. – Lecz te wasze deklaracje ani trochę mnie nie uszczęśliwiają.

Nie wiedziałam, czy jest to słuszna i uzasadniona uwaga, czy też tylko rozczulałam się nad sobą w tym momencie, niemniej jednak była już zbyt późna noc – nie, było zbyt wcześnie nad ranem! – żebym mogła mieć jasny umysł i roztrząsać takie trudne kwestie.

Kilka minut później wczołgałam się do własnego łóżka w nareszcie pustym domu i świadomość, że jestem tutaj sama, była dość, cholera, dobra!

***

Obudziłam się w piątek po południu i mój umysł wypełniały dwie natarczywe myśli. Po pierwsze: „Czy Dermot naprawił zabezpieczenia?”. I po drugie: „O mój Boże, przyjęcie dla Tary jest już jutro!”.

Wypiłam kawę, ubrałam się, a potem od razu zadzwoniłam do „Hooligans”. Odebrał Bellenos.

– Cześć – zagaiłam. – Mogę rozmawiać z Dermotem? Czy... miewa się lepiej?

– Dermot czuje się dobrze – odrzekł Bellenos. – Ale nie ma go tutaj, gdyż jest właśnie w drodze do twojego domu.

– Och, to dobrze! Słuchaj, wiesz może, czy te... Czy Dermot odnowił zaklęcia osłaniające mój dom? Czy też raczej nadal pozostaję tutaj bez ochrony?

– Boże broń, żebyś miała być bez ochrony w towarzystwie wróża – odparował Bellenos, siląc się na poważny ton.

– To brzmi dwuznacznie, a ja pytam serio! – wytknęłam mu.

– Dobra, już dobra – mruknął i wiedziałam, że się uśmiecha, błyskając ostrymi zębami. – Osobiście zainstalowałem zabezpieczenia wokół twojego domu i zapewniam cię, że wytrzymają każdy atak.

– Dziękuję ci, Bellenosie – odparłam, chociaż niezbyt zadowolona, że ktoś, komu ufam tam słabo jak temu elfowi, zajmuje się ochroną mojej osoby.

– Ależ proszę bardzo. Mimo twoich wątpliwości, nie chcę, żeby coś ci się przytrafiło.

– Dobrze wiedzieć – stwierdziłam, starając się mówić głosem całkowicie neutralnym.

Bellenos zarechotał.

– Jeśli poczujesz się za bardzo samotna tam, w lesie, zawsze możesz do mnie zadzwonić – obwieścił.

– Hmm... – wyjąkałam. – Dzięki.

Czy elf przystawiał się teraz do mnie? Nie, to nie miało sensu. Bardziej prawdopodobne, że chciałby mnie zjeść, i wcale w tej kwestii nie żartowałam. Może lepiej nie znać odpowiedzi na to pytanie? Zastanawiałam się, w jaki sposób Dermot dotrze tutaj, ale sprawa nie nurtowała mnie na tyle, żebym była skłonna jeszcze raz zadzwonić do Bellenosa.

Uspokojona, że Dermot wraca, przestudiowałam listę przygotowań do przyjęcia. Wcześniej poprosiłam Maxine Fortenberry o zrobienie ponczu, z którego słynęła. W ciastkarni zamówiłam tort. Nie pracowałam w barze ani dziś, ani jutro, co oznaczało wprawdzie brak napiwków, ale z innych względów ułożyło mi się naprawdę dogodnie. Tak więc mój spis przygotowań wyglądał następująco: dziś w dzień – dokończyć wszystkie przygotowania do przyjęcia; dziś wieczorem – zabić Victora. A jutro goście przybędą na przyjęcie.

W międzyczasie, jako gospodyni, zamierzałam się zabrać za sprzątanie. Salon wciąż nie prezentował się zbyt dobrze, ponieważ nie zajmowałam się nim od chwili, w której wróże wnieśli tu przedmioty z poddasza. Zamierzałam pracować metodycznie, od góry ku dołowi, czyli: odkurzyć obrazy, potem meble, na końcu podłogi aż po listwy przypodłogowe. Następnie włączę odkurzacz.

Pracowałam dokładnie, aż dotarłam do korytarza, który również sprzątnęłam, po czym zajęłam się moją sypialnią, sypialnią dla gości i gościnną łazienką w korytarzu. Spryskałam powierzchnie kuchenne uniwersalnym środkiem do czyszczenia, a potem je przetarłam. Już miałam przejechać mopem podłogi, kiedy zobaczyłam Dermota na podwórku za domem. Parkował na tyłach mały zdezelowany chevrolet.

– Skąd wziąłeś samochód?! – zawołałam z ganku.

– Kupiłem go – odparł z dumą.

Miałam nadzieję, że nie użył jakichś typowych dla wróżek czarów ani nie rzucił na nikogo uroku. Czy czegoś. Ale bałam się spytać wprost.

– Pozwól, że obejrzę twoją głowę – poprosiłam, kiedy wszedł do domu. Obejrzałam tył jego czaszki, tam gdzie znajdowało się wcześniej przecięcie. Wciąż było widoczne. Cieniutka biała kreska, nic więcej. – Zadziwiające – wyrwało mi się. – Jak twoje samopoczucie?

– Lepsze niż wczoraj. Jestem gotów wrócić do pracy. – Wszedł do salonu. – Sprzątasz – zauważył. – Jest ku temu jakaś specjalna okazja?

– Tak – przyznałam, klepnąwszy się w czoło. – Przepraszam, że zapomniałam ci powiedzieć. Wyprawiam dla Tary Thornton... to znaczy, obecnie Tary du Rone... Wyprawiam przedporodowe przyjęcie na część wyboru imion dla dzieci, które nosi w łonie. Jutro. Wiesz, Tara spodziewa się bliźniaków, tak przynajmniej mówił Claude. Zresztą, ta informacja chyba już się potwierdziła.

– Mogę przyjść? – spytał.

– Och, moim zdaniem możesz – odrzekłam zdumiona. Jeśli chodzi o ludzi, większość facetów wolałaby raczej dać sobie pomalować paznokcie u nóg niż uczestniczyć w takim typowo babskim przyjęciu. – Będziesz tutaj jedynym mężczyzną, ale zakładam, że ci to nie przeszkadza?

– Brzmi wspaniale – ucieszył się i posłał mi typowy dla niego piękny uśmiech.

– Będziesz musiał wysłuchać i przełknąć miliony komentarzy, jak bardzo z wyglądu przypominasz Jasona – ostrzegłam go. – Trzeba im będzie wszystko wytłumaczyć.

– Po prostu im powiedz, że jestem waszym stryjecznym dziadkiem – rzucił.

Przez jeden zabawny moment wyobraziłam sobie reakcję dziewczyn i kobiet słyszących takie wyjaśnienie. Wiedziałam, że nie mogę tego powiedzieć, chociaż trochę żałowałam.

– Wyglądasz o wiele za młodo na brata mojego dziadka, zresztą, wszyscy tutaj znają moje drzewo genealogiczne... To znaczy, jego ludzką część – dodałam pośpiesznie. – Ale coś wymyślę – zapewniłam go.

Kiedy odkurzałam, Dermot zobaczył duże pudło ze zdjęciami, i drugie, mniejsze, z papierami, których jeszcze nie miałam okazji przejrzeć. Na widok fotografii wróż jawnie się podekscytował.

– Nie używamy tej technologii – oznajmił mi.

Odstawiłam odkurzacz i usiadłam obok niego. Kiedyś usiłowałam ułożyć zdjęcia w porządku chronologicznym, ale chyba działałam wtedy zbyt pochopnie, gdyż teraz efekt zupełnie mnie nie zadowalał i byłam pewna, że powinnam ponownie je posegregować.

Fotografie na szczycie sterty w pudełku były bardzo stare. Przedstawiały ludzi, którzy siedzieli sztywno w grupach; plecy mieli nienaturalnie wyprostowane, twarze zmrożone w wymuszonych minach. Jeśli z tyłu zdjęcie zostało opisane, pismo było formalne i z zawijasami. Wielu mężczyzn nosiło brody albo wąsy, a także kapelusze i krawaty. Kobiety miały bluzki z długim rękawem i spódnice.

Stopniowo, w miarę upływu lat, portrety członków rodziny Stackhouse'ów stawały się mniej wystudiowane, a bardziej spontaniczne. Moda się zmieniała, podobnie jak pozy fotografowanych osób. Twarze i scenerię podbarwiano. Dermot wydawał się autentycznie zainteresowany, więc opowiadałam mu, co i kogo przedstawiają niektóre nowsze zdjęcia. Na którymś był bardzo stary mężczyzna trzymający niemowlę owinięte w różowy kocyk.

– To ja i jeden z moich pradziadków. Zmarł, kiedy byłam maleńka – wyjaśniłam. – To on i jego żona, kiedy mieli po pięćdziesiątce. A to jest moja babcia Adele i jej mąż.

– Nie. – Dermot pokręcił głową. – To jest mój brat Fintan.

– Nie, to mój dziadek Mitchell. Spójrz na niego.

– Tak, to jest twój dziadek. Ale twój rodzony dziadek – upierał się wróż. – To Fintan.

– Skąd możesz wiedzieć?

– Starał się na tym portrecie wyglądać jak mąż Adele, ja jednak wiem, że to mój brat. Byliśmy przecież bliźniakami, chociaż nie wyglądaliśmy identycznie. Popatrz tutaj, na jego stopy. Są mniejsze niż stopy mężczyzny, który poślubił Adele. Fintan zawsze był nieostrożny i o czymś zapominał.

Rozłożyłam wszystkie wizerunki babci i dziadka Stackhouse'a. Fintan był na co trzecim. Już wcześniej, po przeczytaniu listu od babci, podejrzewałam, że mój rodzony dziadek kręcił się wokół niej częściej, niż babcia zdawała sobie z tego sprawę, ale prawda przyprawiła mnie po prostu o gęsią skórkę. Na każdej fotografii, gdzie udawał Mitchella, Fintan uśmiechał się szeroko.

– Na pewno o tym nie wiedziała – jęknęłam.

Dermot popatrzył na mnie z powątpiewaniem. Musiałam się przyznać także sama przed sobą: tak, babcia miała podejrzenia. To było w jej liście.

– Jeden z jego kawałów – tłumaczył stryjeczny dziadek z czułością w głosie. – Fintan zawsze był pierwszy do żartów.

– A jednak... – Zawahałam się, niepewna, jak wyrazić to, co mi chodziło po głowie. – Rozumiesz chyba, że postępował niewłaściwie? – spytałam. – Rozumiesz, że ją oszukiwał w wielu różnych, nierzadko ważnych sprawach?

– Zgodziła się zostać jego kochanką – odparł Dermot, zdziwiony. – On zaś bardzo ją lubił. Więc jaka to różnica?

– Ogromna – upierałam się. – Skoro moja babcia sądziła, że jest z jednym mężczyzną, chociaż akurat była z innym... to jest potężne oszustwo.

– Och, raczej chyba nieszkodliwy podstęp, nie uważasz? Przecież nawet ty musisz przyznać, że ta kobieta kochała obu tych mężczyzn i dobrowolnie uprawiała seks z każdym z nich. Więc – spytał po raz drugi – co za różnica?

Wpatrywałam się w niego niepewnie. Bez względu na to, co czuła babcia do męża czy kochanka, wciąż widziałam w tej sprawie problem moralny. Na pewno jakiś był! Ale Dermot najwidoczniej niczego takiego nie dostrzegał. Zadałam sobie pytanie: z kim z nas zgodziłby się pradziadek Niall – ze mną czy z Dermotem? Miałam paskudne przeczucie, że znam odpowiedź na tę zagadkę.

– Lepiej wrócę do pracy – bąknęłam z kwaśnym uśmiechem. – Muszę wytrzeć podłogę w kuchni. A ty wracasz do szlifowania poddasza?

Stryjeczny dziadek pokiwał entuzjastycznie głową.

– Uwielbiam tę maszynę – zwierzył mi się.

– Proszę więc, zamknij drzwi na poddasze, ponieważ odkurzyłam tutaj, na dole i nie chciałabym powtarzać tej czynności przed jutrzejszym popołudniem.

– Jasne, Sookie.

Wszedł po schodach, gwiżdżąc melodię, której nigdy przedtem nie słyszałam. A to coś znaczy, bo znam ich mnóstwo.

Zebrałam zdjęcia w stosik, odkładając te, które Dermot wskazał wcześniej jako przedstawiające jego brata. Rozważałam przez chwilę myśl, czy nie wrzucić ich wszystkich do ognia. Nad głową usłyszałam ryk działającej na poddaszu szlifierki. Zerknęłam na sufit, jak gdybym się spodziewała, że przez deski zobaczę stryjecznego dziadka. Szybko jednak otrząsnęłam się z zadumy i ponownie zabrałam za pracę, byłam jednak lekko roztargniona i bez humoru.

Kiedy stałam na drabinie, wieszając napis ze światełkami „WITAJCIE, MALEŃSTWA", przypomniałam sobie, że muszę wyprasować obrus mojej prababci. Nienawidzę prasowania, ale należało to zrobić, i lepiej dziś niż jutro. Kiedy odstawiłam drabinę, rozstawiłam z kolei deskę do prasowania (w poprzedniej kuchni była wbudowana w ścianę) i zabrałam się do pracy. Obrus nie był już właściwie biały. Zestarzał się i miał teraz raczej kolor kości słoniowej. Chwyciłam żelazko i wkrótce miałam przed sobą gładki, piękny materiał, a gdy go dotykałam, przychodziło mi do głowy wiele różnych specjalnych okazji z przeszłości. Przypomniały mi się dni, gdy leżał na kuchennym stole albo na starym kredensie podczas Święta Dziękczynienia czy Bożego Narodzenia, towarzyszył też ceremoniom ślubnym, przyjęciom weselnym i rocznicom. Kochałam moją rodzinę i zawsze uwielbiałam związane z nią wspomnienia. Żałowałam jedynie, że obecnie jest już tak niewiele osób, które również tamte zdarzenia pamiętają.

Byłam też świadoma innej sprawy, innej ważnej rzeczy. Uprzytomniłam sobie mianowicie, że naprawdę nie doceniłam poczucia humoru wróżek, które chętnie zabawiały się nawet ze wspomnieniami.

Do godziny trzeciej po południu dom był tak bardzo gotowy na przyjęcie, jak tylko mógł być. Kredens został przykryty obrusem, wyłożyłam papierowe talerze i serwetki, a także plastikowe widelce i łyżeczki. Wypolerowałam srebrną miseczkę na orzechy i małą tacę na paluszki serowe, które sama zrobiłam parę tygodni temu, a później zamroziłam. Znów przejrzałam w myślach moją listę spraw. Tak, nie mogłam być bardziej gotowa.

Jeśli nie przeżyję dzisiejszej nocy – obawiałam się tego – pewnie przyjęcie z okazji wyboru imion dla dzieci nigdy się nie odbędzie. Zakładałam, że gdybym została zabita, moje przyjaciółki i inne zaproszone kobiety byłyby zbyt zdenerwowane, by myśleć o imprezie. A jednak, ot tak, na wszelki wypadek pozostawiłam drobiazgowe notatki co do rozmieszczenia wszystkich przygotowanych dań i przedmiotów. Nawet wyjęłam prezent dla dzieci – dwa plecione koszyki, których można używać jako podróżnych łóżeczek. Przystroiłam je dużymi kokardami z kraciastej bawełny i zapakowałam do pełna przydatnymi rzeczami. Zgromadziłam mnóstwo małych podarków, które kupowałam na wyprzedażach, jeden po drugim, stopniowo. Były tam butelki do uzupełniającego karmienia, niemowlęcy termometr, kilka zabawek, parę kocyków dla niemowląt, jakieś książki z obrazkami, śliniaczki, paczka pieluch z tetry, które stosuje się, gdy dziecku się ulewa. Czułam się dziwnie, gdy pomyślałam, że może nie będę patrzyła, jak te dzieci dorastają.

Dziwna też była dla mnie myśl, że to przyjęcie wcale mnie tak dużo nie kosztowało, a to dzięki pieniądzom, które miałam na koncie oszczędnościowym.

Nagle wpadłam na zdumiewający pomysł. Mogłabym zrobić coś pożytecznego. Ledwie pomysł skrystalizował się w mojej głowie, już siedziałam w samochodzie i jechałam do miasta. Niesamowicie było wejść do „Merlotte'a" w wolny od pracy dzień. Sam popatrzył na mnie zaskoczony, ale wyglądał na zadowolonego, że mnie widzi. Tkwił w biurze, a przed nim piętrzyły się sterty rachunków. Położyłam na biurku kartkę, dokładając kolejny papier do stosu. Obejrzał ją.

– Co to jest? – spytał cicho.

– Wiesz, co to jest. Nie rób mi tego, Samie Merlotte, po prostu weź. Potrzebujesz pieniędzy, a ja je obecnie mam. Zrealizuj czek i zasil swoje konto jeszcze dziś. Wykorzystaj tę kwotę na pomoc barowi, aż nadejdą lepsze czasy.

– Nie mogę tego przyjąć, Sookie – oznajmił, nie patrząc mi w oczy.

– Oczywiście, że możesz, cholera jasna! Sam, spójrz na mnie.

W końcu spojrzał.

– Nie żartuję – ciągnęłam. – Jedź zaraz do banku i weź pieniądze. A jeśli coś mi się przydarzy – dodałam – możesz oddać tę kwotę moim spadkobiercom, powiedzmy, w ciągu pięciu lat.

– Dlaczego ma ci się coś przydarzyć? – zapytał, a jego mina sposępniała.

– Nic się nie zdarzy – zapewniłam go. – Tak tylko mówię. To nieodpowiedzialne pożyczać pieniądze bez ustalenia, jak pożyczający ma je spłacić. Zadzwonię do mojego prawnika i powiem mu to wszystko, a on sporządzi jakiś dokument. Ale teraz jedź po prostu do banku.

Sam znów odwrócił wzrok i zapatrzył się w dal. Wiedziałam, że jest wzruszony, czułam emanujące od niego emocje. Och, naprawdę cudownie było zrobić dla niego coś miłego. Wcześniej mój szef zrobił dla mnie tak wiele miłych rzeczy.

– Dobrze – zgodził się w końcu.

Wiedziałam, że przyjęcie pieniędzy ode mnie jest dla niego trudne, tak jak byłoby trudne dla prawie każdego mężczyzny, Sam jednak wiedział, że będzie to mądra decyzja. I wiedział, że nie chodzi o jałmużnę.

– Wiesz, że proponuję je z dobrego serca – oznajmiłam, szczerząc zęby w uśmiechu. – A mogłabym położyć w kościele na tacy, tak jak ubiegłej niedzieli.

Zbieraliśmy wtedy ofiarę dla misjonarzy w Ugandzie, a ta ofiara będzie dla baru „U Merlotte'a".

– Wierzę w to – zgodził się i popatrzył mi w oczy.

Nadal się uśmiechałam, ale zaczęłam się też powoli czuć trochę zakłopotana.

– Muszę teraz jechać się przygotować – powiedziałam.

– Przygotować? Na co? – spytał, ściągając rudawe brwi.

– Organizuję przyjęcie ciążowe dla Tary – odrzekłam. – Taka staromodna imprezka tylko dla dziewczyn, więc nie jesteś zaproszony.

– Spróbuję nie zapłakać się z tego powodu na śmierć – odparował. Dalej siedział za biurkiem

– Jedziesz do banku? – spytałam słodko.

– Och, tak, już wstaję i jadę. W tej chwili.

Rzeczywiście podniósł się z krzesła, wyszedł na korytarz i powiadomił pracowników, że musi wyskoczyć na krótko coś załatwić. Wsiadłam do samochodu w tym samym czasie, gdy mój szef wskoczył do swojego pikapa. Nie wiem jak Sam, lecz ja czułam się naprawdę dobrze.

Zatrzymałam się jeszcze u prawnika, żeby mu powiedzieć, co zrobiłam. Chodziło o człowieka, mojego „lokalnego" prawnika, nie o pana Cataliadesa. Od którego, tak à propos, wciąż nie miałam żadnych wiadomości.

Skręciłam do domu Maxine po poncz, za który wylewnie podziękowałam, zostawiłam jej spis dań, które przygotuję, a także (ku jej konsternacji) opis wszystkich innych czynności związanych z przyjęciem, po czym wzięłam zamrożone pojemniki i wróciłam do domu, gdzie schowałam je do małej otwieranej od góry zamrażarki, którą trzymałam na tylnym ganku. Wystawiłam na ladę piwo imbirowe do zmieszania z zamrożonymi sokami.

Na tym zakończyłam przygotowania do przyjęcia dla dzieci Tary.

Teraz musiałam się przygotować do akcji mającej na celu zabicie Victora.

ROZDZIAŁ CZTERNASTY

Sam zadzwonił do mnie, kiedy nakładałam makijaż.

– Cześć. Zaniosłeś czek do banku? – upewniłam się.

– Tak – odparł. – Ponieważ powiedziałaś mi o tym jakiś milion razy. Nie miałem tam problemów. Dzwonię w innej sprawie. Chciałem ci powiedzieć, że właśnie odebrałem przedziwny telefon od twojej przyjaciółki Amelii. Twierdziła, że dzwoni do mnie, ponieważ ty nie zechcesz z nią rozmawiać. Mówiła, że chodzi o ten przedmiot, który znalazłaś. Że sprawdziła go. *Cluviel dor*, zdaje mi się? – wymówił te słowa bardzo starannie.

– No i?

– Nie chciała rozmawiać ze mną przez telefon na ten temat, powiedziała tylko, że mam do ciebie zadzwonić i kazać ci pilnie sprawdzić konto pocztowe. Bardzo naciskała, żebym nie zapomniał. Amelia, zdaje mi się, sądzi, że, widząc, kto dzwoni, nie odbierzesz, jeśli to będzie ona...

– Zaraz pójdę sprawdzić e-maile – przerwałam mu.

– Sookie?

– Tak?

– Wszystko w porządku?

„Prawie na pewno nie!".

– Pewnie, Sam. Dzięki, że zastąpiłeś moją sekretarkę automatyczną.

– Nie ma sprawy, zawsze do usług.

Amelia rzeczywiście potrafiła przyciągnąć moją uwagę. Wyjęłam z szuflady *cluviel dor* i wzięłam ze sobą do małego biurka w salonie, gdzie postawiłam kiedyś komputer. Tak, otrzymałam wiele e-maili.

Większość z nich stanowił spam, ale był też jeden list od czarownicy i, och, jeden od pana Cataliadesa; ten ostatni przyszedł dwa dni temu.

Byłam taka ciekawa, że otworzyłam wiadomość od prawnika-demona jako pierwszą. Chociaż Cataliades nigdy nie wypowiadał się zwięźle, przekazał mi wszystko, co trzeba.

Panno Stackhouse!

Odsłuchałem Twoją wiadomość na sekretarce. Podróżowałem trochę, ażeby pewne osoby nie mogły mnie znaleźć. Mam wielu przyjaciół, lecz także wielu wrogów. Obserwuję Cię jednak z bardzo bliska, chociaż żywię nadzieję, że nie jestem wścibski czy nachalny. Jesteś jedyną osoba, o której wiem, że ma tak samo wielu wrogów co ja. Starałem się, jak mogłem, chronić Cię przed tą dziewczyną z piekła rodem, Sandrą Pelt. Ta paskudna, okrutna istota wciąż, niestety, żyje. Strzeż się jej.

Nie sądziłem, iż kiedyś odkryjesz, że byłem wielkim przyjacielem Twojego dziadka, Fintana. Znałem też Twoją babcię, chociaż niezbyt dobrze. Faktycznie, spotkałem również Twojego ojca i jego siostrę, a także

Twojego brata Jasona, chociaż on nigdy sobie tego nie przypomni, gdyż podczas mojej wizyty był naprawdę mały. Tak samo jak Ty, kiedy po raz pierwszy Cię zobaczyłem. Wszyscy oni byli rozczarowaniem. Poza Tobą.

Myślę, że prawdopodobnie znalazłaś cluviel dor, *ponieważ wydobyłem nazwę tego przedmiotu z głowy panny Amelii, kiedy zobaczyłem dziewczynę w sklepie. Nie wiem, gdzie Twoja babcia go ukryła, wiem jedynie, że go otrzymała, gdyż sam jej go dałem. Jeśli go odkryłaś, doradzam Ci wielką ostrożność w kwestii jego użycia. Zanim zużyjesz jego energię, pomyśl dobrze, raz i drugi, a potem trzeci. Możesz dzięki niemu zmienić świat, wiesz? Wszelki bieg zdarzeń, jaki zmienisz za sprawą magii, może mieć nieprzewidziane reperkusje w przyszłości i w historii. Skontaktuję się z Tobą ponownie, kiedy tylko będę mógł, i być może wpadnę osobiście, ażeby wyjaśnić Ci to wszystko bardziej szczegółowo. Życzę Ci przetrwania, najlepsze życzenia.*

Desmond Cataliades,
Twój prawnik i ojciec chrzestny

Jak powiedziałaby Pam: „Pieprzony zombie". Pan Cataliades był naprawdę moim ojcem chrzestnym, tym mrocznym nieznajomym, który odwiedził kiedyś babcię. Co to oznaczało? I czy napisał, że wyczytał coś z umysłu Amelii? Czyli że był telepatą, tak jak ja? Czy to by nie był niezwykły zbieg okoliczności? Miałam uczucie, że jest jeszcze mnóstwo informacji na ten temat, które chciałabym poznać, i chociaż Cataliades ostrzegł mnie jedynie przed Sandrą Pelt i nieprzemyślanym użyciem *cluviel dor*, ogarnęło mnie wrażenie, że czeka mnie naprawdę długa, ważna rozmowa z prawnikiem, do której tym listem próbował mnie przygotować. Przeczytałam e-mail od niego jeszcze dwukrotnie, mając nadzieję, że znajdę w nim jakąś konkretną informację na temat *cluviel dor*, ale, niestety, prawda była taka, że nie miałam kompletnie nic.

Otworzyłam z kolei e-mail od Amelii – nie bez głębokiej obawy, a także z lekkim oburzeniem, które jeszcze się we mnie tliło. Pomyślałam, że w jej umyśle jest łatwo czytać jak w księdze, i miała w nim tak wiele informacji na mój temat i na temat różnych moich poczynań. Chociaż to nie była właściwie wina czarownicy, postanowiłam sobie, że nigdy już nie będę jej przekazywać żadnych sekretów.

Sookie!

Przepraszam Cię za wszystko. Wiesz, że za krótko myślę, za to za szybko działam. I tym razem nie pomyślałam, zanim coś zrobiłam. Przypuszczam, że po prostu chciałam, żebyś była w swoim życiu taka szczęśliwa jak ja jestem z Bobem i zapewne nie zastanowiłam się, jak się poczujesz. Próbowałam kierować Twoim życiem i jeszcze raz bardzo Cię za to przepraszam.

Kiedy wróciliśmy do domu, zajęłam się poszukiwaniami i znalazłam co nieco o cluviel dor. *Domyślam się, że jeden z Twoich krewnych wróżów coś Ci o tym przedmiocie opowiadał? Okazuje się, że od setek lat nie widziano żadnej z tych rzeczy na Ziemi. Te* cluviel dor *są miłosnymi symbolami wróżek i na wykonanie każdego potrzeba przynajmniej roku. Przedmiot ten zapewnia ukochanej osobie spełnienie jednego życzenia.*

Właśnie dlatego jest to takie romantyczne, jak sądzę. Życzenie musi być osobiste. Czyli że nie można zażądać pokoju na świecie ani końca głodu, ani niczego tak globalnego jak to. Ale w sensie jednostkowym najwyraźniej jego magia jest tak potężna, że życzenie może zmienić życie w naprawdę radykalny sposób. Jeśli ktoś wręcza ukochanej osobie cluviel dor, *to jest bardzo, bardzo poważny gest. To nie jest tak jak dać kwiaty czy czekoladki. Raczej, powiedziałabym, jest to dar na poziomie brylantowego naszyjnika czy nawet jachtu, gdyby biżuteria lub łódź miały moce magiczne. Nie wiem, dlaczego chcesz się wszystkiego dowiedzieć na temat miłosnych symboli wróżek, jeśli jednak widziałaś jeden z nich, widziałaś coś naprawdę niesamowicie niezwykłego. Nie sądzę, żeby jakieś duszki potrafiły jeszcze wytwarzać takie przedmioty.*

Mam nadzieję, że któregoś dnia zdołasz mi wybaczyć i może wtedy usłyszę całą opowieść.

Amelia

Przesunęłam palcem po gładkiej powierzchni tego jakże niebezpiecznego przedmiotu, najbardziej niebezpiecznego, jaki posiadałam. I aż zadrżałam na całym ciele.

Ostrzeżenie, ostrzeżenie i jeszcze raz ostrzeżenie!

Siedziałam przy biurku jeszcze przez kilka minut, zatracona w zadumie. Im więcej wiedziałam o naturze wróżek, tym mniej tym istotom ufałam! Tak, kropka. Nawet Claude'owi i Dermotowi. (A szczególnie Niallowi, mojemu pradziadkowi; stale wydawało mi się, że za chwilę przypomnę sobie coś na jego temat, coś naprawdę podstępnego i niebezpiecznego). Potrząsnęłam głową, zniecierpliwiona. Och, nie czas martwić się o takie sprawy.

Chociaż najdłużej, jak potrafiłam, odsuwałam od siebie te informacje, w końcu musiałam stawić czoło przykrym faktom. Pan Cataliades, poprzez swoją przyjaźń z moim rodzonym dziadkiem, miał więcej wspólnego z moim życiem, niż kiedykolwiek podejrzewałam. A ujawniał mi tę prawdę z powodów, których nie potrafiłam pojąć. Kiedy go poznałam, nawet nie mrugnął ani w żaden inny sposób nie zasugerował, że mnie rozpoznaje.

Wszystkie te fakty były jakoś ze sobą powiązane i wszystkie łączyły się z moimi złymi przeczuciami co do krewniaków-wróży. Wierzyłam, że Claude, Dermot, Fintan i Niall kochali mnie najbardziej, jak potrafili (w przypadku Claude'a była to jedynie mała cząstka miłości, ponieważ Claude najbardziej ze wszystkich istot na świecie kocha samego siebie). Tyle że ta miłość nie wydawała mi się normalna, dobra czy... zdrowa, takie przynajmniej miałam obawy. Mimo że przymiotnik „zdrowy" kojarzył mi się z chlebem Wonder Bread, i na tę myśl aż się skrzywiłam, tylko takie porównanie przyszło mi do głowy.

Swego rodzaju następstwem mojego „zwiększonego" rozumienia natury wróżek był fakt, że już nie wątpiłam w słowa babci. Zamiast wcześniejszych podejrzeń sądziłam teraz, że Fintan kochał moją babcię Adele bardziej, niż ona kiedykolwiek zdawała sobie z tego sprawę, a dokładniej mówiąc, wręcz ją uwielbiał, poza granice ludzkiej wyobraźni. Towarzyszył jej dużo częściej, niż o tym wiedziała, czasami przybierając postać jej męża, dzięki czemu mógł bez trudu przebywać w jej obecności. Robił sobie z nią rodzinne fotografie; obserwował ją przy codziennych obowiązkach; prawdopodobnie (skrzywiłam się!) uprawiał z nią seks przebrany za jej męża, Mitchella. Gdzie był wtedy Mitchell, mąż babci, gdy to wszystko się odbywało? Czy ciągle był obecny w swoim ciele, lecz nieprzytomny lub nieświadomy? Miałam nadzieję, że nie, ale pewnie nigdy nie poznam prawdy. Nie byłam zresztą pewna, czy naprawdę chciałam poznać odpowiedź na to pytanie.

Fintan był tak bardzo oddany mojej babci, że podarował jej *cluviel dor*. Być może przedmiot ten mógł jej uratować życie, nie przypuszczałam jednak, by kiedykolwiek zamierzała go użyć. Może religia, którą wyznawała, wykluczała szczerą wiarę w moc magicznego obiektu?

Wiele lat temu babcia schowała napisany przez siebie list, czy raczej wyznanie, wraz z *cluviel dor* do tajemnej szufladki, chcąc je bezpiecznie ukryć przez ciekawskimi spojrzeniami dwojga wnucząt, które wychowywała. Byłam pewna, że gdy schowała te przedmioty, które przypominały o własnej winie, prawie o nich zapomniała. Wyobraziłam sobie ulgę, którą babcia poczuła, gdy zrzuciła z siebie ten ciężar – ulgę zapewne tak wielką, że w ogóle przestała się martwić o to wspomnienie. Własna przeszłość prawdopodobnie wydawała jej się czymś dziwacznym i odległym wobec codziennych trudności, jakich doświadczała jako wdowa wychowująca dwoje wnuków.

Może (przypuszczałam) od czasu do czasu myślała: „Naprawdę powinnam powiedzieć Sookie, gdzie są te rzeczy"? Ale, jeśli tak, bez wątpienia stale dochodziła do wniosku, że ma jeszcze na taką rozmowę dość czasu. Każdy człowiek zawsze tak myśli, aż do końca.

Spojrzałam w dół, na gładki przedmiot w moim ręku. Starałam się wymyślić, co mogłabym dzięki niemu osiągnąć. Przedmiot rzekomo spełniał jedno życzenie, życzenie związane z kimś, kogo się kocha. Ponieważ ja kocham Erica, przypuszczalnie mogłabym sobie życzyć śmierci Victora, co na pewno przyniosłoby korzyści mojemu ukochanemu. Wydawało mi się okropne, że mogłabym wykorzystać symbol miłości do zabicia kogoś, nawet gdyby to było korzystne dla Northmana. Przyszedł mi też do głowy pomysł, po którym aż szeroko otworzyłam oczy. Mogłabym odebrać Hunterowi dar telepatii! Mój mały kuzynek mógłby dorastać jako normalne dziecko! Mogłabym zneutralizować niezamierzony, lecz uciążliwy dar, który przekazała synowi Hadley.

Pomysł wydawał mi się rewelacyjny. Byłam nim zachwycona... przez całe trzydzieści sekund. Potem, co naturalne, zaczęłam mieć wątpliwości. Czy to było w porządku – zmienić czyjeś życie tak bardzo, tylko dlatego, że mogę? Z drugiej strony, czy to było w porządku – pozwolić Hunterowi cierpieć podczas i tak trudnego procesu dorastania?

Hmm... Albo mogłam samej sobie odebrać ten dar, samą siebie zmienić...

Ta myśl z kolei była tak szokująca, że aż mnie zaćmiło i o mało nie straciłam przytomności. Och, musiałam przestać się nad tym wszystkim zastanawiać. Teraz należało się przygotować do „Operacji Victor".

Po trzydziestu minutach byłam gotowa do wyjścia.

Pojechałam do „Fangtasii", próbując nie myśleć o niczym ważnym, za to starałam się podsycać w sobie dzikość. (Niemyślenie o niczym przychodziło mi niezwykle łatwo. Dowiedziałam się tak wielu rzeczy w ostatnich kilku dniach, że już prawie sama nie wiedziałam, kim właściwie jestem. I ta świadomość tak mnie gniewała, wręcz wkurzała, że bez trudu mogłam stanąć do walki). Śpiewałam z każdym wykonawcą w radiu, a ponieważ mam okropny głos, cieszyłam się, że jadę sama. Pam również nie potrafi śpiewać. W trakcie jazdy dużo o niej myślałam, zastanawiając się, czy jej Miriam jeszcze żyje. Naprawdę współczułam mojej najlepszej wampirzej przyjaciółce. Pam była taka twarda, taka silna i taka bezlitosna, że nigdy wcześniej nie zastanawiałam się w związku z nią nad co bardziej subtelnymi uczuciami; dopiero teraz, od kilku dni. Może właśnie dlatego Eric ją wybrał kiedyś, gdy zapragnął mieć wampirze dziecko; może wyczuł po prostu, że są pokrewnymi duszami, on i ona.

Nie wątpiłam, że Eric mnie kocha, dokładnie tak samo, jak wiedziałam, że Pam kocha swoją ciężko chorą dziewczynę. Ale nie wiedziałam, czy mój wampir kocha mnie tak bardzo, że jest skłonny przeciwstawić się wszelkim ustaleniom poczynionym przez własnego stwórcę, odmówić sobie awansu w postaci władzy, lepszego statusu i bogactwa, które zyskiwałby jako małżonek królowej Oklahomy. Czy Eric cieszyłby się życiem oklahomczyka? Kiedy jechałam przez Shreveport, zastanawiałam się, czy wampiry z Oklahomy noszą kowbojskie buty i znają wszystkie piosenki z musicalu pod tym samym tytułem. Zadawałam sobie też pytanie, dlaczego myślę o takich idiotycznych sprawach, podczas gdy powinnam się przygotowywać mentalnie na bardzo srogi wieczór – wieczór, którego mogłam nie przeżyć!

Osądzając po liczbie samochodów na parkingu, w „Fangtasii" panował straszliwy tłok. Podeszłam do wejścia dla personelu i zastukałam, używając specjalnego kodu. Drzwi otworzył mi Maxwell, który prezentował się bardzo przyjemnie w pięknym lekkim, typowo letnim jasnobrązowym garniturze. Ciemnoskóre wampiry przechodzą interesującą przemianę w kilka dziesięcioleci po tym, jak zostają nieumarłymi. Jeśli za życia miały bardzo ciemną karnację, staje się ona z wolna jasnobrązowa, w kolorze mlecznej czekolady. A cera tych o jaśniejszej skórze przybiera odcień mlecznego écru. Maxwell Lee nie był jednak na to dostatecznie długo martwy, toteż ciągle pozostawał jednym z najciemniejszych osobników, jakich kiedykolwiek widziałam; skórę miał wręcz koloru hebanu. A jego wąs był tak idealny, jak gdyby mężczyzna golił się z linijką w ręku. Nigdy jakoś przesadnie nie przepadaliśmy za sobą, a jednak dziś wieczorem wampir, widząc mnie, uśmiechał się wesoło.

– Panno Stackhouse, tak bardzo się cieszymy, że odwiedza nas pani dzisiejszej nocy – zagaił głośno. – Eric będzie bardzo, bardzo zadowolony, gdy zobaczy, że wygląda pani tak... tak apetycznie.

Przyjmuję wszystkie komplementy, jakie mi się trafią, a określenie „apetycznie" nie wydawało mi się złe. Miałam na sobie błękitną sukienkę bez ramiączek, za to z szerokim białym paskiem, i białe sandałki. (Wiem, że w białych butach stopy wyglądają na duże, ale ja noszę mały rozmiar, więc nie dbam o takie drobiazgi). Włosy pozostawiłam rozpuszczone. Czułam się dosyć, cholera, dobrze. Wysunęłam nogę, żeby Maxwell mógł podziwiać mój samodzielnie wykonany pedikiur. Kolor nazywał się „Pikantny różowy goździk".

– Świeża jak stokrotka – ocenił wampir.

On z kolei rozsunął poły marynarki i pokazał mi, że ma broń. Wybałuszyłam oczy z podziwu. Noszenie broni palnej nie jest u nieumarłych normą, więc mogło się wydawać trochę niespodziewane. Weszli Colton i Audrina, niemal depcząc mi po piętach. Audrina wsunęła we włosy coś, co wyglądało jak chińskie pałeczki, miała też wielką torebkę, niemal tak dużą jak moja. Colton był również uzbrojony – wiedziałam, ponieważ nosił marynarkę, a w tak duszne wieczory jak dzisiejszy mężczyźni, jeśli mogą, najczęściej nie narzucają niczego na koszulę. Przedstawiłam ich Maxwellowi i po wymianie uprzejmości para ruszyła nieśpiesznie do klubu.

Znalazłam Erica w biurze, siedział za biurkiem. Pam przysiadła na biurku, a wampirzyca Thalia zajęła kanapę. O rany! Od razu poczułam się bardziej pewna siebie, kiedy zobaczyłam tę maleńką starożytną Greczynkę. Thalia została wampirzycą tak dawno temu, że próżno by w niej szukać choćby jednego śladu cech ludzkich. Była po prostu zimną maszyną do zabijania. Niechętnie przyłączyła się do wampirów, które się ujawniły, ludźmi jednak pogardzała tak absolutnie i tak wściekle, że z tego powodu aż stała się kimś w rodzaju postaci kultowej. Pewien portal internetowy oferował pięć tysięcy dolarów osobie – mężczyźnie lub kobiecie – która by potrafiła uwiecznić na zdjęciu uśmiech Thalii. Do tej pory nikt nigdy takiego nie wrzucił, ale dziś można było spokojnie zdobyć takie zdjęcie. Bo teraz Thalia się uśmiechała. A ja na ten widok poczułam, jak cierpnie mi skóra.

– Przyjął zaproszenie – oznajmił Eric bez wstępów. – Był nieswój, lecz nie potrafił się oprzeć. Powiedziałem mu, że może przyprowadzić ze sobą tak wielu swoich ludzi, ilu zechce, żeby mogli dzielić z nim to przeżycie.

– Tylko w ten sposób mogliśmy to zrobić – zauważyłam.

– Myślę, że masz rację – zgodziła się ze mną Pam. – I myślę, że przyprowadzi tylko kilku, ponieważ będzie chciał nam pokazać, jaki jest odważny.

W futrynę drzwi zastukał w tym momencie Mustafa Khan. Eric kiwnął na niego.

– Bill i Bubba zrobili sobie postój w bocznej uliczce dwie przecznice stąd – oznajmił wilkołak, nie patrząc na resztę naszej grupy.

– Po co? – spytał zaskoczony Eric.

– Ach... chodziło o jakieś koty.

Teraz wszyscy zerknęliśmy gdzieś w bok, zakłopotani. Perwersja Bubby nie była tematem, o którym wampiry chciałyby rozmawiać.

– Ale jest pogodny? W dobrym nastroju?

– Tak, Ericu. Jest radosny jak pastor w Niedzielę Wielkanocną. Bill zabrał go na przejażdżkę starym samochodem, potem jeździli wierzchem konno, no i w końcu trafili w tę uliczkę. Powinni zjawić się tutaj punktualnie. Powiedziałem Billowi, że zadzwonię do niego, kiedy zjawi się Victor.

Do tej pory „Fangtasia" będzie już zamknięta dla ogółu. Chociaż wesoły, swobodny tłum szalejący obecnie na parkiecie jeszcze tego nie wiedział, dziś w nocy dla regenta Luizjany miał zaśpiewać Król Rock and Rolla. Kto mógłby odrzucić zaproszenie na taki występ?

Na pewno nie Victor, który był fanem Króla, na pewno nie on. Wycięte z tektury sylwetki, które widzieliśmy w „Pocałunku wampira", dużo mi powiedziały. Madden oczywiście również próbował skłonić Bubbę, żeby przyjechał do jego klubu, wiedziałam jednak, że Bubba nie zechciałby tam wystąpić. Pragnął zostać z Billem, a skoro Bill twierdził, że „Fangtasia" jest miejscem, w którym należy się pojawić, Bubba będzie nalegał na odwiedziny w lokalu.

Siedzieliśmy w milczeniu, chociaż w „Fangtasii" tak naprawdę nigdy nie panuje cisza. Słyszeliśmy muzykę dobiegającą z części barowej i szum głosów. Klienci zachowywali się prawie tak, jakby wyczuwali, że zaczęła się specjalna noc, taka, po której wszyscy będą świętować. A może sądzili, że powinni się cieszyć, gdyż jest to łabędzi śpiew lokalu, ponieważ dziś wszyscy zginą?

Chociaż czułam, że może to oznaczać krok bliżej do katastrofy, przywiozłam ze sobą *cluviel dor*. Przedmiot tkwił wetknięty za mój pasek, a dokładniej znajdował się pod ogromną sprzączką paska i niemal kleił mi się przez materiał do ciała.

Mustafa Khan stanął pod ścianą. Dziś jeszcze bardziej przypominał postać z filmu *Blade* – ciemne okulary, skórzana kurtka i staranna fryzura. Byłam ciekawa, gdzie przebywa obecnie jego kumpel Warren. W końcu spytałam, ot tak, ze zwykłej rozpaczliwej potrzeby zagajenia jakiejś rozmowy.

– Warren jest przed klubem na dachu „Bed Bath & Beyond" – odparł. – Kiedy to mówił, Mustafa nie odwrócił ode mnie wzroku.

– Po co?

– Jest strzelcem wyborowym.

– Dopracowaliśmy trochę twój pomysł – wyjaśnił Eric. – Jeśli komuś uda się uciec tymi drzwiami, Warren zajmie się nim na zewnątrz.

Northman rozpierał się na krześle, stopy ułożył na biurku. Pam, odkąd weszłam, ani razu na mnie nie spojrzała. Nagle zastanowiłam się, jakie mogą być powody takiego stanu rzeczy.

– Pam? – spytałam.

Wstałam i zrobiłam ku niej krok.

Potrząsnęła głową, jej twarz pozostała odwrócona.

Nie potrafię czytać wampirom w myślach, lecz w tym przypadku wcale nie musiałam. Miriam dziś umarła! Widząc opuszczone ramiona wampirzycy, wiedziałam, że lepiej nic nie mówić. Postąpiłabym wbrew własnej naturze, gdybym zajęła ponownie swoje miejsce na kanapie, nie ofiarowując jej wsparcia, chusteczki do otarcia łez albo kilku słów pociechy. Z kolei reakcją Pam byłoby odrzucenie mojego współczucia, bo to leżało w jej naturze, o czym doskonale wiedziałam.

Dotknęłam paska, w miejscu, gdzie *cluviel dor* odciskał się wyraźnie na skórze brzucha. Czy mogłabym sobie zażyczyć, żeby Miriam ożyła? Zadałam sobie pytanie, czy takie życzenie byłoby zgodne z wymaganiami magicznego przedmiotu. Życzenie miało dotyczyć osoby, którą kocham. Bardzo lubię Pam, ale to mogłoby nie wystarczyć.

Poczułam się jak ktoś, kto chodzi z przywiązaną do ciała bombą.

Usłyszałam dźwięk gongu. Eric zainstalował taki gong w barze i barman uderzał w niego wtedy, gdy do zamknięcia lokalu pozostało piętnaście minut. Nawet nie wiedziałam, kto obecnie stoi za barem – czyli kto przejął obowiązki barmana po śmierci Felicii zabitej przez Aleksego. Cóż, chyba niedostatecznie interesowałam się ostatnio biznesami Erica. Z drugiej strony, z powodu zakusów Victora sam Northman wydawał się jakoś mało zainteresowany własnymi sprawami i swoim małym królestwem. Uprzytomniłam sobie, że jednym z problemów w naszym związku stał się brak rozmów o zwyczajnych, codziennych sprawach. Miałam nadzieję, że zdołamy to naprawić.

Wstałam i poszłam korytarzem do głównej sali baru. Nie mogłam dłużej wysiedzieć w biurze Erica, nie w towarzystwie tak strasznie cierpiącej Pam.

Dostrzegłam Coltona i Audrinę – objęci, tańczyli na maleńkim parkiecie. Immanuel siedział przy barze, więc wskoczyłam na stołek obok niego. Podszedł barman i stanął naprzeciwko mnie. Był krzepkim facetem z puklami włosów opadającymi aż na plecy. Na oko niezłe ciacho, oczywiście wampirze ciacho.

– Co mogę pani podać, żono mojego szeryfa? – spytał ceremonialnie.

– Poproszę tonic z limonką. Przykro mi, że nie miałam okazji poznać cię wcześniej. Jak masz na imię?

– Jock – odparł, wymawiając słowo jak *joke*, czyli żart i tym samym jakby ośmielając mnie do jakiegoś dowcipnego komentarza.

Ale ja nijak tego nie skomentowałam.

– Kiedy zacząłeś tu pracować, Jock?

– Przyjechałem z Reno po śmierci poprzedniej barmanki – odrzekł. – Pracowałem tam dla Victora.

Zadałam sobie pytanie, po której stronie Jock stanie dzisiejszej nocy. Bardzo chciałam to zobaczyć.

Nie znam zbyt dobrze Immanuela, spotkałam go przecież jedynie kilka razy. A jednak poklepałam go po ramieniu i spytałam, czy mogę mu postawić coś do picia.

Odwrócił się i obrzucił długim spojrzeniem moje włosy, a później pokiwał głową z aprobatą.

– Jasne – powiedział. – Chętnie przyjmę jeszcze jedno piwo.

– Przyjmij też moje kondolencje – dodałam cicho, gdy poprosiłam Jocka, żeby przyniósł Immanuelowi piwo.

Zastanawiałam się, gdzie znajduje się teraz ciało Miriam; przypuszczałam, że w zakładzie pogrzebowym.

– Dziękuję – odparł, a po chwili dorzucił: – Pam zamierzała dokonać dziś wieczorem przemiany, nawet bez zgody... To znaczy, przemienić Miriam. Ale moja siostra po prostu... Wydała ostatnie tchnienie, a potem umarła.

– A twoi rodzice...?

Pokręcił głową.

– Byliśmy tylko my dwoje.

Naprawdę nic więcej nie mogłam powiedzieć na ten temat.

– Może powinieneś pojechać już do domu? – podsunęłam.

Immanuel nie wyglądał mi dziś zbyt wojowniczo.

– Nie sądzę – odparł.

Nie mogłam oczywiście kazać mu stąd wyjść, więc piłam tonic z limonką, podczas gdy ludzie opuszczali „Fangtasię". W końcu w barze zrobiło się cicho i stosunkowo pusto. Weszła Indira, jedna z wampirzyc Erica. Miała na sobie sari. Nigdy przedtem nie widziałam jej w tradycyjnym stroju. Różowo-zielone wzorzyste ubranie było bez wątpienia zachwycające. Jock posłał dziewczynie pełne uwielbienia spojrzenie. Z tylnych pomieszczeń wyszli Thalia i Maxwell, i zaczęli się kręcić po klubie wraz z ludźmi z personelu, którzy byli zajęci sprzątaniem i przygotowaniem do kolejnej imprezy. Ja również poszłam pomóc. Byłam przecież do takiej pracy przyzwyczajona. Otaczające mały parkiet taneczny i scenę stoliki zabrano, a zamiast nich rozmieszczono dwa rzędy krzeseł. Maxwell przyniósł skomplikowany przenośny radiomagnetofon z muzyką Bubby. Gdy zamiotłam parkiet i scenę, zeszłam innym pracownikom z drogi i wróciłam na swój stołek przy barze.

Weszła Heidi, której specjalnością było tropienie. Włosy miała dziś zaplecione w cienkie warkoczyki. Chuda i niezbyt ładna, zawsze wnosiła ze sobą nastrój smutku, który otaczał ją niczym chmura. Nie miałam pojęcia, jak postąpi później, gdy zrobi się chryja i zacznie walka.

Podczas gdy barman sprzątał i porządkował po swojej stronie, do kontuaru podeszli Colton i Audrina. Jock wyglądał na zaskoczonego, widząc istoty ludzkie, szczególnie nieznajome. Uznałam, że obecność tej pary tutaj koniecznie trzeba by wytłumaczyć. Nie chciałam przecież, żeby barman zaczął coś podejrzewać lub zrobił się nieufny.

– Coltonie, Audrino, poznajcie Jocka – powiedziałam więc. – Jocku, dwójka tych uroczych ludzi zgodziła się zostać dawcami, wiesz, na wypadek gdyby Victor zapragnął skorzystać z miejscowej gościnności. Mamy, rzecz jasna, nadzieję, że nie dojdzie do tego na terenie klubu, niemniej jednak Eric nie chciałby zawieść swojego regenta w żadnym punkcie.

– Dobry pomysł – ocenił barman, przypatrując się Audrinie z uznaniem. – Nie możemy dać regentowi mniej, niż oczekuje.

– No właśnie.

Ani mniej niż to, na co sobie zasłużył!

Po czterdziestu pięciu minutach lokal wyglądał znowu mniej więcej dobrze, a ostatni z pracujących w „Fangtasii" ludzi wyszli już tylnymi drzwiami. Jedynymi istotami ludzkimi, jakie pozostały, byli Colton, Audrina, Immanuel, Mustafa Khan i ja. (Ja na pewno czułam się wyjątkowa). Oprócz nas zebrały się w sali shreveporckie wampiry, które poznałam, odkąd zaczęłam chodzić z Billem: Pam, Maxwell Lee, Thalia, Indira. To znaczy, znałam ich wszystkich do pewnego stopnia. Ale Victor zapewne w jednej chwili stałby się czujny, gdyby zobaczył, że zjawiły się tutaj wszystkie wampiry Erica albo tylko same jego zabijaki. Z tego też względu Northman zwołał także przedstawicieli małego gniazda z Minden: Palomino, Rubiego Hermosę i Parkera Coburna, wygnańców Katriny. Wkroczyli do klubu powoli, z nieszczęśliwymi, zrezygnowanymi minami. Ustawili się pod ścianą, trzymając się za ręce. Słodki widok, choć smutny.

Szafę grającą wyłączono. Cisza, która zapadła, natychmiast wydała mi się przytłaczająca.

Chociaż „Fangtasia" znajduje się w ruchliwej i wypełnionej rozmaitymi lokalami gastronomicznymi i rozrywkowymi części Shreveport, o godzinie dwudziestej drugiej – nawet w weekend – z dworu nie dochodziło zbyt wiele miejskich odgłosów. Nikt z nas nie miał ochoty rozmawiać. Nie wiedziałam, jakie troski zaprzątały głowy innych, ja jednak rozważałam myśl, że mogę tej nocy umrzeć. Było mi przykro z powodu potencjalnej nieobecności na przyjęciu dla Tary, dobrze jednak że z mojej strony wszystko było tak gotowe, jak to tylko możliwe. Żałowałam, że nie odbyłam narady z panem Cataliadesem i że nie zdołałam zrozumieć całej historii, wszelkich tych nowych informacji, które ledwie zdążyłam sobie przyswoić. Cieszyłam się, że wręczyłam pieniądze Samowi, chociaż było mi przykro, że nie mogłam powiedzieć mu szczerze, dlaczego muszę dać mu czek akurat tego konkretnego dnia. Miałam nadzieję, że jeśli umrę, Jason wprowadzi się z powrotem do starego domu, ożeni się z Michele i wychowają tam swoje dzieci. Moja matka, Michelle przez dwa „L" była osobą o całkowicie odmiennym charakterze niż Michele Jasona, przez jedno „L", przynajmniej jeżeli mogłam to osądzać na podstawie moich wspomnień z dzieciństwa, obie jednak podobnie mocno kochały mojego brata. Co do Jasona, szkoda, że kiedy rozmawialiśmy ostatnim razem, nie powiedziałam mu, że go kocham.

Żałowałam wielu rzeczy. Przypomniały mi się teraz i prawie mnie przytłoczyły wszystkie moje błędy i wykroczenia.

Podszedł Eric i odwrócił mnie na stołku, a później objął.

– Żałuję, że musisz tu być – oznajmił.

To była cała wymiana zdań, jaką mogliśmy odbyć, gdy słuchał nas Jock. Oparłam się o chłodne ciało Erica, głowę przyłożyłam do jego klatki piersiowej. Może już nigdy nie będę mogła zrobić tego ponownie.

Podeszła Pam i usiadła obok Immanuela. Thalia skrzywiła się, przybierając typową dla siebie minę, a potem odwróciła się tyłem do nas wszystkich. Indira z kolei siedziała z zamkniętymi oczyma, fałdy jej sari ułożyły się tak wdzięcznie, że wyglądała jak Statua Wolności widziana z Brooklyn Bridge Park Pier 1. Heidi patrzyła od jednej osoby do innej z bardzo poważnym wyrazem twarzy, a usta zacisnęła w srogi grymas. Gdyby martwiła się o Victora, stanęłaby pewnie obok Jocka – tak sobie wyobraziłam – nie widziałam jednak, żeby zamieniła z nim choć słowo.

Maxwell widocznie usłyszał stukanie do tylnych drzwi, które mnie, istocie ludzkiej, kompletnie umknęło, gdyż pobiegł tam, a gdy wrócił, powiedział Ericowi, że przybyli Bill i Bubba. Zatrzymali się w biurze i czekają, aż nadejdzie odpowiedni moment.

Naprawdę niedługo później usłyszałam zatrzymujące się przed klubem samochody.

– Czas rozpocząć show – obwieściła Pam i uśmiechnęła się po raz pierwszy tego wieczoru.

ROZDZIAŁ PIĘTNASTY

Jako pierwsi weszli Luis i Antonio. Przez chwilę się rozglądali, wyraźnie nieufni. Patrząc na nich, odnosiłam wrażenie, że oglądam w telewizji serial o policjantach i złodziejach. Dwa wampiry weszły zatem do środka pośpiesznie, potem od razu się rozdzieliły i stanęły po obu stronach drzwi. Prawie się na ten widok uśmiechnęłam, a Immanuel dosłownie wyszczerzył zęby, co w tej konkretnej chwili nie wydawało się zbyt dobrym pomysłem. Na szczęście, ludzie to ostatnie istoty, o które wampiry się martwią, kiedy spodziewają się kłopotów. Luis i Antonio, przystojne byczki, ubrane dziś w dżinsy i podkoszulki z krótkim rękawem (zamiast skórzanych przepasek na biodrach) wciąż sondowały wzrokiem klub, sprawdzając ewentualne miejsca, w których mogliby się ukrywać jeszcze jacyś nieumarli. Byłoby z ich strony paskudnym naruszeniem etykiety, gdyby zażądali rewizji osobistej, widać było jednak, że u każdego lokalnego wampira usiłują wypatrzyć broń palną lub kołek. Maxwell musiał oddać rewolwer, co zrobił zresztą bez słowa protestu. Przypuszczał bez wątpienia, że do tego dojdzie.

Po długim i dokładnym sprawdzaniu sali barowej i ukłonie w stronę Erica Luis wysunął głowę i kiwnął, sugerując, że droga wolna.

W tym momencie weszła reszta orszaku Victora, zachowując porządek od osób najbardziej zbędnych po najważniejsze: najpierw małżeństwo ludzi, którzy towarzyszyli Victorowi podczas naszej bytności w „Pocałunku wampira" (Mark i Mindy), później dwa młode wampiry, których imion nigdy nie poznałam, Ana Lyudmila (która wyglądała dużo lepiej, gdy nie miała na sobie stroju rodem z praktyk sado-maso) oraz jakiś nieumarły, którego nigdy nie widziałam. Ten ostatni był Azjatą o cerze w odcieniu kości słoniowej i czarnych jak smoła włosach splecionych w skomplikowany węzeł na czubku głowy. Wyglądałby wspaniale w tradycyjnym japońskim stroju, zamiast niego jednak nosił dżinsy i czarną kamizelkę; był bez koszuli i boso.

– Akiro – jęknęła Heidi szeptem pełnym respektu.

Przybliżyła się do mnie i widziałam, że jest zdenerwowana.

– Znasz go z Nevady?

– O tak – potwierdziła. – Nie wiedziałam, że Victor go tutaj wezwał. W końcu więc Madden zastąpił kimś Brunona... a także Corinnę. Taką dobrą reputację ma Akiro.

Ponieważ Azjata był obecnie oficjalnym zastępcą, miał prawo otwarcie dzierżyć broń. Był uzbrojony w miecz, podobnie jak inna azjatycka wampirzyca, którą kiedyś poznałam. (Po zastanowieniu uzmysłowiłam sobie, że ona również była ochroniarką). Akiro stał teraz w środku sali, świadomy, że wszyscy na niego patrzą, a jednak jego oblicze pozostało zimne i twarde, oczy zaś bezlitosne.

I wtedy wkroczył Victor, olśniewający w białym trzyczęściowym garniturze.

– Dobry Boże wszechmogący – mruknęłam w osłupieniu, nie ośmielając się spojrzeć komukolwiek w oczy.

Ciemne loki Victora były starannie ufryzowane, w przekłutym uchu tkwił duży złoty kolczyk w kształcie koła. Buty były idealnie czarne. Victor prezentował się wyjątkowo. Aż zakrawało na hańbę spróbować zniszczyć całe to piękno i pożałowałam, że musimy to zrobić – a musieliśmy, ponieważ on z determinacją usiłował zrujnować nam wszystkim życie. Postawiłam torebkę na barze i odsunęłam zamek, chcąc mieć szybki dostęp do jej wnętrza. Immanuel ześlizgnął się ze swojego stołka i odszedł pod ścianę, nie spuszczając wzroku z nowo przybyłych. Heidi zajęła jego miejsce, a tymczasem Victor i jego grupa wchodzili głębiej do klubu.

Chociaż skupiałam wzrok na Maddenie, poczułam się zobowiązana przemówić do Heidi, czułam bowiem, że wampirzyca usadowiła się obok mnie z jakiegoś konkretnego powodu.

– Jak się miewa twój syn? – spytałam, jak pyta się kogoś o ukochaną osobę.

– Eric wyraził zgodę, żebym mogła sprowadzić go tutaj – odparła, również nie spuszczając wzroku z gości.

– To bardzo dobra nowina – oceniłam i mówiłam całkowicie poważnie.

Czyli jedna więcej po naszej stronie.

Przyjęcie powoli toczyło się swoim trybem.

– Victorze – zagaił Eric.

Przeszedł na środek i do przodu, aż zatrzymał się w odpowiedniej odległości, czyli jakieś dwa metry od regenta. Był na tyle inteligentny, żeby nie powitać Maddena z przesadną wylewnością czy w sposób zbyt uniżony, gdyż byłaby to jasna wskazówka dla Victora, że zdarzy się coś złego.

– Witaj w „Fangtasii" – podjął. – Cieszymy się, że możemy przyjąć cię u nas.

I skłonił się.

Akiro zachował pokerową twarz, jak gdyby Erica w ogóle tu nie było.

Victor, wciąż otoczony z obu stron przez Luisa i Antonia, pochylił głowę.

– Szeryfie, przedstawiam ci Akira, moją prawą rękę – powiedział, błyskając uśmiechem. – Akurat niedawno zgodził się przenieść z Nevady do Luizjany.

– Witamy zatem w Luizjanie tak sławnego wampira jak Akiro – wyrecytował Eric. – Jestem pewny, że będziesz znakomitym uzupełnieniem sztabu regenta.

Northman pozostał tak samo niewzruszony jak osobnik, do którego się zwracał. Ponieważ jednak jego ranga była wyższa niż Akira, Azjata musiał odpowiedzieć na powitanie szeryfa, chociaż widać było, że nie ma na to ochoty, toteż jego ukłon był o milimetr zbyt płytki.

Ach te wampiry!

Świetnie, kurczę, pomyślałam złośliwie. Bardzo dogodnie, doprawdy. Victor wreszcie zastąpił swojego porucznika i najlepszego wojownika kimś nowym. I to akurat w tej chwili.

– Domyślam się – szepnęłam do Heidi – że z tego Akira jest niezły zabijaka?

– Można to tak ująć – zgodziła się oschle wampirzyca, a później odeszła przywitać się z regentem.

Wszystkie wampiry Erica musiały ustawić się w kolejce do hołdu. Jock, najnowszy nabytek personelu Northmana, ukłonił się jako ostatni. Odkryłam, że gdyby dać mu okazję, nowy barman „Fangtasii" byłby gotów pocałować Victora w tyłek.

Mindy, okazując zupełnie nie w porę pożądanie, posłała Jockowi pełne nadziei spojrzenie. Była taka głupia... co jednak nie znaczyło, że powinna umrzeć. Zastanawiałam się, czy mogłabym ją skłonić, żeby poszła do toalety, nim wszystko się zacznie. Nie. O ile nie będzie to jej pomysł, taki manewr zadziała jak czerwona płachta na byka. Popatrzyłam na przybyszy i próbowałam zebrać siły na to, co nadejdzie.

To było szczególnie straszne – to czekanie, planowanie, wiedza, że muszę postarać się ze wszystkich sił pozabijać osoby, które mam przed sobą. Patrzeć im w oczy i mieć nadzieję, że oni wszyscy umrą w ciągu następnej godziny. Czy tak się czują żołnierze? Nie byłam tak podniecona, jak sądziłam, że będę; raczej trwałam zawieszona w dziwnym, strasznym stanie spokoju – być może dlatego, że teraz, kiedy Victor się zjawił, nie sposób już było powstrzymać biegu zdarzeń.

Kiedy Madden zasygnalizował, że czuje się usatysfakcjonowany powitaniem i zajął krzesło na środku, Eric kazał Jockowi podać wszystkim napoje. Zamiejscowe wampiry odczekały, aż Luis napije się ze szklanki, którą wybrał z tacy na chybił trafił. Gdy okazało się że przeżył test i następne kilka minut, goście wybrali szklanki i jeden po drugim wypili po łyku. Potem atmosfera stała się dużo lżejsza, jako że napoje były naprawdę dobrze wybrane – podgrzana syntetyczna krew najwyższej jakości.

– Widzę, że przestrzegasz tu, w „Fangtasii", litery prawa – zauważył Victor, uśmiechając się do Erica.

Między nimi siedziała Mindy, wsparta na ramieniu Victora. Przed sobą dziewczyna miała dietetyczną colę z rumem. Jej mąż, Mark, siedzący po lewej Maddena, chyba nie czuł się dziś zbyt dobrze. Był blady i wydawał się apatyczny. Kiedy zobaczyłam na jego szyi ślady po kłach, zadałam sobie pytanie, czy Victor nie przesadził, gdy sobie dogadzał. Chociaż, Mindy nie wyglądała na zmartwioną.

– Tak, regencie – odparł Eric.

Odwzajemnił się równie nieszczerym uśmiechem, nie zamierzając rozwijać tego tematu.

– A twoja piękna żona?

– Jest oczywiście obecna – odparł. – Cóż to byłby za wieczór bez niej?

Pomachał mi, zachęcając mnie do podejścia, a Madden popatrzył na mnie i podniósł napój na moją cześć. Zmusiłam się do zadowolonej miny.

– Victorze – powiedziałam – tak się cieszymy, że mogłeś dziś przyjść.

Nie próbowałam udawać bardziej niż „zadowolonej" czy „ucieszonej". Victor nie spodziewał się na pewno po mnie, że umiem tak dobrze jak Eric ukrywać swoje uczucia, a ja nie zamierzałam dawać mu powodów do podejrzeń, że może się co do mnie pomylił.

Eric, rzecz jasna, w ogóle nie chciał, żebym tu była. Oznajmił mi prosto z mostu, że takie kruche istoty jak ludzie nie powinny się kręcić w miejscu, gdzie walczą wampiry. W teorii absolutnie się z nim zgadzałam. Też wolałabym raczej zostać w domu – chociaż tam co sekundę bym się martwiła. Rozstrzygającym uzasadnieniem, którego użyłam w naszym sporze, było stwierdzenie, że jeśli Victor zauważy moją nieobecność, z pewnością będzie miał się na baczności, uzna to bowiem za niepodważalny dowód, że Eric coś planuje. Kiedy podczas naszego zebrania powołałam się na ten argument, Northman nie mógł go podważyć.

Akiro ulokował się za krzesłem Victora. Hmm, niedobrze. To mi nie pasowało. Usiłowałam wymyślić, co mogłabym w tej kwestii poradzić. Pam stanęła z kolei za krzesłem Erica. Gdy Eric kiwnął na mnie, uśmiechnęłam się i podeszłam do niego. Torebkę przewiesiłam przez ramię.

Colton i Audrina wmieszali się w tło, roznosząc ustawione na tacach napoje.

Ze zdziwieniem spostrzegłam, że Heidi uklękła na jedno kolano obok mojego krzesła. Wyglądała na czujną i uważnie się rozglądała. Eric zerknął na nią, nijak jednak nie skomentował jej postawy. Pomyślałam, że może mój wampir kazał jej mnie chronić podczas tej prawdopodobnie nieprzyjemnej imprezy, tak mi się przynajmniej wydawało. Popatrzyłam na nią, ale wampirzyca nie spojrzała mi w oczy. Tak, chyba mnie chroniła. Przynajmniej w stopniu, w jakim mogła, żeby wyglądało to „normalnie" i nie martwiło gości.

– Billu! – zawołał Eric. – Jesteśmy gotowi!

Bill wyłonił się z tylnego korytarza – uśmiechał się szeroko, czyli zupełnie nietypowo dla siebie – po czym stanął z ręką wyciągniętą ku korytarzowi („ta-dam!"), ażeby ogłosić wejście Bubby.

I cóż to było za wejście! Nasz wykonawca zupełnie przyćmił Victora.

– O jasna cholercia – mruknęłam głupawo.

Bubba miał na sobie czerwony kombinezon jednoczęściowy obszyty cekinami; cekiny i sztuczne klejnociki były dosłownie wszędzie. Z kolei włosy piosenkarza uczesano w zdumiewający uniesiony nad czoło czub zwany pompadourem. Na nogach Bubba miał czarne kowbojki, palce obu dłoni zdobiły mu duże pierścienie. Uśmiechał się tym swoim zadziwiającym asymetrycznym uśmiechem, który kiedyś przyprawiał kobiety na całym globie o omdlenie, i machał, jak gdyby miał przed sobą tysiące widzów zamiast garstki, czyli nas. Bill stanął przy przenośnym radiomagnetofonie, który Maxwell wcześniej podłączył, a kiedy Bubba wyskoczył na maleńką scenę i bardzo serdecznie nam wszystkim podziękował, światła zgasły. Bill włączył muzykę – utwór *Kentucky Rain*.

To było wprost nieprawdopodobne. Co mogę powiedzieć?

Victor był absolutnie urzeczony, albo tak całkowicie, jak urzeczony może być osobnik, który ani na chwilę nie przestaje być ostrożny. Pochylił się – zapomniał o Mindy i Marku, zapomniał o innych wampirach – i napawał się niezwykłym przeżyciem. Po to przecież sprowadził Akira, żeby go strzegł. A Akiro był w pracy, co do czego nie było żadnych wątpliwości. Jego wzrok nawet nie moment nie spoczął na Bubbie, za to Azjata przez cały czas lustrował salę. Luis i Antonio ustawili się obok drzwi wejściowych, pilnując z kolei pleców Akira, więc ochroniarz stojący za Victorem mógł się skupić na pozostałej części klubu. Wodził spojrzeniem od lewej do prawej i badawczo się przyglądał.

Kiedy Bubba ukłonił się, czekając na brawa, które były bardzo gromkie jak na nasz mały tłumek, Bill ponownie włączył muzykę. Tym razem usłyszeliśmy *In the Ghetto*.

Po twarzy Victora spłynęły krwawe łzy. Zerknęłam przez ramię i zobaczyłam, że Luis i Antonio słuchają w nabożnym skupieniu. Dwa nieznane mi z imienia wampiry stały blisko Billa i z rękoma złożonymi przed sobą obserwowały przedstawienie.

Ana Lyudmila jednak chyba nie była miłośniczką muzyki. Wyglądała na znudzoną, gdy tak siedziała na końcu kanapy przy jednej z ław blisko drzwi frontowych. Widziałam ją przez ramię Marka. Thalia, która była niemal o połowę mniejsza od Any Lyudmily, podeszła do niej i bez słowa podsunęła tacę zastawioną nowymi napojami. Tamta skinęła łaskawie głową, wybrała jeden i wypiła duży łyk. Po sekundzie, w trakcie której na jej obliczu pojawił się wyraz jawnego przerażenia, potężna wampirzyca zgięła się wpół. Thalia złapała butelkę, zanim wypadła ona z palców Any Lyudmily. Niezwykle niebezpieczna starożytna nieumarła cicho pchnęła zwiotczałe ciało dalej ku środkowi kanapy, po czym odwróciła się i patrzyła na scenę, stojąc tak, by zasłaniać bezwładne nogi zabitej ochroniarki. Cały epizod trwał mniej niż trzydzieści sekund. Nie miałam pojęcia, co znajdowało się w napoju. Może jakaś forma płynnego srebra? Czy to możliwe? Ten mały plan poboczny można było zrealizować tylko w przypadku wrogiego wampira, na którego nie patrzyły inne, i na szczęście dla nas Thalii udało się takiego dopaść.

Czyli jeden nieprzyjaciel mniej. Zanim w ogóle dojdzie do prawdziwej bitwy, dobrze byłoby pozbyć się tak wielu, jak to tylko możliwe.

Palomino, która dzięki niemal białym włosom i ślicznej złotej cerze prezentowała się bardzo spektakularnie, niedbale zbliżała się do Antonia, co jakiś czas robiąc kilka kroków. Gdy dostrzegła wzrok tamtego, uśmiechnęła się, ale starała się nie przesadzić z tą uprzejmością.

Moja torebka stała na podłodze w maleńkiej przestrzeni pomiędzy moim krzesłem a krzesłem Erica. Ponieważ była wciąż otwarta, wsunęłam rękę i wyjęłam z niej niesamowicie ostry kołek. Wcisnęłam go w czekającą dłoń Erica. Przez sekundę jeszcze wspierałam się na ramieniu Northmana, dzięki czemu ukrywaliśmy nasze poczynania, aż w końcu wyprostowałam się, robiąc wampirowi miejsce.

Maxwell Lee, który stał przy drzwiach wiodących na tyły, do części biurowej, zdjął teraz marynarkę od garnituru i starannie ją złożył. Doceniałam jego dbałość o ubranie, z drugiej strony jednak jego zachowanie stanowiło wyraźny sygnał, że Murzyn jest gotów podjąć działanie. Chyba zdawał sobie sprawę z jawności swojego postępowania, gdyż chwilę później przysiadł na krawędzi kanapy.

Wszystko było w porządku, póki Bubba trzymał się planu i śpiewał ballady, którymi nas urzekał, niestety, na swój następny numer wybrał *Jailhouse Rock* – i wtedy czar prysł.

Utwory do tańca nie wychodziły mu tak dobrze, mało tego – zabrzmiały żałośnie. Gdy Bubba został wampirem, przestał się oczywiście starzeć i nie można powiedzieć, by niedomagał, a jednak nie miał najlepszej kondycji fizycznej i wydawał się starszy, niż można by się spodziewać. Widziałam, że niektóre z osób w małej grupce słuchaczy nie są już tak całkowicie zaabsorbowane występem i wracają do rzeczywistości.

Tak, zmiana rytmu bez wątpienia była błędem, ale nie mogliśmy tego przecież przewidzieć.

Czułam, że mięśnie ramienia siedzącego obok mnie Erica się naprężają, a potem Northman z szybkością atakującego węża pochylił się, odsuwając Mindy Simpson, która znajdowała się po jego lewej stronie, uniósł prawą rękę i zamachnął się, chcąc ugodzić kołkiem Victora w pierś. Jego niespodziewany atak był doskonały i... Eric idealnie trafiłby w cel, gdyby nie Akiro, który z równie przerażającą prędkością smagnął mieczem, ledwie Northman się ruszył.

Mindy Simpson miała to nieszczęście, że znalazła się w niewłaściwym miejscu w niewłaściwej sekundzie. Z tego powodu nie miała żadnych szans. Miecz Akira na drodze ku barkowi Erica uderzył w jej ramię i odciął je, przechodząc przez ciało i kości jak przez masło. Ta przeszkoda spowolniła jednak ruch miecza i dzięki temu Eric zdążył umknąć przed śmiercionośnym ciosem.

Niemniej jednak w tym momencie rozpętało się prawdziwe piekło.

Mindy krzyknęła i umarła w ciągu kilku sekund, a ilość krwi, która trysnęła z jej ciała, była wprost nieprawdopodobnie duża. Gdy Mindy umierała, prawie jednocześnie zdarzyło się wiele innych rzeczy. Mark wciąż się gapił, Victor usiłował odepchnąć opadające na niego i wykrwawiające się ciało dziewczyny, Akiro próbował wyciągnąć miecz ze zwłok, a Eric zrobił unik, a równocześnie przemieszczał się do przodu, chcąc się uchylić przed grożącym mu kolejnym ruchem miecza. Okazało się, że Azjata zdołał musnąć ramię Northmana, gdyż również krwawiło, na szczęście, dzięki mimowolnej blokadzie ze strony Mindy, rana była powierzchowna i ramię zupełnie dobrze funkcjonowało. Co do mnie, zerwałam się z miejsca i wykonałam gwałtowny odskok w tył, starając się zejść walczącym z drogi; kopnęłam krzesło i wpadłam prosto na Luisa, który rzucał się właśnie do przodu z zamiarem osłonięcia swego pana. Efekt był taki, że oboje, ja i Luis wylądowaliśmy na podłodze, leżąc jedno na drugim. Na szczęście dla mnie, bliźniak był tak ogromnie skupiony na walce wampirzej, że wcale nie brał mnie pod uwagę jako kogoś niebezpiecznego i jedynie wykorzystał moje ciało niczym trampolinę, od której się odepchnął.

Nie można powiedzieć, że poczułam się dzięki temu jakoś szczególnie dobrze, ale przynajmniej jego działanie nie groziło mi śmiercią.

Gramoliłam się, aż udało mi się kucnąć. Zastanawiałam się intensywnie, co teraz robić. W przyćmionych światłach nie było łatwo ustalić, co właściwie się odbywa. Niedaleko drzwi wyjściowych klubu walczyły dwa wampiry – jak się okazało Palomino i Antonio – natomiast małą postacią, która właśnie przeleciała w powietrzu, była bez dwóch zdań Thalia. Thalia chciała wylądować na plecach Akira, Azjata jednak odwrócił się w ostatniej chwili, więc – zamiast tego – z nieprawdopodobną szybkością grzmotnęła w jego pierś, aż wampir się zatoczył. Jego miecz nie nadawał się do walki w zwarciu, a już na pewno nie do walki przeciwko Thalii, która starała się ze wszystkich sił rozedrzeć mu zębami... gardło.

Mark Simpson chwiejnym krokiem odchodził od ciała żony i walczących wampirów.

– O mój Boże, o mój Boże, o mój Boże! – powtarzał w kółko.

Mimo to, zdołał się schronić za barem, gdzie po chwili złapał jakąś butelkę i zaczął szukać kogoś, kogo mógłby nią zdzielić. Poczułam, że potrafię sobie z nim poradzić, więc ruszyłam ku niemu.

Zanim jednak udało mi się dotrzeć do mężczyzny, zajął się nim Colton. Chwycił inną butelkę i zamachnął się nią, trafiając Marka Simpsona w tył głowy. Mark zatoczył się i upadł.

Podczas gdy Akiro był zajęty walką z Thalią, Eric i Pam natarli na Victora. Nie istnieje coś takiego jak naprawdę uczciwa bitwa. Tu było dwoje na jednego i Madden musiał im obojgu stawić czoło.

Maxwell Lee wymierzył bardzo precyzyjnie w stojącego do niego tyłem i walczącego z Palomino Antonia. Sekundę później Antonio padł, przebity przez biznesmena kołkiem.

Słyszałam, że Bubba krzyczy, wyraźnie wstrząśnięty. Weszłam na scenę i wzięłam naszą gwiazdę pod rękę.

– Hej, wszystko w porządku – zapewniłam go.

Tak wiele osób darło się wniebogłosy lub przynajmniej wrzeszczało, że nie byłam pewna, czy Bubba mnie słyszy, lecz powtórzyłam te słowa jeszcze ze dwadzieścia razy, aż Król przestał w końcu krzyczeć (dzięki Ci, Boże).

– Panno Sookie – oznajmił – chcę stąd wyjść.

– Jasne, że tak – odparłam, próbując mówić spokojnym, opanowanym głosem, chociaż również miałam ochotę wrzeszczeć. – Widzisz te drzwi, o tam? – Wskazałam te, które prowadziły na tyły, do pozostałej części klubu, czyli do biura Erica i innych pomieszczeń. – Wejdź i tam poczekaj. Byłeś dziś wspaniały, naprawdę znakomity! Jestem pewna, że Bill odszuka cię za tymi drzwiami najszybciej, jak to możliwe.

– Okej – odrzekł smutnym tonem, po czym skierował się ku światłu padającemu z otwartych drzwi.

Dostrzegłam nareszcie Comptona, który ostrożnie przechodził wśród walczących, skupiony wyłącznie na naszym bohaterze. Po chwili wziął Bubbę pod rękę i skierował ku bezpiecznym pomieszczeniom, gdyż na tym miała polegać jego rola tutaj. Byłam dumna, widząc, że Bill po drodze zdążył nawet powalić jednego z nieznanych mi z imienia wampirów. Ciało nieszczęśnika już się rozpadało.

Byłam tak pochłonięta obserwowaniem Bubby, że nie dostrzegłam słaniającej się w moją stronę Audriny. Dziewczyna zaciskała dłonie na przeciętym gardle, z którego obficie płynęła krew, aż osunęła się na mnie, ścinając mnie z nóg, toteż padłam na kolana. Nie wiem, jaki był jej zamiar – może usiłowała mnie ominąć, bo szła do baru po ręcznik, którym mogłaby powstrzymać krwawienie, a może po prostu starała się uciec przed napastnikiem – tak czy owak, nigdy nie osiągnęła celu. Legła na podłodze jakiś metr za mną, jej ciało rozciągnęło się jak długie, a ja nie mogłam nic dla niej zrobić. Kiedy dotykałam przegubu jej dłoni, wyczułam za sobą jakiś ruch i odskoczyłam od zwłok na tyle szybko, że uniknęłam ciosu ze strony barmana Jocka. Wampir Jock miał wspaniały instynkt samozachowawczy, skoro ganiał za kobietami zamiast za wampirami. Indira w falującym sari chwyciła go na szczęście za ramię, zakołysała jego ciałem z dostateczną siłą, by grzmotnąć barmanem o ścianę. Od uderzenia, w ścianie zrobiło się wgłębienie, a wampir zataczał się przez chwilę. Nim znowu zdołał ruszyć w moją stronę, Indira rzuciła się w dół, na podłogę, sięgnęła między jego nogi i chwyciła je. Krzycząc, Jock tupał i kopał, lecz wampirzyca i tak zdołała pozbawić go męskości.

A ja miałam nową „najstraszniejszą rzecz, jaką kiedykolwiek widziałam". Z ciała Jocka lała się krew, gęsta i ciemna, on sam zaś patrzył w dół w szoku, Indira tymczasem wywrzaskiwała wszem wobec zwycięstwo. Z nagłą determinacją barman zamachnął się zaciśniętymi pięściami i walnął ją w skroń. Indira poleciała na bok i teraz ona zaliczyła zderzenie ze ścianą. Przez sekundę leżała nieruchomo na podłodze, potem zaczęła potrząsać głową, jak gdyby wokół niej brzęczały muchy. Jock rzucił się na nią, ale chwyciłam go za ramię i trzymałam na tyle długo, że musiał się zatrzymać. W momencie gdy w końcu dosięgnął jej, Indira była już całkowicie przytomna – a przynajmniej na tyle, by zerwała się z miejsca, zarzuciła Jockowi fałdę sari na twarz i, kiedy go oślepiła na chwilę, złapała kołek, który jej rzuciłam, i wbiła mu go w serce.

„Jock, ledwie cię poznałam" – sparafrazowałam słowa starej irlandzkiej pieśni.

Spróbowałam dokonać pośpiesznych obliczeń.

Nie było już Jocka, Marka i Mindy Simpsonów, Any Lyudmily, Antonia, „nieznanego mi z imienia wampirzego wroga numer jeden"... A Luis? Gdzie podział się Luis? Usłyszałam na dworze strzał i wyobraziłam sobie, że to jest właśnie odpowiedź na moje pytanie. I istotnie, Luis wbiegł z powrotem do klubu z raną w lewym barku. A tu czekał na niego Mustafa Khan z bardzo długim nożem. Mimo rany od kuli Luis walczył naprawdę zaciekle, okazało się również, że i on ma broń. Wyciągnął własne ostrze i usiłował ciachnąć nim Mustafę, w tym momencie jednak Immanuel kopnął go w kolano od tyłu i Luis upadł. Z tej chwili słabości skorzystał Rubio i wbił leżącemu kołek w pierś. Mustafa powiedział z wielkim oburzeniem: „O, do diabła" i ukłonił się Rubiowi z wdzięcznością. Zaskoczony Rubio odwzajemnił ukłon.

Palomino miała kłopoty z „nieznanym mi z imienia wampirzym wrogiem numer dwa", który walczył jak demon. Może Palomino nie była takim wykwalifikowanym wojownikiem, albo nie była aż tak stara, w każdym razie widziałam, że jest zbroczona krwią i słabnie. Parker, który był widocznie niezbyt wprawiony w bitwach, trzymał „numer dwa" za plecy i wielokrotnie dźgał go szpikulcem do lodu, co nie wydawało się szczególnie skuteczne, niemniej jednak oczywiście irytowało przeciwnika obojga. „Numer dwa", zwalisty wampir, którego przemieniono, gdy miał po trzydziestce, regenerował rany tylko po to, by znów zostać ukłutym. Jestem pewna, że cholernie go to bolało. Ale Parker najwyraźniej był za bardzo przerażony, toteż nie podchodził na tyle blisko, żeby mógł trafić

„numer dwa" w serce. Palomino walczyła zbyt niemrawo, z powodu licznych ran, i również nie potrafiła zatrzymać przeciwnika. Mustafa, gdy umknął przed ciosem nieżyjącego już Luisa, odepchnął teraz Parkera na bok i ściął „numerowi dwa" głowę pięknym łukiem swego ostrza.

Pozostali już na nogach tylko dwaj przeciwnicy – Akiro i Victor Madden.

Obaj wiedzieli, że walczą o życie. Zauważyłam, że Pam ma zakrwawione usta, lecz nie potrafiłam powiedzieć, czy krew należy do niej, czy też jest to może krew Victora. Poczułam, jak *cluviel dor* wbija mi się w ciało na wysokości talii, i przemknęło mi przez głowę, że mogłabym go wyjąć, w następnej chwili jednak Akiro odciął ramię Thalii. Wampirzyca chwyciła je, gdy upadało, i uderzyła nim Azjatę, a Heidi wskoczyła na niego i dźgnęła go nożem w szyję.

Akiro wypuścił z ręki miecz, chcąc złapać się za gardło, więc natychmiast podbiegłam i podniosłam broń, żeby nie mógł jej odzyskać. Miecz był długi i wcale nie taki ciężki, jak sądziłam. Zrobiłam wraz z nim krok w tył, chcąc znaleźć się dalej od szukającego po omacku wokół siebie Azjaty. W tej samej chwili Victor pchnął Erica na ścianę i powalił na plecy Pam, na którą się następnie rzucił. Byli tuż przede mną. Madden ugryzł moją przyjaciółkę wampirzycę w szyję, trzymając ją mocno za ramiona i przyciskając jej plecy do podłogi.

Pam popatrzyła na mnie z dołu. Jej twarz wydawała się niesamowicie spokojna.

– Zrób to – poleciła.

– Nie!

Mogłabym ją przecież zranić.

– Zrób to.

Naciskała na mnie i wiedziałam, że nie ustąpi. Była całkowicie zdecydowana. Machała rękoma, chcąc zacisnąć je na barkach Maddena i go pokonać.

Eric chwiejnie wstał na nogi; krew kapała mu z rany na głowie i uszkodzonego ramienia oraz boku. Sądząc po jego czerwonych ustach, ugryzł wcześniej Victora przynajmniej raz. Popatrzyłam na Pam, która resztką sił starała się mocno trzymać naszego wroga. Wampirzyca kiwnęła głową i odwróciła ją. Zamknęła oczy. Pożałowałam, że nie mogę zrobić tego samego. Wzięłam potężny wdech, później zamach i opuściłam miecz.

ROZDZIAŁ SZESNASTY

Pam zepchnęła z siebie Victora i skoczyła na równe nogi. Wcześniej byłam taka przerażona, że ją zabiję, że nie wykonałam zamachu z dostateczną energią. W efekcie nie przecięłam ciała Victora całkowicie, chociaż przerwałam mu rdzeń kręgowy. Miecz utknął w kości i nie mogłam go wyjąć. Zdumiona własnym czynem, wycofałam się i zakryłam dłonią usta.

Pam wyszarpnęła miecz z rany i ścięła Maddenowi głowę.

– Poddaj się – rozkazał Eric rannemu Azjacie.

Akiro potrząsnął głową. Rana w gardle uniemożliwiła mu odpowiedź.

– Dobrze zatem – powiedział Eric ze znużeniem.

Złapał głowę Akira i skręcił mu kark. Głośny trzask zabrzmiał naprawdę odrażająco. Odwróciłam wzrok i zrobiło mi się niedobrze, siłą woli nakazałam jednak własnemu żołądkowi, żeby się uspokoił. Podczas gdy Akiro leżał bezradnie, Eric przebił go kołkiem.

I to był koniec. Victor i wszyscy jego wampirzy pomagierzy – a także ludzcy słudzy – nie żyli. Wokół rozpadało się tyle zwłok nieumarłych, że aż zgęstniało powietrze.

Opadłam na krzesło. Tak naprawdę to straciłam kontrolę nad nogami, a krzesło przypadkiem stało za mną.

Thalia płakała z powodu bólu, jakie sprawiało jej odcięte ramię, bardzo się jednak starała nie okazywać słabości. Indira kucała na podłodze; wyglądała na wyczerpaną, lecz była radosna. Maxwell Lee, Parker i Rubio odnieśli mniej poważne obrażenia. Pam i Eric byli pokryci krwią, zarówno własną, jak i juchą Victora. Palomino podeszła powoli do Rubia i objęła go, a potem przyciągnęła do siebie Parkera. Colton klęczał obok zmarłej Audriny, łkając.

Nigdy więcej nie chciałabym być świadkiem kolejnej bitwy, dużej czy małej, nieważne. Nigdy, nigdy w życiu. Patrzyłam na mojego ukochanego, mojego męża, i odnosiłam wrażenie, że to ktoś nieznajomy. On i Pam stali zwróceni ku sobie, trzymali się za ręce i uśmiechali do siebie promiennie mimo pokrywającej ich krwi. Potem przylgnęli do siebie na moment, a Pam zaczęła się śmiać, aż straciła dech.

– Stało się! – powiedziała. – Zrobiliśmy to. Jesteśmy wolni.

Tak... do czasu, aż Felipe de Castro spadnie na nas jak tona cegieł, ponieważ zechce się dowiedzieć, co się przytrafiło jego regentowi, pomyślałam, lecz nic nie powiedziałam.

Po pierwsze, nie byłam pewna, czy mogę mówić. Po drugie, już się przecież wcześniej zastanawialiśmy, co się zdarzy, ale Eric zawyrokował, że lepiej prosić o wybaczenie niż spytać o zgodę.

Mustafa rozmawiał przez niewielką zgrabną komórkę.

– Warrenie, człowieku, nie ma sensu, żebyś tutaj wchodził – oznajmił. – Dokonało się to, co się miało dokonać. Tak, dobry strzał. Tak, wykończyliśmy go.

– Szeryfie – odezwał się Parker – jedziemy teraz do domu, o ile nas już nie potrzebujesz.

Rachityczny młody mężczyzna wspierał się na Palomino, Rubio stał po jej drugiej stronie. Każde z tych trojga było w taki czy inny sposób sponiewierane.

– Możecie iść. – Eric, mimo że usmarowany krwią, ciągle pozostawał władczy. – Odpowiedzieliście na moje wezwanie i zrobiliście, co do was należało. Zostaniecie nagrodzeni.

Palomino, Rubio i Parker pomagali sobie wzajemnie dojść do tylnych drzwi. Z ich min wywnioskowałam, że mają nadzieję, iż Eric nie zawezwie ich znowu przez bardzo, bardzo długi czas – niezależnie od jakości potencjalnej nagrody.

Indira podczołgała się do Thalii i przyłożyła oderwane ramię tamtej do jej barku. Trzymała je mocno przez długą chwilę. Uśmiechała się szeroko. Tak, Indira była najszczęśliwszą osobą w całym klubie.

– Czy to się uda? – spytałam Pam, kiwając głową na operację łączenia ramienia z barkiem.

Pam wycierała zakrwawiony miecz o ubranie Akira. Jego gardło już niemal zniknęło, gdyż ranne części ciała rozpadają się szybciej niż zdrowe czy pozbawione obrażeń.

– Czasami się udaje – oparła, wzruszając ramionami. – Ponieważ Thalia jest stara, istnieje szansa. Byłoby to mniej bolesne i czasochłonne niż regeneracja.

– Thalio, mogę ci przynieść trochę krwi? – spytałam.

Nie sądziłam, że kiedykolwiek odważę się na tyle, by zwrócić się do Thalii bezpośrednio, na pewno jednak mogłam jej podać butelkę krwi i chętnie bym to zrobiła. Wampirzyca popatrzyła na mnie oczyma pełnymi łez. Było oczywiste, że zmusza się do leżenia nieruchomo.

– Nie, chyba że chciałabyś mi dać trochę własnej – odrzekła z wyraźnym obcym akcentem. – Ale gdybym ssała od ciebie, Eric byłby niezadowolony. Immanuelu, dałbyś mi parę łyków?

– Dobrze – zgodził się chudy fryzjer.

Wyglądał na bardziej niż lekko oszołomionego.

– Jesteś tego pewny? – spytałam. – Nie bardzo wydajesz mi się sobą.

– Tak, do diabła – stwierdził nieprzekonująco. – Facet, który zabił moją siostrę, jest ostatecznie martwy! Czuję się z tym świetnie.

Cóż, nie wyglądał świetnie, byłam jednak pewna, że i ja nie prezentuję się zbyt dobrze. Powiedziałam tyle, ile mogłam, więc teraz tylko usiadłam obok, podczas gdy Immanuel przycupnął niezdarnie przed krzesłem Thalii. Nie sprzyjała im różnica wzrostu. Thalia objęła zdrowym ramieniem szyję Immanuela i bez dalszej dyskusji zatopiła w niej kły. Wyraz twarzy Immanuela zmienił się ze smutku w błogość.

Thalia pożywiała się hałaśliwie.

Indira kucała obok niej w bardzo pokrwawionym sari, nadal cierpliwie trzymając odciętą kończynę przy stawie. W miarę jak Thalia ssała, zauważyłam, że ramię wygląda coraz bardziej naturalnie. Palce się zginały. Byłam zdziwiona, ale było to tylko jeszcze jedno mocno dziwne zdarzenie w trakcie wieczoru, który składał się z samych takich incydentów.

Pam wyglądała na trochę podminowaną, teraz, kiedy przestała świętować zwycięstwo z Erikiem i zobaczyła, że Immanuel ofiarowuje swoją krew komuś innemu. Spytała Mustafę, czy dałby jej się napić z żyły, a on jedynie wzruszył ramionami.

– Cóż, taka praca – mruknął, opuszczając kołnierzyk czarnego podkoszulka z krótkim rękawem i nadstawiając szyję.

Na tle cery wilkołaka skóra Pam wydawała się niewiarygodnie biała. Gdy wampirzyca się wgryzła, Mustafa obnażył zęby. Po sekundzie jednak on także wyglądał na szczęśliwego.

Eric podszedł do mnie. Promieniał. Chyba nigdy nie byłam bardziej zadowolona z tego, że zerwaliśmy więź, ponieważ nie chciałam czuć tego, co mój wampir czuł w tej chwili, ani trochę. Eric objął mnie i pocałował namiętnie, a ja czułam wyłącznie ohydny zapach krwi. Northman był wręcz mokry od krwi. Teraz i ja miałam krew wszędzie na sukience, ramionach, biuście...

Po minucie Eric się odsunął. Marszczył brwi.

– Sookie? – spytał. – Nie radujesz się?

Starałam się wymyślić, co odpowiedzieć. Poczułam się jak straszna hipokrytka.

– Ericu – odparłam – cieszę się, że nie muszę się już martwić o Victora. I wiem, że stało się to, co zaplanowaliśmy. Ale pobyt wśród zabitych i otaczające mnie fragmenty ich ciał... to nie jest dla mnie dobre miejsce na uczczenie zwycięstwa. I nigdy nie byłam mniej napalona niż teraz, nigdy.

Zmrużył oczy. Nie spodobała mu się moja ocena jego wiktorii. Rozumiałam to.

Problem, co? Rozumiałam wszystko, a jednak nadal tego nienawidziłam, nienawidziłam siebie i nie lubiłam nikogo innego.

– Potrzebujesz krwi – powiedziałam. – Naprawdę mi przykro, że zostałeś ranny, i wiem, że musisz uzupełnić krew.

– Ty jesteś hipokrytką, a ja wezmę sobie krew – rzucił i zaatakował mnie.

Bolało, o tak. Gdy ssał, nie poczułam się dobrze; Eric zadziałał niemal automatycznie. Łzy spłynęły mi po twarzy, chociaż wcześniej nie wiedziałam, że chcę płakać. W jakiś przewrotny sposób poczułam, że zasłużyłam sobie na ten ból, że jest on usprawiedliwiony. A równocześnie pojęłam, że jest to jakiś punkt zwrotny w naszym związku.

Hmm, tyle że w naszym związku były najwidoczniej tysiące punktów zwrotnych.

Nagle obok mnie stanął Bill i patrzył, jak Eric ssie krew z mojej szyi. Minę Compton miał... skomplikowaną; były w niej wściekłość, uraza, tęsknota...

Byłam gotowa na coś prostego, byłam gotowa przestać cierpieć. Patrzyłam Billowi w oczy, a on wpatrywał się w moje.

– Szeryfie – zaczął. Jego ton nigdy chyba nie był łagodniejszy.

Eric drgnął i wiedziałam, że usłyszał głos Billa, wiedziałam, że zdał sobie sprawę z tego, że powinien przestać ssać. A jednak nie przestał.

Otrząsnęłam się z letargu i nienawiści, którą czułam do samej siebie, po czym złapałam małżowinę ucha Erica i z całych sił ścisnęłam.

Oderwał się ode mnie i sapnął. Usta miał całe we krwi.

– Bill odwiezie mnie do domu – oznajmiłam. – Porozmawiamy jutro w nocy. Może.

Eric pochylił się, chcąc mnie pocałować, ja jednak bez wahania się cofnęłam. Nie będzie mnie całował takimi pokrwawionymi wargami!

– Jutro – powtórzył Eric, badając wzrokiem moją twarz. Następnie odwrócił się i zawołał: – Słuchajcie mnie, wszyscy! Musimy zacząć sprzątać klub.

Wampiry jęknęły niczym dzieci, którym ktoś powiedział, że mają zebrać zabawki. Immanuel podszedł do Coltona i pomógł mu wstać.

– Możesz zatrzymać się w moim domu – zaproponował fryzjer. – Nie jest daleko stąd.

– Nie zasnę – odpowiedział Colton. – Audrina nie żyje.

– Przetrwamy tę noc – obiecał mu Immanuel.

Dwaj mężczyźni opuścili „Fangtasię", obaj szli z opuszczonymi z wyczerpania i zgryzoty ramionami. Zastanawiałam się, co myślą teraz o zemście, która się dokonała, wiedziałam jednak, że nigdy ich o to nie zapytam. Mogłabym ich nigdy więcej nie zobaczyć.

Bill objął mnie, gdyż trochę się potykałam, a ja odkryłam, że bardzo się cieszę z jego bliskości i wsparcia. Byłam przekonana, że nie jestem w stanie prowadzić auta. Odszukałam torebkę, w której wciąż jeszcze tkwiły dwa kołki, i wyjęłam kluczyki z wewnętrznej kieszonki.

– Dokąd poszedł Bubba? – spytałam.

– Lubi się pokręcić wokół starego Civic Auditorium – odparł Bill. – Kiedyś tam występował. Wykopie sobie dół i będzie spał w ziemi.

Skinęłam głową. Byłam zbyt zmęczona, by cokolwiek odpowiedzieć.

Compton nie odzywał się przez całą drogę, co uznałam za błogosławieństwo. Gapiłam się przez przednią szybę na czarną noc, dumając nad tym, jak będę się czuła jutro. Tyle śmierci, a wszystko toczyło się tak szybko i było tak krwawe, że czułam się jak po seansie krwawego horroru. Kiedyś, gdy byłam w domu Jasona, widziałam kilka minut jednej z części filmu *Piła*. I te kilka minut zupełnie mi wystarczyło.

Całkowicie wierzyłam, że Victor wprawił to wszystko w ruch własnym nieprzejednaniem. Gdyby Felipe mianował kogoś innego zarządcą Luizjany, do tej katastrofy w ogóle by nie doszło. Może mogłam o wszystko obwinić Felipe'a? Nie, odpowiedzialność spoczywała na nas.

– O czym myślisz? – spytał Bill prowadzący moje auto.

– Myślę o winie i o zamachu – odparłam.

Tylko pokiwał głową.

– Ja także. Sookie, dobrze wiesz, że Victor robił co mógł, żeby sprowokować Erica.

Zaparkowaliśmy właśnie za moim domem.

Odwróciłam się do Comptona i z ręką na klamce popatrzyłam na niego pytająco.

– Tak – ciągnął wampir. – Starał się ze wszystkich sił sprowokować Erica do czynu, za który będzie mógł go zabić, tak żeby nie musiał w żaden sposób motywować swojego działania. Eric przeżył, a Victor nie, jedynie dzięki temu, że nasz plan był lepszy niż jego. Wiem, że kochasz Erica – dodał głosem, który pozostał opanowany i chłodny. Tylko zmarszczki wokół jego oczu mówiły mi, jak dużo go to kosztuje. – Na pewno się cieszysz... albo może jutro będziesz się cieszyła... że wszystko skończyło się w taki, a nie inny sposób.

Na sekundę zacisnęłam usta i zadumałam się nad odpowiedzią.

– Tak, wolałam, żeby przeżył Eric niż Victor – przyznałam. – To prawda.

– I wiesz, że można to było osiągnąć tylko poprzez przemoc, to było jedyne możliwe wyjście.

Tak, nawet to rozumiałam. Skinęłam głową.

– Więc skąd to wahanie? – spytał.

Odwoływał się do mojej reakcji.

Puściłam klamkę i odwróciłam się twarzą do Comptona.

– Bo to było takie krwawe, okrutne i koszmarne, a ludzie cierpieli! – wyrzuciłam z siebie, zaskoczona gniewem, który pobrzmiewał w moich słowach.

– Myślałaś, że Victor umrze bez kropli krwi? Myślałaś, że ludzie Maddena nie będą walczyli? Myślałaś, że nikt nie umrze?

Mówił tak cicho, że nawet nie mogłam się w pełni rozgniewać.

– Billu – odparłam – nigdy nie wierzyłam w żadną z tych rzeczy. Nie jestem aż taka naiwna. Ale to, co widzimy, zawsze różni się od naszych planów i wyobrażeń.

Byłam zmęczona tym tematem. Stało się i tyle, teraz musiałam przejść nad tym do porządku dziennego.

– Słuchaj, poznałeś kiedyś królową Oklahomy? – spytałam.

– Tak – przyznał, jak mi się wydało z dużym niepokojem w głosie. – Dlaczego pytasz?

– Zanim Appius umarł, w jakimś sensie dał jej Erica. Ta wiadomość wyraźnie nim wstrząsnęła.

– Jesteś pewna?

– Tak. Eric w końcu mi powiedział, po tym jak Pam przez długi czas wierciła mu o to dziurę w brzuchu.

Bill odwrócił wzrok, wcześniej jednak udało mi się zobaczyć uśmieszek, który usiłował ukryć.

– Pam potrafi działać w sposób bardzo zdecydowany, gdy chce, żeby Eric zrobił coś konkretnego. Czy Eric ci wreszcie powiedział, jak zamierza zareagować w tej sytuacji z królową?

– Próbuje się z niej wywinąć, ale najwyraźniej Appius zdążył coś podpisać. Kiedy Ocella powiedział mi, zanim umarł, że nigdy nie zdołam zatrzymać przy sobie Erica, nie wiedziałam, że miał na myśli coś takiego. Sądziłam, że sugeruje po prostu, że Northman nie zechce trwać przy mnie, kiedy zacznę się starzeć i marszczyć, albo że będziemy się kłócić i zerwiemy... albo... Och, nie wiem. Że na przykład wydarzy się coś, co nas rozdzieli...

– I teraz coś się wydarzyło.

– No cóż... tak.

– Wiesz, że jeśli poślubi królową, będzie cię musiał od siebie odsunąć? Jako wampir ożeniony z władczynią będzie się oczywiście mógł posilać krwią istot ludzkich i będzie mógł mieć ulubieńców, lecz nie żonę, ludzkiej żony nie będzie mógł mieć.

– Dał mi to do zrozumienia – odburknęłam.

– Sookie... Nie rób niczego pochopnego.

– Więź już zerwałam.

– To akurat dobrze – odparł po długiej chwili przerwy – ponieważ więź była niebezpieczna dla was obojga.

Phi, też mi nowina.

– W jakimś sensie tęsknię za tym połączeniem – wyznałam. – Chociaż z drugiej strony to duża ulga.

Bill nic nie powiedział. I dobrze.

– Miałeś kiedykolwiek...? – spytałam.

– Kiedyś... raz, dawno temu – odparł.

Nie chciał o tym rozmawiać.

– Skończyło się... dobrze?

– Nie – rzucił. Mówił teraz stanowczo i w żaden sposób nie zachęcał do kontynuacji tematu. – Odpuść sobie, Sookie. Mówię ci to nie jako dawnej kochance, ale jako przyjaciółce. Pozwól Ericowi podjąć decyzję w tej sprawie. Nie wypytuj go o postępy. Mimo że ja nie mogę znieść jego, a on mnie, wiem, że będzie się bardzo starał uniknąć tego przymusu, choćby dlatego, i po prostu dlatego, że ogromnie kocha wolność. Oklahoma jest bardzo piękna, a Eric uwielbia piękno, ale ma już piękną partnerkę – ciebie.

Gdybym potrafiła docenić wartość tego komplementu, na pewno poczułabym się lepiej. Zadałam sobie pytanie: jak naprawdę ma na imię królowa Oklahomy? Często władców nazywano podobnie do nazwy krainy, którą rządzili, toteż Bill naturalnie nie chciał mi powiedzieć, że stan Oklahoma jest piękny, tylko że piękna jest kobieta rządząca stworzeniami nocy zamieszkującymi ten stan.

Ponieważ się nie odzywałam, Compton mówił dalej:

– Oklahoma dzierży także dużo władzy. To znaczy... ma duże terytorium, faworytów, nieruchomości, pieniądze z ropy...

A my oboje wiedzieliśmy, że Eric kocha również władzę. Niecałkowitą władzę – bo chyba nigdy nie pragnął sam zostać królem – ale uwielbiał moc dyktowania warunków na posiadanym terenie.

– Rozumiem, co oznacza termin „władza" – odburknęłam. – I rozumiem, że jej nie posiadam. Chcesz wziąć samochód i podjechać do swojego domu czy zostawisz auto tutaj i przejdziesz przez las?

Wręczył mi kluczyki.

– Przejdę przez las.

Nie mieliśmy sobie w tej chwili nic więcej do powiedzenia.

– Dziękuję – powiedziałam mu.

Wysiadłam, otworzyłam drzwi na ganek, weszłam, zamknęłam je za sobą. Otworzyłam kluczem tylne drzwi do domu i wkroczyłam do kuchni. Włączyłam światło. W budynku panowały cisza i pustka, co – jak natychmiast odkryłam – zadziałało na mnie uspokajająco. Klimatyzacja funkcjonowała jak trzeba, więc temperatura również była przyjemna.

Chociaż z bitwy w „Fangtasii" wyszłam bez szwanku i miałam się lepiej niż ktokolwiek, przynajmniej fizycznie, czułam się dziwnie poobijana i poraniona. Wiedziałam, że nazajutrz będę cała obolała. Rozpięłam klamrę szerokiego paska i odłożyłam *cluviel dor* do szuflady z produktami do makijażu. Zdjęłam poplamioną sukienkę, wyszłam na tylny ganek, wrzuciłam ją do pralki i uruchomiłam program moczenia w chłodnej wodzie, a następnie weszłam pod prysznic i puściłam wodę tak gorącą, jak tylko mogłam wytrzymać. Kiedy wyszorowałam całe ciało, zmieniłam wodę na chłodniejszą. Kiedy wyszłam i zaczęłam się wycierać, czułam się rozkosznie czysta i świeża.

Zastanawiałam się, czy zacznę płakać albo się modlić. A może przesiedzę resztę nocy w kącie pokoju z szeroko otwartymi oczyma? Nic takiego się nie stało. Położyłam się do łóżka, czując taki spokój, jakbym właśnie przeszła udaną operację albo jakby wynik biopsji okazał się negatywny.

Gdy zwinęłam się w kłębek i ułożyłam do snu, w ostatniej chwili pomyślałam, że fakt, iż mogę spokojnie spać dziś w nocy, jest przerażający. Zatrważający bardziej niż cokolwiek innego.

ROZDZIAŁ SIEDEMNASTY

Wszystkie kobiety w moim salonie były szczęśliwe. Niektóre z nich były szczęśliwsze niż inne, to prawda, ale żadna nie czuła się nieszczęśliwa. Przyszły tutaj wręczyć prezent komuś, kto na ich dar zasłużył, i cieszyły się, że Tara spodziewa się bliźniąt. Cała żółta, zielona, niebieska i różowa delikatna bibułka do pakowania piętrzyła się teraz w prawie przytłaczający sposób, lecz muszę przyznać, że Tara otrzymała wiele rzeczy, których potrzebowała i których pragnęła.

Dermot dyskretnie pomagał podawać przekąski i napoje lub pakował do toreb podarty papier upominkowy, dzięki czemu podłoga była czysta. Niektóre z kobiet, które gościłam, lekko się już zataczały, więc nie potrzebowałyśmy na podłodze niczego, na czym mogłyby się poślizgnąć. Były tutaj mama JB i jego babcia, która ma co najmniej siedemdziesiąt pięć lat.

Kiedy Dermot wcześniej zjawił się u tylnych drzwi, wpuściłam go i wróciłam bez słowa do kawy, którą piłam. A jednak, gdy tylko stanął w drzwiach, poczułam się znacznie lepiej. Może w ciągu poprzednich kilku tygodni nie zauważałam tego kontrastu, ponieważ byłam tak bardzo pochłonięta więzią krwi? Kiedyś ulegałam wpływowi wielu istot nadnaturalnych. A teraz? Nie powiem, że czuję się zdecydowanie lepiej, będąc po prostu sobą, ale czuję na pewno większy kontakt z rzeczywistością.

Kiedy zaproszone kobiety dobrze się przyjrzały Dermotowi i uświadomiły sobie, jak bardzo przypomina on z wyglądu Jasona, wiele z nich uniosło brwi. Powiedziałam im, że Dermot jest dalekim krewnym z Florydy, i od razu usłyszałam z wielu mózgów, że panie zamierzają sprawdzić, czy moja rodzina miała jakieś związki z tym południowym stanem.

Tak, czułam się dziś sobą. Czułam się tak, jakbym robiła to, co powinna robić osoba żyjąca w tej społeczności, w której mieszkam. Nie, nie mogłam być tą samą dziewczyną, która ubiegłej nocy uczestniczyła w jakiejś masakrze, na pewno nie!

Wypiłam łyk ze szklanki. Poncz Maxine okazał się bardzo smaczny, ciasto, które kupiłam w piekarni – wyśmienite, moje paluszki serowe były kruche i naprawdę pikantne, a solone orzechy pekan dostatecznie mocno uprażone. Grałyśmy w Baby Bingo po tym, jak Tara otworzyła prezenty, rozpromieniła się i powiedziała „Dziękuję wam" jakiś milion razy.

W miarę jak przyjęcie się rozwijało, czułam się coraz bardziej jak dawna Sookie Stackhouse. Byłam w towarzystwie osób, których zachowanie rozumiałam. I robiłam dobry uczynek.

Jako coś w rodzaju bonusu otrzymałam od babci JB uroczą opowieść o mojej babci. Wszystko razem wziąwszy, było to naprawdę udane popołudnie.

Kiedy weszłam do kuchni z tacą pełną brudnych naczyń, pomyślałam: to właśnie jest szczęście. Ubiegłej nocy to nie byłam prawdziwa ja.

Ale to nie była prawda. Wiedziałam – nawet wtedy gdy to pomyślałam – że nie jestem w stanie oszukać samej siebie. Tak, nie miałam złudzeń. Zmieniłam się, żeby przeżyć, i płaciłam za to przetrwanie odpowiednio wysoką cenę. Stale musiałam się zmieniać, w przeciwnym razie wszystkie moje poczynania byłyby daremne.

– Hmm, nic ci nie jest, Sookie? – spytał Dermot, kiedy przyniósł do kuchni więcej szklanek.

– Nie, nie, dzięki.

Próbowałam się do niego uśmiechnąć, ale wiedziałam, że mimo wysiłku wypadło to słabo.

W tym momencie rozległo się stukanie do tylnych drzwi. Przypuszczałam, że to jakaś spóźniona kobieta, która stara się wślizgnąć, nie rzucając się w oczy pozostałym gościom.

Ale w progu stał pan Cataliades. Miał na sobie garnitur, jak zawsze, i po raz pierwszy wyglądał na nieco zaniedbanego. Ogólnie rzecz biorąc, zachowywał się trochę mniej pewnie, niemniej jednak grzecznie się uśmiechał. Zdumiała mnie jego wizyta i nie byłam do końca pewna, czy chcę z nim dziś rozmawiać, pamiętałam jednak, że prawnik potrafi odpowiedzieć na wiele pytań związanych z moim życiem, więc tak naprawdę nie miałam zbytniego wyboru.

– Proszę wejść – powiedziałam mu, odsuwając się i przytrzymując otwarte drzwi.

– Panno Stackhouse – odezwał się oficjalnie. – Bardzo dziękuję za powitanie. – Wpatrywał się w Dermota, który bardzo starannie mył naczynia, dumny, że mu zaufałam i pozwoliłam dotykać kosztownej porcelany po babci. – Młody człowieku – dodał, ot tak, dla potwierdzenia.

Dermot odwrócił się i zastygł.

– Demonie – odparował, po czym odwrócił się z powrotem do zlewu, widziałam jednak, że myśli jak szalony.

– Odbywa się u pani spotkanie towarzyskie? – spytał mnie Cataliades. – Zdaje mi się, że w budynku przebywa wiele kobiet.

Wcześniej wcale nie zauważałam kakofonii damskich głosów dobiegających z salonu, teraz jednak hałas zabrzmiał dla mnie tak, jakby w pokoju przebywało sześćdziesiąt kobiet zamiast dwudziestu pięciu.

– Tak – przyznałam. – Rzeczywiście. Wyprawiam przyjęcie z okazji wyboru imion dla dzieci przyjaciółki.

– Może mógłbym posiedzieć przy kuchennym stole do czasu, aż to przyjęcie się zakończy? – zaproponował. – Może zjadłbym coś?

Przypomniał mi o manierach.

– Oczywiście – zgodziłam się. – Proszę jeść tyle, ile ma pan ochotę!

Zrobiłam mu szybko kanapkę z szynką, wyłożyłam chipsy i korniszony, przygotowałam oddzielny talerz z przysmakami z przyjęcia. Nalałam mu również szklaneczkę ponczu.

Ciemne oczy pana Cataliadesa rozjarzyły się na widok jedzenia, które przed nim postawiłam. Może posiłek nie był tak wykwintny, jak te, do których był przyzwyczajony (chociaż z tego co słyszałam, jadał surowe myszy), ale chętnie się częstował. Dermot chyba czuł się dobrze w jednym pomieszczeniu z prawnikiem, nawet jeśli nie był całkowicie odprężony, więc bez wyrzutów sumienia zostawiłam ich obu w kuchni i wróciłam do salonu. Gospodyni nie może opuszczać gości na czas zbyt długi; to nie byłoby uprzejme.

Tara otworzyła już wszystkie prezenty. Jej pomocnica ze sklepu, McKenna, spisywała wcześniej, co kto wręczył jej pracodawczyni, a teraz przykleiła na każdym przedmiocie karteczkę z imieniem osoby, która go dała. Wszystkie kobiety opowiadały o własnych ciążach i porodach (o rany!), a Tara odpowiadała na pytania dotyczące jej ginekologa-położnika, szpitala, w którym zamierzała rodzić, imion zaplanowanych dla dzieci, płci bliźniąt, ile zostało do rozwiązania i tak dalej, i tym podobne.

Stopniowo kobiety zaczęły się rozchodzić, a od Tary, jej teściowej i dziewczyny Jasona, Michele otrzymałam szczere propozycje pomocy przy sprzątaniu i zmywaniu naczyń. Wszystkie oferty odrzuciłam.

– Nie, nie, po prostu zostawcie je tutaj, to moje zadanie – mówiłam i niemal słyszałam, jak z ust płyną mi słowa mojej babci.

Na tę myśl o mało nie wybuchnęłam śmiechem. Może zresztą przyjęłabym czyjąś propozycję, gdyby w mojej kuchni nie siedzieli demon i wróż. Załadowałyśmy wszystkie prezenty do samochodów Tary i jej teściowej, a Michele powiedziała, że wraz z Jasonem będą smażyć sumy w następny weekend i chcą, żebym przyszła. Powiedziałam, że zobaczę, ale że brzmi to cudownie.

Poczułam olbrzymią ulgę, gdy wszystkie wyszły.

Gdy zostałam jedyną kobietą w domu, najchętniej bym się rzuciła na fotel i czytała przez trzydzieści minut albo oglądała odcinek teleturnieju „Jeopardy!", a dopiero później zaczęłabym sprzątać. Niestety, nie mogłam sobie pozwolić na relaks, ponieważ w kuchni czekało na mnie dwóch mężczyzn. Zamiast wypoczywać, musiałam więc pomaszerować do nich, obładowana dużą liczbą talerzy i kubków.

Z zaskoczeniem zauważyłam, że Dermot zniknął. Nie widziałam, żeby odjeżdżał autem, zakładałam jednak, że może jakoś to przeoczyłam, gdy jego samochód zmieszał się z tłumem pojazdów odjeżdżających uczestniczek przyjęcia. Pan Cataliades siedział na tym samym krześle, na którym go zostawiłam. Pił kawę z kubka. Wcześniej najwidoczniej odstawił talerz do zlewu. Nie umył go wprawdzie, ale odniósł.

– No i wyszły – podsumowałam. – Hmm, nie zjadłeś Dermota, prawda?

Uśmiechnął się do mnie szeroko.

– Nie, droga panno Stackhouse, nie zjadłem go. Chociaż jestem pewny, że byłby niezwykle smakowity. A kanapka z szynką była pyszna.

– Cieszę się, że panu smakowała – odparłam automatycznie. – Proszę posłuchać, panie Cataliades, znalazłam list od mojej babci. Nie jestem pewna, czy pojmuję poprawnie nasze... powinowactwo, albo może po prostu nie zrozumiałam, co oznacza fakt, że jest pan moim ojcem chrzestnym.

Uśmiech demona rozszerzył się jeszcze bardziej.

– Chociaż trochę się śpieszę, zrobię wszystko co w mojej mocy, żeby położyć kres pani zmieszaniu – obwieścił.

– Okej. – Ciekawiło mnie, dokąd Cataliades się tak śpieszy, uznałam jednak, że nie będę odwracać uwagi od głównego tematu. – Powiem zatem panu, co wiem, a pan potwierdzi lub mnie poprawi.

Skinął okrągłą głową.

– Byliście dobrymi przyjaciółmi, pan i mój rodzony dziadek, Fintan. Brat Dermota.

– Tak, bliźniak Dermota.

– A jednak Dermota chyba nieszczególnie pan lubi.

Wzruszył ramionami.

– Zgadza się, nie lubię go.

Kusiło mnie, żeby skupić się na tej kwestii i ją rozwinąć, ale przecież były ważniejsze sprawy, więc wróciłam do tej podstawowej.

– Czyli że Fintan jeszcze żył, kiedy urodziliśmy się ja i Jason.

Desmond Cataliades z entuzjazmem pokiwał głową.

– Tak, rzeczywiście, wtedy jeszcze żył.

– Babcia napisała mi w liście, że odwiedził pan mojego ojca i jego siostrę, czyli dzieci Fintana.

– Tak, byłem tutaj.

– A więc dał pan im... nam... upominek?

– Próbowałem, ale nie wszyscy mogliście go przyjąć. Nie wszyscy mieliście niezbędną iskrę.

To była ta sama fraza, której użył kiedyś Niall.

– A co to jest ta niezbędna iskra?

– Cóż za inteligentne pytanie! – zawołał pan Cataliades, przypatrując mi się w taki sposób, jakbym była małpą, która otworzyła drzwiczki, dzięki czemu zdobyła znajdującego się za nimi banana. – Dar, który przekazałem mojemu serdecznemu przyjacielowi Fintanowi dla jego potomków, polegał na tym, że ci spośród nich, którzy posiadali niezbędną iskrę, byli w stanie czytać innym ludziom w myślach. Dokładnie tak jak ja.

– Więc, kiedy się okazało, że mój ojciec i ciocia Linda nie mają tej... iskry, wrócił pan, kiedy urodziliśmy się ja i Jason.

Cataliades skinął głową.

– Nie musiałem was widzieć, to nie było absolutnie konieczne. Przecież i tak już wcześniej przekazałem dar. Ale czułem, że jeśli odwiedzę Jasona, a potem ciebie, będę miał co do was pewność. Kiedy wziąłem cię na ręce, byłem bardzo podekscytowany, chociaż sądzę, że twoja biedna babcia naprawdę się przeraziła.

– Więc tylko ja i... – Ugryzłam się w język, żeby nie wymówić imienia Huntera. To przecież właśnie Cataliades spisywał ostatnią wolę Hadley, a ona nie wspominała w niej o synu. Możliwe, że demon w ogóle nie wiedział, że urodziła dziecko. – Czyli że tylko u mnie ją pan dostrzegł... Ale, ale, nadal nie wyjaśnił mi pan, czym jest właściwie ta iskra.

Posłał mi łobuzerskie spojrzenie. Wiedział, że nie ustąpię.

– Nie jest łatwo zdefiniować niezbędną iskrę w kategoriach twojego DNA – odparł. – To jest swego rodzaju otwarcie do innego świata. Niektórzy ludzie dosłownie nie potrafią uwierzyć, że istnieją jakieś inne istoty żyjące w innym świecie oprócz tego... Stworzenia, które posiadają uczucia, prawa i przekonania, które mogą żyć własnym życiem. Ludzie z niezbędną iskrą urodzili się po to, by doświadczyć lub dokonać czegoś wspaniałego, czegoś zadziwiającego.

Taaa, zrobiłam coś dosyć zadziwiającego ubiegłej nocy, ale na pewno nie było to wspaniałe... No, chyba że ktoś nienawidzi wampirów.

– Babcia miała tę niezbędną iskrę – wywnioskowałam nagle. – Dlatego Fintan sądził, że znajdzie ją również u kogoś z nas, jej potomków.

– Tak, chociaż, rzecz jasna, nigdy nie chciał, żebym przekazał jej mój dar.

Pan Cataliades popatrzył tęsknie na lodówkę, więc wstałam i przygotowałam mu następną kanapkę z szynką. Tym razem pokroiłam też świeżego pomidora i położyłam plastry na małym talerzu, a prawnik układał je sobie na kanapce, i mimo to potrafił zjeść ją starannie. Było to dla mnie dość nadnaturalne.

Po pochłonięciu połowy kanapki demon przerwał jedzenie.

– Fintan kochał ludzi – podjął. – Szczególnie kobiety, a jeszcze bardziej kochał kobiety z niezbędną iskrą. Niełatwo je znaleźć. Adele uwielbiał tak mocno, że postawił portal w jej lesie, żeby móc ją odwiedzać bez trudu, obawiam się też, że był tak psotny, iż...

Powstrzymał się, popatrzył na mnie niespokojnie i przez moment ważył słowa.

– Wiem, że od czasu do czasu podszywał się pod męża babci – wyjaśniłam. – Dermot rozpoznał Fintana na niektórych spośród rodzinnych zdjęć.

– Obawiam się, że to było ogromnie nieprzyzwoite z jego strony.

– Tak – zgodziłam się. – To było ogromnie nieprzyzwoite.

– Kiedy twój ojciec się urodził, Fintan żywił wielkie nadzieje co do niego. Byłem tutaj tamtego dnia, ponieważ chciałem sprawdzić chłopca. Niestety, okazał się zupełnie przeciętny, chociaż był, naturalnie, śliczny i miał w sobie nieodparty urok, tak jak wiele istot, które są po części duszkami. Z Lindą, drugim dzieckiem, było podobnie. I przykro mi z powodu raka; taka choroba nie powinna jej się przytrafić. Obwiniam za to środowisko. Linda powinna być idealnie zdrowa przez całe życie. Twój ojciec był zdrowy i żyłby do dziś, gdyby nie straszny konflikt wewnętrzny, który wybuchł wśród wróżek. Być może, gdyby twój dziadek przeżył, Linda pozostałaby zdrowa. – Wzruszył ramionami. – Adele próbowała dotrzeć do Fintana, wtedy i spytać, czy można coś zrobić dla jej córki, do tego czasu jednak Fintan rozstał się już z życiem.

– Zastanawiam się, dlaczego nie użyła wówczas *cluviel dor*, mogłaby uleczyć ciocię Lindę z nowotworu.

– Nie wiem – odparł Cataliades z wyraźnym żalem. – Znając Adele, wyobrażam sobie, że coś takiego byłoby w jej opinii czynem niegodnym chrześcijanki. Możliwe również, że w owym czasie już nawet nie pamiętała o posiadaniu tego przedmiotu albo uważała go za symbol miłości romantycznej i niczego więcej. Przecież od momentu, gdy dałem go jej w imieniu Fintana, do chwili, gdy ujawniła się choroba Lindy, minęło wiele, wiele lat.

Myślałam intensywnie, starając się skrócić naszą rozmowę tak, by dowiedzieć się tego, co było dla mnie najważniejsze.

– Dlaczego, do diabła, uznał pan, że telepatia będzie takim niby wspaniałym darem?! – wyrwało mi się.

Po raz pierwszy Cataliades wyglądał na nieco urażonego.

– Sądziłem, że potomkowie Fintana zyskają na całe życie przewagę nad pozostałymi istotami ludzkimi, wiedząc, co inni myślą i co planują – odparł. – A ponieważ jestem prawie w pełni demonem i potrafię przekazywać ten talent, wydawało mi się, że byłoby cudownie obdarować nim was. Taki dar nawet dla wróżki byłby wspaniały! Gdyby na przykład twój pradziadek wiedział, że poplecznicy Breandana postanowili go zamordować, mógłby zdławić w zalążku rebelię i nie doszłoby do tragedii. Twój ojciec z kolei mógłby uratować siebie i twoją matkę przed utonięciem, gdyby wiedział, że ktoś zastawił na niego pułapkę.

– Ale nic z tych rzeczy się nie zdarzyło – zauważyłam.

– Bo wróżki czystej krwi nie są telepatami. Chociaż czasami potrafią wysyłać wiadomości, nie są w stanie usłyszeć odpowiedzi. Natomiast twój ojciec nie posiadał niezbędnej iskry.

Miałam wrażenie, że stale wracamy do punktu wyjścia.

– Więc to wszystko sprowadza się do jednego – zaryzykowałam. – Ponieważ byliście takimi dobrymi kolegami, Fintan poprosił pana o przekazanie mojej babci Adele i ich wspólnym potomkom jakiegoś... daru i żeby został pan naszym... ojcem chrzestnym.

Pan Cataliades uśmiechnął się.

– Zgadza się, można to tak ująć.

– A pan był skłonny to zrobić i doszedł do wniosku, że takim wspaniałym prezentem może być telepatia.

– Znowu masz rację, moja droga. Chociaż, jak teraz mniemam, najwyraźniej się pomyliłem.

– Rzeczywiście, pomylił się pan! I przekazał pan ten dar w jakiś tajemniczy, typowy pewnie dla demonów sposób...

– Och, nie tak tajemniczy – zaprzeczył z oburzeniem. – Adele i Fintan... każde z nich wypiło naparstek mojej krwi.

Hmm, no cóż, nie umiałam sobie wyobrazić, jak moja babcia to robi. Ale przecież wcześniej nie potrafiłam sobie także wyobrazić, jak zadawała się z wróżem. W gruncie rzeczy już jakiś czas temu stało się dla mnie oczywiste, że bardzo dobrze znałam babcię pod pewnymi względami, a wcale nie znałam jej pod innymi.

– Zmieszałem krew z winem i powiedziałem twojej babci, że to specjalny rocznik – wyznał. – I w jakiś sposób rzeczywiście takie to wino było.

– W porządku, skłamał pan. Niezbyt mnie to zaskakuje – stwierdziłam. Chociaż byłam pewna, że babcia jako osóbka bardzo bystra miała przynajmniej jakieś podejrzenia. Zamachałam rękoma. Dobra, dobra, mogę pomyśleć o tym później. – Oki-doki. Czyli że gdy oni oboje przyjęli pańską krew, każde z ich potomków miało być telepatą, o ile urodziłoby się z niezbędną iskrą.

– Tak, właśnie tak – potwierdził.

Uśmiechnął się tak szeroko, że odniosłam wrażenie, że dostałam piątkę na teście.

– A moja babcia nigdy nie użyła *cluviel dor*.

– Nie, nie, przecież to rzecz jednorazowego użytku. Bardzo ładny upominek od Fintana dla Adele.

– A mogę go użyć, żeby pozbyć się zdolności telepatycznych?

– Nie, moja droga, tak jak nie możesz mu kazać usunąć twojej śledziony lub nerek. Ale to interesująca myśl.

Tak czy owak, *cluviel dor* nie pomoże w tej sprawie Hunterowi. Ani mnie samej. Cholera!

– Mogę wykorzystać ten przedmiot do... zabicia kogoś?

– Tak, oczywiście, jeśli chodzi o kogoś, kto zagraża kochanej przez ciebie osobie. Bezpośrednio jej zagraża. Nie mogłabyś na przykład spowodować zgonu swojego... poborcy podatkowego... No, chyba że, powiedzmy, ów mężczyzna stanąłby nad twoim bratem z uniesionym tasakiem.

– Czy to był zbieg okoliczności, że Hadley związała się z królową?

– Właściwie nie, ponieważ Hadley była po części wróżką, a jak wiesz, osoby, które są w jakiejś części wróżkami, bardzo pociągają wampiry. Tak jak było jedynie kwestią czasu, że do twojego baru wejdzie jakiś wampir i zobaczy ciebie.

– Wysłała go królowa.

– Co ty nie powiesz. – A jednak nie wyglądał ani trochę na zaskoczonego. – Królowa nigdy nie spytała mnie o dar, a ja nigdy jej nie powiedziałem, że jestem twoim ojcem chrzestnym i że dar masz ode mnie. Zresztą, królowa nigdy nie zwracała zbyt dużej uwagi na świat wróżek, chyba że chciała się napić ich krwi. Oczywiście, nigdy też nie dbała o to, kim są moi przyjaciele ani jak spędzam czas.

– Kto teraz pana goni?

– Trafne pytanie, moja droga. Niestety, nie potrafię ci na nie udzielić odpowiedzi. Właściwie, mniej więcej od pół godziny wyczuwam, że się zbliżają, będę więc musiał znów wyruszyć w drogę. A właśnie, spostrzegłem znakomite zabezpieczenia otaczające twój dom. Powinienem ci ich pogratulować. Kto je zainstalował?

– Bellenos. Elf. Pracuje w Monroe, w klubie o nazwie „Hooligans".

– Bellenos. – Pan Cataliades popatrzył na mnie w zadumie. – To mój piąty kuzyn ze strony matki, tak mi się zdaje. A nawiasem mówiąc, w żadnym razie nie pozwól, żeby motłoch zgromadzony w „Hooligans" dowiedział się, że posiadasz *cluviel dor*, ponieważ z jego powodu od razu cię zabiją.

– I co pańskim zdaniem mam z tym przedmiotem zrobić?

Demon wstał i wygładził marynarkę letniego niebieskiego garnituru. Chociaż na dworze było gorąco, a prawnik był osobnikiem potężnym, gdy wpuszczałam go do domu, zauważyłam, że w ogóle nie wyglądał na spoconego.

– A gdzie jest Diantha? – zapytałam, nie doczekawszy się odpowiedzi na poprzednie pytanie.

Bratanica pana Cataliadesa chyba nie mogła bardziej się od niego różnić, a ja bardzo ją lubiłam.

– Jest daleko. Bezpieczna – odrzekł lapidarnie. – Co zaś do *cluviel dor*, nie mogę ci doradzać. Dość już dla ciebie zrobiłem, jak mi się wydaje.

To powiedziawszy, po prostu wyszedł tylnymi drzwiami. Mignęło mi jedynie przed oczyma jego ciężkie ciało poruszające się z nieprawdopodobną prędkością. Przemknął przez podwórze za domem, a potem najnormalniej w świecie straciłam go z oczu.

No cóż, to wszystko było naprawdę niesamowicie zdumiewające... A teraz w ogóle nie miałam w domu szynki.

I cóż to była za pouczająca rozmowa – w pewnym sensie. Teraz wiedziałam więcej o mojej rodzinie i o sobie. Wiedziałam, że moje zdolności telepatyczne to coś w rodzaju daru od Desmonda Cataliadesa dla przyjaciela, wróża Fintana i mojej babci. Było to szokujące objawienie, samo w sobie.

Gdy przestałam o tym myśleć, bo już nie miałam na to siły, zadumałam się z kolei nad uwagą Cataliadesa na temat „motłochu" w klubie „Hooligans". Demon nie miał zbyt wysokiego mniemania o tym zgromadzeniu wygnańców. Zastanowiłam się, intensywniej niż kiedykolwiek, co właściwie wróżki i inni przedstawiciele świata duszków robią w Monroe, co knują, co planują. Na pewno nic dobrego. Przypomniałam też sobie o Sandrze Pelt, która ciągle gdzieś tam grasowała i ciągle życzyła mi śmierci.

Kiedy od tego rozmyślania rozbolała mnie głowa, postanowiłam popracować fizycznie. Schowałam pozostałe po przyjęciu jedzenie, przekładając produkty z ładnych półmisków, na których podałam je gościom, do woreczków z klipsem. Umyłam ozdobny stojak na słodycze, który stał na środku stołu, oraz kilka mis z rżniętego szkła. Kiedy je płukałam, wyjrzałam przez okno i zaczęłam obserwować dwie szare smugi przemieszczające się nad podwórzem z wielką szybkością. Nie potrafiłam ustalić, co widzę, i o mało nie zadzwoniłam do schroniska po rakarza, żeby wyłapał potencjalne zwierzęta. Uprzytomniłam sobie jednak prędko, że te stworzenia prawdopodobnie ścigają prawnika półdemona, a sądząc z tempa, w jakim się poruszały, były już dość daleko stąd. Poza tym, czegoś, co potrafi się tak przemieszczać, lepiej nie wabić na tyły pikapa rakarza, nie, to na pewno nie byłoby mądre. Miałam nadzieję, że pan Cataliades ma na nogach buty do biegania. Ale nie wiem, bo nie sprawdziłam.

Gdy wszystko już umyłam i posprzątałam, a później przebrałam się w obcięte dżinsy i brązowy podkoszulek, zadzwonił Sam. W tle nie słyszałam odgłosów z baru: żadnego brzęku lodu w szklankach, żadnej muzyki z szafy grającej, żadnych szmerów rozmów. Zatem przypuszczalnie dzwonił z przyczepy. Ale była sobota, późne popołudnie, a o takiej porze i w taki dzień w barze „U Merlotte'a" zazwyczaj panował największy ruch. A może Sam miał randkę z Jannalynn?

– Sookie – zagaił, a jego głos brzmiał zabawnie. Natychmiast poczułam ucisk w żołądku. – Możesz przyjechać do miasta? Do mojej przyczepy? Ktoś zostawił dla ciebie w barze paczkę.

– Kto? – spytałam.

Podczas tej rozmowy patrzyłam w lustro w salonie i widziałam, że wyglądam na spiętą i przerażoną.

– Nie znam go – odparł Sam. – Ale to naprawdę ładne pudło z dużą kokardą. Może masz sekretnego wielbiciela.

Położył nacisk na te dwa ostatnie słowa, chociaż nie w przesadny czy oczywisty sposób.

– Sądzę, że wiem o kogo chodzi – stwierdziłam, siląc się na wesoły głos. – Pewnie, Sam, przyjadę... Albo nie, poczekaj! Może ty mógłbyś przywieźć mi ten prezent tutaj? Wiesz, nadal sprzątam po przyjęciu.

Tak, tu będzie o wiele spokojniej.

– Niech no sprawdzę, poczekaj – odrzekł. Zapanowało milczenie, ponieważ mój szef zakrył słuchawkę dłonią.

Mogłam wprawdzie słyszeć cichą, stłumioną dyskusję, ale nic konkretnego. – Świetnie – powiedział po chwili, tonem, który raczej świadczył o czymś zupełnie przeciwnym. – Wyjedziemy za kilka minut.

– Super – odparłam, autentycznie zadowolona. Dzięki temu zyskałam czas na zaplanowanie odpowiedniego powitania. – Zatem do zobaczenia.

Gdy się rozłączyłam, stałam przez sekundę, zbierając myśli, a później pobiegłam do frontowej szafy po strzelbę. Sprawdziłam, czy jest naładowana. Mając nadzieję, że będę miała po swojej stronie element zaskoczenia, zdecydowałam, że ukryję się w lesie. Zasznurowałam sportowe buty i wyszłam tylnym drzwiami, zadowolona, że bezwiednie wybrałam wcześniej podkoszulek w ciemnym kolorze.

Podjazdem nie przybył pikap Sama, czego się spodziewałam, lecz mały samochód Jannalynn, która zresztą prowadziła. Merlotte siedział na siedzeniu obok niej, a na tylnym krył się ktoś jeszcze.

Jannalynn wysiadła jako pierwsza i rozejrzała się. Na pewno potrafiła wyczuć mój zapach, toteż wiedziała, że jestem gdzieś w pobliżu. Prawdopodobnie umiała zapewne wyczuć także broń. Uśmiechnęła się i jej uśmiech był niecny. Wilkołaczyca miała nadzieję, że zastrzelę osobę, która zmusiła ich do przyjazdu tutaj. Że zabiję tę osobę.

Oczywiście, osoba, która trzymała Jannalynn i Sama na muszce, tą, która zajmowała tylne siedzenie auta, była Sandra Pelt. Wysiadła teraz ze strzelbą w ręku i wycelowała z niej w samochód, stając w odpowiedniej odległości. Wtedy wysiadł Merlotte. Był wściekły jak cholera; wiedziałam o tym z jego postawy i układu ramion.

Sandra wyglądała poważniej i szczuplej, wydawała się także bardziej szalona niż ledwie parę dni temu. Ufarbowała włosy na czarno, na ten sam kolor pomalowała lakierem paznokcie. Gdyby była kimś innym, litowałabym się nad nią – jej rodzice nie żyli, podobnie siostra, miała też kłopoty psychiczne. Moje współczucie się jednak kończy, gdy ktoś celuje z broni palnej do ludzi, na których mi zależy.

– Wyjdź, Sookie! – zawołała Sandra. – Wyłaź, ale to już! Dopadnę cię teraz, ty kupo gówna!

Sam przesuwał się dyskretnie do jej prawego boku, usiłując tak się odwrócić, żeby na nią patrzeć. Jannalynn także zaczęła obchodzić samochód. Sandra, obawiając się, że traci kontrolę nad sytuacją, wrzasnęła na oboje.

– Stójcie nieruchomo, w przeciwnym razie powystrzelam was jak kaczki! No, suko! Nie chcesz chyba zobaczyć, jak trafiam twojemu ulubionemu pieskowi w łeb, co?

Jannalynn potrząsnęła głową. Ona również nosiła szorty i podkoszulek z krótkim rękawem z logo „Psiego Włosa". Na rękach miała mąkę. Wcześniej wraz z Samem coś gotowali.

Mogłam czekać, ryzykując pogorszenie sytuacji, albo podjąć działanie. Byłam zbyt daleko od nich, ale musiałam strzelać, nie miałam wyjścia. Nie powiedziałam do Sandry ani słowa, po prostu wyszłam z lasu i wystrzeliłam.

Ryk benelli z zupełnie nieoczekiwanego kierunku zaskoczył ich wszystkich. Zobaczyłam czerwone wybroczyny na lewym ramieniu Sandry i krople na jej policzku, po czym dziewczyna przez chwilę zataczała się zaszokowana.

Coś takiego jednak nie mogło zatrzymać panny Pelt, o nie. Sandra uniosła chwiejnie własną broń i wycelowała we mnie. W tym momencie skoczył na nią Sam, jako pierwsza jednak do porywaczki dotarła Jannalynn. Wilkołaczyca złapała strzelbę tamtej, wyrwała ją z rąk dziewczyny i odrzuciła na bok. I wtedy wybuchła bitwa. Nigdy nie widziałam dwóch kobiet walczących tak ostro, a to wiele znaczyło, jeśli wziąć pod uwagę moje ostatnie przeżycia.

Nie mogłam ponownie strzelić do Sandry, ponieważ z Jannalynn walczyły wręcz i ani na moment nie oddalały się od siebie. Były mniej więcej tego samego wzrostu i obie były nieduże i muskularne, tyle że Jannalynn urodziła się do takich bitew, podczas gdy Sandra przyzwyczaiła się raczej do szybkich, krótkich burd czy awantur. Sam i ja otoczyliśmy je, podczas gdy one waliły jedna drugą pięściami, ciągnęły jedna drugą za włosy i robiły sobie wszystkie inne paskudne rzeczy. Zadawały też sobie prawdziwe paskudne rany, toteż po kilku sekundach bok Jannalynn był poplamiony na czerwono, a Sandrze szybciej płynęła krew z rany postrzałowej. Merlotte wsunął rękę pomiędzy walczące dziewczyny, co skojarzyło mi się z wkładaniem dłoni między skrzydła śmigła, a następnie chwycił pannę Pelt za włosy i szarpnął. Sandra krzyknęła jak zarzynana i zamachnęła się pięścią, trafiając Sama w twarz. Merlotte nadal trzymał ją za włosy, chociaż przemknęło mi przez głowę, że chyba złamała mu nos.

Poczułam się zobowiązana również do jakiejś akcji – w końcu Sandra porwała tych dwoje z mojej winy – ale czekałam na swoją kolej. Czułam się dziwnie, jakbym czekała, że będę mogła wskoczyć pomiędzy obracaną skakankę niczym na placu zabaw w szkole. Kiedy zobaczyłam, że moja chwila nadeszła, rzuciłam się w kłębowisko walczących i złapałam pierwsze, co wpadło mi w ręce, czyli lewe ramię Sandry. Ponieważ ją zatrzymałam, nie mogła precyzyjnie zadać ciosu, a celowała akurat w twarz Jannalynn. Zamiast tego wilkołaczyca trzasnęła mocno przeciwniczkę, pozbawiając ją przytomności.

A ja nagle dzierżyłam ramię kobiety, której ciało zwiotczało. Puściłam ramię i Sandra Pelt upadła na ziemię, a jej głowa osobliwie się przekrzywiła. Jannalynn najwyraźniej skręciła jej kark. Nie wiedziałam, czy Sandra jeszcze żyje.

– Kurwa – warknęła wilkołaczyca radosnym tonem. – Kurwa, kurwa, kurwa, ja pierdolę.

– Amen – dorzucił Sam.

Wybuchnęłam płaczem, a Jannalynn popatrzyła na mnie z niesmakiem.

– Wiem, wiem – jęknęłam z rozpaczą w głosie. – Ale widziałam tak wiele osób zabitych zeszłej nocy, i to jest po prostu o jedną za dużo! Wybaczcie mi, oboje.

Sądzę, że Sam na pewno by mnie w tym momencie uściskał, gdyby nie towarzyszyła nam tutaj jego dziewczyna. Wiem, że o tym pomyślał. I było to dla mnie ważne.

– Nie umarła – zauważyła wilkołaczyca, gdy na chwilę skupiła się na bezwładnym ciele Sandry.

A później, zanim Merlotte lub ja zdążyliśmy cokolwiek powiedzieć lub zrobić, uklękła obok nieprzytomnej, zacisnęła pięści i z całych uderzyła nimi w czaszkę tamtej.

I to wystarczyło.

Sam spojrzał na mnie ponad zwłokami.

Nie wiedziałam, co powiedzieć lub zrobić. Jestem pewna, że moja mina oddawała tę bezsilność i bezradność.

– No dobrze – rzuciła Jannalynn pogodnym tonem, otrzepując ręce ruchem kogoś, kto w końcu wykonał nieprzyjemną robotę. – Co zrobimy z ciałem?

Może powinnam postawić krematorium na moim podwórku.

– Mam zadzwonić do szeryfa? – spytałam, ponieważ czułam się w obowiązku to zaproponować.

Sam wyglądał na zmartwionego.

– To będzie kolejna niemiła sprawa związana z barem. – Zadumał się. – Wybacz, że myślę o sobie w takim momencie, ale znasz sytuację.

– Ona wzięła was oboje jako zakładników – zauważyłam.

– No, wiem...

Dobrze rozumiałam podejście Merlotte'a.

– Nie wydaje mi się – wtrąciła się Jannalynn – żeby ktoś nas widział, jak odjeżdżaliśmy spod baru. Ona nie chciała się pokazywać, siedziała nisko pochylona na tylnym siedzeniu.

– Ale jej auto nadal stoi na moim miejscu obok baru – wytknął jej Sam.

– Znam miejsce, w którym nikt nigdy nie znajdzie ciała – usłyszałam własną deklarację, która kompletnie mnie zaskoczyła.

– Gdzie jest? – spytała Jannalynn bez wahania.

Zlustrowała mnie spojrzeniem, które mi mówiło, że ona i ja nigdy nie zostaniemy najlepszymi przyjaciółkami i nie będziemy sobie wzajemnie malowały paznokci...

Ojojoj.

– Wrzucimy ją do portalu – odparłam.

– Co takiego?! – Sam wciąż przyglądał się leżącym u naszych stóp zwłokom. Minę miał zdegustowaną.

– Wrzucimy ją do portalu łączącego nasz świat ze światem wróżek.

Jannalynn gapiła się na mnie głupawo.

– Są tutaj wróżki?

– Nie w tym momencie. Och, cała ta sprawa jest trudna do wyjaśnienia, niemniej posiadam w swoim lesie przejście pomiędzy światami.

– Jesteś zupełnie... – Przypuszczalnie nie potrafiła wymyślić, jak zakończyć to zdanie. – Potrafisz naprawdę zaskakiwać – dodała ostatecznie.

– Wszyscy mi to mówią.

Rany Jannalynn nadal krwawiły, więc pochyliłam się i chwyciłam Sandrę za nogi, a Sam złapał ją za ramiona. Wydawało mi się, że otrząsnął się już z szoku, przynajmniej częściowo. Oddychał przez usta, ponieważ rozbity nos miał zatkany.

– W którą stronę się kierujemy? – spytał.

– Okej, to będzie jakieś czterysta metrów tą drogą – odparłam.

Szarpnęłam głową we właściwym kierunku, jako że ręce miałam zajęte.

No i ruszyliśmy, wlokąc się powoli i niezdarnie. Krew przestała już kapać z ciała, które na szczęście było lekkie, więc szło nam się tak dobrze jak może się „iść z ciałem" przez las.

– Myślę, że zamiast mówić o domu Stackhouse'ów, będę teraz nazywała tę posiadłość Trupią Farmą.

– Tak jak tamto miejsce w Tennessee? – spytała Jannalynn, zdumiewając mnie.

– Dokładnie tak.

– Patricia Cornwell napisała powieść pod takim tytułem, prawda? – spytał Sam, a ja prawie się uśmiechnęłam. Jakąż kulturalną rozmowę prowadziliśmy, zważywszy na okoliczności. Może czułam się ciągle trochę odrętwiała po poprzedniej nocy, a może po prostu wciąż się hartowałam psychicznie – po to, żeby przeżyć w otaczającym mnie świecie – tak czy owak odkryłam, że zupełnie nie obchodzi mnie śmierć Sandry. Peltowie dawno temu wypowiedzieli osobistą wojnę przeciwko mnie, tak naprawdę bez szczególnego powodu, później toczyliśmy ją przez bardzo długi czas, a teraz ich zemsta się skończyła.

W końcu zrozumiałam coś z chaosu ubiegłej nocy. To nie zgony poszczególnych istot tak bardzo mnie przeraziły i wydały mi się tak potworne, tylko poziom przemocy, zwyczajne przerażenie na widok tak wielu walczących – zadających śmierć i umierających... Dokładnie z tego samego powodu najbardziej zatrważającym czynem z całej dzisiejszej potyczki wydała mi się egzekucja, którą Jannalynn wykonała na Sandrze. Jeżeli się nie mylę, Sam miał podobne odczucia.

Dotarliśmy na małą otwartą przestrzeń wśród drzew. Ucieszyłam się, widząc niewielki obszar zniekształconego powietrza, który zdradzał obecność wejścia do świata wróżek. Wskazałam miejsce bez słowa, jak gdyby z obawy, że wróżki mogą mnie usłyszeć (zresztą, z tego co wiedziałam, mogły). Po sekundzie czy dwóch Jannalynn i Sam dostrzegli to, co próbowałam im pokazać. Przyjrzeli się portalowi z ciekawością, a wilkołaczyca nawet podeszła do zniekształconego miejsca w powietrzu i wsunęła w nie palec. Palec zniknął nam z oczu, a Jannalynn, skamląc, cofnęła rękę. Wyraźnie się uspokoiła, gdy odkryła, że nie straciła tego palca.

– Na trzy – zaproponowałam, a Merlotte kiwnął głową. Przeszedł na bok z ciałem Sandry i oboje, płynnym ruchem, jakbyśmy wcześniej go ćwiczyli, wrzuciliśmy trupa w magiczną dziurę. Ciało zmieściło się tylko dzięki temu, że panna Pelt była tak małą kobietką.

Potem czekaliśmy.

Zwłoki nie zostały wyplute. Nikt nie wyskoczył z mieczem i nie zażądał naszego życia w zamian za zbezczeszczenie krainy wróżek. Zamiast tego usłyszeliśmy warczenie i ujadanie, toteż staliśmy zmrożeni, wybałuszając oczy. Napięliśmy mięśnie ramion i trwaliśmy w oczekiwaniu, aż z portalu wyjdzie coś, czemu będziemy musieli się przeciwstawić.

Ale nic nie wyszło. Hałasy nie cichły i były dość drastyczne: rozdzieranie i rozłupywanie, znów warkot, a potem – po pewnych odgłosach, tak niepokojących, że nawet nie będę się starała ich nazwać czy opisać – zapadła cisza. Wyobraziłam sobie, że w tym momencie z ciała Sandry nie zostało już nic.

Wróciliśmy, wlokąc się noga za nogą wśród drzew, do samochodu. Drzwiczki nadal stały otworem, toteż gdy Sam podszedł do wozu, w pierwszej kolejności zatrzasnął je, chcąc przerwać wycie alarmu. Na ziemi widniały plamy krwi. Rozwinęłam wąż ogrodowy i odkręciłam wodę, a Merlotte polał zakrwawione miejsca, a później – skoro miał już w rękach wąż – porządnie spłukał także maskę auta Jannalynn. W następnej straszliwej chwili – kolejnej już straszliwej, obrzydliwej chwili – Jannalynn nastawiła Samowi złamany nos. I chociaż mój szef wrzasnął z bólu, a do oczu napłynęły mu łzy, wiedziałam, że nos zrośnie się teraz szybko i dobrze.

Większym problemem niż ciało Sandry okazała się jej strzelba. Nie zamierzałam użyć przejścia do świata duszków jako składowiska wszelkich odpadów, toteż postanowiłam, że nie wrzucę za trupem broni. Po krótkiej dyskusji Jannalynn i Sam postanowili, że zostawią strzelbę gdzieś w lesie podczas drogi powrotnej do przyczepy Merlotte'a, i domyślam się, że tak właśnie postąpili.

***

I nagle byłam sama w domu, po absolutnie zadziwiających i okropnych dwóch dniach. Przeraźliwie, okropnie zadziwiających? Zdumiewająco straszliwych? Jedno i drugie. Wszystko naraz.

Usiadłam w kuchni i położyłam na stole przed sobą otwartą książkę. Słońce nadal jeszcze świeciło, stojąc wysoko na niebie i oświetlając dziedziniec, lecz cienie już się wydłużały. Pomyślałam o *cluviel dor*, którego nie miałam okazji użyć podczas utarczki na podwórzu. Powinnam nosić go ze sobą bez przerwy? Zadałam sobie pytanie, czy szare istoty, które goniły pana Cataliadesa, dopadły go już. I zastanowiłam się, czy gdyby tak się stało, czułabym smutek. Byłam ciekawa, czy wampiry zdążyły posprzątać „Fangtasię" do świtu, i rozważałam myśl, czyby nie zadzwonić do klubu i nie dowiedzieć się tego. Na pewno jacyś ludzie odebraliby telefon: Mustafa Khan, a może jego kumpel Warren.

Zastanawiałam się też, czy Eric rozmawiał już z Felipe'em o zaginięciu regenta Luizjany. I czy napisał do królowej Oklahomy.

Może telefon zadzwoni, kiedy zapadnie zmierzch. A może nie zadzwoni. Nie potrafiłam zdecydować, jaka opcja bardziej by mi odpowiadała.

Co chciałam robić? Coś całkowicie normalnego.

Weszłam boso do salonu z dużą szklanką mrożonej herbaty. Czas obejrzeć nagrane odcinki teleturnieju „Jeopardy!".

Niebezpieczne istoty za dwieście punktów? Ktoś wie?